中國古典文學基本叢書

白居易文集校注

第四册

〔唐〕白居易 著
謝思煒 校注

中華書局

白居易文集校注卷第二十八①

策林四　凡二十一道

五十五、止獄措刑　在富而教之。

問：成、康御宇，囹圄空虛〔一〕。文、景繼統，刑罰不用〔二〕。太宗化下而人不犯。成此功者，其効安在？桀、紂在上，比屋可誅。秦氏爲君，赭衣滿道。致此弊者，其故安在？今欲鑒桀、紂、秦氏之弊，繼周、漢、太宗之功，使人有恥且格②，刑措不用。備詳本末，著之于篇。

臣聞仲尼之訓也③，既庶矣而後富之，既富矣而後教之〔三〕。《管子》亦云：「倉廩實，知禮節④。衣食足，知榮辱。」〔四〕然則食足財豐，而後禮教所由興也。禮行教立，而後刑罰所由措也。蓋前事之不忘，後事之元龜。臣請以前事明之。當周成、康之時，天下富壽，人知恥格，故囹圄空虚四十餘年。當漢文、景之時，節用勸農，海内殷實。人人自愛，不犯刑法。故每歲決獄，僅至四百。及我太宗之朝，勤儉化人，人用富庶。加以德教，致于升平。故一歲斷刑，不滿三十〔五〕。雖則明聖慎刑、賢良恤獄之所致也，然亦由天下之人生厚德正而寡過也。當桀、紂之時，暴征讎斂，萬姓窮苦，有怨無恥，姦宄並興。故是時也，比屋可戮。及秦之時，厚賦以竭人財，遠役以殫人力。力殫財竭，盡爲寇賊。羣盜滿山，赭衣塞路。故每歲斷罪，數至十萬。雖則暴君淫刑、姦吏弄法之所致也，然亦由天下之人貧困思邪而多罪也⑤。由是觀之，刑之繁省⑥，繫於罪之衆寡也；教之廢興⑦，繫於人之貧富也。聖王不患刑之繁，而患罪之衆；不患教之廢，而患人之貧。故人苟富，則教斯興矣；罪苟寡，則刑斯省矣。是以財産不均，貧富相併，雖堯、舜爲主，不能息忿爭而省刑獄也。衣食不充，凍餒並至，雖咎陶爲士⑧，不能止姦宄而去盜賊也〔六〕。若失之於本，求之於末，雖聖賢並生⑨，臣竊以爲難矣。至若察小大之獄，審輕重之刑，定加減於科條，得情僞於察色⑩，此有司平刑之要也，非王者恤刑之德也。至若盡欽恤之道，竭哀矜之誠，使生者不怨，死者不恨，此王者恤刑之法也⑪，非聖人措刑之道也。必欲端影於表，澄流於源，則在乎富其人，崇其教，開其廉恥之路，塞其冤濫之門。使人内樂其生，外畏其罪，則必過犯自省，刑罰自措。斯所謂致羣心於有恥，立大制於不嚴〔七〕。古者

有畫衣冠、異章服而人不犯者，由此道素行也〔八〕。（3474）

【校】

①卷第二十八　即《白氏文集》紹興本、馬本卷六十五，那波本卷四十八。

②有恥　紹興本等無「有」字，據《文苑英華》補。《文苑英華》校：「集無有字。」

③臣聞　《文苑英華》其上有「對」字。

④知禮節　《白氏策林》其上有「而」字。下句「知榮辱」同。

⑤思邪　馬本作「思奸」。

⑥繁省　郭本作「繁簡」。

⑦廢興　《管見抄》作「興廢」，郭本作「興衰」。

⑧咎陶　那波本、《文苑英華》、郭本作「皐陶」，《白氏策林》作「夔陶」。

⑨並生　《文苑英華》、《管見抄》作「並出」，《文苑英華》校：「集作生。」

⑩察色　《文苑英華》、《管見抄》作「聲色」，《文苑英華》校：「集作察。」

⑪之法　《文苑英華》、《管見抄》作「之德」。

【注】

〔一〕成康二句：《史記·周本紀》：「故成、康之際，天下安寧，刑錯四十餘年不用。」

〔二〕文景二句：《漢書·景帝紀》贊：「至於孝文，加之以恭儉，孝景遵業，五六十載之間，至於移風易俗，黎民醇厚。周云成、康，漢言文、景，美矣！」《刑法志》：「及孝文即位……選張釋之爲廷尉，罪疑者予民，是以刑罰大省，至於斷獄四百，有刑措之風。」

〔三〕仲尼之訓：《論語·子路》：「子適衛，冉有僕。子曰：『庶矣哉！』冉有曰：『既庶矣，又何加焉？』曰：『富之。』曰：『既富矣，又何加焉？』曰：『教之。』」

〔四〕管子亦云：《管子·牧民》：「倉廩實則知禮節，衣食足則知榮辱。」

〔五〕太宗之朝：《貞觀政要》卷三一《刑法》：「貞觀元年，太宗謂侍臣曰：『死者不可再生，用法務在寬簡。』……自今以後，大辟罪，皆令中書門下四品已上及尚書九卿議之，如此，庶免冤濫。』由是至四年，斷死刑，天下二十九人，幾致刑措。」

〔六〕咎陶爲士：《書·舜典》：「帝曰：『皋陶，蠻夷猾夏，寇賊奸宄。汝作士，五刑有服，五服三就。五流有宅，五宅三居。惟明克允。』」傳：「士，理官也。」疏引《周禮》鄭玄注：「士，察也，主察獄訟之事。」皋陶亦作咎陶。

〔七〕立大制：《老子》二十八章：「樸散爲器，聖人用爲官長。是以大制無割。」

〔八〕古者二句：《慎子》：「有虞之誅，以幪巾當墨，以草纓當劓，以菲履當刖，以艾韠當宫，布衣無領當大辟，此有虞之誅也。斬人肢體，鑿其肌膚，謂之刑。畫衣冠，異章服，謂之戮。上世用戮，而民不犯也；當世用刑，而民不從。」《漢書・公孫弘傳》：「禮義者，民之所服也，而賞罰順之，則民不犯禁矣。故畫衣冠，異章服，而民不犯者，此道素行也。」

五十六、論刑法之弊　升法科，選法吏〔一〕。

問：今之法貞觀之法，今之官貞觀之官，昔何爲而大和，今何爲而未理？事同効異，其故何哉？將刑法不便於時耶，而官吏不得其人耶①？

臣伏以今之刑法，太宗之刑法也。今之天下，太宗之天下也。何乃用於昔而俗以寧壹，行於今而人未休和②？臣以爲非刑法不便於時，是官吏不循其法也。此由朝廷輕法學，賤法吏，故應其科與補其吏者，率非君子也，其多小人也③。蓋刑法者④，君子行之則誠信而簡易，簡易則人安；小人習之則詐僞而滋彰⑤，滋彰則俗弊⑥。此所以刑一而用二，法同而理殊者也。矧又律令塵蠹於棧閣，制勑堆盈於案几，官不徧覩，法無定科。今則條理輕重之文盡詢于法直⑦，是使國家生殺之柄假手於小人⑧〔二〕。小人之心⑨，孰不可忍？至有黷貨賄者矣，有祐親愛者矣[⑩]，有陷讎怨者矣，有畏權豪者矣，有欺賤弱者矣。是以重輕加減，隨其喜怒；出入比附，由乎愛憎。官不察其所由，人不知其所避。若然，則雖有貞觀之法，苟無貞觀之吏，欲其刑善，無乃難乎？陛下誠欲申明舊章，剗革前弊，則在乎高其科，重其吏而已。臣謹按：漢制以四科辟士，其三曰明習律令[⑪]，足以決狐疑，能按章覆問，文中御史者[⑫]，辟而用之[三]。伏惟陛下懸法學爲上科，則應之者必俊乂也；升法直爲清列，則授之者必賢良也[⑬]。然後考其能，獎其善。明察守文者，擢爲御史；欽恤用情者，遷爲法官。如此則仁恕之誠，廉平之氣，不散於簡牘之間矣；掊刻之心，舞文之弊，不生於刀筆之下矣。與夫愚詐小吏竊而弄之者，功相萬也。臣又聞管仲奪伯氏之邑，没無怨言[四]。季羔刖門者之足，亡而獲宥[五]。孔明黜廖立之位，死而垂泣[六]。三子者可謂能用刑矣。臣伏思之，亦何代無其人哉[⑭]？在乎求而用之，考而獎之而已。伏惟陛下再三察焉。（3475）

【校】

①而　《文苑英華》、馬本、《白氏策林》作「抑」。「不得」　《管見抄》作「未得」。

②休和　《文苑英華》作「和平」，校：「集作休和。」

③其多　馬本、《白氏策林》作「甚多」。
④刑法者　馬本脱「法」字。
⑤詐僞　郭本作「非爲」。
⑥俗弊　郭本作「法弊」。
⑦法直　郭本作「法吏」。
⑧假手　紹興本等作「假在」，據《文苑英華》改。
⑨小人　《管見抄》其上有「是」字。
⑩祐　《文苑英華》、馬本、《白氏策林》作「怙」。
⑪律令　《文苑英華》、《管見抄》作「法令」，《文苑英華》校：「集作律。」
⑫中　《文苑英華》校：「一作任。」
⑬授之　《白氏策林》作「受之」。
⑭哉　《文苑英華》作「乎」，校：「集作哉。」

【注】

〔一〕法科：指明法科。《唐六典》卷二考功郎中：「凡諸州每歲貢人，其類有六：一曰秀才，二曰明經，三曰進士，四曰明法，五曰書，六曰算。……其明法試律、令各一部，識達義理、問無疑滯者爲通。」卷四禮部尚書同。書、算亦稱明書、明算，故明法科亦可簡稱法科。《通典》卷十五《選舉・歷代制唐》：「按令文，科第秀才與明經同爲四等，進士與明法同爲二等。……自武德以來，明經唯有丁第，進士唯乙科而已。」又卷十七《選舉・雜議論》載趙匡《舉選議》所擬條例：「明法出身，與兩經同資。」則類比明經之通兩經者，低於進士、三禮舉、春秋舉等出身者。《大唐新語》卷十：「隋煬帝改置明、進二科。國家因隋制，增置秀才、明法、明字、明算，並前爲六科。……士族所趨，唯明、進二科而已。」《太平廣記》卷三〇四《暢璀》（出《戎幕閒談》）：「當時天下承平，河北簿尉皆豪貴子弟，令長甚選名士。老宰謝暢曰：『公名望高，某寒賤，以明法出身，幸因鄰地，豈敢當此優禮。』」可見明法出身被輕視。《册府元龜》卷九〇《帝王部・赦宥》長慶四年三月壬子敬宗大赦天下敕：「大理寺官，比來吏部所授多非其才。宜令精選有志行詞學兼詳明法律者注擬。其課績特殊堪任朝奬者，臺省有闕，宜先選擇。」亦可見明法人才之缺。

〔二〕法直：《新唐書・百官志四》：「節度使、副大使知節度事……府院法直官、要籍、逐要親事各一人。」《食貨志五》：「唐世官俸錢……諸府、都督府醫博士、法直、兩赤縣録事、上州録事、市令，萬三千。」《唐會要》卷六十《御史臺》：「（貞元）八年正月，御史臺奏：『……又緣大理寺、刑部斷獄，亦皆申報臺司，儻或差錯，事須詳定。比來却令刑部、大理寺法直較勘，必恐自相扶會，縱有差失，無由辯明。伏請置法直一員，冀斷結之際，事無闕遺。』」是刑部、大理及地方均有法直官。

〔三〕漢制以四科辟士：《後漢書·百官志一》注引應劭《漢官儀》：「丞相故事，四科取士……三曰明達法令，足以決疑，能按章覆問，文中御史。」

〔四〕管仲奪伯氏之邑：《論語·憲問》：「問管仲，曰：『人也。奪伯氏駢邑三百，飯疏食，没齒無怨言。』」集解：「孔曰：『伯氏，齊大夫。駢邑，地名。齒，年也。伯氏食邑三百家，管仲奪之，使至疏食，而没齒無怨言，以其當理也。』」

〔五〕季羔刖門者之足：《孔子家語》卷二：「季羔爲衛之士師，刖人之足。俄而衛有蒯聵之亂，季羔逃之。走郭門，刖者守門焉，謂季羔曰：『彼有缺。』季羔曰：『君子不逾。』又曰：『彼有竇。』季羔曰：『君子不隧。』又曰：『於此有室。』季羔乃入焉。既而追者罷，季羔將去，謂刖者曰：『吾不能虧主之法而親刖子之足矣。今吾在難，此正子之報怨之時，而逃我者，何故哉？』刖者曰：『斷足固我之罪，無可奈何。曩者君治臣以法令，先人後臣，欲臣之免也，臣知。獄決罪定，臨當論刑，君愀然不樂，見君顔色，臣又知之。君豈私臣哉！天生君子，其道固然。此臣之所悦君也。』孔子聞之，曰：『善哉爲吏！其用法一也，思仁恕則樹德，加嚴暴則樹怨，公以行之，其子羔乎？』」

〔六〕孔明黜廖立之位：《三國志·蜀書·廖立傳》：「立本意，自謂才名宜爲諸葛亮之貳，而更游散在李嚴等下，常懷怏怏。……亮表立曰：『長水校尉廖立，坐自貴大，臧否群士，公言國家兵衆簡練，部伍分明者，立舉頭視屋，憤吒作色曰：「何足言！」凡如是者不可勝數。羊之亂群，猶能爲害，況立託在大位，中人以下識真僞邪？』」於是廢立爲民，徙汶山郡。立躬率妻子耕殖自守，聞諸葛亮卒，垂泣歎曰：『吾終爲左衽矣！』」

五十七、使人畏愛悦服

理大罪，赦小過①。

問：政不可寬，寬則人慢；刑不可急，急則人殘。故失於恢恢，則漏網而爲弊；務於察察，則及泉而不祥。將使寬猛適宜，疏密合制，上施畏愛之道，下有悦服之心。刑政之中，何者爲得？

臣聞聖人在上②，使天下畏而愛之，悦而服之者，由乎理大罪赦小過也。《書》曰：「宥過無大。」況小者乎？「刑故無小。」況大者乎〔一〕？故宥其小者仁也，仁以容之，則天下之心愛而悦之矣③。刑其大者義也，義以糾之，則天下之心畏而服之矣④。臣竊見國家用法，似異於是。何則？糾察之政⑤，急於朝官而寬於外官〔二〕。懲戒之刑，加於小吏而縱於長吏。是則權輕而過小者，或反繩之；寄重而罪大者，或反捨之⑥。臣復思之⑦，恐非先王宥過刑政之道也。然則小大之喻，其猶魚耶？魚之在泉者小也，察之不祥。魚之吞舟者大也，漏之不可〔三〕。刑煩猶水濁，水濁則魚喁〔四〕；政寬猶防決⑧，防決則魚逝。是以善爲理者，舉其綱，疏其網。綱舉則所羅者大矣，網疏則所漏者小也⑨。伏惟陛下，舉其綱於長吏，疏其網於朝官。捨小過以示仁，理大罪而明義。則畏愛悦服之化，闇然而日彰於天下矣⑩。（3476）

【校】

①題　「理大罪赦小過」紹興本等爲大字，據《管見抄》、郭本改。
②臣聞　《文苑英華》其上有「對」字。
③悦之　《管見抄》無「之」字。
④服之　《管見抄》無「之」字。
⑤糾察　馬本作「急察」。
⑥捨　《文苑英華》作「赦」，校：「集作捨。」
⑦臣復　《管見抄》作「臣伏」。
⑧政寬　《文苑英華》作「政慢」，校：「集作寬。」
⑨也　《文苑英華》作「矣」，校：「集作也。」
⑩闇然　《文苑英華》作「暗然」，校：「集作闇。」

【注】

〔一〕書曰：《書・大禹謨》：「宥過無大，刑故無小；罪疑惟輕，功疑惟重。」傳：「過誤所犯，雖大必宥。不忌故犯，雖小必刑。」

〔二〕寬於外官：外官當指方鎮。《舊唐書・陸贄傳》：「自頃權移於下，柄失於朝，將之號令，既鮮克行之於軍，國之典章，又不能施之於將，務相遵養，苟度歲時。欲賞一有功，翻慮無功者反側；欲罰一有罪，復慮同惡者憂虞。罪以隱忍而不彰，功以嫌疑而不賞。姑息之道，乃至於斯。」《楊憑傳》：「自貞元以來居方鎮者，爲德宗所姑息，故窮極僭奢，無所畏忌。及憲宗即位，以法制臨下，夷簡首舉憑罪，故時議以爲宜；然繩之太過，物論又譏其深切矣。」《杜兼傳》：「屬貞元中德宗厭兵革，姑息戎鎮，至軍郡刺史，亦難於更代。兼探上情，遂練卒修武，占召勁勇三千人以上聞，乃恣凶威。録事參軍韋賞、團練判官陸楚，皆以守職論事忤兼，兼密誣奏二人通謀，扇動軍中。忽有制使至，兼率官吏迎於驛中，前呼韋賞、陸楚出，宣制杖殺之。賞進士擢第，楚兖公象先之孫，皆名家，有士林之譽，一朝無罪受戮，郡中股栗，天下寃歎之。又誣奏李藩，將殺之。」《于頔傳》：「時德宗方姑息方鎮，聞頔事狀，亦無可奈何，但允順而已。頔奏請無不從。於是公然聚斂，恣意虐殺，專以凌上威下爲務。鄧州刺史元洪，頔誣以贓罪奏聞，朝旨不得已爲流端州，命中使監焉。至隋州棗陽縣，頔命部將領士卒數百人，劫洪至襄州，拘留之。中使奔歸京師。德宗怒，笞之數十。頔又表洪其責太重，復降中使景忠信宣旨慰諭。遂除洪吉州長史，然後洪獲赴謫所。又怒判官薛正倫，奏貶峽州長史。及敕下，頔怒已解，復奏請爲判官，德宗皆從之。正倫卒，未殯，頔以兵圍其宅，令孽男逼娶其嫡女。」此皆貞元間事。其河北諸道顯爲不法事自不必論。又元稹《敍奏》敍其元和初所劾不法事：「使東川，謹以元和赦書，劾節度使嚴礪籍塗山甫等八十八家，過賦梓遂之民數百萬。朝廷異之，奪七刺史料，悉以所籍歸於人。會潘孟陽代礪爲節度使，貪過礪，且有所承迎，雖不敢盡廢詔，因命當得所籍者皆入資。資過其稱，榷薪資賦無不爲。……浙西觀察使封杖決安吉令至死，河南尹誣奏書生尹太階請死之，飛龍使誘趙寔家逃奴爲養子，田季安盜娶洛陽衣冠女，汴州没入死商錢且千萬。滑州賦民以千，授於人以八百。朝廷饋東師，主計者誤命牛車四千三百乘飛芻越太行。類是數十事，或移或奏，皆主之。」

〔三〕魚之吞舟者二句：《史記・酷吏列傳》：「漢興，破觚爲圜，斫雕而爲樸，網漏吞舟之魚，而吏治烝烝，不至於奸，黎民艾安。」《鹽鐵論・論菑》：「是以古者明王茂其德教，而緩其刑罰也。網漏吞舟之魚，而刑審於繩墨之外，及臻其末，而民莫犯禁也。」此反言之。

〔四〕刑煩二句：《商君書・算地》：「小人不避其禁，故刑煩。君子不設其令，則罰行。刑煩而罰行者國多奸，則富者不能守其財，而貧者不能事其業，田荒而國貧。」《韓詩外傳》卷一：「傳曰：水濁則魚喁，令苛則民亂。」

五十八、去盜賊　在舉德選能，安業厚生。

臣聞聖王之去盜賊也①，有二道焉②。始則舉有德，選有能，使教化大行，姦宄者去。次又安其業，厚其生，使廉恥大興，貪暴者息。故舜舉臯陶，不仁者遠。晉用士會，盜奔于秦〔一〕。此舉德選能之効也。成、康阜其俗，禮讓興行。文、景富其仁③，盜賊衰息④。此安業厚生之驗也。由是觀之，則俗之貪廉，盜之有無，繫於人之勞逸，吏之賢否也。方今禁科雖嚴⑤，桴鼓未靜。敚攘者時聞於道路，穿窬者或縱於鄉閭〔二〕。無乃陛下之人有多窮困凍餒者乎？無乃陛下之吏有非循良明白者乎？伏惟陛下大推愛人之誠，廣喻稱善之旨。厚其生業，使俗知恥格。舉以賢德⑥，使國無幸人。自然廉讓風行，姦濫日息。則重門罕聞於擊柝，外户庶見於不扃者矣⑦。

（3477）

【校】

①臣聞　《文苑英華》其上有「對」字。

②二道　郭本無「道」字。

③其仁　《文苑英華》、《管見抄》、《白氏策林》作「其人」。

④衰息　馬本作「屏息」。

⑤禁科　《文苑英華》、《管見抄》作「科禁」，《文苑英華》校：「集作禁科。」

⑥舉以　《文苑英華》作「舉其」，校：「集作以。」

⑦不扃　《白氏策林》作「不閉」。

【注】

〔一〕晉用士會：《左傳》宣公十六年：「戊申，以黻冕命士會將中軍，且爲大傅。於是晉國之盜逃奔於秦。羊舌職曰：『吾聞之，禹稱善人，不善人遠。此之謂也夫。』」

〔二〕敓斆：《説文》：「敓，强取也。《周書》曰：『敓攘矯虔。』」段注：「此是爭敓正字，後人假奪爲敓，奪行而敓廢矣。《呂刑》篇文。今《尚書》作奪，此唐天寶衛包所改。……唐人尚用敓字，《陸宣公集》有『敓斆』是也。」

五十九、議赦〔一〕

臣謹案①：《書》曰：「眚災肆赦。」〔二〕又《易》曰：「雷雨作，解，君子以赦過宥罪。」〔三〕斯則赦之不可廢也必矣。《管子》曰：「赦者奔馬之委轡也，不赦者痤疽之礦石也②。」〔四〕又諺曰：「一歲再赦，婦兒喑啞。」〔五〕斯又赦之不可數也明矣。然則赦之爲用，用必有時。數既失之，廢亦未爲得也。何者？赦之爲德大矣，爲賊亦甚矣。大凡王者踐祚改元之初，一用之則爲德也。居常致理之際，數用之則爲賊也。故踐祚而無赦，則布新之義缺而好生之德廢矣。居常而數赦，則惠姦之路啓而召亂之門開矣。由此而觀，蓋赦者可疏而不可數也，可重而不可廢也。用捨之要，其在兹乎！（3478）

【校】

①臣謹案　《文苑英華》其上有「對」字。

②礦石　《文苑英華》作「砭石」，校：「集作礦，《管子》作礦。」

【注】

〔一〕議赦：王符《潛夫論・述赦》：「今日賊良民之甚者，莫大於數赦贖。赦贖數，則惡人昌而善人傷矣。……古者唯始受命之君，承大亂之極，寇賊奸軌，難爲法禁，故不得不有一赦，與之更新，頤育萬民，以成大化。非以養奸活罪，放縱天賊也。」《貞觀政要》卷八《赦令》：「貞觀七年，太宗謂侍臣曰：『天下愚人者多，智人者少，智者不肯爲惡，愚人好犯憲章。凡赦宥之恩，惟及不軌之輩。古語云：「小人之幸，君子之不幸。」「一歲再赦，善人喑啞。」……夫謀小仁者，大仁之賊，故我有天下已來，絶不放赦。今四海安寧，禮義舉行，非常之恩，彌不可數。將恐愚人常冀僥幸，惟欲犯法，不能改過。』」《通典》卷一六九《刑法・赦宥》、《唐會要》卷四十《論赦宥》均引此，《唐會要》又引證聖元年劉知幾上表，亦主節赦。

〔二〕書曰：《書・舜典》：「眚災肆赦，怙終賊刑。」傳：「眚，過。災，害。肆，緩。賊，殺也。過而有害，當緩赦之。怙奸自終，當刑殺之。」

〔三〕易曰：《易・解・象》：「雷雨作，解，君子以赦過宥罪。」

〔四〕管子曰：《管子・法法》：「凡赦者，小利而大害者，故久而不勝其禍。毋赦者，小害而大利者也，故久而不勝其福。故赦者，奔馬之委轡；毋赦者，痤睢之礦石也。」

〔五〕諺曰：《太平御覽》卷六五二引崔寔《政論》：「諺曰：『一歲再赦，奴兒喑啞。』況不軌之民，孰不肆意。」

六十、救學者之失〔一〕 禮樂《詩》《書》。

問：學者教之根，理之本。國家設庠序以崇儒術，張禮樂而厚國風。師資肅以尊嚴，文物煥其明備①。何則學《詩》、《書》者拘於文而不通其旨，習禮樂者滯於數而不達其情〔二〕？故安上之禮未行，化人之學將落。今欲使工祝知先王之道，生徒究聖人之心。《詩》、《書》不失於愚誣，禮樂無聞於盈減〔三〕。積之爲言行，播之爲風化。何爲而作，得至於斯？

臣聞化人動衆②，學爲先焉；安上尊君，禮爲本焉。故古之王者，未有不先於學，本於禮，而能建國君人經天緯地者也。國家删定六經之義，裁成五禮之文，是爲學者之先知，生人之大惠也〔四〕。故命太常以典禮樂，立太學以教《詩》、《書》。將使乎四術並舉而行③，萬人相從而化〔五〕。然臣觀太學生徒，誦《詩》、《書》之文而不知《詩》、《書》之旨④。太常工祝，執禮樂之器而不識禮樂之情。遺其旨則作忠興孝之義不彰，失其情則合敬同愛之誠不著⑤〔六〕。所謂去本而從末⑥，棄精而得粗⑦。至使陛下語學有將落之憂，顧禮有未行之歎者，此由官失其業，師非其人〔七〕。故但有修習之名，而無訓導之實也。伏望審官師之能否⑧，辨教學之是非。俾講《詩》者以六義風賦爲宗⑨，不專於鳥獸草木之名也。讀《書》者以五代典謨爲旨，不專於章句詁訓之文也。習禮者以上下長幼爲節，不專於俎豆之數，裼襲之容也。學樂者以中和友孝爲德⑩，不專於節奏之變，綴兆之度也。夫然則《詩》、《書》無愚誣之失，禮樂無盈減之差。積而行立者，乃升之於朝廷⑪。習而事成者，乃用之於宗廟。是故溫柔敦厚之教，疏通知遠之訓，暢於中而發於外矣。莊敬威嚴之貌，易直子諒之心，行於上而流於下矣〔八〕。則覿之者莫不承順，聞之者莫不率從。管乎人情，出乎理道，欲人不化上不安，其可得乎？（3479）

【校】

①煥其　《白氏策林》作「煥乎」。

②臣聞　《文苑英華》其上有「對」字。

③使乎　《文苑英華》作「欲以」，校：「集作使乎。」「而行」　《文苑英華》其下有「之」字，校：「集無之字。」下句「而化」同。

④誦詩　《文苑英華》作「讀詩」，校：「集作誦。」

⑤之誠　郭本作「之靈」，《白氏策林》作「之美」。

⑥去本　郭本作「棄本」。
⑦得粗　馬本作「好粗」。
⑧審官　《文苑英華》作「審觀」，校：「集作官。」
⑨俾講　郭本無「俾」字。
⑩友孝　郭本作「孝友」。
⑪升之　郭本作「用之」。

【注】

〔一〕救學者之失：唐中葉以後，批評學者拘守章句，不達經旨的意見時有所見。《舊唐書·楊綰傳》載賈至《議貢舉疏》：「今試學者以帖字爲精通，不窮旨義，豈能知遷怒貳過之道乎？考文者以聲病爲是非，唯擇浮豔，豈能知移風易俗化天下之事乎？是以上失其源而下襲其流，波蕩不知所止，先王之道，莫能行也。」柳冕《與權侍郎書》：「進士以詩賦取人，不先理道。明經以墨義考試，不本儒意。選人以書判殿最，不尊人物。故吏道之理天下，天下奔競而無廉恥者，以教之者末也。……且明六經之義，合先王之道，君子之儒，教之本也。明六經之注，與六經之疏，小人之儒，教之末也。今者先章句之儒，後君子之儒，以求清識之士，不亦難乎？是以天下至大，任人之衆，而人物殄瘁，廉恥不興者，亦在取士之道未盡其術也。」呂溫《與族兄臯請學春秋書》：「夫學者，豈徒受章句而已？蓋必求所以化人，日日新，又日新，以至乎終身。夫教者，豈徒博文字而已？蓋必本之以忠孝，申之以禮義，敦之以信讓，激之以廉恥，過則匡之，失則更之，如切如磋，如琢如磨，以至乎無瑕。……魏晉之後，其風大壞，學者皆以不師爲天縱，獨學爲生知，譯疏翻音，執疑護失，率乃私意，攻乎異端。以諷誦章句爲精，以穿鑿文字爲奥。至於聖賢之微旨，教化之大本，人倫之紀律，王道之根源，則蕩然莫知所措矣。」

〔二〕習禮樂者滯於數：數謂名數。趙匡《舉選議》：「經問聖人旨趣，史問成敗得失，並時務共十節。貴觀理識，不用求隱僻，詁名數，爲無益之能。」韓愈《答侯繼書》：「僕少好學問，自五經之外，百氏之書，未有聞而不求、得而不觀者。然其所志，惟在其意義所歸，至於禮樂之名數，陰陽土地星辰方藥之書，未嘗一得其門户。」

〔三〕詩書二句：《禮記·經解》：「故《詩》之失，愚；《書》之失，誣；《樂》之失，奢；《易》之失，賊；《禮》之失，煩；《春秋》之失，亂。其爲人也，溫柔敦厚而不愚，則深於《詩》者也。疏通知遠而不誣，則深於《書》者也。」《樂記》：「故禮主其減，樂主其盈。禮減而進，以進爲文；樂盈而反，以反爲文。禮減而不進則銷，樂盈而不反則放。」

〔四〕國家删定六經：《唐會要》卷七七《論經義》：「貞觀十二年，國子祭酒孔穎達撰《五經義疏》一百七十卷，名曰義贊，有詔改爲《五經正義》。太學博士馬嘉運每掎摭之，有詔更令詳定，未就而卒。……至（永徽）四年三月一日，太尉（長孫）無忌、左僕射張行成、侍中高季輔及國子監官，先受詔修改《五經正義》，至是功畢，進之。詔頒於天下，每年明經依此考試。」五經爲《周易》、《尚書》、《毛詩》、《禮記》、《左氏春秋》，合《樂》爲六經。五禮謂吉禮、賓禮、軍禮、嘉禮、凶禮。

〔五〕四術：《通典》卷十三《選舉·歷代制》：「詩、書、禮、樂，謂之四術。」

〔六〕作忠興孝之義：《禮記·坊記》：「子云：『善則稱君，過則稱己，則民作忠。』」《大學》：「上老老而民興孝。」合敬同愛之誠：《禮記·樂記》：「大樂與天地同和，大禮與天地同節。和故百物不失，節故祀天祭地，明則有禮樂，幽則有鬼神。如此，則四海之内，合敬同愛矣。禮者殊事，合敬者也；樂者異文，同愛者也。」

〔七〕將落之憂：《左傳》昭公十八年：「夫學，殖也。不學將落，原氏其亡乎？」未行之歎：《左傳》僖公十一年：「敬，禮之輿也。不敬則禮不行，禮不行則上下昏，何以長世？」

〔八〕莊敬威嚴二句：《禮記·樂記》：「君子曰：禮樂不可斯須去身。致樂以治心，則易直子諒之心油然生矣。易直子諒之心生則樂，樂則安，安則久，久則天，天則神。天則不言而信，神則不怒而威，致樂以治心者也。致禮以治躬則莊敬，莊敬則嚴威。心中斯須不和不樂，而鄙詐之心入之矣；外貌斯須不莊不敬，而易慢之心入之矣。」

六十一、黜子書[一]

臣聞仲尼没而微言絶①，七十子喪而大義乖。大義乖則小説興，微言絶則異端起。於是乎歧分派别，而百氏之書作焉[二]。然則六家之異同，馬遷論之備矣。九流之得失，班固叙之詳矣[三]。是非取捨，較然可知②。今陛下將欲抑諸子之殊途，遵聖人之要道，則莫若弘四術之正義，崇九經之格言[四]。故正義著明，則六家之異見不除而自退矣；格言具舉，則九流之偏説不禁而自隱矣。夫如是，則六家九流尚爲之隱退，況百氏之殊文詭製，得不藏匿而銷釁乎？斯所謂排小説而扶大義，斥異端而闡微言，辨惑嚮方，化人成俗之要也。伏惟陛下必行之。(3480)

【校】

①臣聞　《文苑英華》其上有「對」字。

②較然　郭本作「皎然」。

【注】

〔一〕黜子書：《漢書·董仲舒傳》：「武帝即位，舉賢良文學之士前後百數，而仲舒以賢良對策焉。……復對曰：『……《春秋》大一統者，天地之常經，古今之通誼也。今師異道，人異論，百家殊方，指意不同，是以上亡以持一統；法制數變，下不知所守。臣以爲諸不在六藝之科、孔子之術者，皆絶其道，勿使並進。邪辟之説滅息，然後統紀可一而法度可明，民知其所從矣。』」

〔二〕臣聞六句：《漢書·藝文志》：「昔仲尼没而微言絶，七十子喪而大義乖。故《春秋》分爲五，《詩》分爲四，《易》有數家之傳。戰國從衡，真僞分爭，諸子之言紛然殽亂。」又：「小説家者，蓋出於稗官。街談巷語，道聽塗説者之所造也。孔子曰：『雖小道，必有可觀者焉，致遠恐泥，是以君子弗爲也。』然亦弗滅也。閭里小知者之所及，亦使綴而不忘。」《論語·爲政》：「攻乎異端，斯害也已。」

〔三〕然則四句：《史記·太史公自序》：「喜生談，談爲太史公。太史公學天官於唐都，受易於楊何，習道論於黄子。太史公仕於建元、元封之間，愍學者之不達其意而師悖，乃論六家之要指曰：《易大傳》：『天下一致而百慮，同歸而殊塗。』夫陰陽、儒、墨、名、法、道德，此務爲治者也，直所從言之異路，有省不省耳。」《漢書·藝文志》：「諸子十家，其可觀者九家而已。皆起於王道既微，諸侯力政，時君世主，好惡殊方，是以九家之術蜂出並作，各引一端，崇其所善，以此馳説，取合諸侯。其言雖殊，辟猶水火，相滅相生也。」九家謂儒、道、陰陽、法、名、墨、從横、雜、農家，合小説爲十家。

〔四〕九經：《唐六典》卷二考功郎中：「其明經各試所習業……正經有九：《禮記》、《左傳》爲大經，《毛詩》、《周禮》、《儀禮》爲中經，《周易》、《尚書》、《公羊》、《穀梁》爲小經。」

六十二、議禮樂

問：禮樂並用①，其義安在？禮樂共理，其効何徵？禮之崩也，何方以救之乎？樂之壞也，何術以濟之乎？

臣聞序人倫②，安國家③，莫先於禮；和人神，移風俗，莫尚於樂〔一〕。二者所以並天地，參陰陽，廢一不可也。何則？禮者納人於別而不能和也，樂者致人於和而不能別也〔二〕。必待禮以濟樂，樂以濟禮，然後和而無怨，別而不爭。是以先王並建而用之，故理天下如指諸掌耳。《志》曰：「六經之道同歸，而禮樂之用爲急。」〔三〕故前代有亂亡者，由不能知之也。有知而危敗者，由不能行之也。有行而不至於理者，由不能達其情也。能達其情者，其唯宗周乎！周之有天下也，修禮達樂者七年④，刑措不用者四十年，負扆垂拱者三百年，龜鼎不遷者八百年〔四〕。斯可謂達其情，臻其極也。故孔子曰：「吾從周。」〔五〕然則繼周者其唯皇家乎！臣伏聞禮減則銷，銷則崩；樂盈則放，放則壞〔六〕。故先王減則進之，盈則反之，濟其不及而洩其過。用能正人道，反天性，奮至德之光焉。國家承齊、梁、陳、隋之弊，遺風未弭⑤〔七〕。故禮稍失於殺，樂稍失於奢。伏惟陛下慮其減削⑥，則命司禮者大明唐禮；防其盈放，則詔典樂者少抑鄭聲。如此則禮備而不偏，樂和不流矣。繼周之道，其在茲乎！（3481）

【校】

①並用　《文苑英華》作「之用」，校：「集作並。」

②臣聞　《文苑英華》其上有「對」字。

③國家　《文苑英華》、《管見抄》作「家國」，《文苑英華》校：「集作國家。」

④達樂　《文苑英華》作「建樂」，校：「集作達。」

⑤未弭　《文苑英華》、《管見抄》作「未殄」，《文苑英華》校：「集作弭。」

⑥減削　《文苑英華》、《管見抄》作「減銷」。

【注】

〔一〕臣聞六句：《孝經》廣要道章：「子曰：『教民親愛，莫善於孝。教民禮順，莫善於悌。移風易俗，莫善於樂。安上治民，莫善於禮。』」

〔二〕禮者二句：《禮記·樂記》：「樂者爲同，禮者爲異。同則相親，異則相敬。樂勝則流，禮勝則離。合情飾貌者禮樂之事也。禮義立，則貴賤等矣；樂文同，則上下和矣；好惡著，則賢不肖别矣。」

〔三〕志曰：《後漢書·張奮傳》：「在家上疏曰：『聖人所美，政道至要，本在禮樂。五經同歸，而禮樂之用尤急。孔子曰：「安上治民，莫善於禮；移風易俗，莫善於樂。」又曰：「揖讓而天下化者，禮樂之謂也。」』」

〔四〕周之有天下五句：《禮記·明堂位》：「周公踐天子之位，以治天下。六年，朝諸侯於明堂，制禮作樂，頒度量，而天下大服。七年，致政於成王。」《荀子·儒效》：「武王崩，成王幼，周公屏成王而及武王，履天子之籍，負扆而坐，諸侯趨走堂下。」《淮南子·齊俗訓》：「武王既没，殷民叛之。周公踐東宫，履乘石，攝天子之位，負扆而朝諸侯，放蔡叔，誅管叔，克殷殘商，祀文王於明堂，七年而致政成王。」

〔五〕孔子曰：《論語·八佾》：「子曰：『周監於二代，郁郁乎文哉！吾從周。』」

〔六〕臣伏聞四句：《禮記·樂記》：「故禮主其減，樂主其盈。禮減而進，以進爲文；樂盈而反，以反爲文。禮減而不進則銷，樂盈而不反則放。」

〔七〕國家承齊梁陳隋之弊：《漢書·武帝紀》贊：「漢承百王之弊，高祖撥亂反正，文、景務在養民，至於稽古禮文之事，猶多闕焉。」《三國志·魏書·王昶傳》：「以爲魏承秦、漢之弊，法制苛碎。」《舊唐書·楊綰傳》載賈至《議貢舉疏》：「國家革魏、晉、梁、隋之弊，承夏、殷、周、漢之業。」參卷二五《策林》十五《忠敬質文損益》(3434)。

六十三、沿革禮樂①

問：禮樂之用，百王共之。然則歷代以來，或沿而理，或革而亂，或損而興，或益而亡。何述作之跡同而得失之効異也？方今大制雖立②，至理未臻。豈沿襲損益未適其時宜？將文物聲明有乖於古制③？思欲究盛禮之旨④，審至樂之情。不和者改而更張⑤，可繼者守而勿失。具陳其要，當舉而行⑥。

臣聞議者曰⑦：禮莫備於三王，樂莫盛於五帝。非殷、周之禮不足以理天下，非堯、舜之樂不足以和神人。是以總章辟雍、冠服簠簋之制，一不備於古，則禮不能行矣。干戚羽旄、屈伸俯仰之度，一不修於古⑧，則樂不能和矣。古今之論，大率如此〔一〕。臣竊謂斯言失其本，得其末，非通儒之達識也。何者？夫禮樂者，非天降，非地出也。蓋先王酌於人情，張爲通理者也⑨。苟可以正人倫，寧家國，是得制禮之本意也⑩。苟可以和人心，厚風俗，是得作樂之本情矣。蓋善沿禮者，沿其意，不沿其名；善變樂者，變其數，不變其情。故得其意，則五帝、三王不相沿襲，而同臻於理矣。失其情，則王莽屑屑習古，適足爲亂矣。故曰：行禮樂之情者王，行禮樂之飾者亡。蓋謂是矣。且禮本於體，樂本於聲。文物名數，所以飾其體。器度節奏，所以文其聲⑪。聖人之理也，禮至則無體，樂至則無聲〔二〕。然則苟至於理也，聲與體猶可遺⑫，況於文與飾乎？則本末取捨之宜可明辨矣。今陛下以上聖之姿⑬，守烈祖之制，不待損益，足以致理⑭。然苟有沿革，則願陛下審本末而述作焉。蓋禮者以安上理人爲體，以別疑防欲爲用；以玉帛俎豆爲數，以周旋裼襲爲容。數與容可損益也，體與用不可斯須失也。樂者以易直子諒爲心，以中和孝友爲德；以律度鏗鏘爲飾，以綴兆舒疾爲文〔三〕。飾與文可損益也，心與德不可斯須失也。夫然，則禮得其本，樂達其情，雖沿襲損益不同，同歸于理矣。（3482）

【校】

①題　《文苑英華》作「議沿革禮樂」。

②大制　馬本作「大致」。

③聲明　《白氏策林》作「聲名」。

④旨　《文苑英華》、《管見抄》作「本」，《文苑英華》校：「集作旨。」
⑤不和　《白氏策林》作「不合」。
⑥而行　《白氏策林》此下有「之」字。
⑦臣聞　《文苑英華》其上有「對」字。
⑧修　《文苑英華》校：「一作循。」
⑨張爲通理　郭本作「根于道理」。
⑩也　《文苑英華》作「矣」，校：「集作也。」
⑪文其聲　郭本作「聞其聲」。
⑫可遺　《白氏策林》作「可道」。
⑬之姿　《文苑英華》、馬本作「之資」。
⑭致理　《白氏策林》作「制禮樂」。

【注】

〔一〕臣聞議者曰十三句：此蓋指唐初以來援引古義、審定禮制之討論。《舊唐書・禮儀志二》議明堂制：「太宗平定天下，命儒官議其制。貞觀五年，太子中允孔穎達以諸儒立議違古，上言：……

侍中魏徵議曰：『稽諸古訓，參以舊圖……自我而作，何必師古。廓千載之疑議，爲百王之懿範。不使泰山之下，惟聞黄帝之法；汶水之上，獨稱漢武之圖。……』議猶未決。」按，《禮記·樂記》：「王者功成作樂，治定制禮。其功大者其樂備，其治辯者其禮具。干戚之舞，非備樂也；孰亨而祀，非達禮也。五帝殊時，不相沿樂；三王異世，不相襲禮。」此則故設反論，以譏執意復古者。總章、辟雍，皆屬明堂之制。《禮記·月令》：「天子居總章大廟。」注：「總章，大廟西堂當大室也。」《大戴禮記·明堂位》：「明堂者，所以明諸侯尊卑。外水曰辟雍。」冠服簠簋、干戚羽旄、屈伸俯仰，詳下。

〔二〕聖人之理也三句：《禮記·孔子閒居》：「子夏曰：『五至既得而聞之矣，敢問何謂三無？』孔子曰：『無聲之樂，無體之禮，無服之喪，此之謂三無。』子夏曰：『三無既得略而聞之矣，敢問何詩近之？』孔子曰：『「夙夜其命宥密」，無聲之樂也。「威儀逮逮，不可選也」，無體之禮也。「凡民有喪，匍匐救之」，無服之喪也。』」

〔三〕蓋禮者十二句：《禮記·經解》：「孔子曰：『安上治民，莫善於禮。』」《樂記》：「禮樂之情同，故明王以相沿也。故事與時並，名與功偕。故鐘鼓管磬，羽籥干戚，樂之器也。屈伸俯仰，綴兆舒疾，樂之文也。簠簋俎豆，制度文章，禮之器也。升降上下，周還裼襲，禮之文也。故知禮樂之情者能作，識禮樂之文者能述。作者之謂聖，述者之謂明。」「致樂以治心，則易直子諒之心油然生矣。易直子諒之心生則樂，樂則安，安則久，久則天，天則神。」

六十四、復樂古器古曲

問：時議者或云：樂者聲與器遷，音隨曲變。若廢今器，用古器，則哀淫之音息矣。若捨今曲，奏古曲，則正始之音興矣〔一〕。其説若此，以爲如何①？

臣聞樂者本於聲②，聲者發於情，情者繫於政。蓋政和則情和，情和則聲和，而安樂之音由是作焉。政失則情失，情失則聲失，而哀淫之音由是作焉。斯所謂音聲之道，與政通矣〔二〕。伏覩時議者③，臣竊以爲不然。何者？夫器者所以發聲，聲之邪正，不繫於器之今古也。曲者所以名樂，樂之哀樂，不繫於曲之今古也。何以考之？若君政驕而荒，人心動而怨④，則雖捨今器用古器，而哀淫之聲不散矣。若君政善而美，人心平而和，則雖奏今曲，廢古曲，而安樂之音不流矣。是故和平之代，雖聞桑間濮上之音，人情不淫也，不傷也。亂亡之代，雖聞《咸》、《頀》、《韶》、《武》之音，人情不和也，不樂也〔三〕。故臣以爲銷鄭衛之聲，復正始之音者，在乎善其政，和其情，不在乎改其器，易其曲也。故曰：樂者不可以僞⑤，唯明聖者能審而述作焉〔四〕。臣又聞，若君政和而平，人心安而樂，則雖援蕢桴、擊野壤，聞之者必融融洩洩矣⑥〔五〕。若君政驕而荒，人心困而怨，則雖撞大鐘，伐鳴鼓，聞之者適足慘慘戚戚矣。故臣以爲諧神人、和風俗者，在乎善其政，歡其心，不在乎變其音，極其聲也。（3483）

【校】

①如何　《管見抄》、《白氏策林》作「何如」。

②臣聞　《文苑英華》其上有「對」字。

③伏覩　《文苑英華》作「伏觀」，校：「集作覩。」

④勤而怨　紹興本等作「動而怨」，《文苑英華》作「勤而恐」，校：「集作動而怨。」按，此據《樂記》「其民怨」、「其事勤」語，校改。

⑤不可以僞　《白氏策林》此下有「爲」字。

⑥必　《管見抄》作「則必可生」，《白氏策林》作「亦必」。

【注】

〔一〕時議者或云：《貞觀政要》卷七《禮樂》：「太常少卿祖孝孫奏所定新樂。太宗曰：『禮樂之作，是聖人緣物設教，以爲撙節，治政善惡，豈此之由？』御史大夫杜淹對曰：『前代興亡，實由於樂。陳將亡也，爲《玉樹後庭花》。齊將亡也，而爲《伴侶曲》。行路聞之，莫不悲泣，所謂亡國之音。以是觀之，實由於樂。』太宗曰：『不然。夫音聲豈能感人？歡者聞之則悦，哀者聽之則悲。悲悦在於人心，非由樂也。將亡之政，其人心苦，然苦心所感，故聞而則悲耳。何樂聲哀怨，能使悦者悲乎？今《玉樹》、《伴侶》之曲，其聲具存，朕能爲公奏之，知公必不悲耳。』尚書右丞魏徵進曰：『古人稱：「禮云禮云，玉帛云乎哉！樂云樂云，鐘鼓云乎哉！」樂在人和，不由音調。』太宗然之。」太宗謂治政善惡與樂無關，魏徵亦謂音調（之悲悦）與樂及政之善否無關，均屬通達之論。此篇則故設兩歧相反之論，結論亦謂善政非關變音。此與《新樂府》之《法曲歌》、《華原磬》諸篇持論不盡相同，蓋論説立場有異。

〔二〕臣聞十一句：《禮記・樂記》：「凡音者，生人心者也。情動於中，故形於聲。聲成文，謂之音。是故治世之音安以樂，其政和。亂世之音怨以怒，其政乖。亡國之音哀以思，其民困。聲音之道，與政通矣。宮爲君，商爲臣，角爲民，徵爲事，羽爲物。五者不亂，則無怗懘之音矣。宮亂則荒，其君驕。商亂則陂，其官壞。角亂則憂，其民怨。徵亂則哀，其事勤。羽亂則危，其財匱。五者皆亂，迭相陵，謂之慢。如此，則國之滅亡無日矣。鄭衛之音，亂世之音也，比於慢矣。桑間濮上之音，亡國之音也。其政亂，其民流，誣上行私而不可止也。」

〔三〕咸護韶武：《周禮・春官・大司樂》：「以樂舞教國子：舞《雲門》、《大卷》、《大咸》、《大磬》、《大夏》、《大濩》、《大武》。」注：「此周所存六代之樂。……《大咸》、《咸池》，堯樂也。……《大磬》，舜樂也。……《大濩》，湯樂也。……《大武》，武王樂也。」《論語·八佾》：「子謂《韶》，『盡美矣，又盡善也。』謂《武》，『盡美矣，未盡善也。』」集解：「孔曰：韶，舜樂名。」「武，武王樂也。」磬，韶之古文。大濩又作大護。

〔四〕故曰二句：《禮記·樂記》：「和順積中而英華發外，唯樂不可以爲僞。」「故知禮樂之情者能作，識禮樂之文者能述。作者之謂聖，述者之謂明。」

〔五〕援蕢桴：《禮記·禮運》：「夫禮之初，始諸飲食，其燔黍捭豚，汙尊而抔飲，蕢桴而土鼓，猶若可以致其敬於鬼神。」注：「蕢讀爲凷，聲之誤也。凷，堛也，謂摶土爲桴也。」擊野壤：《論衡·感虛》：「堯之時，五十之民，擊壤於塗。觀者曰：『大哉，堯之德也！』擊壤者曰：『吾日出而作，日入而息，鑿井而飲，耕田而食，堯何等力？』」

六十五、議祭祀

問：聖王立郊廟、重祭祀者，將以展誠敬而事鬼神乎？將欲裨教化而利生人乎①？

又問：近者敬失於鬼，祭祀以淫〔一〕。禳禱者有僭濫諂媚之風，蒸嘗者失疏數豐儉之節。今欲使俗無淫祀，家不黷神，物省費而厚生，人守義而不惑，何爲何作，可以救之②？

臣聞祭祀之義③，大率有三。禋于天地，所以示人報本也〔二〕。祠于聖賢，所以訓人崇德也〔三〕。享于祖考，所以教人追孝也〔四〕。三者行於天下，則萬人順，百神和④。此先王所以重祭祀者也。臣又觀之，豈直若是而已哉？蓋先王因事神而設教⑤，因崇祀以利人。俾乎人竭其誠，物盡其美。美致於鬼，則利歸於人焉。故皁其牲牷⑥，則牛羊不得不蕃矣。豐其黍稷，則倉廩不得不實矣。美其祭服，則布帛不得不精矣。不畜者無牲，不田者無盛，則游惰者不得不懲矣，勤本者不得不勉矣。四者行於天下，雖曰事鬼神⑦，其實厚生業也。故曰：禮行於祭祀，則百貨可極焉〔五〕。斯之謂矣。然則物力有餘⑧，則奢淫之弊起；祀事不節，則謟黷之萌生。先王又防其然也，是以宗廟有數，豐約有度，疏數有時。非其度者，則鬼不享而禮不容。非其類者，則神不歆而刑不捨〔六〕。二者行於天下，則人與神不相黷矣⑨，不相傷矣。近代以來，稍違祀典。或禮物失於奢儉，或巫史假於淫昏。追遠者昧從生之文，徼福者有媚神之祭⑩〔七〕。雖未甚弊，亦宜禁之。伏惟陛下，崇設人防⑪，申明國典。蒸嘗不經者，示之以禮。禳禱非鬼者⑫，糾之以刑。所謂存其正，抑其邪，則人不惑矣。著其誠，謹其物，則人厚生矣。斯亦齊風俗、和人神

之大端也⑬。惟陛下詳之。（3484）

【校】

①將欲　《文苑英華》、《管見抄》作「將以」，《文苑英華》校：「集作欲。」

②救之　郭本作「致之」。

③臣聞　《文苑英華》其上有「對」字。

④萬人順百神和　《白氏策林》作「萬人暢順百神効和」。

⑤而　《文苑英華》作「以」，校：「集作而。」

⑥阜　《管見抄》作「備」，《文苑英華》校：「集作備。」

⑦日事　馬本、《白氏策林》作「曰事」。

⑧物力　《文苑英華》作「禮物」，校：「集作物力。」

⑨神　《文苑英華》作「鬼」，校：「集作神。」

⑩媚神　郭本作「昧神」。

⑪人防　郭本作「大防」。

⑫非鬼　郭本作「非禮」。

⑬斯亦　紹興本等作「斯以」，據《管見抄》、《文苑英華》改。

【注】

〔一〕祭祀以淫：《舊唐書·太宗紀》：「（武德九年九月）壬子，詔私家不得輒立妖神，妄設淫祀，非禮祠禱，一皆禁絶。其龜易五兆之外，諸雜占卜，亦皆停斷。」然唐社會上下，諸雜鬼神崇拜、祠禱占卜實極普遍。《舊唐書·狄仁傑傳》：「吴楚之俗多淫祠，仁傑奏毁一千七百所，唯留夏禹、吴太伯、季札、伍員四祠。」《李德裕傳》：「（浙西）屬郡祠廟，按方志，前代名臣賢後則祠之，四郡之内，除淫祠一千一十所。」《于頔傳》：「吴俗事鬼，頔疾其淫祀廢生業，神宇皆撤去，唯吴太伯、伍員等三數廟存焉。」楊憑《唐廬州刺史本州團練使羅珦德政碑》：「廬江之俗，不好學而酷信淫祀，豪家廣占田而不耕，人稀而病於吏衆，藝桑鮮而布帛疏濫，有札瘥夭傷，則損敗生業，捨藥物而乞靈於鬼神。」柳宗元《道州毁鼻亭神記》：「鼻亭神，象祠也。不知何自始立……公乃考民風，披地圖，得是祠，駭曰：『象之道，以爲子則傲，以爲弟則賊，君有鼻而天子之吏實理。以惡德專世祀，殆非化吾人之意哉！』命亟去之。」陸龜蒙《野廟碑》：「甌粤間好事鬼，山椒水濱多淫祀。其廟貌有雄而毅、黝而碩者則曰將軍，有溫而願、晳而少者則曰某郎，有媪而尊嚴者則曰姥，有婦而容豔者則曰姑。」

〔二〕禋于天地二句：《禮記·郊特牲》：「社所以神地之道也。地載萬物，天垂象。取財於地，取法於天，是以尊天而親地也，故教民美報焉。……唯社，丘乘共粢盛，所以報本反始也。」「萬物本乎天，人本乎祖，此所以配上帝也。郊之祭也，大報本反始也。」

〔三〕祠于聖賢二句：《禮記·王制》：「上賢以崇德，簡不肖以絀惡。」

〔四〕享于祖考二句：《禮記·坊記》：「子云：『祭祀之有尸也，宗廟之有主也，示民有事也。修宗廟，敬祀事，教民追孝也。以此坊民，民猶忘其親。』」

〔五〕故曰：《禮記·禮運》：「故禮行於郊，而百神受職焉。禮行於社，而百貨可極焉。禮行於祖廟，而孝慈服焉。禮行於五祀，而正法則焉。」

〔六〕非其類者二句：《左傳》僖公十年：「神不歆非類，民不祀非族。」

〔七〕追遠者二句：《禮記·王制》：「喪從死者，祭從生者，支子不祭。」《左傳》昭公二十年：「進退無辭，則虛以求媚。是以鬼神不饗其國以禍之，祝史與焉。」

六十六、禁厚葬〔一〕

臣伏以國朝參古今之儀，制喪葬之紀，尊卑豐約，煥然有章。今則鬱而不行於天下者久矣。至使送終之禮，大失其中。貴賤昧從死之文，奢儉乖稱家之義〔二〕。況多藏必辱於死者，厚費有害於生人㈢。習不知非，寖而成俗。此乃敗禮法、傷財力之一端也①。陛下誠欲革其弊，抑其淫，則宜乎振舉國章，申明喪紀。奢侈非宜者，齊之以禮；凌僭不度者，董之以威。故威行於下，則壞法犯貴之風移矣。禮適其中，則破産傷生之俗革矣。移風革俗，其在兹乎！（3485）

【校】

①財力　《白氏策林》作「人力」。

【注】

㈠禁厚葬：《唐會要》卷三八《葬》：「太極元年六月，右司郎中唐紹上疏曰：『……比者王公百官，競爲厚葬，偶人象馬，雕飾如生。徒以炫耀路人，本不因心致禮。更相扇動，破産傾資，風俗流行，下兼士庶。若無禁制，奢侈日增。望請王公以下送葬明器，皆依令式，並陳於墓所，不得衢路舁行。』」「元和三年五月，京兆尹鄭元修奏：『王公士庶喪葬節制，一品、二品、三品爲一等，四品、五品爲一等，六品至九品爲一等。凡命婦各准本品，如夫子官高，聽從夫子。其無邑號者，准夫子品。蔭子孫未有官者，降損有差。其凶器悉請以瓦木爲之。』是時厚葬成俗久矣，雖詔命頒下，事竟不行。」

〔二〕貴賤二句：《禮記·王制》：「喪從死者，祭從生者。」《檀弓上》：「子游問喪具，夫子曰：『稱家之有亡。』」

〔三〕況多藏二句：《老子》四十四章：「是故甚愛必大費，多藏必厚亡。」

六十七、議釋教〔一〕僧尼。

問：漢、魏以降，像教寖興。或曰足以耗蠹國風，又云足以輔助王化〔二〕。今欲禁之勿用，恐乖誘善崇福之方。若許之大行，慮成異教殊俗之弊。裨化之功誠著，傷生之費亦深。利病相形，從其遠者。

臣聞上古之化也，大道惟一。中古之教也，精義無二。蓋上率下以一德，則下應上無二心。故儒、墨六家不行於五帝，道、釋二教不及於三王。迨乎德既下衰，道又上失，源離派別，樸散器分，於是乎儒、道、釋之教鼎立於天下矣。降及近代，釋氏尤甚焉①。臣伏觀其教②，大抵以禪定爲根，以慈忍爲本，以報應爲枝，以齋戒爲葉。夫然亦可以誘掖人心，輔助王化。然臣以爲不可者，有以也。臣聞天子者，奉天之教令。兆人者，奉天子之教令。令一則理，教二則亂③。若參以外教，二三孰甚焉？況國家以武定禍亂，以文理華夏。執此二柄，足以經緯其人矣。而又以區區西方之教與天子抗衡④，臣恐乖古先惟一無二之化也。然則根本枝葉，王教備焉，何必使人去此取彼⑤？若欲以禪定復人性，則先王有恭默無爲之道在。若欲以慈忍厚人德，則先王有忠恕惻隱之訓在。若欲以報應禁人僻⑥，則先王有懲惡勸善之刑在。若欲以齋戒抑人淫，則先王有防欲閑邪之禮在〔三〕。雖臻其極則同歸⑦，或能助於王化；然異其名則殊俗⑧，足以貳乎人心。故臣以爲不可者，以此也。況僧徒月益⑨，佛寺日崇。勞人力於土木之功，耗人利於金寶之飾。移君親於師資之際，曠夫婦於戒律之間。古人云：一夫不田，有受其餒者；一婦不織，有受其寒者〔四〕。今天下僧尼不可勝數，皆待農而食，待蠶而衣。臣竊思之，晉、宋、齊、梁以來，天下凋弊未必不由此矣。伏惟陛下察焉。（3486）

【校】

①尤甚　《白氏策林》作「猶甚」。

②伏觀　馬本、《白氏策林》作「伏覩」。

③教二　紹興本等無「教」字，據《管見抄》補。

④又以　紹興本等無「以」字，據《管見抄》補。
⑤去此取彼　《白氏策林》作「去彼取此」。
⑥禁人　郭本作「化人」。
⑦臻其　郭本作「殊其」。
⑧異其名　紹興本等作「於異名」，據《管見抄》改。
⑨況僧徒　郭本作「尼僧」。「月益」　《管見抄》作「日益」。

【注】

〔一〕議釋教：《唐會要》卷四七《議釋教》：「武德七年七月十四日，太史令傅奕上疏，請去釋教，高祖付群官詳議。太僕卿張道源稱奕奏合理，尚書右僕射蕭瑀與之爭論……太宗嘗臨朝謂奕曰：『佛道玄妙，聖跡可師，卿獨不悟何也？』奕對曰：『佛是胡中桀黠，欺誑夷俗。遵尚其道，皆是邪僻小人，模寫莊老玄言，文飾妖幻之教耳。於百姓無補，於國家有害。』上然之。」「開元二年正月，中書令姚崇奏言：『自神龍已來，公主及外戚皆奏請度人，亦出私財造寺者。每一出敕，則因爲奸濫。富户强丁，皆經營避役。遠近充滿，損汙精藍。……』上乃令有司精加銓擇，天下僧尼僞濫還俗者，三萬餘人。大曆十三年四月，劍南東川觀察使李叔明奏請澄汰佛道二教，下尚書省集議。都官員外郎彭偃獻議曰：『……今天下僧道，不耕而食，不織而衣，廣作危言險語，以惑愚者。一僧衣食，歲計約三萬有餘，五丁所出，不能致此。……臣伏請僧道未滿五十者，每年輸絹四疋，尼及女道士未滿五十者，輸絹二疋。其雜色役，與百姓同。……』上深嘉之。」此元和前抑釋教之議。其後有元和十三年韓愈上疏諫迎佛骨，會昌中武宗下滅佛之詔。

〔二〕或曰二句：前者如范縝《神滅論》：「浮屠害政，桑門蠹俗，風驚霧起，馳蕩不休。吾哀其弊，思拯其溺。……家家棄其親愛，人人絶其嗣續。至使兵挫於行間，吏空於官府，粟罄於惰遊，貨殫於土木。」傅奕《請廢佛法表》：「且佛之經教，妄説罪福，軍民逃役，剃髮隱中，不事二親，專行十惡。歲月不除，奸僞逾甚。」後者如何充《奏言沙門不應敬王者》：「然尋其遺文，贊其要旨，五戒之禁，實助王化。」慧遠《沙門不敬王者論》：「是故悦釋迦之風者，輒先奉親而敬君；變俗投簪者，必待命而順動。若君親有疑，則退求其志，以俟同悟。斯乃佛教之所以重資生、助王化於治道者也。」

〔三〕若欲以八句：孫綽《喻道論》：「或難曰：周孔適時而教，佛欲頓去之，將何以懲暴止奸，統理群生者哉？答曰：不然。周孔即佛，佛即周孔，蓋外内名之耳。故在皇爲皇，在王爲王。佛者梵語，晉訓覺也。覺之爲義，悟物之謂。猶孟軻以聖人爲先覺，其旨一也。應世軌物，蓋亦隨時。周孔救極弊，佛教明其本耳。共爲首尾，其致不殊。即如外聖有深淺之跡：堯舜世夷，故二后高讓；湯武時難，故兩君揮戈。淵默之與赫斯，其跡則胡越。然其所以跡者，何嘗有際哉？故逆尋者每見其二，順通者無往不一。」宗炳《明佛論》：「或問曰：孔氏之訓：『無求生以害仁，有殺身以成仁』，仁之至也，亦佛經説菩薩之行矣。老子明無爲，無爲之至也，即泥洹之極矣。而曾不稱其神通成佛，豈孔、老有所不盡與？……答曰：教化之發，各指所應。世蘄乎亂，洙泗所弘，應治道也。純風彌調，二篇乃作，以息動也。若使顔、冉、宰、賜，尹喜、莊周，外贊儒玄之跡，以導世情所極；内稟無生之學，以精神理之求，世孰識之哉？……儒以弘仁，道在抑動，皆已撫教得崖，莫匪爾極矣。雖慈良無爲，與佛説通流，而法身泥洹，無與盡言，故弗明耳。凡稱無爲而無不爲者，與夫法身無形，普入一切者，豈不同致哉？是以孔、老、如來，雖三訓殊路，而習善共轍也。」二篇論旨在喻道明佛，亦倡儒、釋通流之説。釋道安《二教論·孔老非佛七》所駁東都俊逸童子之問，亦承此而來：「問：西域名佛，此方云覺。西言菩提，此云爲道。西云泥洹，此言無爲。西稱般若，此翻智慧。准此斯義，則孔、老是佛，無爲大道，先已有之。」又白敏中《滑州明福寺新修浮圖記》：「公命敏中援筆以記，敏中蹶然而起曰：釋氏之教，其來久矣。漢魏以降，復熾而熾。其教以禪定慈忍報應齋戒爲事，亦以是誘掖人心，輔助王化。何者？先王恭默無爲之道，乃禪定乎？忠恕惻憫之訓，乃慈忍乎？懲惡勸善之法，乃報應乎？防欲閑邪之禮，乃齋戒乎？分其教則殊，歸於禮而何異。子不語怪力亂神，惡其人之惑也。」全襲居易此篇。

〔四〕古人云：《管子·揆度》：「一農不耕，民有爲之飢者；一女不織，民有爲之寒者。」《魏書·高祖紀》太和四年四月己卯詔：「一夫不耕，將或受其餒；一婦不織，將或受其寒。」《唐會要》卷四七《議釋教》載會昌五年八月制：「且一夫不田，有受其餒者；一婦不織，有受其寒者。今天下僧尼，不可勝數，皆待衣而食，待蠶而衣。寺宇招提，莫知紀極，皆雲構藻飾，僭擬宫殿。晉宋齊梁，物力凋瘵，風俗澆詐，莫不由是而致也。」亦襲居易此文。

六十八、議文章〔一〕　碑碣詞賦。

問：國家化天下以文明①，獎多士以文學，二百餘載，文章煥焉②。然則述作之間，久而生弊③。書事者罕聞於直筆，褒美者多覩其虚辭。今欲去僞抑淫，芟蕪剗穢，黜華於枝葉，反實於根源，引而救之④，其道安在⑤？

臣謹按⑥：《易》曰：「觀乎人文以化成天下。」〔二〕《記》曰：「文王以文理。」〔三〕則文之用大矣哉。自三代以還，斯文不振。故天以將喪之弊，授我國家。國家以文德應天，以文教牧人⑦，以文行選賢，以文學取士。二百餘載，焕乎文章〔四〕。故士無賢不肖，率注意於文矣。然臣聞，大成不能無小弊，大美不能無小疵⑧。是以凡今秉筆之徒，率爾而言者有矣⑨，斐然成章者有矣。故歌詠詩賦碑碣讚詠之製⑩，往往有虚美者矣⑪，有媿辭者矣〔五〕。若行於時，則誣善惡而惑當代⑫。若傳於後，則混真僞而疑將來。臣伏思之，恐非先王文理化成之教也⑬。且古之爲文者，上以紉王教⑭，繫國風；下以存炯戒⑮，通諷諭〔六〕。故懲勸善惡之柄，執於文士褒貶之際焉〔七〕；補察得失之端，操於詩人美刺之間焉〔八〕。今褒貶之文無覈實，則懲勸之道缺矣⑯；美刺之詩不稽政，則補察之義廢矣。雖彫章鏤句，將焉用之？臣又聞，稂莠秕稗生於穀，反害穀者也；淫辭麗藻生於文，反傷文者也。故農者耘稂莠，簸秕稗，所以養穀也；王者刪淫辭，削麗藻，所以養文也。伏惟陛下詔主文之司，諭養文之旨。俾辭賦合炯戒諷諭者，雖質雖野，採而獎之；碑誄有虚美愧辭者，雖華雖麗，禁而絶之。若然，則爲文者必當尚質抑淫⑰，著誠去僞。小疵小弊，蕩然無遺矣，則何慮乎皇家之文章不與三代同風者歟⑱？（3487）

【校】

①化天下　《文苑英華》作「撫天下」，校：「集作化。」

②煥焉　《文苑英華》、《管見抄》作「炳焉」，《文苑英華》校：「集作煥。」郭本作「煥然」。

③生弊　郭本作「生徒」。

④救之　郭本作「伸之」。

⑤其道　《文苑英華》作「其義」，校：「集作道。」
⑥臣謹　《文苑英華》其上有「對」字。
⑦牧人　《白氏策林》作「取人」。
⑧大美　馬本作「有美」。
⑨而言　郭本作「成章」。
⑩歌詠詩賦碑碣讚詠　「詩賦」《管見抄》作「詞賦」。此八字《文苑英華》作「歌辭賦訟讚誄碑碣」。「之製」　郭本作「之作」。
⑪矣　《文苑英華》作「焉」，校：「集作矣。」下句同。
⑫當代　《文苑英華》作「當世」。
⑬恐非　馬本作「大非」。
⑭紉　郭本作「納」。
⑮炯戒　郭本作「湮戒」。
⑯之道　《文苑英華》作「之義」，校：「集作道。」
⑰尚質　《文苑英華》、《管見抄》作「尚實」。
⑱歟　《文苑英華》、《管見抄》作「哉」，《文苑英華》校文同紹興本等。

【注】

〔一〕議文章：唐人崇尚文華，然中葉以後究其弊者頗衆。柳冕《謝杜相公論房杜二相書》：「且今之文章，與古之文章，立意異矣。何則？古之作者，因治亂而感哀樂，因哀樂而爲詠歌，因詠歌而成比興。……於是風雅之文，變爲形似；比興之體，變爲飛動；禮義之情，變爲物色；詩之六義盡矣。何則？屈宋唱之，兩漢扇之，魏晉江左，隨波而不反矣。故蕭曹雖賢，不能變淫麗之體；二荀雖盛，不能變聲色之詞；房杜雖明，不能變齊梁之弊。是則風俗好尚，繫在時王，不在人臣明矣。故文章之道，不根教化，别是一枝耳。當時君子，恥爲文人。」《通典》卷十八《選舉》杜佑評曰：「夫文質相矯，有如循環，教化所由，興衰是繫。自魏三主俱好屬文，晉宋齊梁風流彌扇。體非典雅，詞尚綺麗。澆訛之弊，極於有隋。且三代以來，憲章可舉，唯稱漢室。繼漢之盛，莫若我唐。惜乎當創業之初，承文弊之極，可謂遇其時矣。群公不議救弊以質，而乃因習尚文，風教未淳，慮由於此。……爾後有司尊賢之道，先於文華；辯論之方，擇於書判。靡然趨尚，其流猥雜。所以閱經號爲倒拔，徵詞同乎射覆。置循資之格，立選數之制。壓例示其定限，平配絶其逾涯。或糊名考覈，或十銓分掌。苟濟其末，不澄其源。則吏部專總，是作程之弊者；文詞取士，是審才之末者。書判，又文詞之末也。」乃專就選舉而究文弊，居易此篇亦多襲其論。

〔二〕易曰：《易·賁·彖》：「觀乎天文，以察時變；觀乎人文，以化成天下。」

〔三〕記曰：《禮記·祭法》：「湯以寬治民而除其虐，文王以文治，武王以武功去民之災。」

〔四〕焕乎文章：《論語·泰伯》：「子曰：『大哉堯之爲君也！巍巍乎，唯天爲大，唯堯則之。蕩蕩乎，民無能名焉。巍巍乎其有成功也，焕乎其有文章！』」

〔五〕故歌詠三句：《漢書·司馬遷傳》：「然自劉向、揚雄博極群書，皆稱遷有良史之材，服其善序事理，辨而不華，質而不俚，其文直，其事核，不虚美，不隱惡，故謂之實録。」《左傳》襄公二十七年：「子木問於趙孟曰：『范武子之德何如？』對曰：『夫人之家事治，言於晉國無隱情。其祝史陳信於鬼神，無愧辭。』」

〔六〕且古之爲文者五句：《漢書·地理志》：「孔子曰：『移風易俗，莫善於樂。』言聖王在上，統理人倫，必移其本，而易其末，此混同天下，一之乎中和，然後王教成也。」《毛詩序》：「是以一國之事，繫一人之本，謂之風。言天下之事，形四方之風，謂之雅。」班固《幽通賦》：「既諄爾以吉象兮，又申之以炯戒。」班固《兩都賦序》：「或以抒下情而通諷諭，或以宣上德而盡忠孝。」

〔七〕故懲惡勸善二句：《論衡·定賢》：「周道弊，孔子起而作之，文義襃貶是非，得道理之實，無非僻之誤。」

〔八〕補察得失二句：《左傳》襄公十四年：「善則賞之，過則匡之，患則救之，失則革之。自王以下，各有父兄子弟，以補察其政。史爲書，瞽爲詩，工誦箴諫，大夫規誨，士傳言，庶人謗，商旅於市，百工獻藝。」美刺之説，見於《詩序》。然自魏晉迄唐，言之者幾稀。《通典》卷十七《選舉·雜議論》開元十七年劉秩上《選舉論》：「原夫詩賦之意，所以達下情，所以諷君上，上下情通，而天下亂者，未之有也。近之作者，先文後理，詞冶不雅，既不關於諷刺，又不足以見情，蓋失其本，又何爲乎？」高仲武《紀蘇渙文》：「其文意長於諷刺，亦有陳拾遺一鱗半甲。」獨孤及《檢校尚書吏部員外郎趙郡李公中集序》：「公之作本乎王道，大抵以五經爲泉源，抒情性以托諷，然後有歌詠；美教化，獻箴諫，然後有賦頌；懸權衡以辯天下公是非，然後有議論。」此皆在居易議論之先。

六十九、採詩〔一〕　以補察時政。

問：聖人之致理也，在乎酌人言，察人情，而後行爲政，順爲教者也。然則一人之耳安得偏聞天下之言乎①？一人之心安得盡知天下之情乎？今欲立採詩之官，開諷刺之道，察其得失之政，通其上下之情，子大夫以爲如何②？

臣聞聖王酌人之言③，補己之過，所以立理本、導化源也④。將在乎選觀風之使，建採詩之官。俾乎歌詠之聲，諷刺之興，日採於下，歲獻於上者也。所謂言之者無罪，聞之者足以自誡。大凡人之感於事，則必動於情，然後興於嗟歎，發於吟詠，而形於歌詩矣。

故聞《蓼蕭》之詩⑤，則知澤及四海也〔二〕。聞《禾黍》之詠，則知時和歲豐也〔三〕。聞《北風》之言，則知威虐及人矣〔四〕。聞《碩鼠》之刺，則知重斂於下也〔五〕。聞「廣袖高髻」之謡，則知風俗之奢蕩也〔六〕。聞「誰其穫者婦與姑」之言⑥，則知征役之廢業也〔七〕。故國風之盛衰，由斯而見也。王政之得失，由斯而聞也。人情之哀樂，由斯而知也。然後君臣親覽而斟酌焉。政之廢者修之，闕者補之；人之憂者樂之，勞者逸之。所謂善防川者決之使導，善理人者宣之使言〔八〕。故政有毫髮之善⑦，下必知也；教有錙銖之失，上必聞也。則上之誠明，何憂乎不下達？下之利病，何患乎不上知？上下交和，内外胥悦。若此而不臻至理，不致昇平，自開闢以來未之聞也⑧。《老子》曰：「不出户，知天下。」〔九〕斯之謂歟！（3488）

【校】

①安得　《文苑英華》作「焉得」，校：「集作安。」

②子大夫　《文苑英華》無「子」字。「如何」《管見抄》作「何如」。

③臣聞　《文苑英華》其上有「對」字。「聖王」　郭本作「聖人」。

④導化　《文苑英華》作「道化」，校：「一作導。」

⑤之詩　馬本作「之篇」。
⑥之言　紹興本等重「之」字，據《文苑英華》、《管見抄》删。
⑦毫髮　《白氏策林》作「毛髮」。
⑧未之聞　《白氏策林》作「未之有」。

【注】

〔一〕採詩：《漢書·食貨志》：「孟春之月，群居者將散，行人振木鐸徇於路以採詩，獻之大師，比其音律，以聞於天子。故曰王者不窺牖而知天下。」《藝文志》：「故古有採詩之官，王者所以觀風俗，知得失，自考正也。」《宋書·樂志》：「秦、漢闕採詩之官，歌詠多因前代，與時事既不相應，且無以垂示後昆。漢武帝雖頗造新歌，然不以光揚祖考、崇述正德爲先，但多詠祭祀見事及其祥瑞而已。」此前代所記採詩。《通典》卷十七《選舉·雜議論》上元元年劉嶢上疏：「况古之作文，必諧風雅。今之末學，不近典謨。勞心於卉木之間，極筆於煙雲之際。以此成俗，斯大謬也。昔之採詩，以觀風俗，詠《卷耳》則忠臣喜，誦《蓼莪》而孝子悲，溫良敦厚，詩教也。豈主於淫文哉！」李行修《請置詩學博士書》：「復採詩之官，以察風俗，是謂兼聽。」此元和三年上。《舊唐書·鄭覃傳》：「上嘗於延英論古今詩句工拙，覃曰：『孔子所删，三百篇是也。降此五言七言，辭非雅正，不足帝王賞詠。夫《詩》之雅頌，皆下刺上所爲，非上化下而作。王者採詩，以考風俗得失。仲尼删定，以爲世規。近代陳後主、隋煬帝皆能章句，不知王者大端，終有季年之失。章句小道，願陛下不取也。』」此文宗時事。是皆唐人言採詩者。

〔二〕蓼蕭之詩：《詩·小雅·蓼蕭》序：「《蓼蕭》，澤及四海也。」

〔三〕禾黍：當爲《華黍》，已佚。《詩·小雅·鹿鳴之什》載其篇名，序：「《華黍》，時和歲豐，宜黍稷也。」

〔四〕北風之言：《詩·邶風·北風》序：「《北風》，刺虐也。衛國並爲威虐，百姓不親，莫不相攜持而去焉。」

〔五〕碩鼠之刺：《詩·魏風·碩鼠》序：「《碩鼠》，刺重斂也。國人刺其君重斂，蠶食於民，不修其政，貪而畏人，若大鼠也。」

〔六〕廣袖高髻之謡：《後漢書·馬廖傳》：「長安語曰：『城中好高髻，四方高一尺。城中好廣眉，四方且半額。城中好大袖，四方全匹帛。』」

〔七〕誰其穫者婦與姑：《後漢書·五行志》：「桓帝之初，天下童謡曰：『小麥青青大麥枯，誰當穫者婦與姑。丈人何在西擊胡。吏買馬，君具車，請爲諸君鼓嚨胡。』案元嘉中涼州諸羌一時俱反，南入蜀、漢，東抄三輔，延及并、冀，大爲民害。命將出衆，每戰常負。中國益發甲卒，麥多委棄，但有婦女穫刈之也。吏買馬、君具車者，言調發重及有秩者也；請爲諸君鼓嚨胡者，不敢公言，私咽語。」

〔八〕所謂善防川者二句：《國語·周語上》：「防民之口，甚於防川。川壅而潰，傷人必多，民亦如之。是故爲川者決之使導，爲民者宣之使言。」

〔九〕老子曰：《老子》四十七章：「不出户，知天下；不窺牖，見天道。」

七十、納諫〔一〕 上封章，廣視聽。

問：國家立諫諍之官，開啓沃之路久矣①，而謇諤者未盡其節，謀猷者未竭其誠。思欲取天下之耳目裨我視聽，盡天下之心智爲我思謀。政之壅蔽者決於中，令之絶滅者通于外。上無違德，下無隱情。何爲何方②，得至於此？

又問：先王立訓，唯諫是從。然則歷代君臣，有賢有否。至若獻替之際③，是非之間，若君過臣規④，固宜有言必納；如上得下失，豈可從諫如流？以是訓人，其義安在？

臣聞天子之耳不能自聰⑤，合天下之耳聽之而後聰也。天子之目不能自明，合天下之目視之而後明也。天子之心不能自聖，合天下之心思之而後聖也。若天子唯以兩耳聽之，兩目視之，一心思之，則十步之外不能聞也⑥，百步之外不能見也，殿庭之外不能知也，而況四海之大，萬樞之繁者乎⑦？聖王知其然⑧，故立諫諍諷議之官，開獻替啓沃之道。俾乎補察遺闕，輔助聰明⑨。猶懼其未也，於是設敢諫之鼓，建進善之旌⑩，立誹謗之木〔二〕。工商得以流議，士庶得以傳言。然後過日聞而德日新矣。是以古之聖王，由此塗出焉。臣又聞，不棄死馬之骨，然後良驥可得也。不棄狂夫之言，然後佳謀可聞也⑪〔三〕。苟臣管見之中有可取者，陛下取而行之；苟臣蒭言之中有可採者⑫，陛下採而用之。則聞之者必曰：如某之言，如某之見，猶且不棄，況愈於某之徒歟？則天下謀猷之士，得不比肩而至乎？天下謇諤之臣，得不繼踵而來乎？故覽其謀猷，則天下之利病如懸於握中矣⑬；納其謇諤，則朝廷之得失如指諸掌内矣。所謂用天下之耳聽之，則無不聰也；用天下之目視之，則無不明也；用天下之心識思謀之⑭，則無不聖神也。聖神啓於上，聰明達於下，如此則何壅蔽之有耶？滅絶之有耶⑮？臣又嘗觀歷代人君有愚有賢，舉事非盡失也。人臣者有能有否，出言非盡得也。然則先王勤勤懇懇，勸從諫，誡自用者，又何哉？豈不以自古以來，君雖有得，未有愎諫而理者也⑯，況其有失乎？臣雖有失⑰，未有從諫而亂者也，況其有得乎？勤懇勸誡之義，在於此矣。伏惟陛下鑒之⑱。（3489）

【校】

①啓沃　馬本誤「起沃」。

②何爲　紹興本等作「可爲」，據《管見抄》、《白氏策林》改。

③至若　《白氏策林》作「至於」。

④若　《文苑英華》作「或」，校：「集作若。」

⑤臣聞　《文苑英華》其上有「對」字。

⑥之外　紹興本等作「之内」，據《管見抄》改。

⑦萬樞之繁　《文苑英華》作「萬幾之重」，校：「集作萬樞之繁。」馬本、《白氏策林》作「萬幾之繁」。

⑧聖王　《文苑英華》作「聖人」，校：「集作王。」

⑨輔助　《文苑英華》作「輔佐」，校：「集作助。」

⑩進善　《管見抄》作「告善」。

⑪佳謀　《文苑英華》、郭本作「嘉謀」。

⑫蒭言　郭本作「鄙言」。

⑬懸於　《文苑英華》作「懸之」，校：「集作於。」

⑭心識思謀　郭本作「心思」。

⑮滅絶　《文苑英華》、《白氏策林》其上有「何」字，《文苑英華》校：「集無何字。」
⑯愎諫　郭本作「拂諫」，《白氏策林》作「拒諫」。
⑰臣雖　《白氏策林》作「君雖」。
⑱鑒之　《管見抄》此下有「焉」字，又注：「亦可用爲策尾。」

【注】

㈠納諫：《貞觀政要》卷二《直諫》：「貞觀十二年，太宗謂魏徵曰：『比來所行得失政化，何如往前？』……徵曰：『貞觀之初，恐人不言，導之使諫。三年已後，見人諫悦而從之。一二年來，不悦人諫，雖勉强聽受，而意終不平，諒有難色。』……太宗曰：『誠如公言，非公無能道此者。』……」德宗朝多愎諫事。《唐會要》卷四《儲君雜録》：「貞元中，裴延齡、韋渠牟以奸佞相次選用。延齡尤狡險，判度支，務克剥聚斂，自以爲功，天下怨怒。陸贄、李充以讒毁受譴，陽城等伏闕懇諫，幾至得罪。順宗在東宫，每進見輒言延齡輩不可用，而諫臣可獎。德宗卒不相渠牟、延齡而有城者，東宫之力也。德宗嘗泛舟魚藻宫水嬉，命皇太子升舟。舟具皆飾以金碧丹青，婦人盛飾操舟，光彩耀燭，衆樂俱發。德宗顧太子：『今日如何？』曰：『極盛。』然後退以奢諫，德宗不悦焉。」卷五五《諫議大夫》：「其後陸贄、李充等以讒毁受譴，朝廷震懼，上怒未解，勢不可測，滿朝無敢言者。（陽）城聞而起曰：『吾諫官也，不可令天子殺無罪人。』即率拾遺王仲舒等數人守延英門上疏，論延齡奸佞，贄等無罪。上大怒，召宰臣入語，將加城等罪，良久乃解，令宰相諭之。於是金吾將軍張萬福，武將不識文字，亦知感激，端笏詣城與諸諫官等，泣而且拜曰：『今日始知聖朝有直臣。』時議以爲延齡朝夕爲宰相，城獨謂同列曰：『延齡倘入相，吾唯抱白麻慟哭。』後竟坐延齡事，改爲國子司業。」又，「（薛之輿）奏：諫官所上封章，事皆機密，每進一封，須門下中書兩省印署文牒，每有封奏，人且先知，請別鑄諫院印，須免漏泄。又累上言時事，上不説，故改官。無幾，以疾免。」《舊唐書·許孟容傳》：「（貞元）十八年，浙江東道觀察使裴肅卒，以攝副使齊總爲衢州刺史。時總爲肅剝下進奉以希恩，遽授大郡，物議喧然。詔出，孟容執奏曰：……。尋有諫官論列，乃留中不下。德宗召孟容對於延英，諭之曰：『使百執事皆如卿，朕何憂也？』自給事中袁高論盧杞後，未嘗有可否，及聞孟容之奏，四方皆感上之聽納，嘉孟容之當官。……孟容以諷諭太切，改太常少卿。」《韓愈傳》：「德宗晚年，政出多門，宰相不專機務。宮市之弊，諫官論之不聽。愈嘗上章數千言極論之，不聽，怒貶爲連州山陽令。」

〔二〕猶懼其未也四句：《淮南子·主術訓》：「古者天子聽朝，公卿正諫，博士誦詩，瞽箴師誦，庶人傳語，史書其過，宰徹其膳。猶以爲未足也，故堯置敢諫之鼓，舜立誹謗之木，湯有司直之人，武王立戒慎之鞀。」

〔三〕臣又聞四句：《戰國策·燕策一》：「郭隗先生曰：『臣聞古之君人有以千金求千里馬者，三年不能得。涓人言於君曰：「請求之。」君遣之。三月得千里馬，馬已死。買其首五百金，反以報君。君大怒曰：「所求者生馬，安事死馬而捐五百金？」涓人對曰：「死馬且買之五百金，況生馬乎？天下必以王爲能市馬，馬今至矣。」於是不能期年，千里之馬至者三。今王誠欲致士，先從隗始。隗且見事，況賢於隗者乎？豈遠千里哉？』」《史記·淮陰侯列傳》：「臣聞智者千慮，必有一失；愚者千慮，必有一得。故曰狂夫之言，聖人擇焉。」

七十一、去諂佞從讜直(一)

問：天地無私，賢愚間生焉；理亂有時，邪正迭用焉。然則理代豈無愚邪者耶？將有而不任耶？亂代豈無賢正者耶？將有而不用耶①？思決所疑，可徵其驗②。

又問：歷代之君無不知用賢則理，用愚則亂，從諫興，從佞亡也。而取捨之際，紛然自迷。故誅放者多非小人③，寵用者鮮有君子。至使衰亡危亂，歷代相望④。豈臣之邪正惑其心乎？將己之愛惡昏其鑒乎？昏惑之由，必有其故。

臣聞昏明不並興⑤，邪正不兩廢。蓋賢者進則愚者退矣，曲者用則直者隱矣。亦由晝夜相代⑥，寒暑相推，必然之理也。然則盛明之代⑦，非無小人，小人之道消，不能見而爲亂也。昏衰之代，非無君子，君子之道消，不能出而爲理也⑧〔三〕。故殷紂之末，三仁在朝〔三〕。虞舜之初，四凶在位〔四〕。雖仁在朝，不能用之，所以喪天下速於旋踵也。雖凶在位，卒能去之，所以理天下易如覆掌也⑨。用捨興亡之驗，唯明主能察之⑩。然則歷代之主，莫不知邦以賢盛，以愚衰；君以諫安，以佞危。然則猶前車覆而後車不誡者⑪，何也？蓋常人之情，悦其從命遜志者，惡其違己守道者⑫。又君子難進而易退，況惡之乎〔五〕？小人易進而難退，況悦之乎？是則常主之待君子也，必敬而疏；其遇小人也，必輕而狎。狎則恩易下及，疏則情難上通。是以面從者日親，動則假虎威而自負也。骨鯁者日疏，言則犯龍鱗而必死也。故政令日以壞，邦家日以傾。斯所以變盛爲衰，轉安爲危者矣。是以明王知君子之守道也⑬，雖違於己引而進之；知小人之徇惑也⑭，雖從於命推而遠之。知讜言之爲良藥也，雖逆于耳，恕而容之；知佞言之爲美疹也，雖遜于心，忍而絶之。故政令日以和，邦家日以理。斯所以變衰爲盛，轉危爲安者矣。盛衰安危之効，唯明主能鑒之⑮。（3490）

【校】

①不用　《白氏策林》作「不任」。

②可徵其驗　《文苑英華》作「其徵可驗」，校文同紹興本等。
③誅放　郭本作「誅除」。
④相望　《文苑英華》作「相仍」，校：「集作望。」
⑤臣聞　《文苑英華》其上有「對」字。
⑥亦由　《文苑英華》、馬本、《白氏策林》作「亦猶」。
⑦盛明　《文苑英華》作「興盛」，校：「集作聖明。」《管見抄》作「明盛」。
⑧不能出　紹興本、那波本作「不出」，馬本、《白氏策林》作「不肯出」。此據《文苑英華》、《管見抄》。
⑨覆掌　郭本作「反掌」。
⑩察之　《文苑英華》、《管見抄》作「察焉」，《文苑英華》校：「集作之。」
⑪猶前車　馬本作「有前車」。
⑫違己　《白氏策林》作「危己」。
⑬明王　《白氏策林》作「明主」。
⑭徇惑　郭本作「徇蠱惑」。
⑮鑒之　《文苑英華》、《管見抄》作「鑒焉」，《文苑英華》校：「集作之。」

【注】

〔一〕去諂佞：德宗一朝之佞幸，著名者前有盧杞、趙贊，後有裴延齡、韋渠牟等。《舊唐書·李勉傳》：「他日，上謂勉曰：『衆人皆言盧杞奸邪，朕何不知？卿知其狀乎？』對曰：『天下皆知其奸邪，獨陛下不知，所以爲奸邪也。』時人多其正直，然自是見疏。」《裴延齡傳》：「延齡既鋭意以苛刻剝下附上爲功，每奏對際，皆恣騁詭怪虚妄，他人莫敢言者，延齡言之不疑，亦人之所未嘗聞。德宗頗知其誕妄，但以其敢言無隱，且欲訪聞外事，故斷意用之。延齡恃之，謂必得宰相，尤好慢罵，毀詆朝臣，班行爲之側目。……延齡死，中外相賀，唯德宗悼惜之不已。」《韋渠牟傳》：「陸贄免相後，上躬親庶政，不復委成宰相，廟堂備員，行文書而已。除守宰、御史，皆帝自選擇。然居深宫，所狎而取信者裴延齡、李齊運、王紹、李實、韋執誼洎渠牟，皆權傾相府。延齡、李實，奸欺多端，甚傷國體；紹無所發明，而渠牟名素輕，頗張恩勢以招趨向者，門庭填委。茅山處士崔芊徵至闕下，鄭隨自山人再至補闕，馮伉自醴泉令爲給事中、皇太子侍讀，皆渠牟延薦之。上既偏有所聽，浮薄率背本衒進，不復藏器藴德，皆奔馳請謁，刓蹄甘辭以附渠牟。」

〔二〕小人之道消：《易·泰·彖》：「内陽而外陰，内健而外順，内君子而外小人，君子道長，小人道消也。」《否·彖》：「内陰而外陽，内柔而外剛，内小人而外君子，小人道長，君子道消也。」

〔三〕三仁：《論語·微子》：「微子去之，箕子爲之奴，比干諫而死。孔子曰：『殷有三仁焉。』」

〔四〕四凶：見卷二六《策林》三十四《牧宰考課》（3453）注。

〔五〕君子難進而易退：《禮記·表記》：「子曰：『事君難進而易退，則位有序；易進而難退，則亂也。故君子三揖而進，一辭而退，以遠亂也。』」

七十二、使臣盡忠人愛上　在乎明報施之道〔一〕。

夫欲使臣節盡忠，人心愛上，則在乎明報施之道也。《傳》曰：「美惡周必復。」〔二〕又曰：「其事好還。」〔三〕然則復與還皆報施之謂也。夫日月不復，則晝夜不生①。陰陽不復，則寒暑不行。善惡不復，則君臣不成。昔者五帝接其臣以道，故臣致其君以德也②。三王使其臣以禮，故其臣事君以忠也。秦漢以降，任其臣以利，故其臣奉君以賈道。賈道者，利則進，不利則退。故君昏寡救惡之士，國危鮮致命之臣。是以其君獨安獨危，其臣亦獨憂獨樂〔四〕。君臣之道既阻於上③，則兆庶之心不得不離于下也。故曰：君視臣如股肱④，則臣視君如元首。君待臣如犬馬⑤，則臣待君如路人。君愛人如赤子，則人愛君如父母。君視人如土芥，則人視君如寇讎〔五〕。孔子云：「審吾之所以適人⑥，知人之所以來我也⑦。」〔六〕則盡忠愛上之策⑧，在於此不在於彼矣。

（3491）

【校】

①不生　《文苑英華》作「不分」。

②臣致其君　《文苑英華》、馬本作「其臣致君」。

③阻於　《白氏策林》作「沮於」。

④視　《文苑英華》校：「集作親。」下句同。

⑤待　《白氏策林》作「視」。下句同。

⑥適　《文苑英華》校：「集作道。」

⑦來　《文苑英華》校：「集作求。」

⑧策　紹興本等作「來」，據《管見抄》、馬本改。

【注】

〔一〕報施之道：《禮記·曲禮上》：「太上貴德，其次務施報。」《淮南子·主術訓》：「君臣之施者，相報之勢也。是故臣盡力死節以與君，君計功垂爵以與臣。是故君不能賞無功之臣，臣亦不能死無德之君。」此篇所言，蓋同《淮南子》。

〔二〕傳曰：《左傳》昭公十一年：「美惡周必復。」

〔三〕又曰：《老子》三十章：「以道作人主者，不以兵强天下，其事好還。」

〔四〕秦漢以降九句：《説苑·復恩》：「君臣相與，以市道接，君縣禄以待之，臣竭力以報之。逮臣有不測之功，則主加之以重賞。如主有超異之恩，則臣必死以復之。……夫禽獸昆蟲猶知比假而相有報也，況於士君子之欲興名利於天下者乎？夫臣不復君之恩，而苟營其私門，禍之源也；君不能報臣之功，而憚行賞者，亦亂之基也。夫禍亂之原，基由不報恩生矣。」此篇立論稍異。

〔五〕故曰：《孟子·離婁下》：「孟子告齊宣王曰：『君之視臣如手足，則臣視君如腹心；君之視臣如犬馬，則臣視君如國人；君之視臣如土芥，則臣視君如寇讎。』」

〔六〕孔子云：《荀子·王霸》：「用國者，得百姓之力者富，得百姓之死者强，得百姓之譽者榮。三得者具而天下歸，三得者亡而天下去之。……養長之如保赤子，……是故百姓貴之如帝，親之如父母。……孔子曰：『審吾所以適人，適人之所來我也。』此之謂也。」

七十三、養老〔一〕　在使之壽富貴。

臣聞昔者西伯善養老而天下歸心①。善養者，非家至户見，衣而食之②。蓋能爲其立田里之制，以安其業；導樹畜之産③，以厚其生。使生有所養，老有所終，死有所送也。近代之主，以爲老者非帛不暖，非肉不飽，而時頒其布帛肉粟之賜④，則爲養老之道盡於是矣。臣以爲此小惠也，非大德也。何則？賜之以布帛，仁則仁矣，不若勸其桑麻之業，使天下五十者可以衣帛矣。賜之以肉粟，惠則惠矣，不若教其雞豚之畜，使天下七十者可以肉食矣⑤〔二〕。然後牧以仁賢，慎其刑罰，雖不與之年，而老者得以壽矣。不奪其力，不擾其時，雖不與之財，而老者得以富矣。使幼者事長，少者敬老，雖不與之爵，而老者得以貴矣。此三代盛王所以不遺年而興孝者，用此道也〔三〕。（3492）

【校】

①臣聞　《文苑英華》其上有「對」字。「歸心」　《文苑英華》、《管見抄》作「歸之」，《文苑英華》校：「集作心。」

②衣而　《白氏策林》作「施而」。「食之」　《文苑英華》、《管見抄》此下有「也」字。

③導樹畜　《文苑英華》作「樹畜養」，校：「集作導樹畜。」

④時頒　紹興本等作「特頒」，據《管見抄》改。

⑤肉食　《文苑英華》、馬本、《白氏策林》作「食肉」。

【注】

〔一〕養老：《孟子·離婁上》：「孟子曰：『伯夷辟紂，居北海之濱，聞文王作，興曰：「盍歸乎來！吾聞西伯善養老者。」太公辟紂，居東海之濱，聞文王作，興曰：「盍歸乎來！吾聞西伯善養老者。」二老者，天下之大老也，而歸之，是天下之父歸之也。天下之父歸之，其子焉往？諸侯有行文王之政者，七年之内，必爲政於天下矣。』」

〔二〕五十者可以衣帛：《孟子·梁惠王上》：「五畝之宅，樹之以桑，五十者可以衣帛矣。雞豚狗彘之畜，無失其時，七十者可以食肉矣。百畝之田，勿奪其時，數口之家可以無飢矣。謹庠序之教，申之以孝悌之義，頒白者不負戴於道路矣。七十者衣帛食肉，黎民不飢不寒，然而不王者，未之有也。」

〔三〕遺年：《禮記·祭義》：「虞夏殷周，天下之盛王也，未有遺年者。年之貴乎天下，久矣，次乎事親也。」注：「言其先老也。」

七十四、睦親　選用①。

臣聞聖人南面而理天下②，自人道始矣③。人道之始，始於親親〔一〕。故堯之教也，睦九族而平百姓〔二〕。文王之訓也④，刑寡妻而御家邦〔三〕。斯可謂教之源、理之本也。今陛下誠欲推其恩，廣其愛，使惠洽九族，化流萬人，則宜乎先親後疏，自近及遠者也。然後置其師傅，閑之以教訓。選其賢能，授之以官政。或出爲牧守，入爲公卿。如此則雖無三代封建之名，而有三代翼戴之實也⑤。使《棣華》之詠協于内，《麟趾》之風著于外〔四〕。所謂枝葉茂而本根可庇，骨肉厚而家國俱肥⑥，則天下之人相從而化矣〔五〕。故曰：未有九族睦而萬人叛者也，未有九族離而萬人和者也。蓋先王所以布六順而化百姓，敷五教而協萬邦者，由此道素行也。（3493）

【校】

①選用　二字《白氏策林》大字與題相連。

②臣聞　《文苑英華》其上有「對」字。

③矣　《文苑英華》作「也」，校：「集作矣。」

④之訓　《文苑英華》作「之教」，校：「集作訓。」

⑤翼戴　《白氏策林》作「翼載」。

⑥俱肥　《文苑英華》作「有肥」，校：「集作俱。」

【注】

〔一〕臣聞四句：《禮記·大傳》：「聖人南面而聽天下，所且先者五，民不與焉。一曰治親，二曰報功，三曰舉賢，四曰使能，五曰存愛。五者一得於天下，民無不足無不贍者。五者一物紕繆，民莫得其死。聖人南面而治天下，必自人道始矣。」

〔二〕堯之教：《書·舜典》：「克明俊德，以親九族。九族既睦，平章百姓。」

〔三〕文王之訓：《詩·大雅·思齊》：「刑于寡妻，至于兄弟，以御于家邦。」箋：「文王以禮法接待其妻，至於宗族。以此又能爲政治於家邦也。」

〔四〕棣華之詠：《詩·小雅·常棣》：「常棣之華，鄂不韡韡。凡今之人，莫如兄弟。」麟趾之風：《詩·召南·麟之趾》：「麟之趾，振振公子，于嗟麟兮。」序：「《麟之趾》，《關雎》之應也。《關雎》之化行，則天下無犯非禮，雖衰世之公子，皆信厚如麟趾之時也。」

〔五〕所謂三句：《左傳》文公七年：「昭公將去群公子，樂豫曰：『不可。公族，公室之枝葉也。若去之則本根無所庇蔭矣。葛藟猶能庇其本根，故君子以爲比，況國君乎？』」《禮記·禮運》：「父子篤，兄弟睦，夫婦和，家之服也。大臣法，小臣廉，官職相序，君臣相正，國之肥也。」

〔六〕六順：《左傳》隱公三年：「君義，臣行，父慈，子孝，兄愛，弟敬，所謂六順也。」五教：《左傳》文公十八年：「舉八元，使布五教於四方，父義、母慈、兄友、弟共、子孝，内平外成。」

七十五、典章禁令①

問：子大夫才膺問出，副我旁求。宜當悉心，靡有所隱。其或典章有違於古，禁令不便於今，爾無面從，予將親覽②。

臣伏以今之典章③，百王之典章也，安有戾於古道者歟？今之禁令，列聖之禁令也，安有乖於昔時者歟④？但在乎奉與不奉，行與不行耳。陛下之念至此，誠思理之心切，好問之旨深也⑤。此臣所以極千慮、昧萬死而獻狂直者，以副天心之萬一焉。

臣聞典章不能自舉，待教令而舉。教令不能自行，待誠信而行。今百王之典具存⑥，列聖之法明備，而禁未甚止，令未甚行者，臣愚以爲待陛下誠信以將之⑦。昔宓賤行化，德及泉魚⑧，非嚴刑所致也，推其誠而已〔一〕。魯恭爲理，仁及春翟，非猛政所驅也，委其信而已〔二〕。今以陛下上聖之姿⑨，仁惠之力，令行禁止之勢，萬萬於一邑一宰也。何慮教不敷而化不洽乎？臣又聞周公之理也⑩，周年而變，三年而化，五年而定〔三〕。陛下苟能勤教令以撫之，推誠信以奉之，則三年化成，五年理定，臣竊未以爲遲矣。伏惟陛下少垂意而待焉⑪。（3494）

【校】

①題　「禁令」馬本作「教令」。

②予將　郭本作「予當」。「親覽」《文苑英華》此下有「焉」字，校：「集無焉字。」《管見抄》有「者」字。

③臣伏以　《文苑英華》其上有「對」字。

④昔時　《文苑英華》、《管見抄》作「今時」，《文苑英華》校：「集作昔。」

⑤也　《白氏策林》作「矣」。

⑥具存　馬本作「具在」。

⑦將之　《文苑英華》作「行之也」，校：「三字集作將之。」《管見抄》作「將之也」。

⑧泉魚　《文苑英華》校：「一作夜漁。」

⑨之姿　《文苑英華》、馬本作「之資」。

⑩臣又聞　紹興本等無「又」字，據那波本、《文苑英華》補。

⑪待焉　《文苑英華》作「行焉」，校：「集作待。」

【注】

〔一〕宓賤行化：《呂氏春秋·具備》：「宓子賤治亶父……三年，巫馬旗短褐衣弊裘而往觀化於亶父，見夜漁者，得則捨之。巫馬旗問焉，曰：『漁爲得也，今子得而捨之，何也？』對曰：『宓子不欲人之取小魚也。所捨者小魚也。』巫馬旗歸，告孔子曰：『宓子之德至矣，使民暗行若有嚴刑於旁，敢問宓子何以至於此？』孔子曰：『丘嘗與之言曰：「誠乎此者刑乎彼。」宓子必行此術於亶父也。』」

〔二〕魯恭爲理：《後漢書·魯恭傳》：「拜中牟令。……建初七年，郡國螟傷稼，犬牙緣界，不入中牟。河南尹袁安聞之，疑其不實，使仁恕掾肥親往廉之。恭隨行阡陌，俱坐桑下，有雉過，止其傍。傍有童兒，親曰：『兒何不捕之？』兒言：『雉方將雛。』親瞿然而起，與恭訣曰：『所以來者，欲察君之政跡耳。今蟲不犯境，此一異也；化及鳥獸，此二異也；豎子有仁心，此三異也。久留，徒擾賢者耳。』」

〔三〕周公之理：《漢書·公孫弘傳》弘上疏：「臣聞周公旦治天下，期年而變，三年而化，五年而定。」

白居易文集校注卷第二十九①

判〔一〕 凡五十道②

得甲去妻後妻犯罪請用子蔭贖罪甲怒不許〔二〕

二姓好合，義有時絶〔三〕；三年生育，恩不可遺〔四〕。鳳雖阻於和鳴，烏豈忘於返哺③〔五〕？旋觀怨偶，遽抵明刑〔六〕。王吉去妻，斷絃未續〔七〕；孔氏出母，疏綱將加〔八〕。誠鞠育之可思，何患難之不救④？況不安爾室，盡孝猶慰母心〔九〕；薄送我畿，贖罪寧辭子蔭〔十〕？縱下山之有怒，曷陟屺之無情〔十一〕？想《芣苢》之歌，且聞樂有其子〔十二〕；念《葛藟》之義，豈不忍庇于根⑤〔十三〕？難抑其辭⑥，請敦不匱〔十四〕。（3495）

【校】

①卷第二十九　即《白氏文集》紹興本、馬本卷六十六，那波本、金澤本卷四九。金澤本署「太原白居易」。

②凡五十道　本卷實爲五十一篇。

③返哺　金澤本作「反哺」。

④之　金澤本作「而」。

⑤不忍　金澤本作「思不」。

⑥其辭　金澤本作「有辭」。

【注】

朱《箋》：作於貞元十八年（八〇二）。陳《譜》貞元十九年癸未：「以拔萃選登科。時鄭珣瑜爲吏部。李商隱撰公《墓碑》云：前進士避祖諱選書判拔萃。蓋公祖名鍠，與宏同音，言所以不應宏辭也。」朱《箋》：「則此判均當作於貞元十九年之前，姑繫於貞元十八年。」

〔一〕判：《唐六典》卷二《吏部尚書》：「凡選授之制，……以四事擇其良：一曰身，二曰言，三曰書，四曰判。」注：「每試判之日，皆平明集於試場，識官親送，侍郎出問目，試判兩道。或有糊名，學士考爲等第。」《通典》卷十五《選舉三》：「凡吏部兵部文武選事，各分爲三銓。……其擇人有四事：一曰身，取其體貌豐偉；二曰言，取其辭論辯正；三曰書，取其楷法遒美；四曰判，取其文理優長。」此謂吏部冬集銓試，試判兩道。又《通典》同卷：「初，吏部選才，將親其人，覆其吏事。始取州縣案牘疑議，試其斷割，而觀其能否。此所以爲判也。（按，顯慶初，黄門侍郎劉祥道上疏曰：『今行署等勞滿，唯曹司試判，不簡善惡，雷同注官。』此則試判之所起也。）後日月浸久，選人猥多，案牘淺近，不足爲難，乃採經籍古義，假設甲乙，令其判斷。既而來者益衆，而通經正籍又不足以爲問，乃徵僻書、曲學、隱伏之義問之，惟懼人之能知也。佳者登於科第，謂之入等。其甚拙者謂之藍縷。各有升降。選人有格限未至而能試文三篇，謂之宏辭。試判三條，謂之拔萃，亦曰超絶。詞美者得不拘限而授職。」《新唐書·選舉志下》略同。此謂應吏部拔萃科，試判三道。白居易貞元十八年冬即應此拔萃科。元稹《酬樂天餘思不盡加爲六韻之作》自注：「樂天先有《秦中吟》及《百節判》，皆爲書肆市賈題其卷云：白才子文章。」又《白氏長慶集序》：「樂天一舉擢上第，明年，拔萃登科。由是《性習相近遠》、《求玄珠》、《斬白蛇》等賦及《百道判》，新進士競相傳於京師矣。」《新唐書·藝文志四》别集類著録：「駱賓王《百道判集》一卷。張文成《龍筋鳳髓》十卷。崔鋭《判》一卷，大曆人。鄭寬《百道判》一卷，元和拔萃。」是唐人擬判之作以百道爲常。《龍筋鳳髓判》今傳。

〔二〕請用子蔭贖罪：《唐律疏議》卷二《名例》：「其婦人犯夫及義絶者，得以子蔭。」注：「雖出，亦同。」疏：「議曰：婦人犯夫及與夫家義絶，并夫在被出，並得以子蔭者，爲母子無絶道故也。」

〔三〕二姓好合：《詩·小雅·常棣》：「妻子好合，如鼓瑟琴。」義有時絶：《白虎通義·嫁娶》：「夫有惡行，妻不得去者，地無去天之義也。夫雖有惡，不得去也。故《禮·郊特牲》曰：『一與之齊，終身不改。』悖逆人倫，殺妻父母，廢絶綱紀，亂之大者，義絶乃得去也。」

〔四〕三年生育：《禮記·三年問》：「故三年之喪，人道之至文者也，夫是之謂至隆。是百王之所同，古今之所上也。未知其所由來者也。孔子曰：『子生三年，然後免于父母之懷。』」

〔五〕和鳴：《左傳》莊公二十二年：「初，懿氏卜妻敬仲。其妻占之。曰：『吉。是謂鳳皇于飛，和鳴鏘鏘。』」返哺：桓譚《新論·譴非》：「昔宣帝時，公卿大夫朝會廷中，丞相語次言：『聞梟生子，子長，且食其母，乃能飛。寧然邪？』時有賢者應曰：『但聞烏子反哺其母耳。』丞相大慚，自悔其言之非也。」《文選》束晳《補亡詩》李善注：「《小雅》曰：純黑而反哺者，烏也。」又張協《七命》李善注：「蔡邕曰：烏，反哺之鳥，至孝之應也。」

〔六〕怨偶：《左傳》桓公二年：「嘉耦曰妃，怨耦曰仇。」

〔七〕王吉去妻：《漢書·王吉傳》：「始吉少時學問，居長安。東家有大棗樹垂吉庭中，吉婦取棗以啖吉。吉後知之，乃去婦。東家聞而欲伐其樹，鄰里共止之，因固請吉令還婦。里中爲之語曰：『東家有樹，王陽婦去；東家棗完，去婦復還。』其勵志如此。」

〔八〕孔氏出母：《禮記·檀弓上》：「子上之母死而不喪。門人問諸子思曰：『昔者子之先君子喪出母乎？』曰：『然。』『子不使白也喪之，何也？』子思曰：『昔者吾先君子無所失道。道隆則從而隆，道汙則從而汙。伋則安能？爲伋也妻者，是爲白也母。不爲伋也妻者，是不爲白也母。』故孔氏之不喪出母，自子思始也。」注：「子上，孔子曾孫，子思伋之子。名白。其母出。」

〔九〕不安爾室二句：用《凱風》詩意。《詩·邶風·凱風》序：「美孝子也。衛之淫風流行，雖有七子之母，猶不能安其室，故美七子能盡其孝道，以慰母心，而成其志爾。」

〔十〕薄送我畿：《詩·邶風·谷風》：「行道遲遲，中心有違。不遠伊邇，薄送我畿。誰謂荼苦，其甘如薺。宴爾新昏，如兄如弟。」序：「刺夫婦失道也。衛人化其上，淫於新昏而棄其舊室，夫婦離絶，國俗傷敗焉。」傳：「畿，門内也。」箋：「邇，近也。言君子與己訣別，不能遠，維近耳。送我裁於門也，無恩之甚。」

〔十一〕下山：指故夫。《玉臺新詠》卷一《古詩》：「上山採蘼蕪，下山逢故夫。」陟屺：謂思念其母。《詩·魏風·陟岵》：「陟彼屺兮，瞻望母兮。母曰嗟予季行役，夙夜無寐。」

〔十二〕芣苢二句：《詩·周南·芣苢》序：「芣苢，后妃之美也。和平則婦人樂有子矣。」

〔十三〕葛藟二句：《左傳》文公七年：「昭公將去群公子。樂豫曰：『不可。公族，公室之枝葉也，若去之則本根無所庇蔭矣。葛藟猶能庇其本根，故君子以爲比，況國君乎？』」杜預注：「謂詩人取以喻九族兄弟。」《詩·王風·葛藟》序：「王族刺平王。周室道衰，棄其九族焉。」

〔十四〕不匱：指孝子。《詩·大雅·既醉》：「孝子不匱，永錫爾類。」《左傳》隱公元年：「潁考叔，純孝也。愛其母，施及莊公。《詩》曰：『孝子不匱，永錫爾類。』其是之謂乎！」

得辛氏夫遇盜而死遂求殺盜者而爲之妻或責其失貞行之節不伏〔一〕

親以恩成，有讎寧捨？嫁則義絶，雖報奚爲？辛氏姑務雪冤，靡思違禮。勵釋憾之志，將殄萑蒲〔二〕；蓄許嫁之心，則乖松竹〔三〕。況居喪未卒，改適無文〔四〕。苟失節於未亡，雖復仇而何有？夫讎不報，未足爲非；婦道有虧，誠宜自耻。《詩》著靡他之誓，百代可知〔五〕；禮垂不嫁之文，一言以蔽〔六〕。無効尤於郗婦，庶繼美於恭姜〔七〕。（3496）

【注】

〔一〕求殺盜者而爲之妻：此判例採《公羊傳》文，詳下注。

〔二〕萑蒲：指盜賊所聚。《左傳》昭公二十年：「鄭國多盜，取人於萑苻之澤。大叔悔之，曰：『吾早從夫子，不及此。』興徒兵以攻萑苻之盜，盡殺之。」「萑苻」，《太平御覽》卷四九九引作「萑蒲」。

〔三〕松竹：喻貞固。《初學記》卷十八《人部·交友》引周祗《執友箴》：「推誠歲寒，功標松竹。」

〔四〕居喪未卒二句：《唐律疏議》卷十三《户婚》：「諸居父母及夫喪而嫁娶者，徒三年，妾減三等。」

疏：「議曰：……夫爲婦天，尚無再醮。若居父母及夫之喪，謂在二十七月内。」

〔五〕靡他之誓：《詩·鄘風·柏舟》：「髧彼兩髦，實維我儀。之死矢靡它。」傳：「至己之死，信無它心。」

〔六〕不嫁之文：《禮記·郊特牲》：「壹與之齊，終身不改。故夫死不嫁。」

〔七〕郲婦：郲婁顔夫人。《公羊傳》昭公三十一年：郲婁顔淫九公子于宫中，因以納賊，賊弑孝公，臧氏之母以其子易公，有鮑廣父與梁買子者負孝公之周，訴天子，天子爲之誅顔而立叔術，反孝公于魯，「顔夫人者，嫗盈女也，國色也。其言曰：『有能爲我殺殺顔者，吾爲其妻。』叔術爲之殺殺顔者，而以爲妻。」何休注：「婦人以貞一爲行，云爾非德也。」恭姜：共伯之妻。《詩·鄘風·柏舟》序：「《柏舟》，共姜自誓也。衛世子共伯蚤死，其妻守義，父母欲奪而嫁之，誓而弗許，故作是詩以絶之。」釋文：「共音恭。共姜，共伯之妻也。婦人從夫謚。」

得乙與丁俱應拔萃乙則趨時以求名丁則勤學以待命互有相非未知孰是①〔一〕

立己徇名，則由進取〔二〕；修身俟命，寧在躁求〔三〕？智乎雖不失時，仁者豈宜棄本〔四〕？屬科懸拔萃，才選出羣。勤苦修辭，乙不能也；吹噓附勢，丁亦恥之。躁靜既殊，性習遂遠。各從所好，爾由徑而方行；難强不能，吾捨道而奚適？觀得失之路，或似由人；推通塞之門，誠應在命。所宜勵志，焉用趨時？若棄以菲葑②，失則自求諸己〔五〕；儻中其正鵠，得亦不愧於人〔六〕。無尚苟求，盍嘉自致？（3497）

【校】

①互有相非　《文苑英華》、金澤本作「二人互相非」。

②棄以菲葑　《文苑英華》作「棄其葑菲」。

【注】

〔一〕拔萃：吏部銓選年限未滿，可應宏辭科，試文三篇；應拔萃科，試判三道。《通典》卷十五《選舉三》：「選人有格限未至而能試文三篇，謂之宏辭。試判三條，謂之拔萃，亦曰超絶。詞美者得不拘限而授職。」《新唐書·選舉志》略同。參本卷《得甲去妻後妻犯罪請用子蔭贖罪甲怒不許》（3495）注〔一〕。

〔二〕徇名：《史記·伯夷列傳》：「貪夫徇財，烈士徇名。」

〔三〕俟命：《孟子·盡心下》：「君子行法，以俟命而已矣。」《禮記·中庸》：「上不怨天，下不尤人。故君子居易以俟命，小人行險以僥幸。」

〔四〕智乎不失時：《吕氏春秋·慎大覽》：「智者之舉，事必因時。時不可必成，其人事則不廢。」仁者豈宜棄本：《論語·學而》：「君子務本，本立而道生。孝弟也者，其爲仁之本與！」《禮記·禮器》：「故君子欲觀仁義之道，禮其本也。」又《儒行》：「溫良者，仁之本也。敬慎者，仁之地也。」

〔五〕若棄以菲葑二句：《詩·邶風·谷風》：「采葑采菲，無以下體。」傳：「下體，根莖也。」箋：「其根有美時，有惡時，采之者不可以根惡時並棄其葉。喻夫婦以禮義合，顔色相親，亦不可以顔色衰，棄其相與之禮。」此取「棄」義，言科第不中。

〔六〕正鵠：《禮記·中庸》：「子曰：射有似君子，失諸正鵠，反求諸其身。」釋文：「正、鵠皆鳥名。一曰正，正也；鵠，直也。大射則張皮侯而棲鵠，賓射則張布侯而設正也。」

得丁冒名事發法司准法科罪節度使奏丁在官有美政請免罪真授以勸能者法司以亂法不許①〔一〕

宥則利淫，誅則傷善〔二〕。失人猶可，壞法實難。丁僭濫爲心，僶俛從事。始假名而作僞，咎則自貽；終勵節而爲官，政將可取②。節使以功惟補過，請欲勸能；憲司以仁不惠姦，議難亂紀。制宜經久，理貴從長。見小善而必求，材雖苟得；踰大防而不禁，弊將若何？濟時不在於一夫，守法宜遵乎三尺〔三〕。盍懲行詐，勿許拜真。（3498）

【校】

①美政　金澤本作「善政」。

②可取　郭本作「何取」。

【注】

〔一〕冒名：《唐律疏議》卷二五《詐僞》：「諸詐假官、假與人官及受假者，流二千里。」

〔二〕有則利淫二句：《左傳》襄公二十六年：「歸生聞之：善爲國者，賞不僭而刑不濫。賞僭，則懼及淫人；刑濫，則懼及善人。若不幸而過，寧僭無濫。與其失善，寧其利淫。」

〔三〕三尺：指法律。《史記·酷吏列傳》：「客有讓周曰：『君爲天子決平，不循三尺法，專以人主意指爲獄，獄者固如是乎？』」集解：「《漢書音義》曰：以三尺竹簡書法律也。」

得乙上封請永不用赦大理云廢赦則何以使人自新乙云數赦則姦生恐弊轉甚〔一〕

刑乃天威，赦惟王澤。于以御下，存乎建中〔二〕。乙上封以宥過利淫①，倖門宜閉；大理以盪邪除舊，權道當行〔三〕。皆推濟國之誠，未達隨時之義〔四〕。何則？政包寬猛，法有弛張〔五〕。習以生常，則起爲姦之弊；廢而不用，何成作解之恩〔六〕？請思砭石之言，兼詠《蓼蕭》之什〔七〕。數則不可，無之亦難。（3499）

【校】

①乙上封　「乙」字紹興本等無，據金澤本補。

【注】

〔一〕上封請永不用赦：《唐會要》卷四十《論赦宥》：「證聖元年，獲嘉縣主簿劉知幾上表曰：臣聞小不忍亂大謀，小仁者大仁之賊。竊以赦之爲用，復何益于國哉！……自皇家受命，赦宥之澤可謂多矣。近則一年再降，遠則每歲無遺。至若違法悖禮之徒，無賴不仁之輩，編户則敓攘爲業，當官則贓賄是求。莫不公然故犯，了無疑憚。設使身嬰桎梏，跡窘狴牢，而元日之朝，指期天澤；重陽之節，佇降皇恩。如其忖度，咸果釋免。且下愚不移，習性難改。雖頻煩肆眚，每放自新；而見利忘義，終焉不改。用使俗多頑悖，時罕廉隅。爲義者不沐恩光，作惡者獨承僥倖。……古語云：小人之幸，君子不幸。其斯之謂也。伏望遠覽匡、吳、陳、鄭之説，近尋劉、葛、費、孟之談，而今而後，頗節於赦。」又見《册府元龜》卷五四三《諫諍部·直諫》。此慎赦之議。白居易立場同於此。參卷二八《策林》五十九《議赦》(3478)。「永不用赦」者疑作者虚擬。

〔二〕存乎建中：《書·湯誥》：「王懋昭大德，建中於民。」傳：「欲王自勉，明大德，立大中之道於民。」

〔三〕權道：《論語·子罕》：「子曰：可與共學，未可與適道；可與適道，未可與立；可與立，未可與權。」疏：「此章論權道也。……言人雖能有所立，未必能隨時變通，權量其輕重之極也。」《公羊傳》桓公十一年：「權者何？權者反於經，然後有善者也。」

〔四〕隨時之義：《易·隨·彖》：「隨，剛來而下柔，動而説，隨。大亨貞無咎，而天下隨時，隨時之義大矣哉。」王弼注：「隨之所施，唯在於時也。時異而不隨，否之道也。」

〔五〕政包寬猛：《左傳》昭公二十年：「政寬則民慢，慢則糾之以猛。猛則民殘，殘則施之以寬。」法有弛張：《禮記·雜記下》：「張而不弛，文武弗能也；弛而不張，文武弗爲也。一張一弛，文武之道也。」

〔六〕作解之恩：赦宥之恩。《易·解·象》：「雷雨作，解。君子以赦過宥罪。」

〔七〕砭石之言：《管子·法法》：「凡赦者，小利而大害者也，故久而不勝其禍。毋赦者，小害而大利者也，故久而不勝其福。故赦者，奔馬之委轡也；毋赦者，痤雎之砭石也。」蓼蕭之什：《詩·小雅·蓼蕭》序：「《蓼蕭》，澤及四海也。」

得景居喪年老毀瘠或非其過禮景云哀情所鍾①〔一〕

孝乃行先②，則當銜恤〔二〕；子爲親後，安可危身？景喪則未終，老其將至。懷荼蓼之慕③，誠合盡哀〔三〕；迫桑榆之光，豈宜致毀〔四〕？所以爰資肉食④，唯服麻縗〔五〕。況血氣之既衰，老夫耄矣〔六〕；縱哀情之罔極，吾子忍之。苟滅性而不勝，則傷生而非孝〔七〕。因殺立節，庶畢三年之喪〔八〕；順變從宜，無及一朝之患〔九〕。既虧念始，當愧或非。（3500）

【校】

①景　郭本回改爲「丙」，下同。

②孝爲　金澤本作「孝則」。
③荼蓼　那波本作「蓼莪」。
④爰資　金澤本作「爰從」。

【注】

〔一〕景：即丙。唐高祖父名昞，唐人避諱，因改「丙」爲「景」。毁瘠：《禮記·曲禮上》：「居喪之禮，毁瘠不形，視聽不衰。」注：「爲其廢喪事。形謂骨見。」疏：「毁瘠，羸瘦也。形，骨露也。骨爲人形之主，故謂骨爲形也。居喪乃許羸瘦，不許骨露見也。」

〔二〕孝乃行先：鄭玄《孝經注敍》：「孝爲百行之首。」銜恤：《詩·小雅·蓼莪》：「無父何怙，無母何恃？出則銜恤，入則靡至。」箋：「恤，憂。靡，無也。孝子之心，怙恃父母，依依然以爲不可斯須無也。出門則思之而憂，旋入門又不見，如入無所至。」

〔三〕荼蓼：指居喪之哀。《後漢書·陳蕃傳》：「時新遭大喪，國嗣未立，諸尚書畏懼權官，託病不朝。蕃以書責之曰：『古人立節，事亡如存。今帝祚未立，政事日蹙，諸君奈何委荼蓼之苦，息偃在床？』」李賢注：「《詩·國風》曰：『誰謂荼苦，其甘如薺。』《周頌》曰：『未堪家多難，予又集於蓼。』」獨孤及《祭衢州李司士文》：「予集荼蓼，零丁海濱。」

〔四〕桑榆之光：喻暮年。曹植《贈白馬王彪》：「年在桑榆間，影響不能追。」《文選》李善注：「日在桑榆，以喻人之將老。」《東觀漢記》光武曰：失之東隅，收之桑榆。」

〔五〕爰資肉食二句：《禮記·曲禮上》：「居喪之禮，頭有創則沐，身有瘍則浴，有疾則飲酒食肉，疾止復初。不勝喪，乃比於不慈不孝。五十不致毁，六十不毁，七十唯衰麻在身，飲酒食肉，處於内。」注：「所以養衰老。人五十始衰也。」疏：「不勝喪，謂疾不食酒肉，創瘍不沐浴，毁而滅性者也。不留身繼世，是不慈也。滅性又是違親生時之意，故云不孝。……五十始衰，居喪乃許有毁，而不得極羸瘦。」

〔六〕老夫耄矣：《左傳》隱公四年：「石碏使告于陳曰：『衛國褊小，老夫耄矣，無能爲也。』」

〔七〕滅性二句：並見注〔五〕。

〔八〕因殺立節：《禮記·喪服四制》：「期悲哀，三年憂，恩之殺也。聖人因殺以制節，此喪之所以三年也。賢者不得過，不肖者不得不及，此喪之中庸也，王者之所常行也。」疏：「言聖人因其孝子情有減殺，制爲限節。」

〔九〕順變從宜：《禮記·檀弓下》：「喪禮，哀戚之至也。節哀，順變也。」《禮記·曲禮上》：「禮從宜，使從俗。」一朝之患：《禮記·檀弓上》：「故君子有終身之憂，而無一朝之患，故忌日不樂。」

得辛奉使遇昆弟之仇不鬭而過爲友人責辭云銜君命

居兄之仇，避爲不悌；銜君之命，鬭則非忠。將滅私而奉公，宜棄小而取大。辛時惟奉使，出乃遇讎。斷手之痛不忘，誠難共國；飲冰之命未復，安可害公〔一〕？節以忠全，情由禮抑。未失使臣之體，何速諍友之規？臾駢立言，嘗聞之矣〔二〕；子夏有問，而忘諸乎〔三〕？是謂盡忠，于何致責？（3501）

【注】

〔一〕飲冰之命：言受君命。《莊子·人間世》：「今吾朝受命而夕飲冰，我其内熱與？」

〔二〕臾駢立言：《左傳》文公六年：「十一月丙寅，晉殺續簡伯。賈季奔狄。宣子使臾駢送其帑。夷之蒐，賈季戮臾駢，臾駢之人欲盡殺賈氏以報焉。臾駢曰：『不可。吾聞前《志》有之曰：敵惠敵怨，不在後嗣。忠之道也。夫子禮于賈季，我以其寵報私怨，無乃不可乎？介人之寵，非勇也。損怨益仇，非知也。以私害公，非忠也。釋此三者，何以事夫子？』盡具其帑，與其器用財賄，親帥扞之，送致諸竟。」

〔三〕子夏有問：《禮記·檀弓上》：「子夏問於孔子曰：『居父母之仇如之何？』夫子曰：『寢苫枕干，不仕，弗與共天下也。遇諸市朝，不反兵而鬥。』曰：『請問居昆弟之仇如之何？』曰：『仕弗與共國，銜君命而使，雖遇之不鬥。』曰：『請問居從父昆弟之仇如之何？』曰：『不爲魁，主人能，則執兵而陪其後。』」

聞軍帥選將多用文儒士兵部詰其無武藝帥云取其謀也①

忘身死節②，誠重武夫；制敵伐謀，則先儒士。將籌策而可尚，奚騎射之足稱③？軍帥明以知兵，精於選將。以爲彎弧學劍，用無出於一夫〔一〕；悅禮敦詩，道可弘於七德〔二〕。功宜保大，理貴從長〔三〕。若王師之有征，以謀則可；苟戎略之無取，雖藝何爲？況晉謀中軍，選於義府〔四〕；漢求上將，舉在儒流〔五〕。豈惟我武惟揚，誠亦斯文不墜〔六〕。元戎舉德④，未爽能軍；兵部執言，恐爲辱國。（3502）

【校】

①聞軍帥　《文苑英華》、金澤本作「得軍帥」。「文儒士」　《文苑英華》作「文儒之士」。

②死節　《文苑英華》、金澤本作「死藝」。
③之　《文苑英華》作「而」。
④舉德　《文苑英華》作「舉將」。

【注】

〔一〕學劍：《史記·項羽本紀》：「項籍少時，學書不成，去學劍，又不成。項梁怒之。籍曰：『書足以記名姓而已。劍一人敵，不足學，學萬人敵。』」

〔二〕悦禮敦詩：《左傳》僖公二十七年：「作三軍，謀元帥。趙衰曰：『郤縠可。臣亟聞其言矣，説禮樂而敦《詩》《書》。《詩》《書》，義之府也；禮樂，德之則也。德、義，利之本也。』」説，通悦。七德：《左傳》宣公十二年：「夫武，禁暴、戢兵、保大、定功、安民、和衆、豐財者也。……武有七德，我無一焉，何以示子孫。」

〔三〕保大：七德之一。見上注。

〔四〕晉謀中軍：用郤縠事。《左傳》僖公二十七年：「乃使郤縠將中軍。」參見注〔二〕。

〔五〕漢求上將：用韓信事。《史記·淮陰侯列傳》：「漢王授我上將軍印，予我數萬衆，解衣衣我，推食食我。言聽計用，故吾得以至於此。」《漢書·梅福傳》：「陳平起於亡命而爲謀主，韓信拔于行陳而建上將。」

〔六〕我武惟揚：《書·泰誓》：「我武維揚，侵于之疆，取彼兇殘。」斯文未墜：《論語·子罕》：「子畏于匡，曰：『文王既没，文不在兹乎？天之將喪斯文也，後死者不得與于斯文也；天之未喪斯文也，匡人其如予何？』」荀崧《上疏請增置博士》：「今去聖久遠，斯文將墜。」

得甲至華嶽廟不禱而過或非其違衆甲云禱非禮也〔一〕

嶽則配天，自修常事；神雖福善，安可苟求〔二〕？宜率道以去邪，豈從衆而失正？甲志惟守義①，言乃合經。以爲視以三公，實天子之所饗〔三〕；降其百福，寧匹夫之可禳〔四〕？如修蘋藻之誠②，是用秕稗之禮〔五〕。況人之僭濫，徒欲乞靈；而神實聰明③，豈歆淫祀〔六〕？非鬼是爲諂也，黷神無乃吐之〔七〕。旅於泰山，古猶致誚〔八〕；禱于華嶽，今豈不非？諒正直之難誣，雖馨香而勿用。將勸來者，所宜救歟！（3503）

【校】

①志惟守義　「守」金澤本作「首」。

②如修蘋藻之誠　「如」金澤本作「縱」。

③而神實聰明　金澤本無「而」字。

【注】

〔一〕華嶽廟：《舊唐書·禮儀志四》：「玄宗乙酉歲生，以華當本命。先天二年七月正位，八月癸丑，封華嶽神爲金天王。開元十年，因幸東都，又于華嶽祠前立碑，高五十餘尺。又于嶽上置道士觀，修功德。至天寶九載，又將封禪于華嶽，命御史大夫王鉷開鑿險路以設壇場，會祠堂災而止。」《太平廣記》卷八五《華陰店嫗》（出《稽神錄》）：「楊彦伯……赴選，至華陰，舍於逆旅。時京國多難，朝無親識，選事不能如期，意甚憂悶。會豫章邸吏姓楊，鄉里舊知，同宿於是，因教己云：『凡行旅至此，未嘗不禱金天，必獲夢寐之報。縱無夢，則此店之嫗亦能知方來事。苟獲一言，亦可矣。』」唐人小説中言金天神靈異事頗多。

〔二〕神雖福善：《書·湯誥》：「天道福善禍淫。」

〔三〕視以三公：《禮記·王制》：「天子祭天下名山大川，五嶽視三公，四瀆視諸侯。」《通典》卷四六《禮·山川》：「武德二年十月，上親祀華嶽。舊儀，嶽瀆以上祝版御署訖，北面再拜。武太后證聖元年十月，有司上言曰：『謹按五嶽視三公，四瀆視諸侯，天子無拜公侯之禮。請依舊儀，五嶽以下，署而不拜。』制可之。開元元年，太常奏：『伏准唐禮，祭五嶽四瀆皆稱嗣天子，祝版皆進署。竊以《舜典》五嶽視三公，四瀆視諸侯，則不合稱嗣天子及親署其祝文。伏請稱皇帝謹遣某乙，敬祭於某嶽瀆之神。』從之。」

〔四〕降其百福：《詩・魯頌・閟宮》：「是生后稷，降之百福。」

〔五〕蘋藻之誠：祭祀之誠。《詩・召南・采蘋》序：「大夫妻能循法度也。能循法度，則可以承先祖，共祭祀也。」詩云：「于以采蘋，南澗之濱。于以采藻，于彼行潦。」箋：「教成之祭，牲用魚，芼用蘋藻，所以成婦順也。」秕稗之禮：《左傳》定公十年：「齊侯將享公，孔丘謂梁丘據曰：『齊、魯之故，吾子何不聞焉？事既成矣，而又享之，是勤執事也。且犧象不出門，嘉樂不野合。饗而毀具，是棄禮也。若其不具，用秕稗也。用秕稗，君辱；棄禮，名惡，子盍圖之？夫享，所以昭德也。不昭，不如其已也。』乃不果享。」杜預注：「秕，穀不成者。稗，草之似穀者。言享不具禮，穢薄若秕稗。」

〔六〕神實聰明：《左傳》莊公三十二年：「神，聰明正直而一者也。」

〔七〕非鬼是爲諂也：《論語・爲政》：「非其鬼而祭之，諂也。」黷神無乃吐之：《左傳》僖公五年：「神所馮依，將在德矣。若晉取虞而明德以薦馨香，神其吐之乎？」

〔八〕旅於泰山：《論語・八佾》：「季氏旅于泰山。子謂冉有曰：『女弗能救與？』對曰：『不能。』子曰：『嗚呼！曾謂泰山不如林放乎？』」集解：「馬曰：旅，祭名也。禮，諸侯祭山川在其封內者。今陪臣祭泰山，非禮也。」

得乙隱居徵辟不起子孫請以所辟官用蔭所司不許〔一〕

修身獨善①，寵則可驚②；制爵尊賢，命其難廢〔二〕。形雖遺於軒冕，蔭宜及於子孫。乙貞以自居，辟而不起。鶴書莫顧③，雖忘恤後之心〔三〕；爵命已行，寧闕賞延之典④？若使死無用蔭，生不及榮；何成旌善之風，且是廢君之命⑤。場苗不食，誠自絶於縶維〔四〕；葛藟有陰⑥，義難虧於燕翼〔五〕。請優後嗣，以獎外臣。（3504）

【校】

①獨善　郭本作「遁世」。

②可驚　《文苑英華》作「若驚」。

③莫顧　《文苑英華》作「不顧」，校：「集作莫。」

④寧闕　金澤本作「寧聞」。

⑤且是　《文苑英華》作「宜是」，校：「集作且。」
⑥有陰　金澤本作「不陰」。

【注】

㈠以所辟官用蔭：《唐律疏議》卷二《名例》：「諸以理去官，與現任同。贈官及視品官，與正官同。」疏：「議曰：贈官者，死而加贈也。《令》云：『養素丘園，徵聘不赴，子孫得以徵官爲蔭。』並同正官。」

㈡制爵尊賢：《書・説命》：「爵罔及惡德，惟其賢。」《禮記・文王世子》：「宗人授事以官，尊賢也。」

㈢鶴書：詔書。孔稚珪《北山移文》：「及其鳴騶入谷，鶴書赴隴。」《文選》李善注：「蕭子良《古今篆隸文體》曰：鶴頭書與偃波書俱詔板所用，在漢則謂之尺一簡，仿佛鵠頭，故有其稱。」

㈣場苗二句：《詩・小雅・白駒》：「皎皎白駒，食我場苗。縶之維之，以永今朝。」傳：「賢者有乘白駒而去者，縶絆維繫也。」

㈤葛藟有陰：見本卷《得甲去妻後妻犯罪請用子蔭贖罪甲怒不許》(3495)注〔十三〕。燕翼：《詩・大雅・文王有聲》：「詒厥孫謀，以燕翼子。」傳：「燕，安。翼，敬也。」箋：「以安其敬事之子孫。」疏：「言子孫敬事，能遵用其道，則得安也。」又《禮記・表記》疏：「『以燕翼子』者，燕，安也；翼，助也。言武王能安助其子孫也。」

得江南諸州送庸調四月至上都户部科其違限訴云冬月運路水淺故不及春至〔一〕

賦納過時，必先問罪；淹恤有故①，亦可徵辭。月既及於正陽，事宜歸於宰旅〔二〕。展如澤國，盇納地征②〔三〕？歲有入貢之程，敢忘慎守；川無負舟之力，寧免稽遲？苟利涉之惟艱③，雖愆期而必宥。地官致詰，虚月其憂〔四〕；江郡執言，後時可愍④。然恐事非靡盬，辭成憑虚〔五〕。請驗所屆公文，而後可遵令典。（3505）

【校】

①淹恤　郭本作「流阻」。

②盇納　紹興本等作「蓋納」，據金澤本、郭本改。

③惟艱　馬本作「惟難」。

④可愍　金澤本作「可恕」。

【注】

〔一〕江南諸州送庸調四月至上都：《通典》卷六《食貨六·賦税》：「諸租，准州土收穫早晚，斟量路程險易遠近，次第分配。本州收穫訖發遣，十一月起輸，正月三十日内納畢。若江南諸州從水路運送，冬月水淺，上埭艱難者，四月以後運送，五月三十日内納完。」

〔二〕正陽：四月。《詩·小雅·正月》傳：「正月，夏之四月。」箋：「夏之四月，建巳之月，純陽用事而霜多，急恒寒苦之異。」疏：「《易稽覽圖》云：『正陽者，從二月至四月，陽氣用事時也。』獨以爲四月者，彼以卦之六爻，至二月大壯用事，陽爻過半，故謂之正陽，與此異也。」歸於宰旅：謂獻職貢。《左傳》襄公二十七年：「晉士起將歸時事於宰旅。」杜預注：「宰旅，冢宰之下士。言獻職貢於宰旅，不敢斥尊。」疏：「以其人官卑，故下士獨得旅稱。《周禮》大宰之屬官有旅下士三十有二人，是知宰旅爲宰之下士也。」

〔三〕展如：誠如。《詩·鄘風·君子偕老》：「展如之人兮，邦之媛也。」傳：「展，誠也。」

〔四〕地官：户部。《舊唐書·職官志二》户部尚書：「光宅元年改爲地官尚書，神龍復爲户部。」

〔五〕靡盬：無不盡力。《詩·唐風·鴇羽》：「王事靡盬，不能蓺稷黍。」傳：「盬，不攻緻也。」箋：

「我迫王事，無不攻致，故盡力焉。」

得景爲縣令教人煮木爲酪州司責其煩擾辭云以備凶年①〔一〕

事不舉中，有災寧救？政或擾下，雖惠何爲？景念在濟時，動非率法。且煩人而不恤，是昧烹鮮〔二〕；何歉歲以爲虞，將勤煮酪？信作勞於無用，豈爲教之有方？必也志切救災，道敦行古。《周官》荒政，自可擇其善者〔三〕；新室弊法，焉用尤而効之？宜聽責言，勿迷知過。（3506）

【校】

①煮木　郭本作「煮水」。

【注】

〔一〕煮木爲酪：《漢書·食貨志》：「（王莽）末年，盜賊群起，發軍擊之，將吏放縱於外。北邊及青、徐等地人相食，雒陽以東米石二千，莽遣三公將軍開東方諸倉賑貸窮乏，又分遣大夫謁者教民煮木爲酪。酪不可食，重爲煩擾。」

〔二〕烹鮮：《老子》六十章：「治大國若亨小鮮。」

〔三〕《周官》荒政：《周禮·地官·大司徒》：「以荒政十有二聚萬民：一曰散利，二曰薄徵，三曰緩刑，四曰弛力，五曰舍禁，六曰去幾，七曰眚禮，八曰殺哀，九曰蕃樂，十曰多昏，十有一曰索鬼神，十有二曰除盜賊。」

得丁爲郡守行縣見昆弟相訟者乃閉閤思過或告其矯辭云欲使以田相讓也〔一〕

化本自家，政先爲郡〔二〕。禮寧下庶，宜寬不悌之刑〔三〕；訓在知非，是得長人之道。況天倫不睦，地訟攸興。利方競於膏腴，恩遂虧於骨肉①。教宜引古，過貴自新。雖聞爭以鬩牆，有傷魯衛之政〔四〕；庶使愧而讓畔，將同虞芮之風〔五〕。苟無訟之可期，則相容而何遠②〔六〕？推田以讓，爾誠謝於孟元③〔七〕；閉閤而思，吾何慙於延壽？宜嘉靜理，勿謂矯誣。（3507）

【校】

①遂虧　紹興本等作「難虧」，據金澤本改。

②何遠　郭本作「可遠」。

③孟元　紹興本等作「孟光」，據金澤本改。

【注】

〔一〕見昆弟相訟者乃閉閤思過：《漢書·韓延壽傳》：「入守左馮翊……行縣至高陵，民有昆弟相與訟田自言，延壽大傷之，曰：『幸得備位，爲郡表率，不能宣明教化，至令民有骨肉爭訟，既傷風化，重使賢長吏、嗇夫、三老、孝弟受其恥，咎在馮翊，當先退。』是日，移病不聽事，因入卧傳舍，閉閤思過。一縣莫知所爲，令丞、嗇夫、三老皆自繫待罪。於是訟者宗族傳相責讓，此兩昆弟深自悔，皆自髡肉袒謝，願以田相移，終死不敢復爭。延壽大喜，開閤延見，内酒肉與相對飲食，厲勉以意告鄉部，有以表勸悔過從善之民。延壽乃起聽事，勞謝令丞以下，引見尉薦。郡中歙然，莫不傳相敕厲，不敢犯。延壽恩信周遍二十四縣，莫復以辭訟自言者。」

〔二〕化本自家：《禮記·大學》：「古之欲明明德於天下者，先治其國。欲治其國者，先齊其家。欲齊其家者，先修其身。」

〔三〕禮寧下庶：《禮記·曲禮上》：「禮不下庶人，刑不上大夫。」

〔四〕雖聞二句：《詩·小雅·常棣》：「兄弟鬩于牆，外禦其務。」箋：「兄弟雖内鬩而外禦侮也。」魯、衛：同姓兄弟之國。《論語·子路》：「子曰：魯、衛之政，兄弟也。」

〔五〕庶使二句：《詩·大雅·緜》：「虞芮質厥成，文王蹶厥生。」傳：「虞、芮之君，相與爭田，久而不平，乃相謂曰：『西伯，仁人也，盍往質焉？』乃相朝周。入其竟，則耕者讓畔，行者讓路。入其邑，男女異路，班白不提攜，入其朝，士讓爲大夫，大夫讓爲卿。二國之君，感而相謂曰：『我等小人，不可以履君子之庭。』乃相讓，以其所爭田爲閒田而退。」

〔六〕苟無訟之可期：《論語·顔淵》：「子曰：『聽訟，吾猶人也。必也使無訟乎？』」

〔七〕推田二句：《太平御覽》卷四一六引陳壽《益部耆舊傳》：「李孟元修《易》、《論語》，大義略舉。質性恭順，與叔子就同居，就有痼疾，孟元推所有田園悉以讓就。夫婦紡織以自供給。」

得甲獻弓蹲甲而射不穿一札有司詰之辭云液角者不得牛戴牛角①〔一〕

貫革乖方，則宜致詰〔二〕；相角失理，亦可徵辭。甲奠體以成②，執簫而獻〔三〕。中規不撓③，六材雖則合三〔四〕；捨拔有愆，七札不能穿一〔五〕。宜恐傷人之甲④，不曰堅乎；而非戴牛之弓，無自入也。液信虧於巧者，射遂爽於臧兮⑤〔六〕。周典足徵，彼自乖於三色⑥〔七〕；楚君明試，此無愧於二臣〔八〕。咎且有歸，責之非當。（3508）

【校】

①札　各本作「扎」，據金澤本改。正文同。

②奠體以成　郭本作「奠禮以戍」。

③不撓　《文苑英華》、金澤本作「無撓」。

④宜　《文苑英華》、金澤本作「且」。

⑤臧兮　郭本作「藏弓」。

⑥三色　郭本作「三揖」。

【注】

〔一〕蹲甲而射：《左傳》成公十六年：「潘尪之黨與養由基蹲甲而射之，徹七札焉。」杜預注：「蹲，聚也。一發達七札，言其能陷堅。」液角：《周禮·考工記·弓人》：「凡爲弓，冬析幹而春液角，夏治筋，秋合三材。」注：「鄭司農云：液，讀爲醳。」疏：「鄭液讀爲醳者，醳是醳酒之醳，亦漬液之義，故讀從之。」牛戴牛角：《周禮·考工記·弓人》：「角長二尺有五寸，三色不失理，謂之牛戴牛。」注：「三色，本白中青末豐。鄭司農云：牛戴牛角，直一牛。」

〔二〕貫革：《禮記·樂記》：「散軍而郊射，左射貍首，右射騶虞，而貫革之射息也。」注：「貫革，射穿甲革也。」

〔三〕奠體：《周禮·考工記·弓人》：「寒奠體。」注：「奠，讀爲定。至冬膠堅，内之檠中，定往來體。」執簫：《儀禮·大射儀》：「左執弣，右執簫，以授公。」《鄉射禮》注：「簫，弓末也。」

〔四〕六材合三：《周禮·弓人》：「弓人爲弓，取六材必以其時。六材既聚，巧者和之。」注：「取幹以冬，取角以秋，絲漆以夏，筋、膠未聞。」三者，謂幹、角、筋。

〔五〕捨拔：《詩·秦風·駟驖》：「公曰左之，舍拔則獲。」傳：「拔矢末也。」箋：「拔，括也。舍拔則獲，言公善射。」

〔六〕射遂爽於臧兮：《詩·齊風·猗嗟》：「巧趨蹌兮，射則臧兮。」箋：「臧，善也。」

〔七〕三色：見注〔一〕。

〔八〕二臣：指潘黨與養由基，楚共王之臣。見注〔一〕。

得乙有同門生喪親將往弔之其父怒而撻之使遺縑而已或詰其故云交道之難

子道貴恭，當從理命〔一〕；交遊重義，蓋恤哀情①。孝不在於詭隨，仁豈忘於惻隱？乙父訓乖愛子，道昧擇交。況友益之初②，無友不如己者〔二〕；及居喪之際，凡人猶合救之〔三〕。既罔念於一哀，是不遵於久要③〔四〕。苟知生而不弔，雖贈死以何爲④〔五〕？舊館遇喪⑤，宣父尚宜出涕⑥〔六〕；同門在戚，王丹未可忘情⑦〔七〕。縱申遺帛之誠，豈補贈蒭之義〔八〕？肆一抶之怒⑧，父兮既爽義方〔九〕；杜三諫之辭，子也亦虧孝道〔十〕。宜哉或詰，允矣知言。（3509）

【校】

①蓋恤　《文苑英華》、金澤本、郭本作「盍恤」。

②友益　紹興本等作「求益」，郭本作「資益」，據金澤本改。

③不遵　《文苑英華》作「有違」，校：「集作不遵。」金澤本作「有遺」。

④以　金澤本作「而」。

⑤遇喪　《文苑英華》作「遇忘」，校：「集作哭亡。」

⑥尚宜　《文苑英華》作「尚猶」。

⑦王丹　郭本作「玉丹」。

⑧一扶　馬本作「一杖」。

【注】

〔一〕理命：即治命。《左傳》宣公十五年：「初，魏武子有嬖妾，無子。武子疾，命顆曰：『必嫁是。』疾病，則曰：『必以爲殉。』及卒，顆嫁之，曰：『疾病則亂，吾從其治也。』及輔氏之役，顆見老人結草以亢杜回，杜回躓而顛，故獲之。夜夢之曰：『余，而所嫁婦人之父也。爾用先人之治命，余是以報。』」

〔二〕友益二句：《論語・季氏》：「孔子曰：『益者三友，損者三友。友直，友諒，友多聞，益矣。友便辟，友善柔，友便佞，損矣。』」又《子罕》：「子曰：主忠信，毋友不如己者，過則勿憚改。」

〔三〕居喪二句：《詩・邶風・谷風》：「凡民有喪，匍匐救之。」《禮記・檀弓下》：「陽門之介夫死，司城子罕入而哭之哀。晉人之覘宋者，反報于晉侯曰：『陽門之介夫死，而子罕哭之哀，而民說，殆不可伐也。』孔子聞之曰：『善哉覘國乎！《詩》云：凡民有喪，扶服救之。雖微晉而已，天下其孰能當之。』」

〔四〕一哀：見注〔六〕。久要：《論語·憲問》：「見利思義，見危授命，久要不忘平生之言，亦可以爲成人矣。」集解：「孔曰：久要，舊約也。」

〔五〕贈死：《左傳》隱公元年：「贈死不及尸，弔生不及哀，豫凶事，非禮也。」疏：「《釋例》曰：喪贈之幣，車馬曰賵，貨財曰賻，衣服曰襚，珠玉曰含。然而總謂之贈，故傳曰贈死不及尸也。然則此文雖爲賵發，其實賵、賻、含、襚，總名爲贈，但及未葬皆無所譏也。」

〔六〕舊館二句：《禮記·檀弓上》：「孔子之衛，遇舊館人之喪，入而哭之哀。出，使子貢説驂而賻之。子貢曰：『於門人之喪，未有所説驂，説驂於舊館，無乃已重乎？』夫子曰：『予鄉者入而哭之，遇於一哀而出涕。予惡夫涕之無從也？小子行之。』」注：「賻，助喪用也。騑馬曰驂。」

〔七〕王丹：《後漢書·王丹傳》：「王丹字仲回，京兆下邽人也。哀、平時，仕州郡。王莽時，連徵不至。家累千金，隱居養志，好施周急。每歲農時，輒載酒肴於田間，候勤者而勞之。其墮懶者，恥不致丹，皆兼功自厲。邑聚相率，以致殷富。其輕黠遊蕩廢業爲患者，輒曉其父兄，使黜責之。没者則賻給，親自將護。其有遭喪憂者，輒待丹爲辦，鄉鄰以爲常。行之十餘年，其化大洽，風俗以篤。」

〔八〕贈蒭之義：《高士傳》卷下：「郭泰字林宗，太原人也。少事父母，以孝聞。……以母喪歸，徐稚來弔，以生芻一束頓泰廬前而去。泰曰：『南州高士徐孺子也。《詩》不云乎：生芻一束，其人如玉。吾不堪此喻耳。』」

〔九〕一抶之怒：《左傳》文公十八年：「歜以扑抶職，職怒。歜曰：『人奪女妻而不怒，一抶女庸何傷？』」杜預注：「抶，擊也。」

〔十〕杜三諫之辭二句：《孝經》諫諍章：「曾子曰：『若夫慈愛恭敬，安親揚名，則聞命矣。敢問子從父之令，可謂孝乎？』子曰：『是何言與，是何言與！昔者天子有爭臣七人，雖無道，不失其天下；諸侯有爭臣五人，雖無道，不失其國；大夫有爭臣三人，雖無道，不失其家。士有爭友，則身不離於令名。父有爭子，則身不陷於不義。故當不義，則子不可以不爭于父，臣不可不爭於君。故當不義，則爭之。從父之令，又焉行爲孝乎！』」

得轉運使以汴河水淺運船不通請築塞兩岸斗門節度使以當軍營田悉在河次若斗門築塞無以供軍①〔一〕

川以利涉，竭則壅稅；水能潤下，塞亦傷農。將捨短以從長，宜去彼而取此。汴河決能降雨②，流可通財③。引漕運之千艘，實資積水；生稻粱於一溉，亦籍餘波。利既相妨，用難兼濟。節度使以軍儲務足④，思開竇而有年⑤；轉運司以邦賦貴通⑥，恐負舟而無力。辭雖執競⑦，理可明徵。壅四國之征，其傷多矣；專一方之利，所獲幾何？瞻軍雖望於秋成，濟國難虧於日用。利害斯見，與奪可知。（3510）

【校】

①兩岸　紹興本、那波本作「兩河」。據《文苑英華》、金澤本改。

②降雨　《文苑英華》作「降水」，校：「集作雨。」

③通財　《文苑英華》作「導財」，校：「集作通。」

④節度使　金澤本作「節度」。

⑤有年　郭本作「豐年」。

⑥轉運司　金澤本作「轉運」。

⑦辭雖　《文苑英華》作「辭既」，校：「集作雖。」「執競」　郭本作「競競」。

【注】

〔一〕轉運使以汴河水淺運船不通：轉運使始置於開元中。汴河，即汴渠，通濟渠。《通典》卷十《漕運》：「開元十八年，玄宗問朝集使利害之事，宣州刺史裴耀卿上便宜曰：『……竊見每州所送租及庸調等，本州正月、二月上道，至揚州入斗門，即逢水淺，已有阻礙，須停留一月以上。三月、四月以後，始渡淮入汴，多屬汴河乾淺，又船運停留。至六月、七月後，始至河口，即逢黄河水漲，不得入河，又須停一兩月，待河水小，始得上河。入洛即漕路乾淺，船艘隘鬧，般載停滯，備極艱辛。……今若且置武牢、洛口等倉，江南船至河口，即却還本州，更得其船充運，並取所減脚錢，更運江淮變造義倉，每年剩得一二百萬石，即數年之外，倉廪轉加。』……至二十一年，耀卿爲京兆尹。京師雨水害稼，穀價踊貴，耀卿奏曰……上大悦，尋以耀卿爲黄門侍郎、同中書門下平章事，敕鄭州刺史及河南少尹蕭炅，自江淮至京以來，檢古倉節級貯納，仍以耀卿爲轉運都使。……耀卿罷相後，緣邊運險澀，頗有欺隱，議者又言其不便，事又停廢。」《舊唐書·食貨志》：「寶應元年五月……遂以通州刺史劉晏爲户部侍郎、京兆尹，度支鹽鐵轉運使。鹽鐵兼漕運，自晏始也。……自此歲運米數千萬石，自淮北列置巡院，搜擇能吏以主之，廣牢盆以來商賈。凡所制置，皆自晏始。……順宗即位，有司重奏鹽法，以杜佑判鹽鐵轉運使，理於揚州。元和二年三月，以李巽代之。」斗門：引水渠入口處的分水閘門。營田：代宗廣德時於内地置營田，諸道節度觀察使例兼營田使。其後營田大部分停置。李翰《蘇州嘉興屯田紀績碑頌》：「自戎羯亂常，天步多艱……廣德初，乃命相國元公昌其謨，分命諸道節度觀察都團練使統其事，擇封内閑田荒壤人所不耕者爲其屯，求天下良才善政以食爲首者掌其務。」《册府元龜》卷五

〔三〕《邦計部·屯田門》：「代宗大曆五年詔：諸州置屯田並停，特留華、同、澤等三州屯，乃悉以度支之務委於宰臣。」

得景爲宰秋雩刺史責其非時辭云旱甚若不雩恐爲災〔一〕

居常授時，政則行古；恤人救弊，道在從宜。旱將害於粢盛，雩難拘於秋夏。景象雷是職，不雨其憂〔二〕。苟旱魃之愆時，虐既太甚〔三〕；雖蓐收之戒序，雩亦何傷〔四〕？冀有聞於鸛鳴①，庶無慮於狼顧〔五〕。馨香以感②，夕且望於月離〔六〕；稼穡其傷，時難遵於龍見。雖事乖魯史，而義合隨時〔七〕。製錦執言，是亦爲政〔八〕；褰帷致詰，未可與權〔九〕。

（3511）

【校】

①鸛鳴　郭本作「鶴鳴」。

②以　《文苑英華》校：「一作有。」

【注】

〔一〕秋雩刺史責其非時：《左傳》桓公五年：「秋，大雩，書，不時也。凡祀，啓蟄而郊，龍見而雩，始殺而嘗，閉蟄而烝。過則書。」杜預注：「龍見，建巳之月。蒼龍宿之體，昏見東方。萬物始盛，待雨而大，故祭天，遠爲百穀祈膏雨。」疏：「此龍見而雩，定在建巳之月，而《月令》記於仲夏章者，鄭玄云：雩之正，當以四月。凡周之秋，五月之中而旱，亦修雩祀而求雨。因著正雩於此月，失之矣。杜君以爲，《月令》秦法，非是周典。潁子嚴以龍見即是五月。《釋例》曰：《月令》之書出自呂不韋，其意欲爲秦制，非古典也。潁氏因之，以爲龍見五月。五月之時，龍星已過於見。此爲强牽天宿，以附會不韋之《月令》，非所據而據。既以不安，且又自違。《左氏傳》稱：『秋，大雩，書，不時』，此秋即潁氏之五月，而忘其不時之文，而欲以雩祭。是言《月令》不得與《傳》合也。」《舊唐書・禮儀志四》：「京師孟夏以後旱，則祈雨。……旱甚，則大雩，秋分後不雩。」此判依唐制立論。

〔二〕象雷：指縣宰。《孟子・萬章下》：「天子之制，地方千里，公侯皆方百里，伯七十里，子男五十里，凡四等。」趙岐注：「凡此四等，制地之等差也。天子封畿千里，諸侯方百里，象雷震也。」《太平御覽》卷一九八引《孝經援神契》：「大國侯皆千乘，象雷百里，所潤雲雨同。」《白虎通義》：「諸侯封不過百里，象雷震百里，所潤雨同也。雷者，陰中之陽也，諸侯象也。諸侯比王者爲陰，南面賞罰爲陽，法雷也。」顔真卿《朝請大夫江陵少尹顔君神道碑銘》：「一作象雷，六爲天吏。」

不雨其憂：《穀梁傳》文公二年：「歷時而言不雨，文不憂雨也。不憂雨者，無志乎民也。」

〔三〕旱魃：《詩·大雅·雲漢》：「旱魃爲虐，如惔如焚。」傳：「魃，旱神也。」

〔四〕蓐收：《禮記·月令》：「孟秋之月……其帝少皞，其神蓐收。」注：「少皞氏，金天氏。蓐收，少皞氏之子曰該，爲金官。」戒序：言當其序。《梁書·王僧孺傳》：「金飆戒序，起居無恙。」

〔五〕冀有聞於鸛鳴：謂陰雨。《詩·豳風·東山》：「鸛鳴於垤，婦歎於室。」箋：「鸛，水鳥也，將陰雨則鳴。」庶無慮於狼顧：言旱。《漢書·食貨志》：「失時不雨，民且狼顧；歲惡不入，請賣爵子。既聞耳矣。」

〔六〕馨香以感：謂祭神。《左傳》僖公五年：「若晉取虞，而明德以薦馨香，神其吐之乎？」望於月離：《詩·小雅·漸漸之石》：「月離于畢，俾滂沱矣。」毛傳：「畢，噣也。月離陰星則雨。」

〔七〕魯史：指《春秋》。義合隨時：見本卷《得乙上封請永不用赦大理云廢赦則何以使人自新乙云數赦則姦生恐弊轉甚》注〔四〕。

〔八〕製錦：指州牧。《左傳》襄公三十一年：「子皮欲使尹何爲邑。……子産曰：『不可。……子有美錦，不使人學製焉？大官大邑，身之所庇也，而使學者製焉。其爲美錦，不亦多乎？』」梁簡文帝《爲王規拜吳郡太守章》：「驅緹扇之馬，撫奉德之鄉。製錦何階，棼絲方始。」

〔九〕褰帷：謂州刺史。《後漢書·賈琮傳》：「乃以琮爲冀州刺史。舊與傳車駿駕，垂赤帷裳，迎於州界。及琮之部，升車言曰：『刺史當遠視廣聽，糾察美惡，何有反垂帷裳，以自掩塞乎？』乃命御者褰之。」

得丁爲郡歲凶奏請賑給百姓制未下散之本使科其專命丁云恐人困①

臨邦匡乏，情本由衷〔一〕；爲國救災，美終歸上〔二〕。丁分條出守，求瘼居心〔三〕。歲不順成，人既憂於二鬴〔四〕；公有滯積，户將餼於一鍾②〔五〕。是輸濟衆之誠，允叶分憂之政〔六〕。然以事雖上請，恩未下流。稍違主守之文，遽見職司之舉。使以未有君命，何其速歟〔七〕；郡以苟利國家，專之可也〔八〕。卹貧振廩，鄧攸雖見免官〔九〕；矯制發倉，汲黯不聞獲罪〔十〕。請宥自專之過，用旌共理之心。（3512）

【校】

①爲郡　金澤本作「爲郡守」。「未下」《文苑英華》、金澤本作「未下而」。《文苑英華》校：「集無而字。」恐人困《文苑英華》作「恐其人困」，校：「集無其字。」

②餼於　《文苑英華》、金澤本作「餼以」。《文苑英華》校：「集作於。」

【注】

〔一〕臨邦匡乏：《左傳》成公十八年：「晉侯悼公即位於朝，始命百官，施舍，已責，逮鰥寡，振廢滯，匡乏困，救災患。」

〔二〕美終歸上：《晉書·傅咸傳》：「其於論功，當歸美於上。」

〔三〕分條：分理。《漢書·丙吉傳》：「望氣者言長安獄中有天子氣，於是上遣使者分條中都官詔獄繫者。」顏師古注：「條謂疏理之。」求瘼：《三國志·蜀書·馬超傳》：「是以委任授君，抗颺虓虎，兼董萬里，求民之瘼。」

〔四〕人既憂於二鬴：《周禮·地官·廩人》：「凡萬民之食，食者人四鬴，上也；人三鬴，中也；人二鬴，下也。若食不能人二鬴，則令邦移民就穀，詔王殺邦用。」注：「此皆謂一月食米也。六斗四升曰鬴。」疏：「人四鬴上也，上謂大豐年也。人食三鬴中也，謂中豐年。人食二鬴下也，謂少儉年。」

〔五〕户將餼於一鍾：《左傳》襄公二十九年：「鄭子展卒，子皮即位。於是鄭饑而未及麥，民病。子皮以子展之命，餼國人粟，户一鍾，是以得鄭國之民。」杜預注：「六斛四斗曰鍾。」

〔六〕是輸濟衆之誠：《論語·雍也》：「子貢曰：『如有博施於民而能濟衆，何如？可謂仁乎？』」《三國志·蜀書·先主傳》：「盡力輸誠，獎厲六師。」分憂之政：謂出守。唐高宗《令百官各舉所知詔》：「將欲分憂俊乂，共逸巖廊。」《舊唐書·文宗紀》：「刺史分憂，得以專達。」

〔七〕使以二句：《左傳》僖公二十四年：「寺人披請見，公使讓之，且辭焉，曰：『蒲城之役，君命一宿，女即至。其後余從狄君以田渭濱，女爲惠公來求殺余，命女三宿，女中宿至。雖有君命，何其速也。』」

〔八〕郡以二句：《左傳》昭公四年：「鄭子産作丘賦。國人謗之，曰：『其父死于路，己爲蠆尾，以令于國，國將若之何？』子寬以告。子産曰：『何害？苟利社稷，死生以之。……』」《公羊傳》莊公十九年：「出竟有可以安社稷利國家者，則專之可也。」

〔九〕衈貧二句：《晉書·鄧攸傳》：「時郡中大饑，攸表振貸，未報，乃輒開倉救之。臺遣散騎常侍桓彝、虞駿慰勞饑人，觀聽善不，乃劾攸以擅出穀。俄而有詔原之。」

〔十〕矯制二句：《史記·汲鄭列傳》：「河内失火，延燒千餘家，上使黯往視之。還報曰：『家人失火，屋比延燒，不足憂也。臣過河南，河南貧人傷水旱萬餘家，或父子相食，臣謹以便宜，持節發河南倉粟以振貧民。臣請歸節伏矯制之罪。』上賢而釋之。」

得戊兄爲辛所殺戊遇辛不殺之或責其不悌辭云辛以義殺兄不敢返殺①〔一〕

捨則崇讎，報爲傷義〔二〕。當斷友于之愛，以遵王者之章〔三〕。戊居兄之仇，應執兵而不返②；辛殺人以義，將傳刃而攸難〔四〕。雖魯策垂文，不可莫之報也〔五〕；而《周官》執禁，安得苟而行之〔六〕？將令怨是用希，實在犯而不校〔七〕。揆子產之誠，損怨爲忠〔八〕；徵臾駢之言，益仇非智〔九〕。難從不悌之責，請聽有孚之辭〔十〕。（3513）

【校】

①返殺　金澤本作「反殺」。

②不返　金澤本作「不反」。

【注】

〔一〕返殺：《周禮·地官·調人》：「凡殺人有反殺者，使邦國交讎之。」疏：「謂既殺一人，其有子弟復殺之。」

〔二〕崇讎：有利讎人。《左傳》哀公十二年：「子貢曰：『衛君之來，必謀於其衆。其衆或欲或否，是以緩來。其欲來者，子之黨也；其不欲來者，子之讎也。若執衛君，是墮黨而崇讎也。』」

〔三〕友于之愛：兄弟之愛。《書・君陳》：「惟孝友于兄弟。」

〔四〕傳刃：《史記・張耳陳餘列傳》：「然而慈父孝子莫敢傳刃公之腹中者，畏秦法耳。」集解：「徐廣曰：傳音截。李奇曰：東方人以物插地皆爲傳。」

〔五〕魯策垂文：《左傳》昭公二十年：「王執伍奢。……無極曰：『奢之子材，若在吳，必憂楚國。盍以免其父召之？彼仁，必來，不然，將爲患。』王使召之，曰：『來，吾免而父。』棠君尚謂其弟員曰：『爾適吳，我將歸死。吾知不逮，我能死，爾能報。聞免父之命，不可以莫之奔也；親戚之戮，不可以莫之報也。奔死免父，孝也；度功而行，仁也；擇任而往，知也。知死不辟，勇也。父不可棄，名不可廢，爾其勉之，相從爲愈。』」

〔六〕周官執禁：《周禮・地官・調人》：「凡殺人而義者，不同國，令勿讎，讎之則死。」注：「義，宜也。謂父母、兄弟、師長嘗辱焉而殺之者，如是爲得其宜。雖所殺者人之父兄，不得讎也，使之不同國而已。」

〔七〕怨是用希：《論語・公冶長》：「子曰：伯夷、叔齊，不念舊惡，怨是用希。」犯而不校：《論語・泰伯》：「曾子曰：『以能問於不能，以多問於寡。有若無，實若虛，犯而不校，昔者吾友嘗從事于斯矣。』」集解：「包曰：校，報也。言見侵犯不報。」

〔八〕損怨爲忠：《左傳》襄公三十一年：「鄭人游於鄉校，以論執政。然明謂子産曰：『毁鄉校，何如？』子産曰：『何爲？夫人朝夕退而游焉，以議執政之善否。其所善者，吾則行之。其所惡者，吾則改之。是吾師也，若之何毁之？我聞忠善以損怨，不聞作威以防怨。豈不遽止？然猶防川，大決所犯，傷人必多，吾不克救也。不如小決使道。不如吾聞而藥之也。』」

〔九〕臾駢之言：見本卷《得辛奉使遇昆弟之仇不鬬而過爲友人責辭云銜君命》(3501)注〔三〕。

〔十〕有孚：有信。《易·損·彖》：「損，損下益上，其道上行。損而有孚，元吉，無咎。」王弼注：「爲損而可以獲吉，其唯有孚乎？」

得甲爲將以簞醪投河命衆飲之或非其矯節甲云推誠而已何必在醉①〔一〕

將主軍情，酒存人欲。推誠之義，必在於均；飽德之文，不專於醉〔二〕。甲寄分外閫，令出中權〔三〕。九醞投河②，義由獨斷；一瓢飲水，惠在同霑。儻師人之多寒，恩逾挾纊〔四〕；如戰士之載渴，功倍望梅〔五〕。分少以表無頗，和衆寧宜及亂〔六〕？豈資滿腹，所貴歸心。少卿絶甘，見稱漢代〔七〕；子反獨醉，實敗楚軍〔八〕。苟臧否之必由③，何古今之有異？非其矯節，是不知言。（3514）

【校】

①簞醪　《文苑英華》作「單醪」，校：「集作簞。下同。」

②投河　金澤本作「没河」。

③必由　《文苑英華》作「是由」，校：「集作必。」

【注】

〔一〕爲將以簞醪投河：張協《七命》：「單醪投川，可使三軍告捷。」《文選》李善注：「《黄石公記》曰：昔良將之用兵也，人有饋一簞之醪，投河，令衆迎流而飲之。夫一簞之醪，不味一河，而三軍思爲致死者，以滋味及之也。」

〔二〕飽德：《詩·大雅·既醉》序：「既醉，太平也。既醉飽德，人有士君子之行焉。」

〔三〕外閫：《史記·張釋之馮唐列傳》：「臣聞上古王者之遺將也，跪而推轂曰：閫以内者寡人制之，閫以外者將軍制之。」中權：《左傳》宣公十二年：「前茅慮無，中權，後勁。」杜預注：「中軍制謀，後以精兵爲殿。」
〔四〕恩逾挾纊：《左傳》宣公十二年：「三軍之士，皆如挾纊。」杜預注：「纊，綿也。言説以忘寒。」
〔五〕功倍望梅：《世説新語·假譎》：「魏武行役，失汲道，軍皆渴，乃令曰：『前有大梅林，饒子，甘酸可以解渴。』士卒聞之，口皆出水，乘此得及前源。」
〔六〕分少以表無頗：《左傳》昭公十二年：「書辭無頗。」杜預注：「頗，偏也。」和衆寧宜及亂：《論語·鄉黨》：「唯酒無量，不及亂。」
〔七〕少卿二句：少卿，李陵。司馬遷《報任安書》：「李陵素與士大夫絶甘分少，能得人之死力，雖古名將不過也。」
〔八〕子反二句：《左傳》成公十六年：「王聞之，召子反謀。穀陽豎獻飲於子反，子反醉而不能見。王曰：『天敗楚也夫，余不可以待。』乃宵遁。」

得乙有罪丁救以免乙不謝或責之云不爲己①

在公而行，誠非爲己；懷惠以謝，則涉徇私。彼既求仁而得仁②，此宜以直而報直③〔一〕。乙惟獲戾，丁乃解紛。以爲非罪而拘，冶長見稱於尼父〔二〕；直言以免，叔向寧謝於祁奚〔三〕？論恩則丘山不勝，在道而江湖可忘〔四〕。況情非私謁，可以不愧于人；義在公行，實以無求於我④。合嘉遺直⑤，勿聽責言〔五〕。（3515）

【校】

①不爲己　金澤本作「不知爲己」。

②而得仁　金澤本無「而」字。

③而報直　金澤本無「而」字。

④實以　《文苑英華》作「實亦」，校：「一作已。」

⑤合嘉　《文苑英華》、金澤本作「盍嘉」。

【注】

〔一〕求仁而得仁：《論語・述而》：「曰：『伯夷、叔齊何人也？』曰：『古之賢人也。』曰：『怨乎？』曰：『求仁而得仁，又何怨？』」以直而報直：《論語・憲問》：「以直報怨，以德報德。」

〔二〕冶長見稱於尼父：《論語・公冶長》：「子謂公冶長：『可妻也。雖在縲絏之中，非其罪也。』以其子妻之。」

〔三〕叔向寧謝於祁奚：《左傳》襄公二十一年：「晉侯問叔向之罪于樂王鮒，對曰：『不棄其親，其有焉。』於是祁奚老矣，聞之，乘馹而見宣子……宣子説，與之乘，以言諸公而免之。不見叔向而歸。叔向亦不告免焉而朝。」

〔四〕江湖可忘：《莊子·大宗師》：「相呴以濕，相濡以沫，不如相忘於江湖。」

〔五〕遺直：《左傳》昭公十四年：「仲尼曰：『叔向，古之遺直也。』」

得景妻有喪景於妻側奏樂妻責之不伏〔一〕

喪則有哀①，見必存敬②〔二〕；樂惟飾喜，舉合從宜〔三〕。夫婦所貴同心，吉凶固宜異道〔四〕。景室方在疚，庭不撤懸〔五〕。鏗鏘無倦於鼓鐘，好合有傷於琴瑟。既愆夫義，是奪人喪③〔六〕。縗麻縗之在躬，是吾憂也；調絲竹以盈耳④，於汝安乎？如賓之敬頗乖，若往之哀斯瀆⑤〔七〕。遂使唱和不應，憂喜相干。道路見縗，猶聞必變⑥〔八〕；鄰里有殯，亦爲不歌〔九〕。誠無惻隱之心，宜受庸奴之責〔十〕。（3516）

【校】

①有哀　《文苑英華》、金澤本作「思哀」。

②存敬　金澤本作「有敬」。

③是奪　紹興本等作「是棄」，據《文苑英華》、金澤本改。《文苑英華》校：「集作棄。」

④絲竹　金澤本作「絲管」。《文苑英華》校：「一作管。」

⑤斯瀆　《文苑英華》作「斯黷」。

⑥猶聞必變　《文苑英華》作「猶必變色」。

【注】

〔一〕景妻有喪景於妻側奏樂：《禮記・雜記下》：「妻有服，不舉樂於其側。大功將至，辟琴瑟。小功至，不絶樂。」

〔二〕喪則有哀二句：《禮記・曲禮上》：「臨喪不笑。揖人必違其位。望柩不歌。入臨不翔。當食不歎。鄰有喪，舂不相；里有殯，不巷歌。適墓不歌，哭日不歌。送喪不由徑，送葬不避塗潦。臨喪則必有哀色，執紼不笑，臨樂不歎。介胄，則有不可犯之色。故君子戒慎，不失色於人。」

〔三〕樂惟飾喜：《禮記・樂記》：「夫樂者，先王之所以飾喜也。」

〔四〕所貴同心：《詩·邶風·谷風》：「習習谷風，以陰以雨。黽勉同心，不宜有怒。」傳：「言黽勉者，思與君子同心也。」吉凶固宜異道：《禮記·喪服四制》：「夫禮，吉凶異道，不得相干，取之陰陽也。」

〔五〕在疚：《詩·周頌·閔予小子》：「閔予小子，遭家不造，嬛嬛在疚。」傳：「疚，病也。」撤懸：《禮記·喪大記》：「疾病，外内皆埽。君大夫徹縣，士去琴瑟。」

〔六〕是奪人喪：《禮記·雜記下》：「君子不奪人之喪，亦不可奪喪也。」疏：「謂不奪他人居喪之禮。謂他人居喪，任其行禮，不可抑奪。」

〔七〕如賓之敬：《左傳》僖公三十三年：「初，臼季使，過冀，見冀缺耨，其妻饁之。敬，相待如賓。」若往之哀：《禮記·間傳》：「斬衰之哭，若往而不反；齊衰之哭，若往而返。」

〔八〕道路見縗二句：《論語·鄉黨》：「見齊衰者，雖狎，必變。」

〔九〕鄰里有殯二句：見注〔二〕。

〔十〕庸奴：謂庸劣之夫。《史記·張耳陳餘列傳》：「張耳嘗亡命，游外黄。外黄富人女甚美，嫁庸奴，亡其夫，去抵父客。父客素知張耳，乃謂女曰：『必欲求賢夫，從張耳。』女聽，乃卒爲請決，嫁之張耳。」

得甲年七十餘有一子子請不從政所由云人户減耗徭役繁多不可執禮而廢事①〔一〕

役且有辭，信非懋力〔二〕。老而不養，豈謂愛親②？戀若阻於循陔，怨必興於陟岵〔三〕。顧惟甲子，及此丁年〔四〕。户減事繁，政宜勤於晝夜；家貧親老，養難缺於晨昏〔五〕。在子道而可矜，雖王徭之宜免③。事聞諸禮，情見乎辭〔六〕。天子敦風，猶勸養其三老〔七〕；庶人從政，亦何假於一夫？況當孝理之朝，難抑仁親之請④〔八〕。所由之執，愚謂不然。（3517）

【校】

金澤本此後有《得乙在田妻餉不至路逢父告飢遂以餉饋之乙怒遂出妻妻不伏》（3545）判。

①所由　郭本作「詰所由」。

②愛親　金澤本作「愛人」。

③之　金澤本作「而」。

④仁親　紹興本等作「親人」，據金澤本改。

【注】

〔一〕甲年七十餘有一子子請不從政：《禮記·王制》：「八十者，一子不從政。九十者，其家不從政。廢疾非人不養者，一人不從政。」

〔二〕懋力：謂服役效力。張衡《東京賦》：「兆民勸於疆埸，咸懋力以耘耔。」《文選》李善注：「《爾雅》曰：懋，勉也。」

〔三〕戀若阻於循陔：束皙《補亡詩》：「循彼南陔，言采其蘭。眷戀庭闈，心不遑安。」《文選》李善注：「循陔以采香草者，將以供養其父母，喻人求珍異以歸。」怨必興於陟岵：《詩·魏風·陟岵》：「陟彼岵兮，瞻望父兮。父曰：嗟！予子行役，夙夜無已。」序：「《陟岵》，孝子行役，思念父母也。」

〔四〕丁年：《舊唐書·食貨志上》：「凡丁，歲役二旬。若不役，則收其傭，每日三尺。……男女始生者爲黄，四歲爲小，十六爲中，二十一爲丁，六十爲老。……至天寶三年，又降優制，以十八爲中男，二十二爲丁。」

〔五〕養難缺於晨昏：《禮記·曲禮上》：「凡爲人子之禮，冬溫而夏凊，昏定而晨省，在醜夷不爭。」

〔六〕情見乎辭：《易·繫辭下》：「聖人之情見乎辭。」

〔七〕天子二句：《禮記·文王世子》：「遂設三老、五更、群老之席位焉。」注：「三老、五更各一人也，皆年老更事致仕者也。天子以父兄養之，示天下之孝悌也。」

〔八〕仁親：《禮記·檀弓下》：「仁親以爲寶。」注：「仁親，親行仁義。」又《大學》疏：「仁親，猶言親愛仁道也。」白文似作「愛親」解。

得景於逆旅食噬腊遇毒而死其黨訟之主人云買之有處〔一〕

生不可保，死必有因〔二〕。盍知命於喪予，豈尤人於食我〔三〕？景秋蓬方轉，朝薤欲晞〔四〕。旅次爰來①，將受殯而已〔五〕；生涯溘盡，當終食之間〔六〕。且非祭地之疑②，自是逢天之戚③〔七〕。永言其黨，不察所由。死且焉知，徒云噬腊之毒；買而有處④，請無寘堇之嫌⑤〔八〕。誠虐士之可哀，在主人而何咎〔九〕？幸思恕物，無妄罪人。（3518）

【校】

①爰來　《文苑英華》作「員來」。

②祭地　郭本作「察地」。「之疑」《文苑英華》作「之餘」，校：「集作疑。」

③逢天　郭本作「籲天」。

④有處　《文苑英華》作「有據」，校：「集作處。」

⑤請無　金澤本作「諒無」。

【注】

〔一〕景於逆旅食噬腊遇毒而死：《易・噬嗑・卦》：「六三，噬腊肉，遇毒，小吝無咎。」王弼注：「處下體之極，而履非其位，以斯食物，其物必堅。豈唯堅乎，將遇其毒。」疏：「噬腊肉者，腊是堅剛之肉也。毒者，苦惡之物也。」此言食物中毒。

〔二〕生不可保：謝靈運《相逢行》：「憂來傷人，平生不可保。」《增壹阿含經》卷十六：「五陰之身實不可保。」死必有因：《雜阿含經》卷二六：「有因故有生死。」北本《涅槃經》卷二七：「善男子，是生死法悉有因果，有因果故不得名之爲涅槃也。」

〔三〕盍知命於喪予：《論語・先進》：「顏淵死。子曰：『天喪予！天喪予！』」集解：「天喪予者，若喪己也。」

〔四〕秋蓬方轉：潘岳《西征賦》：「飄萍浮而蓬轉。」朝薤欲晞：曹植《贈白馬王彪》：「人生處一世，去若朝露晞。」

〔五〕受飧：《左傳》僖公二十三年：「乃饋盤飧，置璧焉。公子受飧反璧。」

〔六〕終食之間：《論語·里仁》：「君子無終食之間違仁。」此用其字面。

〔七〕祭地之疑：《左傳》僖公四年：「大子祭于曲沃，歸胙於公。公田，（驪）姬置諸宫六日。公至，毒而獻之。公祭之地，地墳。與犬，犬斃。與小臣，小臣亦斃。姬泣曰：『賊由大子。』大子奔新城。」逢天之戚：《左傳》哀公十五年：「楚子西、子期伐吴，及桐汭。陳侯使公孫貞子弔焉，及良而卒，將以尸入。吴子使大宰嚭勞，且辭曰……上介芋尹蓋對曰：『寡君聞楚爲不道，荐伐吴國，滅厥民人。寡君使蓋備使，弔君之下吏。無禄，使人逢天之慼，大命隕隊，絶世于良。……先民有言曰：無穢虐士。備使奉尸將命，苟我寡君之命達于君所，雖隕于深淵，則天命也。非君與涉人之過也。』吴人内之。」

〔八〕寘堇之嫌：亦晉太子申生事。《國語·晉語》：「公田，驪姬受福，乃置鴆於酒，置堇於肉。公至，召申生獻，公祭之地，地墳。申生恐而出。驪姬與犬肉，犬斃；飲小臣酒，亦斃。」

〔九〕虐士：見注〔七〕。《左傳》哀公十五年杜預注：「虐士，死者。」

得詔賜錢百寮資物甲獨以物委地而不拜有司劾其不敬云本贓物故不敢拜①

賜表主恩，拜明臣禮。苟臨事而不敬，雖有辭而勿聽。甲列在朝行，頒其資物。宜荷天而受賜，何委地而如遺？曾是姦贓，誠可惡於清德；今爲寵錫，諒難拒於鴻私。既爲善而近名，亦失恭而遠禮。必也志疾貪冒，節勵貞廉；自當辭讓有儀，豈得棄捐不拜？況人不易物，鍾離委珠而徒爲〔一〕；心苟無瑕，伯夷飲泉而何爽②〔二〕？宜許有乎之劾，用懲不恪之辜③〔三〕。（3519）

【校】

①云本贓物　金澤本作「云此本贓物」。

②何爽　馬本作「可爽」。

③有乎　馬本作「有司」。

【注】

〔一〕人不易物：《左傳》僖公五年引《周書》：「民不易物，惟德緊物。」僞古文《尚書》采入《旅獒》作：「人不易物，惟德其物。」鍾離委珠：《後漢書·鍾離意傳》：「顯宗即位，徵爲尚書。時交阯太守張恢，坐贓千金，徵還伏法，以資物簿入大司農。詔班賜君臣，意得珠璣，悉以委地而不拜賜。帝怪而問其故，對曰：『臣聞孔子忍渴於盜泉之水，曾參回車於勝母之鄉，惡其名也。此贓穢之寶，誠不敢拜。』帝嗟歎曰：『清乎，尚書之言。』乃更以庫錢三十萬賜意。」

〔二〕心苟無瑕：《左傳》閔公元年：「且諺曰：心苟無瑕，何恤乎無家。」伯夷飲泉：《晉書·吴隱之傳》：「廣州包帶山海，珍異所出……未至州二十里，地名石門，有水曰貪泉，飲者懷無厭之欲。隱之既至，語其親人曰：『不見可欲，使心不亂。越嶺喪清，吾知之矣。』乃至泉所，酌而飲之，因賦詩曰：『古人云此水，一歃懷千金。試使夷齊飲，終當不易心。』」

〔三〕有孚：有信。見本卷《得戊兄爲辛所殺戊遇辛不殺之或責其不悌辭云辛以義殺兄不敢返殺》（3513）注〔八〕。

得乙爲大夫請致仕有司詰其未七十乙稱羸病不任事

時制未及，尚可俟朝〔一〕；疾疹所加，固難陳力。乙位參食采①，志在懸車。揆以紀年，桑榆之光未暮〔二〕；驗其羸病，蒲柳之質先零〔三〕。既稱量力而行，所謂奉身以退。雖髮未種種，告老無乃速歟〔四〕；而心既諄諄，致政固其宜矣。請高知止，無强不能。

(3520)

【校】

①食采　金澤本作「食菜」。

【注】

〔一〕時制：謂年七十。《禮記·王制》：「六十歲制，七十時制，八十月制，九十日修。唯絞、紟、衾、冒，死而後制。」《禮記·曲禮上》：「大夫七十而致事。」鄭注：「致其所掌之事於其君，而告老。」

〔二〕桑榆之光：見本卷《得景居喪年老毀瘠或非其過禮景云哀情所鍾》(3500)注〔四〕。

〔三〕蒲柳之質：《世説新語·言語》：「顧悦與簡文同年，而髮蚤白。簡文曰：『卿何以先白？』對曰：『蒲柳之姿，望秋而落；松柏之質，經霜彌茂。』」

〔四〕髮未種種：《左傳》昭公三年：「余髮如此種種，余奚能爲？」杜預注：「種種，短也。自言衰老，不能復爲害。」

得景爲縣官判事案成後自覺有失請舉牒追改刺史不許欲科罪景云令式有文①

政尚從寬，過宜在宥〔一〕。苟昨非之自悟，則夕改而可嘉〔二〕。景乃寀寮，參諸簿領〔三〕。當推案務劇②，詎免毫釐之差；屬褰帷政苛，不容筆削之改〔四〕。誤而不隱，悔亦可追。縣無罔上之姦，州有刻下之虐。先迷後覺，判事雖不三思；苟有必知，牒舉明無二過③〔五〕。揆人情而可恕，徵國令而有文。將欲痛繩，恐非直筆。（3521）

【校】

①案成後　金澤本無「後」字。「有文」　金澤本作「有之」。

②推案　金澤本作「堆案」，校：或本作「推」。

③牒舉　金澤本作「舉牒」。

【注】

〔一〕過宜在宥：《書·大禹謨》：「宥過無大，刑故無小。」傳：「過誤所犯，雖大必宥。」

〔二〕夕改：《大戴禮記·曾子立事》：「朝有過，夕改；夕有過，朝改，則與之。」《漢書·翟方進傳》：「傳不云乎：朝過夕改，君子與之。君何疑焉？」

〔三〕寀寮：《爾雅·釋詁》：「寀、寮，官也。」注：「官地爲寀，同官爲寮。」簿領：文書檔案。《後漢書·獨行傳·戴就》：「遣部從事薛安案倉庫簿領，收就於錢唐縣獄。」

〔四〕褰帷：指刺史。見本卷《得景爲宰秋雩刺史責其非時辭云旱甚若不雩恐爲災》(3511)注〔九〕。

〔五〕二過：《論語·雍也》：「有顔回者好學，不遷怒，不貳過。」集解：「不貳過者，有不善未嘗復行。」

得甲替乙爲將甲欲到乙嚴兵守備不出迎發制書勘合符以法從事御史糾其無賓主之禮科罪不伏

師律貴貞，兵符示信〔一〕。苟未會合，敢忘戒嚴？乙奉中權，甲承後命〔二〕。推輪相代①，言赴及瓜之期〔三〕；褰甲自防②，猶軫前茅之慮〔四〕。且信惟守器，權在隱情〔五〕。符節既未合同，軍衛如何撤警？所宜慮遠，安可徇私？闕於將迎，雖乖主禮；究其守備，是

叶軍謀。無責建牙，恐非直指〔六〕。（3522）

【校】

①相代　金澤本、《文苑英華》作「相待」，《文苑英華》校：「集作代。」

②裹甲　紹興本等作「衷甲」，據金澤本、郭本、馬本改。金澤本校：「或本又作衷。」

【注】

〔一〕師律貴貞：《易·師·卦》：「師，貞。丈人吉，無咎」；「初六，師出以律，否臧凶。」《象》：「師，衆也。貞，正也。能以衆正，可以王矣。」

〔二〕中權：《左傳》宣公十二年：「軍行，右轅，左追蓐，前茅慮無，中權，後勁。」注：「中軍制謀，後以精兵爲殿。」

〔三〕推輪：猶言推轂。《史記·張釋之馮唐列傳》：「臣聞上古王者之遣將也，跪而推轂，曰閫以内者，寡人制之；閫以外者，將軍制之。」及瓜之期：《左傳》莊公八年：「齊侯使連稱、管至父戍葵丘，瓜時而往，曰：『及瓜而代。』」

〔四〕裹甲自防：《左傳》文公十二年：「裹糧坐甲，固敵是求。」又《左傳》襄公二十七年：「楚人衷甲。」杜預注：「甲在衣中，欲因會擊晉。」衷甲者，欲暗中襲敵。當以裹甲爲是。前茅之慮：《左傳》宣公十二年杜預注：「慮無，如今軍行前有斥候蹋伏，皆持以絳及白爲幡。見騎賊舉絳幡，見步賊舉白幡，備慮有無也。茅，明也。或曰時楚以茅爲旌識。」

〔五〕信惟守器：《左傳》成公二年：「名以出信，信以守器，器以藏禮，禮以行義。」權在隱情：《禮記·少儀》：「軍旅思險，隱情以虞。」注：「隱，意也，思也。虞，度也。當思念己情之所能，以度彼之將然否。」

〔六〕建牙：建牙旗，謂統軍帥兵。《晉書·桓玄傳》：「會姚興侵洛陽，佺期乃建牙，聲云援洛，密欲與仲堪共襲玄。」

得鄉老不輸本户租税所司詰之辭云年八十餘歲有頒賜請預折輸納所由以無例不許①

月制既登②，誠宜加惠〔一〕；歲賦不入，何以奉公？苟布常而是違，雖移用而不可〔二〕。鄉老年參耆耋，名繫版圖。天賜未頒，且有躁求之請；地征合納③，非無苟免之心。曾是徇私，固難違例。況時逢恤老，節合勤王。尚齒肆筵，我猶敦於善養④〔三〕；食毛入賦，爾奚

忘於樂輸〔四〕？受賜任待於時頒，量入難虧於歲杪。不從妄請，誠謂職司。（3523）

【校】

①所由　馬本作「所司」。

②月制　紹興本等作「丹制」，據金澤本、《全唐文》改。

③合納　金澤本作「盍納」。

④我猶　紹興本等作「我歲」，從金澤本改。

【注】

〔一〕月制：謂年八十。《禮記・王制》：「六十歲制，七十時制，八十月制，九十日修。唯絞、紟、衾、冒，死而後制。」

〔二〕布常：布政。《左傳》昭公十十年：「布常無藝。」杜預注：「言布政無法制。」疏：「布其尋常之政，無准藝。」

〔三〕尚齒肆筵：《詩・大雅・行葦》：「肆筵設席，授几有緝御。」箋：「兄弟之老者，既爲設重席授几，又有相續代而侍者，謂敦史也。」

〔四〕食毛入賦：《左傳》昭公七年：「封略之内，何非君土？食土之毛，誰非君臣？」杜預注：「毛，草也。」

得乙女將嫁於丁既納幣而乙悔丁訴之乙云未立婚書①〔一〕

女也有行，義不可廢。父兮無信，訟所由生。雖必告而是遵，豈約言之可爽？乙將求佳婿，曾不良圖。入幣之儀，既從五兩〔二〕；御輪之禮，未及三周〔三〕。遂違在耳之言，欲阻齊眉之請。況卜鳳以求士，且靡咎言〔四〕；何奠鴈而從人，有乖宿諾〔五〕？婚書未立，徒引以爲辭；娉財已交，亦悔而無及。請從玉潤之訴，無過桃夭之時〔六〕。（3524）

【校】

①云未立婚書　馬本脱「乙」字。

【注】

〔一〕乙女將嫁於丁既納幣而乙悔：《唐律疏議》卷十三《户婚》：「諸許嫁女，已報婚書及有私約，而輒悔者，杖六十。雖無許婚之書，但受娉財，亦是。」疏：「議曰：婚禮先以娉財爲信。故《禮》云：『娉則爲妻。』雖無許婚之書，但受娉財亦是。」

〔二〕入幣二句：《周禮・地官・媒氏》：「凡嫁子娶妻，入幣純帛無過五兩。」注：「五兩，十端也。必言兩者，欲得其配合之名。十者，象五行十日相成也。」

〔三〕御輪二句：《禮記・昏義》：「婿執雁入，揖讓升堂，再拜奠雁。……出御婦車，而婿受綏，御輪三周，先俟於門外，婦至，婿揖婦以入。」

〔四〕卜鳳：見本卷《得甲去妻後妻犯罪請用子蔭贖罪甲怒不許》(3495)注〔五〕。

〔五〕奠鴈：《儀禮・士昏禮》：「昏禮，下達，納采，用雁」；「主人揖入，賓執雁從。……賓升，北面，奠雁，再拜稽首。」

〔六〕玉潤之訴：《晉書・衛玠傳》：「玠妻父樂廣，有海内重名，議者以爲『婦公冰清，女婿玉潤』。」桃夭之時：《詩・周南・桃夭》：「桃之夭夭，灼灼其華。之子于歸，宜其室家。」序：「《桃夭》，后妃之所致也。不妒忌，則男女以正，婚姻以時，國無鰥民也。」

得景請與丁卜丁云死生付天不付君也遂不卜或非之

聖人建《易》，雖用稽疑〔一〕；君子樂天，固宜知命〔二〕。苟吉凶之罔僭，何中否之足詢①〔三〕？丁執心不回，出言有中。爾考前知之兆，誠足決疑〔四〕；吾從昆命之文②，必先蔽志〔五〕。以爲禍福由己，休咎則繫於慎行〔六〕；生死付天，修短乃存乎陰隲③〔七〕。當脱身於木雁，寧問命於蓍龜〔八〕？言既中倫，理亦窮性〔九〕。況詹尹釋策，有問焉知〔十〕；鬬廉立言，不疑何卜〔十一〕？不從握粟，是謂忘筌〔十二〕。（3525）

【校】

①中否　《全唐文》作「臧否」。

②吾從　《文苑英華》校：「一作我徵。」

③陰隲　金澤本作「陰陽」。

【注】

〔一〕聖人二句：《書·洪範》：「次七曰明用稽疑。」傳：「明用卜筮考疑之事。」

〔二〕君子二句：《易·繫辭上》：「樂天知命，故不憂。」

〔三〕中否：《周禮·春官·占人》：「凡卜筮既事，則繫幣以比其命，歲終，則計其占之中否。」釋文：「中，丁仲反。」

〔四〕前知：《禮記·中庸》：「至誠之道，可以前知。國家將興，必有禎祥。國家將亡，必有妖孽。見乎蓍龜，動乎四體。」

〔五〕吾從二句：《左傳》哀公十八年：「《夏書》曰：『官占唯能蔽志，昆命於元龜。』」「杜預注：「蔽，斷也。昆，後也。言當先斷意，後用龜也。」

〔六〕禍福由己：《左傳》襄公二十三年：「禍福無門，唯人所召。」《孟子·公孫丑上》：「禍福無不自己求之者。」

〔七〕生死付天：《三國志·魏志·管輅傳》：「始輅過魏郡太守鍾毓，共論《易》義。輅因言卜可知君生死之日，毓使筮其生日月，如言無蹉跌。毓大愕，曰：『君可畏也。死以付天，不以付君。』遂不復筮。」陰隲：《書·洪範》：「惟天陰隲下民，相協厥居。」傳：「隲，定也。天不言而默定下民，是助合其居，使有常生之資。」

〔八〕木鴈：《莊子·山木》：「弟子問於莊子曰：『昨日山中之木，以不材得終其天年；今主人之鴈，以不材死；先生將何處？』莊子笑曰：『周將處乎材與不材之間。』」

〔九〕言既中倫：《論語·微子》：「柳下惠、少連，降志辱身矣，言中倫，行中慮，其斯而已矣。」集解：「孔曰：但能言應倫理，行應思慮，如此而已。」理亦窮性：《易·説卦》：「和順於道德而理於義，窮理盡性，以至於命。」

〔十〕詹尹二句：《楚辭·卜居》：「屈原既放……往見太卜鄭詹尹，曰：『余有所疑，願因先生決之。』

詹尹乃端策拂龜，曰：『君將何以教之？』……詹尹乃釋策而謝曰：『夫尺有所短，寸有所長。物有所不足，智有所不明。數有所不逮，神有所不通。用君之心，行君之意，龜策誠不能知事。』」

〔十一〕鬬廉二句：《左傳》桓公十一年：「鄖人軍于蒲騷，將與隨、絞、州、蓼伐楚師。莫敖患之。……莫敖曰：『卜之？』（鬬廉）對曰：『卜以決疑，不疑何卜？』遂敗鄖師于蒲騷。」

〔十二〕握粟：謂占卜。《詩·小雅·小宛》：「握粟出卜，自何能穀？」箋：「我窮盡寡財之人，仍有獄訟之事，無可以自救，但持粟行卜，求其勝負，從何能得生。」

得耆老稱甲多智縣司舉以理人或云多智賊也未知合用否〔一〕

道雖棄智，政且使能〔二〕。苟養之以恬，則用之不惑〔三〕。甲稱予智，縣舉爾知。將老者之審才①，得賢斯美；何或人之懵理，爲賊是虞？誠蔽蕩之無聞，庶利人之可取②。然以智殊小大，用有否臧。識或限於挈瓶，或當害物〔四〕；道能弘於樂水，何爽理人〔五〕？請審兩端，方從一見。（3526）

【校】

①將老者　馬本作「時老者」。

②利人　金澤本作「利仁」。

【注】

〔一〕或云多智賊也：《老子》六十五章：「民之難治，以其多智。以智治國，國之賊；不以智治國，國之福。」

〔二〕道雖棄智：《老子》十九章：「絶聖棄智，民利百倍。」政且使能：《周禮・天官・大宰》：「以八統詔王馭萬民……四曰使能。」注：「能，多才藝者。」

〔三〕養之以恬：《莊子・繕性》：「古之治道者，以恬養知；知生而無以知爲也，謂之以知養恬。知與恬交相養，而和理出其性。」

〔四〕挈瓶：《左傳》昭公七年：「雖有挈瓶之知，守不假器，禮也。」杜預注：「挈瓶，汲者，喻小知。爲人守器，猶知不以借人。」

〔五〕樂水：謂智者。《論語・雍也》：「子曰：知者樂水，仁者樂山。」

得乙爲邊將虜至若涉無人之地監軍責其無勇略辭云内無糗糧外無犄角①〔一〕

封疆貴安，伍候尚警〔二〕。苟不固吾圉，則速即爾刑〔三〕。乙登以將壇②，鎮于邊壘。誠可戒嚴走集③，罔有敵于我師〔四〕；何乃啓納寇戎，若無人於吾地〔五〕？是昧安邊之略，信貽失律之凶〔六〕。拳勇蔑聞，罪戾誰執〔七〕？如或寇强師老，食絶城孤。期盡敵而還，且勤於堅守〔八〕；苟知難而退，猶愈於覆亡〔九〕。宜矜犄角之辭，難議建牙之罪。（3527）

【校】

①略辭　金澤本作「其略辭」。

②登以　《文苑英華》作「登彼」。

③走集　《文苑英華》作「趨集」，校：「集作走。」

【注】

〔一〕掎角：《左傳》襄公十四年：「譬如捕鹿，晉人角之，諸戎掎之，與晉踣之。」疏：「角之謂執其角也，掎之言戾其足也。」

〔二〕伍候：《左傳》昭公二十三年：「親其民人，明其伍候。」杜預注：「使民有部伍，相爲候望。」

〔三〕固吾圉：《左傳》隱公十一年：「寡人使吾子處此，不唯許國之爲，亦聊以固吾圉也。」杜預注：「圉，邊垂也。」

〔四〕走集：《左傳》昭公二十三年：「修其土田，險其走集。」杜預注：「走集，邊竟之壘壁。」

〔五〕啓納戎寇：《書・説命中》：「無啓寵納侮。」傳：「開寵非其人，則納侮之道。」

〔六〕失律之凶：《易・師・象》：「師出以律，失律凶也。」

〔七〕拳勇：《詩・小雅・巧言》：「無拳無勇，職爲亂階。」傳：「拳，力也。」箋：「言無力勇者，謂易誅除也。」

〔八〕盡敵而還：《左傳》閔公二年：「晉侯使大子申生伐東山皋落氏。……大子帥師，公衣之偏衣，佩之金玦。……狐突歎曰：『時，事之徵也；衣，身之章也。……佩以金玦，棄其衷也。……雖欲勉之，狄可盡乎？』……先丹木曰：『是服也，狂夫阻之。曰盡敵而反，敵可盡乎？雖盡敵，猶有内讒，不如違之。』」

〔九〕知難而退：《左傳》僖公二十八年：「軍志曰：『允當則歸。』又曰：『知難而退。』」又宣公十二年：「見可而進，知難而退，軍之善政也。」

得景進柑子過期壞損所由科之稱於浙江陽子江口各阻風五日①〔一〕

進獻失期②，罪難逃責；稽留有説，理可原情。景乃行人，奉茲錫貢〔二〕。薦及時之果，誠宜無失其程；阻連日之風，安得不愆于素〔三〕？覽所由之詰③，聽使者之辭。既異遑寧，難科淹恤。限滄波於于役，匪我愆期；敗朱實於厥苞，非予有咎〔四〕。捨之可也，誰曰不然？（3528）

【校】

①柑子　金澤本作「甘子」。「陽子江」　金澤本、《全唐文》作「楊子江」。

②失期　金澤本作「失時」。

③之詰　馬本作「之語」。

【注】

〔一〕得景進柑子過期壞損：《新唐書・地理志五》江南道：蘇州土貢柑、橘；湖州土貢乳柑；杭州、越州土貢橘；温州土貢柑、橘；台州土貢乳柑。《吳郡志》卷三十：「真柑，出洞庭東西山。柑雖橘類，而其品特高。芳香超勝，爲天下第一。浙東、江西及蜀果州皆有柑，香氣標格，悉出洞庭下。土人亦甚珍貴之。其木畏霜雪，又不宜旱，故不能多植及持久。方結實時，一顆至直百錢，猶是常品，稍大者倍價。併枝葉剪之，飣盤時，金碧璀璨，已可人矣。」陽子江：即揚子江。陽、揚、楊，唐人混書。

〔二〕奉兹錫貢：《書・禹貢》：「淮海惟揚州。……厥篚織貝，厥包橘柚錫貢。」傳：「其所包裹而致者，錫命乃貢。」

〔三〕不愆于素：《左傳》宣公十一年：「事三旬而成，不愆于素。」杜預注：「不過素所慮之期也。」

〔四〕朱實：左思《蜀都賦》：「布綠葉之萋萋，結朱實之離離。」厥苞，見注〔二〕。包，字或作苞。《藝文類聚》卷八六引《柑頌》：「厥苞柑橘，精者曰柑。」

得丁喪所知於野張帷而哭鄰人詰云夫子惡野哭者〔一〕

死喪有別，哭泣從宜。情或異於親疏，禮則殊於内外。丁義勤交道①，動循容止。

未忘半面，嘗同傾蓋之歡〔二〕；永念重泉，遂展張帷之哭。雖聲非有慟，而分止所知。未乖夫子之言，何致鄰人之詰？如或肆號咷於路左，物或惡之；今則具威儀於野中，禮無違者。允符前志，奚恤斯言？（3529）

【校】

①義勸　金澤本作「義勸」。

【注】

〔一〕於野張帷而哭：《禮記·奔喪》：「哭父之黨於廟，母妻之黨於寢，師於廟門外，朋友於寢門外，所識於野張帷。」夫子惡野哭者：《論語·檀弓上》：「孔子惡野哭者。」

〔二〕未忘半面二句：《北齊書·楊愔傳》：「其聰記强識，半面不忘。」《史記·魯仲連鄒陽列傳》：「諺曰：有白頭如新，傾蓋如故。」

得甲妻於姑前叱狗甲怒而出之訴稱非七出甲云不敬〔一〕

細行有虧，信乖婦順；小過不忍，豈謂夫和①？甲孝務恪恭，義輕好合。饋豚明順，未聞爽於聽從〔二〕；叱狗愆儀，盍勿庸於疾怨？雖怡聲而是昧，我則有尤〔三〕；若失口而不容，人誰無過〔四〕？雖敬君長之母，宜還王吉之妻〔五〕。（3530）

【校】

①夫和　馬本作「失和」。

【注】

〔一〕於姑前叱狗：《禮記·曲禮上》：「尊客之前不叱狗。」《後漢書·鮑永傳》：「事後母至孝，妻嘗于母前叱狗，而永即去之。」

〔二〕饋豚明順：《禮記·昏義》：「舅姑入室，婦以特豚饋，明婦順也。」

〔三〕怡聲：《禮記·内則》：「以適父母舅姑之所，及所，下氣怡聲，問衣燠寒，疾痛苛癢，而敬抑搔之。」

〔四〕失口：《禮記·表記》：「君子不失足于人，不失色於人，不失口於人。」

〔五〕君長之母：鮑永字君長。王吉之妻：見本卷《得甲去妻後妻犯罪請用子蔭贖罪甲怒不許》（3495）注〔七〕。

得乙爲軍帥昧夜進軍諸將不發欲罪之辭云不見月章①〔一〕

表旗示信，戎政貴明〔二〕。在九章而或乖，雖三令而惟反〔三〕。乙是稱戎帥②，未達軍容。奉明罰之辭，無聞月捷；用潛師之計，方事宵征。徒欲董以爪牙，曾不明其耳目。況將經武，必在昭文。夜號未申，招虞固宜不進③〔四〕；月章莫舉，毀矌自可當辜〔五〕。訴非失辭，責乃當罪④。（3531）

【校】

①軍帥　紹興本、那波本、馬本脱「帥」字，據《文苑英華》補，金澤本作「師」。

②戎帥　金澤本作「戎師」。
③招虞　紹興本等作「有虞」，據金澤本、《文苑英華》改。《文苑英華》校：「集作有。」
④當罪　金澤本作「過當」，《文苑英華》作「過聽」，校：「集作當罪。」

【注】

〔一〕辭云不見月章：《管子·兵法》：「三官不繆，五教不亂，九章著明……九章：一曰舉日章，則晝行；二曰舉月章，則夜行。」
〔二〕表旗示信：《左傳》昭公元年：「王伯之令也，引其封疆，而樹之官。舉之表旗，而著之制令。」
〔三〕三令：《管子·兵法》：「三官：一曰鼓……二曰金……三曰旗，旗所以立兵也，所以利兵也，所以偃兵也。此之謂三官。有三令，而兵法治也。」
〔四〕招虞：《左傳》昭公二十年：「十二月，齊侯田於沛，招虞人以弓，不進。公使執之，辭曰：『昔我先君之田也，旃以招大夫，弓以招士，皮冠以招虞人。臣不見皮冠，故不敢進。』乃舍之。」
〔五〕毀匵句：謂軍帥自應當罪。《論語·季氏》：「孔子曰：『求，周任有言曰：陳力就列，不能者止。危而不持，顛而不扶，則將焉用彼相矣？且爾言過矣。虎兕出於柙，龜玉毀於櫝中，是誰之過與？』」「集解：「馬曰：……失虎毀玉，豈非典守之過邪？」」

得景嫁殤鄰人告違禁景不伏〔一〕

生而異族，死豈同歸？且非合祔之儀，爰抵嫁殤之禁？景夭婚是恤，窀穸斯乖〔二〕。以處子之葬華，遷他人之蒿里〔三〕。曾靡卜於鳴鳳，各異室家；胡爲相以青鳥，欲同宅兆〔四〕？徒念幼年無偶，豈宜大夜有行？況生死寧殊，男女貴别。縱近傾筐之歲，且未從人〔五〕；雖有遊岱之魂，焉能事鬼〔六〕？既違國禁，是亂人倫。謀徵媒氏之文①，無抑鄰人之告〔七〕。（3532）

【校】

①謀徵　金澤本、馬本作「請徵」。

【注】

〔一〕景嫁殤鄰人告違禁：《周禮·地官·媒氏》：「禁遷葬者與嫁殤者。」注：「殤，十九以下未嫁而死者。生不以禮相接，死而合之，是亦亂人倫者也。鄭司農云：嫁殤者，謂嫁死人也。今時娶會是也。」《通典》卷一百三《禁遷葬者議》引此，注謂：「則俗謂之冥婚也。」按，《唐律》無禁嫁殤條，《通典》引禁遷葬議亦不及唐事。冥婚之事則頗有見於唐史者。《舊唐書・懿德太子重潤傳》：「仍爲聘國子監丞裴粹亡女爲冥婚，與之合葬。」又《蕭至忠傳》：「韋庶人又爲亡弟贈汝南王洵與至忠亡女爲冥婚合葬。」《承天皇帝倓傳》：「敬用追謚曰承天皇帝，與興信公主第十四女張氏冥婚。」《太平廣記》卷三三三《長洲陸氏女》（出《廣異記》）：「竟將女與李子爲冥婚。」卷三三四《王乙》（出《廣異記》）：「侍婢見乙魂魄與女同入殯宮，二家爲冥婚焉。」唐墓誌亦多見冥婚者。此判據經文虛擬。

〔二〕窀穸：《左傳》襄公十三年：「唯是春秋窀穸之事。」杜預注：「窀，厚也。穸，夜也。厚夜，猶長夜。……長夜，謂葬埋。」

〔三〕處子之蕣華：《詩・鄭風・有女同車》：「有女同車，顔如舜華。」傳：「舜，木槿也。」蒿里：崔豹《古今注》卷中：「《薤露》、《蒿里》，並哀歌也。出田横門人。横自殺，門人傷之，爲作悲歌。言人命薤上露，易晞滅也。亦謂人死魂魄歸於蒿里，故有二章。」

〔四〕青鳥：葬書。《太平御覽》卷七九引《抱朴子》：「相地理則書青鳥之説，救傷殘則綴金冶之術。」又卷七百二引《青鳥子葬書》。

〔五〕傾筐之歲：謂女年二十。《詩・召南・摽有梅》：「摽有梅，頃筐塈之。求我庶士，迨其謂之。」序：「《摽有梅》，男女及時也。」傳：「三十之男，二十之女，禮未備則不待禮會而行之者，所以蕃育民人也。」

〔六〕遊岱之魂：劉楨《贈五官中郎將四首》：「常恐游岱宗，不復見故人。」《文選》李善注：「《援神契》曰：太山，天帝孫也，主召人魂。《尚書》曰：至於岱宗。太山爲四岳宗也。」

〔七〕媒氏之文：指《周禮・地官・媒氏》。

得丁陳計請輕過移諸甲兵省司以敗法不許丁云宥罪濟時行古之道何故不可〔一〕

軍興事亟，則務益兵；時泰教成，固難敗法。丁志崇陳計，識昧相時。當兵戢之朝，詎資兇器；在刑行之日，寧利幸人？是廢國章，欲崇軍實。禍開黷武①，弊起惠姦。宥罪未若慎刑，濟軍不如經國。況王霸道異，古今代變〔二〕。小哉管氏之器，曾是行權②〔三〕；哿矣省司之言，孰非經久？得失斯在，用捨可知。（3533）

【校】

①禍開　紹興本等作「禍關」，從金澤本改。

②曾是　馬本作「會是」。

【注】

〔一〕請輕過移諸甲兵：謂使犯罪者交納兵甲以減贖其罪，其術出於《管子》。《管子·小匡》：「桓公曰：『卒伍定矣，事已成矣。吾欲從事於諸侯，其可乎？』管子對曰：『未可。若軍令則吾既寄諸内政矣。夫齊國寡甲兵，吾欲輕重罪而移之於甲兵。』公曰：『爲之奈何？』管子對曰：『制重罪入以兵甲、犀脅、二戟，輕罪入蘭、盾、鞈革、二戟，小罪入以金鈞，分宥薄罪入以半鈞，無坐抑而訟獄者，正三禁之，而不直，則入一束矢以罰之。美金以鑄戈劍矛戟，試諸狗馬。惡金以鑄斤斧鉏夷鋸欘，試諸木土。』」

〔二〕王霸道異二句：《漢書·元帝紀》：「見宣帝所用多文法吏，以刑名繩下，大臣楊惲、蓋寬饒等坐譏辭語爲罪而誅，嘗侍燕從容言：『陛下持刑太深，宜用儒生。』宣帝作色曰：『漢家自有制度，本以霸王道雜之，奈何純任德教，用周政乎！且俗儒不達時宜，好是古非今，使人眩於名實，不知所守，何足委任？』乃歎曰：『亂我家者，太子也！』」「桓譚《新論·王霸》：「五帝以上久遠，經傳無事。唯王霸二盛之義，以定古今之理焉。……王者純粹，其德如彼；霸道駁雜，其功如此。俱有天下而君萬民，垂統子孫，其實一也。」

〔三〕管氏之器：謂《管子·小匡》之説。行權：《管子·五輔》：「德有六興，義有七體，禮有八經，法有五務，權有三度。……曰民知務矣，而未知權，然後考三度以動之。所謂三度者何？曰上度之天祥，下度之地宜，中度之人順，此所謂三度。」又《山權數》：「桓公曰：『今行權奈何？』管子對曰：『君通於廣狹之數，不以狹畏廣；通於輕重之數，不以少畏多，此國策之大者也。』」

得甲在獄病久請將妻入侍法曹不許訴稱三品已上散官㈠

獄雖慎守，病則哀矜。苟或無瘳，如何罔詔①？甲罪抵刑憲②，身從幽縶。憂能成疾，膏肓之上未痊；危則思親，縲絏之中有請。勢窮摇尾，念切齊眉。卧或十旬，既軫彌留之懼；官惟三品，宜從侍執之辭㈡。敢請法曹，式遵令典。（3534）

【校】

①罔詔　金澤本作「因詔」，校：或本作「罔」。

②刑憲　金澤本作「昭憲」，校：或本作「照」。

【注】

〔一〕甲在獄病久請將妻入侍法曹不許訴稱三品已上散官：《唐律疏議》卷一《名例》「八議」：「六曰議貴。」注：「謂職事官三品以上，散官二品以上及爵一品者。」疏：「以此八議之人犯死罪，皆先奏請，議其所犯，故曰八議。」又卷二：「諸八議者……流罪以下，減一等。若官爵五品以上，犯死罪者，上請。流罪以下，減一等。」疏：「官爵五品以上者，謂文武職事四品以下、散官三品以下，勳官及爵二品以下，五品以上。」其餘官員犯罪，依律亦有以官當徒、流之法。甲爲三品以上散官，故在獄得請將妻入侍。

〔二〕侍執：《左傳》僖公二十二年：「寡君之使婢子侍執巾櫛，以固子也。」

得乙聞牛鳴曰是生三犧皆用之矣問之皆信或謂之妖不伏①〔一〕

上稟天性，旁通物情。是謂生知，孰云行怪？况形雖異類，心則同歸。四鳥分飛，聽音既稱有信〔二〕；三犧皆用，聞鳴豈可爲妖？且叶前言，殊非左道。爾惟不講，我則有辭。揆以《周官》，業將同於夷隸〔三〕；詳夫魯史，責不及於葛盧。獸語可徵，人言奚恤？

(3535)

【校】

①皆用之矣　金澤本無「之」字。「皆信」　金澤本作「而信」。

【注】

〔一〕乙聞牛鳴曰是生三犧皆用之矣：《左傳》僖公二十九年：「介葛盧聞牛鳴，曰：『是生三犧，皆用之矣。其音云。』問之而信。」

〔二〕四鳥分飛二句：《孔子家語》卷五：「孔子在衛，昧旦晨興，顏回侍側，聞哭者甚哀。子曰：『回，汝知此何所哭乎？』對曰：『回以此哭聲非但爲死者而已，又有生離别者也。』子曰：『何以知之？』對曰：『回聞桓山之鳥生四子焉，羽翼既成，將分於四海，其母悲鳴而送之，哀聲有似於此，謂其往而不返也。回竊以音類知之。』孔子使人問哭者，果曰：『父死家仇，賣子以葬，與子長訣。』子曰：『回也善於識音矣。』」

〔三〕業將同於夷隸：《周禮·秋官·夷隸》：「夷隸掌役牧人養牛馬，與鳥言。」注：「鄭司農云：夷狄之人或曉鳥獸之言，故《春秋傳》曰：『介葛盧聞牛鳴，曰是生三犧，皆用矣。』是以貉隸職掌與獸言。」

得丁母乙妻俱爲命婦每朝參丁母云母尊婦卑請在婦上乙妻云夫官高不合在下未知孰是

肅恭成德，卑則敬尊；著定辯儀，賤無加貴。眷彼母妻之品，視其夫子之官〔一〕。敬將展於君前，禮且殊於門內。閨閫垂訓，長幼雖合有倫；朝廷正名，等列豈宜無別？婦道雖云守順，國章未可易班。母則失言，妻唯得禮①。且子兮位下，尚欲宗予；而夫也官崇，如何卑我？請依序守，無使名愆。（3536）

【校】

①得禮　郭本作「得體」。

【注】

〔一〕眷彼二句：《舊唐書·職官志》司封郎中：「凡外命婦之制……各視其夫、子之品。若兩有官爵者，從其高。……凡二王後夫人，職事五品已上，散官三品已上，王及國公母妻，朝參各視其夫及子之禮。」

得景請預駙馬所司糾云景庶子也且違格令欲科家長罪不伏〔一〕

冒婚徼倖，既抵官刑；罔上失忠，亦虧臣節。在幼賤而不禁，豈尊長之無辜？屬下嫁王姬，旁求都尉〔二〕。選吹簫之匹，雖則未獲真人〔三〕；預傅粉之郎①，豈可濫收庶子〔四〕？況姻連天族，榮冠人倫。嗣既異於承祧，禮難當於釐降〔五〕。掩藏庶孽，唯慮其不諧；貪冒寵榮，詎思於有罪？豈非或益而損，曾是欲蓋而彰。國章寧捨於面欺，家長宜從於首坐。（3537）

【校】

①之郎　金澤本作「之徒」。

【注】

〔一〕景請預駙馬所司糾云景庶子也且違格令欲科家長罪：《唐律疏議》卷十三《户婚》：「諸爲婚而女家妄冒者，徒一年。男家妄冒，加一等。未成者，依本約；已成者，離之。」疏：「議曰：爲婚之法，必有行媒。男女、嫡庶、長幼，當時理有契約。女家違約妄冒者，徒一年。男家妄冒者，加一等。」

〔二〕王姬：天子女。《詩·召南·何彼襛矣》：「何彼襛矣，唐棣之華。曷不肅雍，王姬之車。」序：「美王姬也。雖則王姬亦下嫁於諸侯，車服不繫其夫，下王后一等，猶執婦道，以成肅雝之德也。」都尉：駙馬都尉。《陳書·袁樞傳》：「《齊職儀》曰：凡尚公主必拜駙馬都尉，魏晉以來，因爲瞻准。蓋以王姬之重，庶姓之輕，若不加其等級，寧可合巹而酳？所以假駙馬之位，乃崇於皇女也。」

〔三〕吹簫之匹：《列仙傳》卷上：「蕭史者，秦穆公時人也，善吹簫，能致孔雀白鶴於庭。穆宗有女字弄玉，好之，公遂以女妻焉。日教弄玉作鳳鳴，居數年，吹似鳳聲。鳳凰來止其屋。公爲作鳳臺，夫婦止其上，不下數年，一旦皆偕隨鳳凰飛去。」

〔四〕傅粉之郎：《太平御覽》卷一五五引《語林》：「何晏字平叔，以主婿拜駙馬都尉。美姿儀，帝每疑其傅粉。後夏月賜以湯餅，大汗出，以朱衣自拭之，尤皎然。」

〔五〕釐降：謂天子女出嫁。《書·堯典》：「釐降二女于嬀汭，嬪于虞。」

得甲夜行所由執之辭云有公事欲早趨朝所由以犯禁不聽〔一〕

趨朝有時，則當蚤作；防姦以法，寧縱晨行？雖夙夜之自公，豈警巡之可犯〔二〕？甲陳力是念，相時斯昧。方鳴三鼓，知行夜之猶嚴〔三〕；未闢九門，信將朝而尚早〔四〕。趨進合遵於辨色，夙興宜伺其啓明〔五〕。既爽時然後行，是必動而有悔。非巫馬爲政，焉用出以戴星〔六〕？同宣子俟朝，胡不坐而假寐〔七〕？宜遵街禁，用表司存。（3538）

【注】

〔一〕甲夜行所由執之：《唐律疏議》卷二六《雜律》：「諸犯夜者，笞二十。有故者不坐。」注：「閉門鼓後、開門鼓前行者，皆爲犯夜。故，謂公事急速及吉、凶、疾病之類。」疏：「議曰：《宫衛令》：『五更三籌，順天門擊鼓，聽人行。晝漏盡，順天門擊鼓四百搥訖，閉門。後更擊六百搥，坊門皆閉，禁人行。』違者，笞二十。故注云『閉門鼓後、開門鼓前，有行者，皆爲犯夜』。故，謂公事急速。但公家之事須行，及私家吉、凶、疾病之類，皆須得本縣或本坊文牒，然始合行。若不得公驗，雖復無罪，街鋪之人不合許過。既云閉門鼓後、開門鼓前禁行，明禁出坊者。若坊内行者，不拘此律。」張鷟《龍筋鳳髓判》有「右金吾衛將軍趙宜檢校街，時大理丞徐逖鼓絶後於街中行，宜決二十，奏付法。逖有故，不伏科罪」。蘇頲《對勤學犯夜判》：「長安令杜虛。有百姓王丁犯夜，爲吏所拘。虛問其故，答云：『從師授書，不覺日暮。』虛曰：『鞭撻甯越，以立威名，非政化之本。』使吏送歸家。御史彈金吾郎將不覺人犯夜，訴云：縣令送歸，非金吾之罪。」按，此判則本之《世説新語・政事》所載王承事：「王安期作東海郡，吏録一犯夜人來。王問：『何處來？』云：『從師家受書還，不覺日晚。』王曰：『鞭撻甯越以立威名，恐非致理之本。』使吏送令歸家。」唐史記事如《舊唐書・憲宗紀》：「（元和三年）夏四月癸丑，中使郭里旻酒醉犯夜，杖殺之。金吾薛伾、巡使韋纁皆貶逐。」《太平廣記》卷二五四《劉行敏》（出《啓顔録》）：「唐有人姓崔，飲酒歸犯夜，被武侯執縛，五更初，猶未解。長安令劉行敏，鼓聲動向朝，至街首逢之，始與解縛。因詠之曰：『崔生犯夜行，武侯正嚴更。幞頭拳下落，高髻掌中擎。杖跡胸前出，繩文腕後生。愁人不惜夜，隨意曉參横。』」

〔二〕夙夜之自公：《詩・召南・采蘩》：「被之僮僮，夙夜在公。」

〔三〕三鼓：三更。溫庭筠《答段成式七首》：「昨日浴籤時光風亭小宴，三鼓方歸。」《太平廣記》卷三一七《文穎》（出《搜神記》）：「漢南陽文穎，字叔長，建安中，爲甘陵府丞，過界止宿，夜三鼓時，夢見一人跪前。」

〔四〕九門：天子之門。《禮記・月令》：「餧獸之藥，無出九門。」注：「天子九門者，路門也，應門也，雉門也，庫門也，臯門也，城門也，近郊門也，遠郊門也，關門也。」鮑照《代淮南王二首》：「朱城九門門九開，願逐明月入君懷。」

〔五〕遵於辨色：《禮記·玉藻》：「朝，辨色始入。」夙興：《詩·衛風·氓》：「夙興夜寐，靡有朝矣。」啓明：《爾雅·釋天》：「明星謂之啓明。」注：「太白星也。晨見東方爲啓明，昏見西方爲太白。」

〔六〕非巫馬爲政二句：《呂氏春秋·察賢》：「宓子賤治單父，彈鳴琴，身不下堂，而單父治。巫馬期以星出，以星入，日夜不居，以身親之，而單父亦治。」

〔七〕同宣子俟朝二句：宣子，趙盾。《左傳》宣公二年：「宣子驟諫，公患之，使鉏麑賊之。晨往，寢門辟矣，盛服將朝，尚早，坐而假寐。」

得郡舉乙清高廉使以爲通介無常罪舉不當郡稱往通今介是時人無常乙有常也①〔一〕

退藏守道，自合銷聲；待用濟時，則難背俗。乙行藏未達，通介不常。若德至而無稱，固當滅跡〔二〕；既名彰而見舉②，誠合隨時③〔三〕。徒立身以清高，且於物而凝滯〔四〕。無固無必，盍守宣尼之言〔五〕；獨清獨醒，信貽漁父之誚。兼濟豈資於絶俗④，全真未爽於同塵⑤。宜從不當之科⑥，俾慎無常之舉⑦。（3539）

【校】

①無常　金澤本作「無恒」。「是時人」　紹興本等無「是」字，據金澤本補。

②見舉　郭本作「見用」。

③誠合　郭本作「自合」。

④兼濟豈資於絶俗　郭本作「承順已隨於流俗」。

⑤未爽　郭本作「未事」。

⑥不當　金澤本作「未當」。

⑦俾慎　郭本作「俾使」。「無常」　金澤本作「無恒」。「之舉」　郭本作「之察」。

【注】

〔一〕郡稱往通今介是時人無常乙有常也：《三國志・魏書・徐邈傳》：「盧欽著書，稱邈曰：『徐公志高行絜，才博氣猛。其施之也，高而不狷，絜而不介，博而守約，猛而能寬。聖人以清爲難，而徐公之所易也。』或問欽：『徐公當武帝之時，人以爲通。自在涼州及還京師，人以爲介。何也？』欽答曰：『往者毛孝先、崔季珪等用事，貴清素之士，于時皆變易車服以求名高，而徐公不改其常，故人以爲通。比來天下奢靡，轉相仿效，而徐公雅尚自若，不與俗同。故前日之通，乃今日之介也。是世人無常，而徐公之有常也。』」

〔二〕固當滅跡：《韓詩外傳》卷一：「唯滅跡於人，能隨天地自然，爲能勝理，而無愛名。」

〔三〕誠合隨時：見本卷《得乙上封請永不用赦大理云廢赦則何以使人自新乙云數赦則姦生恐弊轉甚》（3499）注〔四〕。

〔四〕於物而凝滯：《楚辭·漁父》：「屈原曰：『舉世皆濁我獨清，衆人皆醉我獨醒，是以見放。』漁父曰：『聖人不凝滯於物，而能與世推移。世人皆濁，何不淈其泥而揚其波？衆人皆醉，何不餔其糟而歠其釃？』」

〔五〕無固無必二句：宣尼，孔子。《論語·子罕》：「子絕四：毋意，毋必，毋固，毋我。」

得景於私家陳鐘磬鄰告其僭云無故不徹懸〔一〕

器不假人，易而生亂〔二〕；樂惟節事，過則有刑〔三〕。禮既異於古今，法且禁其鐘磬。

景苟求飾喜①，罔念速尤〔四〕。竊筍簴以陳，樂由奢失〔五〕；僭金石而奏，罪以聲聞②。雅當犯貴之辜，難許徹懸之訴。然恐賜同魏絳，僭異于奚〔六〕。且彰北闕之恩③，何爽南鄰之擊④〔七〕？是殊國禁，無告家藏。（3540）

【校】

①景　郭本作「是」。「飾喜」　郭本作「飾略」。

②罪以　郭本作「唯以」。

③且彰　郭本作「是彰」。

④之擊　郭本作「之繫」。

【注】

〔一〕景於私家陳鐘磬鄰告其僭云無故不徹懸：《唐會要》卷三四神龍二年九月敕：「三品已上，聽有女樂一部；五品已上，女樂不過三人，皆不得有鐘磬。」《禮記·曲禮下》：「大夫無故不徹縣。」懸指鐘磬。

〔二〕器不假人：《左傳》成公二年：「唯器與名，不可以假人，君之所司也。」

〔三〕樂惟節事：《禮記·仲尼燕居》：「禮也者，理也。樂也者，節也。君子無理不動，無節不作。」《左傳》昭公元年：「先王之樂，所以節百事也。故有五節，遲速本末以相及，中聲以降，五降之後，不容彈矣。」

〔四〕苟求飾喜：《禮記·樂記》：「夫樂者，先王之所以飾喜也。」

〔五〕筍簴：《周禮·考工記·梓人》：「梓人爲筍虡。」注：「樂器所縣，横曰筍，植曰虡。」樂由奢失：《禮記·經解》：「樂之失，奢。……廣博易良而不奢，則深于樂者也。」

〔六〕賜同魏絳：《左傳》襄公十一年：「晉侯以樂之半賜魏絳，曰：『子教寡人和諸戎狄，以正諸華。八年之中，九合諸侯，如樂之和，無所不諧。請與子樂之。』……魏絳於是乎始有金石之樂，禮也。」僭異于奚：《新書·審微》：「叔孫于奚者，衛之大夫也。曲縣者，衛君之樂體也。繁纓者，君之駕飾也。齊人攻衛，叔孫于奚率師逆之，大敗齊師。衛於是賞以溫。叔孫于奚辭溫而請曲縣、繁纓以朝，衛君許之。孔子聞之，曰：『惜乎！不如多與之邑。夫樂者，所以載國。國者，所以載君。彼樂亡而禮從之，禮亡而政從之，政亡而國從之，國亡而君從之。惜乎！不如多與之邑。』」

〔七〕南鄰之擊：左思《詠史詩》：「南鄰擊鐘磬，北里吹笙竽。」

得丁氏有邑號犯罪當贖請同封爵之例所司不許辭云邑號不因夫子而致[①][一]

邑號旌賢，國章議貴。如或不能自庇，則將焉用其封？丁氏恩降閨門，罪罹邦憲。寵非他致，既因表以勳賢；咎雖自貽，亦可免於刑戮。若不從其寬典[②]，則何貴於虛封？漢恤緹縈，猶聞贖父[二]；齊分石窌，豈不庇身[③][三]？宜聽輯矣之辭，難奪贖兮之請[四]。（3541）

【校】

①當贖　郭本作「當恕」。

②寬典　郭本作「寬恕」。

③庇身　金澤本作「冗身」，郭本作「慶身」。

【注】

〔一〕丁氏有邑號犯罪當贖請同封爵之例：《唐律疏議》卷二《名例》：「諸婦人有官品及邑號，犯罪者，各依其品，從議、請、減、贖、當、免之律，不得蔭親屬。若不因夫、子，別加邑號者，同封爵之例。」疏：「議曰：別加邑號者，犯罪一與男子封爵同；除名者，爵亦除；免官以下，並從議、請、減、免、贖之例，留官收贖。」

〔二〕漢恤緹縈二句：《漢書·刑法志》：「齊太倉令淳于公有罪當刑，詔獄逮繫長安。淳于公無男，有五女，當行會逮，罵其女曰：『生子不生男，緩急非有益。』其少女緹縈，自傷悲泣，乃隨其父至長安，上書曰：『妾父爲吏，齊中皆稱其廉平，今坐法當刑。妾傷夫死者不可復生，刑者不可復屬，雖後欲改過自新，其道亡繇也。妾願没入爲官婢，以贖父刑罪，使得自新。』書奏天子，天子憐悲其意，遂下令曰：『……其除肉刑，有以易之，即令罪人各以輕重，不亡逃，有年而免。具爲令。』」

〔三〕齊分石窌二句：《左傳》成公二年：「齊侯見保者，曰：『勉之！齊師敗矣！』辟女子。女子曰：『君免乎？』曰：『免矣。』曰：『鋭司徒免乎？』曰：『免矣。』曰：『苟君與吾父免矣，可若何？』乃奔。齊侯以爲有禮。既而問之，辟司徒之妻也。予之石窌。」

〔四〕輯矣之辭：和悦之辭。《詩·大雅·板》：「辭之輯矣，民之洽矣。辭之懌矣，民之莫矣。」傳：「輯，和。洽，合。懌，説。莫，定也。」箋：「辭，辭氣，謂政教也。王者政教和説順於民，則民心合定。此戒語時之大臣。」贖兮之請：《詩·秦風·黄鳥》：「臨其穴，惴惴其慄。彼蒼者天，殲我良人。如可贖兮，人百其身。」箋：「如此奄息之死，可以他人贖之者，人皆百其身。」此言贖罪。

得景與乙同賈景多收其利人刺其貪辭云知我貧也〔一〕

仁無貪貨，義有通財〔二〕。在潔身而雖乖，於知己而則可。景乙奇贏同業①，氣類相求〔三〕。競以錐刀，始聞小人喻利〔四〕；推其貨賄，終見君子用心。情表深知，事符往行。如或貧富必類②，自當興讓立廉；今則有無相懸，固合損多益寡。是爲徇義，豈曰竭忠？受粟益親，孔氏用敦吾道〔五〕；分財損己，叔牙嘗謂我貧〔六〕。無畏人言，俾彰交態。（3542）

【校】

①贏同　紹興本作「贏何」，據他本改。

②必類　郭本作「別類」。

【注】

〔一〕得景與乙同賈景多收其利：此判例據管仲事擬。《列子·力命》：「管仲嘗歎曰：『吾少窮困時，嘗與鮑叔賈，分財多自與。鮑叔不以我爲貪，知我貧也。』」

〔二〕義有通財：《荀子·儒效》：「通財貨，相美惡，辨貴賤，君子不如賈人。」

〔三〕奇贏同業：《漢書·晁錯傳》：「小者坐列販賣，操其奇贏。」顏師古注：「奇贏，謂有餘財而畜聚奇異之物也。一説奇謂殘餘物也。」

〔四〕競以錐刀二句：《左傳》昭公六年：「民知爭端矣，將棄禮而征於書。錐刀之末，將盡爭之。」

〔五〕受粟二句：《孔叢子·公儀》：「子思居貧，其友有饋之粟者，受一車焉。或獻樽酒、束修，子思弗爲受也。或曰：『子取人粟而辭吾酒脯，是辭少而取多也。於義則無名，於介則不全，而子行之，何也？』子思曰：『然。伋不幸而貧於財，至乃困乏，將恐絶先人之祀。夫所以受粟，爲周乏也。酒脯則所以飲宴也，方乏於食，而乃飲宴，非義也。吾豈以爲介哉，度義而行也。』或者擔其酒脯以歸。」

〔六〕叔牙：即鮑叔。《史記·管晏列傳》：「少時常與鮑叔牙游，鮑叔知其賢。」正義：「韋昭云：鮑叔，齊大夫，姒姓之後，鮑叔之子叔牙也。」

得景夜越關爲吏所執辭云有追捕〔一〕

設以關防，辨其出入。既慎守而無怠，豈僞遊而能過？景勤恪居懷，夙夜奔命。以謂寇攘事切，宜早圖之；罔思呵察戒嚴，不可踰也。萑蒲乃司敗小事，襟帶實國家大防〔二〕。仰老氏之文，雖知善閉〔三〕；稽周公之制，尚曰不征〔四〕。責已具於有司，理難辭於靡盬〔五〕。盍從致詰，無信飾非。（3543）

【校】

金澤本無此判。

【注】

〔一〕得景夜越關爲吏所執辭云有追捕：《唐律疏議》卷八《衛禁》：「諸私度關者，徒一年。越度者，加一等。」注：「不由門爲越。」疏：「議曰：水陸等關，兩處各有門禁，行人來往皆有公文，謂驛使驗符券，傳送據遞牒，軍防、丁夫有總曆，自餘各請過所而度。若無公文，私從關門過，合徒一年。越度者，謂關不由門、津不由濟而度者，徒一年半。」

〔二〕萑蒲：指盜賊。見本卷《得辛氏夫遇盜而死遂求殺盜者而爲之妻或責其失貞行之節不伏》（3496）注〔二〕。司敗：即司寇。《左傳》文公十年：「臣歸死于司敗也。」杜預注：「陳、楚名司寇爲司敗。」襟帶：謂山河險要。李尤《函谷關銘》：「函谷險要，襟帶喉咽。」

〔三〕老氏之文：《老子》二十七章：「善閉，無關鍵不可開。」

〔四〕周公之制：《禮記·王制》：「古者公田藉而不税，市廛而不税，關譏而不征。」注：「譏，譏異服，識異言。征亦税也。」疏：「征，税也。關，竟上門也。譏謂呵察。公家但呵察非違，不税行人之物。」

〔五〕靡鹽：見本卷《得江南諸州送庸調四月至上都户部科其違限訴云冬月運路水淺故不及春至》（3505）注〔五〕。

得乙以庶男冒婚丁女事發離之丁理饋賀衣物請以所下聘財折之不伏①〔一〕

婚以匹成，嫡庶宜别。訟由情察，曲直可知〔二〕。將令人有所懲，必在弊之不及。相時庶孽②，冒乃婚姻〔三〕。情以矯誣，始聞好合。事斯彰露③，旋見仳離〔四〕。既生非偶之嫌④，遂起納徵之訟〔五〕。辭多執競，理有適歸。乙則隱欺，在法而聘財宜没；丁非罔冒，原情而饋禮可追。是非足明，取與斯在。（3544）

【校】

①請以　盧校：「請上當有乙字。」

②相時　馬本作「隱其」。

③事斯　紹興本、郭本作「事欺」，據他本改。

④非偶　郭本作「無恥」。

【注】

〔一〕丁理饋賀衣物請以所下聘財折之不伏：《唐律疏議》卷十四《户婚》：「諸違律爲婚，當條稱『離之』、『正之』者，雖會赦，猶離之、正之。定而未成，亦是。娉財不追；女家妄冒者，追還。」疏：「男家送財已訖，雖合離、正，其財不追。若女家妄冒，應離、正者，追財物，還男家。」本判例屬男家妄冒，聘財不合追還，故不許乙以所下聘財折抵丁之饋禮。

〔二〕訟由情察：《左傳》莊公十年：「小大之獄，雖不能察，必以情。」杜預注：「必盡己情。」

〔三〕相時庶孽：相時即相彼。時，是也。《書·盤庚上》：「相時憸民。」疏：「我視彼憸利小民。」

〔四〕仳離：《詩·王風·中谷有蓷》：「有女仳離，嘅其歎矣。」傳：「仳，别也。」箋：「有女遇凶年而見棄，與其君子别離。」

〔五〕納徵：納聘財。《禮記・昏義》：「昏禮者，將合二姓之好。……是以昏禮納采，問名，納吉，納徵，請期，皆主人筵几於廟，而拜迎於門外。」疏：「納徵者，納聘財也。徵，成也。先納聘財，而昏成。《春秋》則謂之納幣。」

得乙在田妻餉不至路逢父告飢以餉饋之乙怒遂出妻妻不伏

象彼坤儀，妻惟守順〔一〕；根乎天性，父則本恩。饌宜進於先生，饁可輟於田畯①〔二〕？夫也望深饁彼②，方期相敬如賓；父兮念切囂然，旋聞受哺於子〔三〕。義雖乖於齊體，孝則見於因心〔四〕。盍喜陟岵之仁③，翻肆送饑之怒〔五〕。孰親是念，難忘父一之言〔六〕；不爽可徵，無効士二其行〔七〕。犬馬猶能有養，爾豈無聞〔八〕；鳳凰欲阻于飛，吾將不取〔九〕。

（3545）

【校】

金澤本此判在本卷《得甲年七十餘有一子子請不從政所由云人户減耗徭役繁多不可執禮而廢事》（3517）後。

①饁　馬本作「饍」。

②饁彼　郭本作「鎮日」。

③盍喜　盧校、《全唐文》、朱箋作「盍嘉」。

【注】

〔一〕坤儀：乾坤爲兩儀。《易·繫辭上》：「是故易有大極，是生兩儀。」成公綏《天地賦》：「故體而言之，則曰兩儀；假而言之，則曰乾坤。」妻惟守順：《禮記·昏義》：「婦順者，順於舅姑，和於室人，而後當於夫，以成絲麻布帛之事，以審守委積蓋藏。是故婦順備而後内和理，内和理而後家可長久也，故聖王重之。」

〔二〕饌宜進於先生：《論語·爲政》：「子夏問孝。子曰：『色難。有事，弟子服其勞；有酒食，先生饌。曾是以爲孝乎？』」饎可餟於田畯：《詩·豳風·七月》：「同我婦子，饁彼南畝，田畯至喜。」傳：「饁，饋也。田畯，田大夫也。」箋：「喜讀爲饎。饎，酒食也。耕者之婦子，俱以餉來至於南畝之中，其見田大夫，又爲設酒食焉。言勸其事，又愛其吏也。」

〔三〕受哺於子：用烏反哺事。見本卷《得甲去妻後妻犯罪請用子蔭贖罪甲怒不許》(3495)注〔五〕。

〔四〕齊體：《禮記·内則》：「聘則爲妻。」鄭玄注：「妻之言齊也。以禮聘問，則得與夫敵體。」因心：唐玄宗《孝經序》：「雖因心之孝已萌，而資敬之禮猶簡。」疏：「因猶親也，資猶取也。言上古之人有自然親愛父母之心。……《周禮·大司徒》『教六行，云孝、友、睦、姻、任、恤』，注云：『因親於外親』，是因得爲親也。《詩·大雅·皇矣》云：『惟此王季，因心則友。』……此其所出之文也，故引以爲序耳。」

〔五〕陟岵之仁：《詩·魏風·陟岵》：「陟彼岵兮，瞻望父兮。父曰：嗟！予子行役，夙夜無已。」序：「《陟岵》，孝子行役，思念父母也。」送畿之怒：見本卷《得甲去妻後妻犯罪請用子蔭贖罪甲怒不許》（3495）注〔十〕。

〔六〕父一之言：《左傳》桓公十五年：「祭仲專，鄭伯患之，使其婿雍糾殺之。將享諸郊。雍姬知之，謂其母曰：『父與夫孰親？』其母曰：『人盡夫也，父一而已，胡可比也？』」

〔七〕不爽二句：《詩·衛風·氓》：「女也不爽，士貳其行。」

〔八〕犬馬二句：《禮記·内則》：「曾子曰：孝子之養老也，樂其心，不違其志，樂其耳目，安其寢處，以其飲食忠養之，孝子之身終。終身也者，非終父母之身，終其身也。是故父母之所愛亦愛之，父母之所敬亦敬之，至於犬馬盡然，而況於人乎！」

〔九〕鳳凰二句：見本卷《得甲去妻後妻犯罪請用子蔭贖罪甲怒不許》（3495）注〔五〕。

白居易文集校注卷第三十①

判　五十道

得丁上言豪富人畜奴婢過制請據品秩爲限約或責其越職論事不伏〔一〕

品秩異倫，臧獲有數〔二〕。苟踰等列，是紊典常。丁志在作程，惡夫過制〔三〕。爰陳誠於白奏，俾知禁於素封〔四〕。將使豪富之徒，資雖積於鉅萬；僮僕之限，數無踰於指千〔五〕。抑淫義叶於隋時②，革弊道符於漢日〔六〕。責其論事，無乃失辭。若守職以越思，則爲出位〔七〕；將盡忠於陳計，難伏嘉言。楚既失之，鄭有辭矣〔八〕。（3546）

【校】

①卷第三十　即《白氏文集》紹興本、馬本卷六十七，那波本卷五十。

②隋時　紹興本作「隨時」。按，楊堅初受封於隨，代周有天下，改國號爲隋。唐人隨、隋通用。

【注】

〔一〕丁上言豪富人畜奴婢過制請據品秩爲限約：《唐會要》卷八六《奴婢》：「永昌元年九月，越王貞破，諸家僮勝衣甲者千餘人，於是制王公以下奴婢有數。」「天寶八載六月十八日勅：京畿及諸郡百姓，有先是給使在私家驅使者，限勅到五日内，一切送付内侍省。其中有是南口及契券分明者，各作限約，定額驅使。雖王公之家，不得過二十人。其職事官，一品不得過十二人，二品不得過十人，三品不得過八人，四品不得過六人，五品不得過四人，京文武清官，六品、七品不得過二人，八品、九品不得過一人。其嗣郡王、郡主、縣主、國夫人、諸縣君等，請各依本品同職事及京清資官處分。其有别承恩賜，不在此限。其蔭家父祖先有者，各依本蔭職減，比現任之半。其南口請禁蜀蠻及五溪、嶺南夷獠之類。」舒元褒《對賢良方正直言極諫策》：「今長吏節度、觀察、刺史之家，其奢者家僮數百人，其儉者不下百人。」元褒實曆初登科，此言當時事。《文苑英華》卷五三一《奴判》：「下士有僮指千，爲鄰人所告。縣斷不應，云：遇廉賈，金之所致。州覆無罪。」《對》：「況位霑下士，利掩上農。千指家僮，等江陵之橘樹；萬金賈子，均洛陽之富商。……士且同於賈豎，州頗昧於正刑。是可忍焉，孰爲過者。」亦可與此判參看。

〔二〕臧獲：《史記·魯仲連鄒陽列傳》：「臧獲且羞與之同名矣。」集解：「《方言》曰：荆淮海岱燕齊之間，駡奴曰臧，駡婢曰獲。」

〔三〕作程：蔡邕《陳寔碑》：「含光醇德，爲士作程。」

〔四〕素封：《史記·貨殖列傳》：「今有無秩禄之奉，爵邑之人，而樂與之比者，命曰素封。」正義：「言不仕之人自有園田收養之給，其利比於封君，故曰素封也。」

〔五〕僮僕二句：《史記·貨殖列傳》：「牛千足，羊彘千雙，僮手指千。」集解：「《漢書音義》曰：僮，奴婢也。古者無空手遊日，皆有作務。作務須手指，故曰手指，以别馬牛蹄角也。」

〔六〕抑淫二句：《隋書·高祖紀》：「薄賦斂，輕刑罰，内修制度，外撫戎夷。每旦聽朝，日昃忘倦，居處服玩，務存節儉，令行禁止，上下化之。開皇、仁壽之間，丈夫不衣綾綺，而無金玉之飾，常服率多布帛，裝帶不過以銅鐵骨角而已。」《史記·高祖本紀》：「周秦之間，可謂文敝矣。秦政不改，反酷刑法，豈不繆乎？故漢興，承敝易變，使人不倦，得天統矣。」《孝文本紀》：「太史公曰：孔子言：必世然後仁。善人之治國百年，亦可以勝殘去殺。誠哉是言！漢興，至孝文四十有餘載，德至盛也。廩廩鄉改正服封禪矣，謙讓未成於今。嗚呼，豈不仁哉！」

〔七〕越思：《左傳》襄公二十五年：「政如農功，日夜思之，思其始而成其終。朝夕而行之，行無越思，如農之有畔，其過鮮矣。」杜預注：「思而後行。」出位：《三國志·魏書·程昱傳》：「各修厥業，思不出位。」

〔八〕楚既失之二句：司馬相如《上林賦》：「無是公听然而笑曰：『楚則失之，齊亦未爲得也。』」《左傳》僖公七年：「若總其罪以臨之，鄭有辭矣，何懼？」

得甲爲邠州刺史正月令人修耒耜廉使責其失農候訴云土地寒①〔一〕

教有權節，業無易宜〔二〕。地苟異於寒溫，農則殊於早晚②。甲分憂率職，從俗勉人。天時有常，農宜先定；地氣不類，寒則晚成。雖愆揉木之時，未建把草之候〔三〕。正惟廉使，何昧遺風？縱稼器之已條，先成焉用〔四〕；苟土膏之不起，欲速何爲〔五〕？誠宜嘉乃辨方，豈可詰其行古〔六〕？循諸周禮③，修耒雖在於季冬〔七〕；訓此豳人，于耜未乖於正月。責則迂也，訴之宜哉。（3547）

【校】

①土地　《文苑英華》作「邠地」。

②殊於　《文苑英華》作「殊其」。

③周禮　《文苑英華》作「呂禮」，校：「集作周。」

【注】

〔一〕甲爲邠州刺史正月令人修耒耜廉使責其失農候訴云土地寒：《詩·豳風·七月》：「三之日于耜，四之日舉趾。」傳：「三之日，夏正月也。豳土晚寒。于耜，始修耒耜也。」《元和郡縣圖志》卷三邠州：「武德元年復爲豳州。開元十三年，以豳與幽字相涉，詔曰：魯魚變文，荆并誤聽，欲求辨惑，必也正名。改爲邠字。」

〔二〕教有權節：《禮記·喪服四制》：「喪有四制，變而從宜，取之四時也。有恩有理，有節有權，取之人情也。恩者仁也，理者義也，節者禮也，權者知也。仁義禮知，人道具矣。」業無易宜：《禮記·王制》：「修其教，不易其俗；齊其政，不易其宜。」

〔三〕揉木：《易·繫辭下》：「斫木爲耜，揉木爲耒。」把草：除草。把通杷。《説文》：「刮，掊把也。」段注：「杷，各本作把，誤。手部曰：掊，杷也。木部曰：杷，收麥器。凡掊地如杷麥然，故累言之曰掊杷。」

〔四〕縱稼器二句：《周禮·地官·遂大夫》：「正歲，簡稼器，修稼政。」注：「稼器，耒耜、鎡基之屬。」

〔五〕苟土膏二句：《國語·周語》：「陽氣俱蒸，土膏其動。」張衡《東京賦》：「及至農祥晨正，土膏脈起。」《文選》李善注：「《國語》曰：虢文公曰：太史順時視土，農祥晨正，土乃脈發。太史告稷曰：土膏其動。韋昭曰：農祥，房星也。晨正，謂立春之日，晨中於午也。脈，理也。膏，土潤也。」

〔六〕辨方：《周禮·天官冢宰》：「辨方正位。」注：「辨，別也。鄭司農云：別四方，正君臣之位，君南面，臣北面之屬也。」

〔七〕循諸周禮二句：《禮記·月令》：「季冬之月……命農計耦耕事，修耒耜，具田器。」

得乙掌宿息井樹賓至不誅相翔者御史糾之辭云罪在守塗之人①〔一〕

姦或不誅，吏將焉用？苟欲科其官失，必先辨以司存。乙慎守無聞，庀徒有怠②〔二〕。嘉賓戾止，誠宜慮以相翔〔三〕；暴客聿來，固合擒而勿佚〔四〕。既隳官禁，是縱公行。且戒事之前，不申嚴於聚𣟴③〔五〕；慢官之後，欲移過於守塗。誠乖率屬之方，宜甘責帥之罰。然以官雖聯事，等列或殊；罪不同科，重輕宜別。比夫所屬，請以異論。

（3548）

【校】

①賓至　郭本作「客至」。

②庀徒　郭本作「掌徒」。

③聚欜　馬本作「聚托」。

【注】

〔一〕乙掌宿息井樹賓至不誅相翔者御史糾之辭云罪在守塗之人：《周禮·秋官·野廬氏》：「野廬氏掌達國道路，至于四畿。比國郊及野之道路、宿息、井、樹。若有賓客，則令守涂地之人聚欜之。有相翔者，誅之。」注：「守涂地之人，道所出廬宿旁民也。相翔，猶昌翔，觀伺者也。鄭司農云：聚欜之，聚擊欜以宿衛之也。有姦人相翔於賓客之側，則誅之，不得令寇盗賓客。」

〔二〕庀徒：《周禮·地官·遂師》：「賓客，則巡其道修，庀其委積。」注：「巡其道修，行治道路也。故書庀爲比。鄭司農云：比讀爲庀。庀，具也。」

〔三〕戾止：《詩·魯頌·泮水》：「魯侯戾止，言觀其旂。」傳：「戾，來。止，至也。」

〔四〕暴客聿來：《周禮·秋官·訝士》：「居館，則帥其屬而爲之蹕，誅戮暴客者。」《詩·大雅·緜》：「爰及姜女，聿來胥宇。」箋：「聿，自也。」

〔五〕聚㰌：即《周禮·秋官·野廬氏》所云「聚㰌」。

得景爲私客擅入館驛欲科罪辭云雖入未供〔一〕

傳舍是崇，使車攸處。將供行李，必辨公私。何彼客遊，欲從公食。豈無逆旅，宜受饋於盤飧〔二〕；既非使臣，何苟求於館穀〔三〕？信饔餮而是啓，寧僭濫之可容？同周官之廬，入宜銜命〔四〕；非鄭氏之驛，置豈延賓〔五〕？法既自干，咎將誰任？然則不應入而妄入，刑固難逃；而已供與未供，罪宜有別。請從減降，庶叶科條。（3549）

【注】

〔一〕景爲私客擅入館驛欲科罪辭云雖入未供：《唐律疏議》卷二六《雜律》：「諸不應入驛而入者，笞四十。輒受供給者，杖一百；計贓重者，準盜論。雖應入驛，不合受供給而受者，罪亦如之。」疏：「《雜令》：『私行人，職事五品以上、散官二品以上、爵國公以上，欲投驛止宿者，聽之。邊遠及無村店之處，九品以上、勳官五品以上及爵，遇屯驛止宿，亦聽。並不得輒受供給。』謂私行人不應入驛而入者，笞四十。輒受供給，準贓雖少，皆杖一百；計贓得罪重於杖一百者，準盜論。雖應入驛，準令不合受供給而受，亦與不應入驛人同罪。强者，各加二等。」

〔二〕受饋於盤飧：《左傳》僖公二十三年：「乃饋盤飧，置璧焉。」

〔三〕館穀：《左傳》僖公二十八年：「晉師三日館穀。」杜預注：「館，舍也。食楚軍穀三日。」此指招待客人。

〔四〕同周官之廬二句：《周禮·地官·遺人》：「凡國野之道，十里有廬，廬有飲食。」

〔五〕非鄭氏之驛二句：《史記·汲鄭列傳》：「鄭莊以任俠自喜……每五日洗沐，常置驛馬長安諸郊，存諸故人，請謝賓客，夜以繼日，至其明旦，常恐不遍。」

得洛水暴漲吹破中橋往來不通人訴其弊河南府云雨水猶漲未可修橋縱苟施功水來還破請待水定人又有辭①〔一〕

大水爲災，中橋其壞。車徒未濟，誠有阻於往來；修造從宜，亦相時之可否。顧兹浩浩，阻彼憧憧〔二〕。人訴川梁不通，壅而爲弊；府慮水沴荐至，毁必重勞。苟後患之不圖，則前功之盡棄。將思濟衆，固合俟時。徵啓塞之文，雖必葺於一日〔三〕；防懷襄之害，未可應乎七星〔四〕。無取人辭，請依府見。(3550)

【校】

①吹破　《全唐文》作「決破」。

【注】

〔一〕得洛水暴漲吹破中橋往來不通人訴其弊：《舊唐書·李昭德傳》：「初，都城洛水天津之東，立德坊西南隅，有中橋及利涉橋，以通行李。上元中，司農卿韋機始移中橋置于安衆坊之左街，當長夏門，都人甚以爲便，因廢利涉橋，所省萬計。然歲爲洛水衝注，常勞治葺。昭德創意積石爲脚，鋭其前以分水勢，自是竟無漂損。」《文苑英華》卷五四五《私雇船渡人判》：「洛水中橋破，絶往來渡。縣令楊忠以爲時屬嚴寒，未可修造，遂私雇船舫於津所渡人。百姓杜威等連狀舉忠將爲幹濟，廉使以忠懦弱，不舉職事以邀名，欲科不伏。」有趙和、崔釋、李孝言及闕名對，可參看。

〔二〕憧憧：《易·咸·卦》：「憧憧往來，朋從爾思。」

〔三〕徵啓塞之文二句：《左傳》僖公二十年：「凡啓塞從時。」杜預注：「門户道橋謂之啓，城郭牆塹謂之塞，皆官民之開閉，不可一日而闕，故特隨壞時而治之。」

〔四〕懷襄之害：《書·堯典》：「帝曰：『咨！四岳，湯湯洪水方割，蕩蕩懷山襄陵，浩浩滔天，下民其咨，有能俾乂？』」「傳：「懷，包。襄，上也。包山上陵，浩浩盛大，若漫天。」七星：指河南分野。《漢書·地理志》：「周地，柳、七星、張之分野也。今之河南雒陽、穀城、平陰、偃師、鞏、緱氏，是其分也。」

得景爲將敵人遺之藥景受而飲之或責失人臣之節不伏

軍尚隱情，臣宜守道〔一〕。況握中權之要，當絶外交之嫌〔二〕。景受命建牙①，遇敵飲藥。直雖可舉，忠則不知。且事君在公②，訓旅貴信。失人臣之節，爾豈自明；惑士卒之心，吾將安仰？況兵惟尚詐，人不易知〔三〕。同饋醪而無他，推誠猶可〔四〕；苟流毒而不察，雖悔寧追？無謀既昧三思，不伏恐涉貳過。勿疑以飲，徒徇陸抗之名〔五〕；未達而嘗，且墜宣尼之訓〔六〕。是違師律，難償鄰言③。（3551）

【校】

①受命　紹興本、那波本作「命受」，據他本改。

②且　郭本作「但」。

③難償　郭本作「難責」。

【注】

〔一〕軍尚隱情：《禮記·少儀》：「軍旅思險，隱情以虞。」注：「隱，意也，思也。虞，度也。當思念己情之所能，以度彼之將然否。」

〔二〕中權之要：見卷二九《得甲爲將以簞醪投河命衆飲之或非其矯節甲云推誠而已何必在醉》(3514)注〔二〕。

〔三〕兵惟尚詐：《孫子·軍爭》：「故兵以詐立，以利動，以分合爲變者也。」

〔四〕同饋醪二句：張協《七命》：「單醪投川，可使三軍告捷。」《文選》李善注：「《黄石公記》曰：昔良將之用兵也，人有饋一簞之醪，投河，令衆迎流而飲之。夫一簞之醪，不味一河，而三軍思爲致死者，以滋味及之也。」

〔五〕勿疑以飲二句：《三國志·吳書·陸抗傳》裴注引《晉陽秋》：「抗與羊祜推僑、札之好。抗嘗遺祜酒，祜飲之不疑。抗有疾，祜饋之藥，抗亦推心服之。于時以爲華元、子反復見於今。」又引《漢晉春秋》：「抗嘗疾，求藥於祜，祜以成合與之，曰：『此上藥也，近始自作，未及服，以君疾急，故相致。』抗得而服之，諸將或諫，抗不答。」

〔六〕未達而嘗二句：《論語·鄉黨》：「康子饋藥，拜而受之。曰：『丘未達，不敢嘗。』」「疏：「此明孔子受饋之禮也。魯卿季康子饋孔子藥，孔子拜而受之。凡受人饋遺可食之物，必先嘗而謝之。孔子未達其藥之故，不敢先嘗，故曰『丘未達，不敢嘗』，亦其禮也。」

得丁將在别屯士卒有犯每專殺戮御史舉劾訴稱曾受棨戟之賜

將非處右，莫敢示威〔一〕；軍或别屯，則宜專命。丁位雖佐理，分以戎行。執專征之權，錫弓於周典〔二〕；操司殺之柄①，受棨於漢儀〔三〕。既有令而必行②，信無瑕而可戮。實握兵之能政，奚執簡之舉違？如或稟命於連營，畏予不敢；今則分部而賜戟，無我有違③。宜崇魏絳之威，勿議秦彭之罪④〔四〕。（3552）

【校】

①司殺　馬本作「司獄」。

②有令　馬本作「有命」。
③有違　《文苑英華》作「有尤」。
④勿議秦彭　郭本作「劾執專秦」。

【注】

〔一〕將非處右二句：《老子》三十一章：「君子居則貴左，用兵則貴右。兵者不祥之器，非君子之器，不得已而用之，恬惔而上，故不美。若美之，是樂殺人。夫樂殺者，不可得意於天下。故吉事尚左，凶事尚右。是以偏將軍居左，上將軍居右。」

〔二〕執專征之權二句：《禮記·王制》：「諸侯，賜弓矢然後征，賜鈇鉞然後殺。」

〔三〕操司殺之柄二句：《後漢書·郭躬傳》：「永平中，奉車都尉竇固出擊匈奴，騎都尉秦彭爲副。彭在別屯而輒以法斬人，固奏彭專擅，請誅之。顯宗乃引公卿朝臣平其罪科。躬以明法律，召入議。議者皆然固奏，躬獨曰：『於法，彭得斬之。』帝曰：『軍征，校尉一統於督。彭既無斧鉞，可得專殺人乎？』彭對曰：『一統於督者，謂在部曲也。今彭專軍別將，有異於此。兵事呼吸，不容先關督帥。且漢制棨戟即爲斧鉞，於法不合罪。』帝從躬議。」

〔四〕宜崇魏絳之威：《左傳》襄公三年：「晉侯之弟揚干亂行于曲梁，魏絳戮其僕。晉侯怒，謂羊舌赤曰：『合諸侯以爲榮也，揚干爲戮，何辱如之？必殺魏絳，無失也。』對曰：『絳無貳志，事君不辟難，有罪不逃刑，其將來辭，何辱命焉？』言終，魏絳至，授僕人書，將伏劍。士魴、張老止之。……晉侯以魏絳爲能以刑佐民矣，反役，與之禮食，使佐新軍。」

得甲告老請立長爲嗣長辭云不能請讓其弟或詰之云弟好仁①

讓賢雖仁，廢長非順。徒聞建善則理，其如亂嗣不祥〔一〕。甲告老於朝，立子爲後②。雖急難自舉，必有可觀者焉〔二〕；而長幼以倫，無所苟而已矣。況欲正其爵位，豈宜越以雁行〔三〕？于弟克恭厥兄，徒見好仁之請③〔四〕；知子莫若於父，蓋從立長之言④〔五〕？無忌雖欲傳家，季札終當棄室〔六〕。諒可致詰⑤，罔聽不能。（3553）

【校】

①立長　《文苑英華》作「立長子」。

②爲後　《文苑英華》作「於後」，校：「集作爲後。」

③徒見　《文苑英華》作「徒有」。

④蓋從　《文苑英華》、馬本作「盍從」，《文苑英華》校：「集作蓋。」

⑤致詰　《文苑英華》作「致告」。

【注】

〔一〕徒聞二句：《左傳》昭公二十六年：「九月，楚平王卒。令尹子常欲立子西，曰：『大子壬弱，其母非適也，王子建實聘之。子西長而好善。立長則順，建善則治。王順國治，可不務乎？』子西怒曰：『是亂國而惡君王也。國有外援，不可瀆也。王有適嗣，不可亂也。敗親、速仇、亂嗣，不祥，我受其名。賂吾以天下，吾滋不從也。楚國何爲？必殺令尹！』令尹懼，乃立昭王。」

〔二〕急難：《詩·小雅·常棣》：「脊令在原，兄弟急難。」傳：「急難，言兄弟之相救於急難。」必有可觀：《論語·子張》：「雖小道，必有可觀者焉。」

〔三〕雁行：《禮記·王制》：「兄之齒雁行。」

〔四〕于弟克恭：《書·康誥》：「于弟弗念天顯，乃弗克恭厥兄。」好仁之請：《左傳》襄公七年：「冬十月，晉韓獻子告老。公族穆子有廢疾，將立之。辭曰：『《詩》曰：豈不夙夜，謂行多露。又曰：弗躬弗親，庶民弗信。無忌不才，讓，其可乎？請立起也。與田蘇遊，而曰好仁。……立之，不亦可乎？』庚戌，使宣子朝，遂老。晉侯謂韓無忌仁，使掌公族大夫。」杜預注：「無忌，穆子名。起，無忌弟宣子也。田蘇，晉賢人。蘇言起好仁。」

〔五〕知子莫若父：《韓非子·十過》：「知臣莫若君，知子莫若父。」

〔六〕無忌：韓無忌，即穆子。季札：《史記·吳太伯世家》：「壽夢有四子四人，長曰諸樊，次曰餘祭，次曰餘眜，次曰季札。季札賢，而壽夢欲立之，季札讓不可，於是乃立長子諸樊，攝行事當國。王諸樊元年，諸樊已除喪，讓位季札。季札謝曰……吳人固立季札，季札棄其室而耕，乃舍之。」

得乙出妻妻訴云無失婦道乙云父母不悦則出何必有過①〔一〕

孝養父母，有命必從；禮事舅姑，不悦則出。乙親存爲子，年壯有妻。兆啓和鳴，授室之儀雖備②〔二〕；德非柔淑，宜家之道則乖〔三〕。若無爽於聽從，曷見尤於譴怒？信傷婉娩，理合仳離。且聞莫慰母心，則宜去矣；何必有虧婦道，然後棄之？未息游詞，請稽往事③。姜詩出婦，蓋爲小瑕〔四〕；鮑永去妻，亦非大過〔五〕。明徵斯在，薄訴何爲？

（3554）

【校】

①得乙　馬本作「得甲」，誤。

②授室　郭本作「投室」。

③請稽　郭本作「請觀」。

【注】

〔一〕父母不悦則出：《禮記·内則》：「子甚宜其妻，父母不説，出。」

〔二〕和鳴：見卷二一九《得甲去妻後妻犯罪請用子蔭贖罪甲怒不許》（3495）注〔五〕。授室之儀：《禮記·郊特牲》：「舅姑降自西階，婦降自阼階，授之室也。」注：「明當爲家事之主也。」

〔三〕宜家：《詩·周南·桃夭》：「之子於歸，宜其室家。」

〔四〕姜詩出婦：《後漢書·列女傳》：「廣漢姜詩妻者，同郡龐盛之女也。詩事母至孝，妻奉順尤篤。母好飲江水，水去舍六七里，妻常泝流而汲。後值風，不時得還，母渴，詩責而遣之。妻乃寄止鄰舍，晝夜紡績，市珍羞，使鄰母以意自遺其姑。如是者久之，姑怪問鄰母，鄰母具對。姑感慚呼還，恩養愈謹。」

〔五〕鮑永去妻：見卷二九《得甲妻於姑前叱狗甲怒而出之訴稱非七出甲云不敬》(3529)注〔一〕。

得景有姊之喪合除而不除或非之稱吾寡兄弟不忍除也〔一〕

喪雖寧戚，禮且節哀〔二〕。俾不足與有餘①，必跂及而俯就〔三〕。景愛深血屬，禮過時制②。興鮮兄之歎，情既鍾於孔懷〔四〕；及居姊之喪，服將除而不忍。雖志崇敦睦③，而事越典彝。況儀貴適中，哀不在外。宜抑情而順變，多奚以爲；苟在禮而或踰，過猶不及〔五〕。請遵仲尼之訓，無執季路之辭〔六〕。(3555)

【校】

①俾　郭本作「惟」。

②時制　郭本作「時宜」。

③崇　《文苑英華》校：「集作存。」

【注】

〔一〕景有姊之喪合除而不除：《禮記·檀弓上》：「子路有姊之喪，可以除之矣，而弗除也，孔子曰：『何弗除也？』子路曰：『吾寡兄弟而弗忍也。』孔子曰：『先王制禮，行道之人皆弗忍也。』子路聞之，遂除之。」

〔二〕喪雖寧戚：《論語·八佾》：「喪，與其易也，寧戚。」禮且節哀：《禮記·檀弓下》：「喪禮，哀戚之至也。節哀，順變也。」

〔三〕俾不足二句：《禮記·檀弓上》：「子路曰：『吾聞諸夫子：喪禮，與其哀不足而禮有餘也，不若禮不足而哀有餘也。』」《禮記·檀弓上》：「曾子謂子思曰：『伋！吾執親之喪也，水漿不入於口者七日。』子思曰：『先王之制禮也，過之者，俯而就之；不至焉者，跂而及之。故君子之執親之喪也，水漿不入於口者三日，杖而後能起。』」

〔四〕鮮兄：《詩·齊風·揚之水》：「終鮮兄弟，維予與女。」孔懷：《詩·小雅·常棣》：「死喪之威，兄弟孔懷。」

〔五〕過猶不及：《論語·先進》：「過猶不及。」

〔六〕仲尼：孔子。季路：即子路。

得丁陷賊庭守道不仕賊帥逼之辭云堯舜在上下有巢許遂免所司欲旌其節大理執不許①〔一〕

臣節貴忠，國經懋賞〔二〕。宜遵善道，難廢彝章。丁陷在賊庭，强其禄仕。敦在三之義，因時難而名聞〔三〕；守無二之忠，經歲寒而節見〔四〕。逼夷齊以周粟，引巢許於唐臣〔五〕。身以道存，情非利動。所當厚獎，何乃深疑？且人無不臣之心，所謂順也；邦有惟重之典，其可廢乎〔六〕？從亂則必論辜，守道豈無旌善？野哉大理，信乃執迷〔七〕；展矣所司，誠爲勸沮〔八〕。（3556）

【校】

①賊帥　郭本作「賊師」，誤。

【注】

〔一〕辭云堯舜在上下有巢許：《漢書·薛方傳》：「薛方嘗爲郡掾祭酒，嘗征不至，及（王）莽以安車迎方，方因使者辭謝曰：『堯舜在上，下有巢由，今明主方隆唐虞之德，小臣欲守箕山之節也。』使者以聞，莽説其言，不强致。」

〔二〕懋賞：《書·仲虺之誥》：「德懋懋官，功懋懋賞。」傳：「勉於功者，則勉之以賞。」

〔三〕在三之義：《國語·晉語》：「民生於三，事之如一：父生之，師教之，君食之。」《世説新語·言語》劉注引《衛玠别傳》：「語曰：在三之義，人之所重。今日忠臣致身之運，可不勉乎？」

〔四〕無二之忠：《史記·鄭世家》：「事君無二心，人臣之職也。」歲寒：《論語·子罕》：「子曰：歲寒然後知松柏之後凋也。」

〔五〕逼夷齊以周粟：《史記·伯夷列傳》：「武王已平殷亂，天下宗周，而伯夷、叔齊恥之，義不食周粟，隱於首陽山，采薇而食之。」引巢許於唐臣：《高士傳》卷上：「巢父者，堯時隱人也。山居，不營世利。年老以樹爲巢而寢其上，故時人號曰巢父。堯之讓許由也，由以告巢父。巢父曰：『汝何不隱汝形，藏汝光？若非吾友也。』擊其膺而下之。」又：「堯讓天下於許由……由於是遁逃於中岳潁水之陽，箕山之下，終身無經天下色。堯又召爲九州長，由不欲聞之，洗耳於潁水濱。」

〔六〕惟重之典：《書·大禹謨》：「罪疑惟輕，功疑惟重。與其殺不辜，寧失不經。」傳：「刑疑附輕，賞疑從重，忠厚之至。」

〔七〕野哉大理：《論語·子路》：「子曰：野哉，由也！」集解：「孔曰：野猶不達。」

〔八〕展矣所司：《詩·邶風·雄雉》：「展矣君子，實勞我心。」傳：「展，誠也。」箋：「誠矣君子，訴於君子也。」

得景爲大夫有喪丁爲士而特弔或責之不伏〔一〕

官有常尊，禮無不敬。位若殊於等列，弔則異其節文。景爲大夫①，丁乃元士。居喪而哭，合遵朝夕之期；特弔以行，奚越尊卑之序？既乖前典，乃速斯言。且禮貴明徵，位宜慎守。俟非其事②，信干食菜之榮③〔二〕；儀失其宜，徒展贈芻之意〔三〕。是曰無上，將何以觀？（3557）

【校】

①景爲　《文苑英華》作「景惟」，校：「集作爲。」

②俟非　《文苑英華》作「事非」。

③食菜　郭本作「食采」。

【注】

〔一〕景爲大夫有喪丁爲士而特弔：《禮記·檀弓下》：「君遇柩於路，必使人弔之。」注：「君於民臣有父母之恩。」疏：「『君遇柩於路』者，君於其臣，當特弔於家。故《喪大記》於大夫及士皆親弔之，又《禮》譏尚賁受弔，及杞梁之妻不受野弔是也。」

〔二〕食菜：即食采，大夫食采邑。《史記·田敬仲完世家》：「敬仲之如齊，以陳字爲田氏。」集解：「徐廣曰：應劭云：始食菜地於田，由是改姓田氏。」

〔三〕贈蒭：見卷二九《得乙有同門生喪親將往弔之其父怒而撻之使遺縑而已或詰其故云交道之難》（3509）注〔八〕。

得吏部選人入試請繼燭以盡精思有司許之及考其書判善惡與不繼燭同有司欲不許未知可否〔一〕

旁求俊造，迨將筮仕〔二〕；歷試文辭，俾從卜夜〔三〕。苟狂簡而無取，宜確執而勿聽〔四〕。及萃彼羣才，登于會府〔五〕。惟賢是急，慮失寶於握珠〔六〕；有命則從，許借光於秉燭①。及乎考覈，罕有菁英。屬辭既謝於揀金，待問徒煩於繼火〔七〕。將期百鍊之後，思苦彌精〔八〕；何意一場之中，心勞逾拙②〔九〕。曷如早已，焉用晚成？敢告有司，勿從所請。

（3558）

【校】

①許　《文苑英華》作「何」，校：「集作許。」「於」《文苑英華》校：「集作而。」

②逾拙　《文苑英華》作「愈拙」，校：「集作逾。」

【注】

〔一〕吏部選人入試請繼燭以盡精思有司許之：《册府元龜》卷六四三《貢舉部·考試》：「（大曆）六年四月戊午，御宣政殿親試諷諫主文、茂才異等、智謀經武、博學專門等四科舉人。……將夕，有策未成者，命大官給燭，令盡其才思，夜分而罷。」此制科考試給燭。白居易《論重考試進士事宜狀》（本書卷二三 3394）：「伏准禮部試進士，例許用書策，兼得通宵。得通宵則思慮必周，用書策則文字不錯。昨重試之日，書策不容一字，木燭只許兩條。迫促驚忙，幸皆成就。若比禮部所試，事校不同。」參見該篇注。

〔二〕俊造：俊士。《三國志·魏書·武帝紀》：「其令郡國各修文學，縣滿五百户置校官，選其鄉之俊造而教學之。」筮仕：出仕。《左傳》閔公元年：「畢萬筮仕于晉。」宇文逌《庾信集序》：「自梁朝筮仕，周氏馳驅。」

〔三〕卜夜：《左傳》莊公二十二年：「飲桓公酒，樂。公曰：『以火繼之。』辭曰：『臣卜其晝，未卜其夜，不敢。』」

〔四〕狂簡：《論語・公冶長》：「子在陳，曰：『歸與歸與！吾黨小子狂簡，斐然成章，不知所以裁之。』」

〔五〕會府：尚書省。《舊唐書・代宗紀》：「邦國善否，出納之由，莫不處正於會府也。」《唐會要》卷五七《尚書省》永泰二年四月十五日制：「今之尚書省，即六官之位也。古稱會府，實曰政源。」

〔六〕握珠：曹植《與楊德祖書》：「人人自謂握靈蛇之珠，家家自謂抱荆山之玉也。」

〔七〕揀金：鍾嶸《詩品》晉黄門郎潘岳：「陸文如披沙簡金，往往見寶。」

〔八〕思苦彌精：陸機《與弟雲書》：「思苦生疾。」

〔九〕心勞逾拙：《書・周官》：「作德，心逸日休。作僞，心勞日拙。」

得乙貴達有故人至坐於堂下進以僕妾之食或誚之乙曰恐以小利而忘大名故辱而激之也

貴賤苟合，曾是汎交①。窮達相致，乃爲執友〔一〕。乙既登貴仕，爰有故人。以爲念舊追歡，知己之心未至；行權勵節，成人之美則多〔二〕。不登夫子之堂，乃進僕人之食〔三〕。苟推誠而相激，雖屈辱以何傷？安實敗名，重耳竟慙於子犯②〔四〕；感而成事，張儀終謝於蘇君〔五〕。是勉後圖，且符往行。如或識纔半面，契未同心。雖發憤以達人，必取怨於謗己。以斯致誚，亦謂合宜。（3559）

【校】

①汎交　馬本作「汎文」，誤。

②竟慙　郭本作「意慙」。

【注】

〔一〕執友：《禮記·曲禮上》：「執友稱其仁也，交遊稱其信也。」注：「執友，志同者。」

〔二〕行權勵節：《公羊傳》桓公十一年：「權之所設，舍死亡無所設。行權有道，自貶損以行權，不害人以行權。」《淮南子·修務訓》：「故君子積志委正，以趣明師，勵節亢高，以絶世俗。」成人之美：《論語·顔淵》：「子曰：『君子成人之美，不成人之惡。小人反是。』」

〔三〕夫子之堂：《論語·先進》：「子曰：『由也升堂矣，未入於室也。』」

〔四〕安實二句：《左傳》僖公二十三年：「及齊，齊桓公妻之，有馬二十乘，公子安之。從者以爲不可。將行，謀于桑下。蠶妾在其上，以告姜氏。姜氏殺之，而謂公子曰：『子有四方之志，其聞之者，吾殺之矣。』公子曰：『無之。』姜曰：『行也。懷與安，實敗名。』公子不可。姜與子犯謀，醉而遣之。醒，以戈逐子犯。」

〔五〕感而成事二句：《史記·張儀列傳》：「蘇秦已説趙王而得相約從親，然恐秦之攻諸侯，敗約後負，念莫可使用於秦者，乃使人微感張儀曰：『子始與蘇秦善，今秦已當路，子何不往遊，以求通子之原？』張儀於是之趙，上謁求見蘇秦。蘇秦乃誡門下人不爲通，又使不得去者數日。已而見之，坐之堂下，賜僕妾之食。因而數讓之。……蘇秦已而告其舍人曰：『張儀，天下賢士，吾殆弗如也。今吾幸先用，而能用秦柄者，獨張儀可耳。然貧，無因以進。吾恐其樂小利而不遂，故召辱之，以激其意。……』」

得景領縣府無蓄廩無儲管郡詰其慢職景云王者富人藏於下故也〔一〕

賦斂異名，君臣殊政。藏諸百姓，在王者而則然；虚我千倉，於職司而不可〔二〕。景匱茲國用，豐彼家財。人不誅求，誠爲寬政；府無儲蓄，寧匪慢官？况今徵税有常，公私兼濟。苟能取之以道，則下自樂輸；何必藏之於人，使上將乏用？既爽奉公之節，宜甘掠美之科〔三〕。罔縱縣辭，請依郡詰。（3560）

【注】

〔一〕景云王者富人藏於下：《韓非子·十過》：「張孟談曰：『臣聞聖人之治，藏於臣，不藏於府庫，務修其教，不治城郭。』」《漢書·張敞傳》：「古者藏於民，不足則取，有餘則予。」《魏書·甄琛傳》：「且善藏者藏于民，不善藏者藏于府。藏于民者，民欣而君富；藏于府者，國怨而民貧。」

〔二〕千倉：《詩·小雅·甫田》：「乃求千斯倉，乃求萬斯箱。」

〔三〕掠美之科：《左傳》昭公十四年：「己惡而掠美爲昏，貪以敗官爲墨。」

得丁食於喪者之側而飽或責之辭云主人食我以禮故飽〔一〕

飲食以陳，庶無求飽；齊衰可恤①，仁豈忘情〔二〕？丁靡念人喪，姑求主禮②。遇加籩之膳，誠可療飢〔三〕；對泣血之哀，亦宜忘味〔四〕。既念吉蠲之饎，是忘惻隱之心〔五〕。況春於其鄰，相猶違禮〔六〕；而食於其側，飽亦非仁。徒嘉施氏之儀，且昧宣尼之教〔七〕。勿思變色，當顧戚容。（3561）

【校】

①齊衰　紹興本、那波本作「齋衰」，誤。《文苑英華》作「齊斬」，校：「集作衰。」

②姑求　那波本作「始求」，馬本作「故求」。

【注】

〔一〕丁食於喪者之側而飽：《禮記·檀弓上》：「食於有喪者之側，未嘗飽也。」注：「助哀戚也。」

〔二〕齊衰可恤：《禮記·間傳》：「齊衰之喪，疏食飲水，不食菜果。……此哀之發於飲食者也。」

〔三〕加籩：《左傳》昭公六年：「季孫宿如晉，拜莒田也。晉侯享之，有加籩。」杜預注：「籩豆之數，多於常禮。」療飢：《詩·陳風·衡門》：「泌之洋洋，可以樂飢。」稱引或作「療飢」。

〔四〕泣血之哀：《禮記·檀弓上》：「高子皐執親之喪也，泣血三年，未嘗見齒，君子以爲難。」

〔五〕吉蠲之饎：《詩·小雅·天保》：「吉蠲爲饎，是用孝享。」傳：「吉，善。蠲，絜也。饎，酒食也。享，獻也。」箋：「謂將祭祀也。」

〔六〕況春於其鄰二句：《禮記·曲禮上》：「鄰有喪，春不相；里有殯，不巷歌。」

〔七〕施氏之儀：《禮記·雜記》：「孔子曰：『吾食于少施氏而飽，少施氏食我以禮。吾祭，作而辭曰：「疏食不足祭也。」吾飧，作而辭曰：「疏食也，不敢以傷吾子。」』」注：「言貴其以禮待己，而爲之飽也。時人倨慢，若季氏則不以禮矣。少施氏，魯惠公子施父之後。」宣尼：孔子。

得甲爲獄吏囚走限内他人獲之甲請免罪〔一〕

圜土不嚴，罪人其遁〔二〕。亡而由己，誠曰慢官；獲則因人，其何補過①？相維彼甲，所謂攸司。不念恪居，儆於羑里〔三〕；旋聞失守，逸乃楚囚〔四〕。雖非故縱所因②，曾是慢常而致。徒稱勿佚，未可塞違〔五〕。得於他人，自是疏網無漏〔六〕；失其所職，豈可出匣

不科〔七〕？ 無貪假手之功，固合甘心於罰③。（3562）

【校】

①何補 郭本作「可宥」。

②所因 郭本作「所求」，馬本作「所爲」。

③合 《文苑英華》作「念」，校：「集作合。」「罰」《文苑英華》作「責」，校：「集作罰。」

【注】

〔一〕甲爲獄吏囚走限内他人獲之：《唐律疏議》卷二八《捕亡》：「諸主守不覺失囚者，減囚罪二等；若囚拒捍而走者，又減二等。皆聽一百日追捕。限内能自捕得及他人捕得，若囚已死及自首，除其罪；即限外捕得，及囚已死及若自首者，各又追減一等。監當之官，各減主守三等。」疏：「議曰：主守者，謂專當守囚之人，典獄之類。」「議曰：監當之官，謂檢校專知囚者。即當直官人在直時，其判官準令合還，而失囚者，罪在當直之官。」

〔二〕圜土：《周禮·地官·司救》：「其有過失者，三讓而罰，三罰而歸於圜土。」注：「圜土，獄城也。」

〔三〕恪居：《左傳》襄公二十三年：「敬共朝夕，恪居官次。」羑里：《史記·殷本紀》：「紂囚西伯羑里。」集解：「河内湯陰有羑里城，西伯所拘處。」

〔四〕逸乃楚囚：《左傳》成公十六年：「乃逸楚囚。」

〔五〕勿佚：《書·酒誥》：「厥或誥曰群飲，汝勿佚。」傳：「有誥汝曰民群聚飲酒，不用上命，則汝收捕之，勿令失也。」

〔六〕疏網不漏：《老子》七十三章：「天網恢恢，疏而不漏。」

〔七〕出匣：匣通柙。《論語·季氏》：「虎兕出於柙，龜玉毁於櫝中，是誰之過與？」集解：「馬曰：柙，檻也。櫝，匱也。失虎毁玉，豈非典守之過邪？」

得乙川游所由禁之云有故要渡〔一〕

示衆知防，必修水禁；救人鮮死，無縱川游。乙行險不思，憑河無悔〔二〕。慕呂梁之術，習於浮水〔三〕；違《周官》之令，忘彼危身。將不弔而是虞，雖有故而宜禁〔四〕。忘子産喻政，爾則狎而玩之〔五〕；引仲尼格言，吾恐蹈而死者〔六〕。既殊利涉，當戒善游〔七〕。未可加刑，且宜知懼。（3563）

【注】

〔一〕川游：《周禮·秋官·萍氏》：「萍氏掌國之水禁。幾酒，謹酒，禁川游者。」注：「備波洋卒至沈溺也。」

〔二〕憑河：《詩·小雅·小旻》：「不敢暴虎，不敢馮河。」傳：「馮，陵也。徒涉曰馮河。」

〔三〕呂梁之術：《莊子·達生》：「孔子觀于呂梁，縣水三十仞，流沫四十里，黿鼉魚鱉之所不能游也。見一丈夫游之，以爲有苦而欲死也，使弟子並流而拯之。數百步而出，被髮行歌而游於塘下。孔子從而問焉，曰：『吾以子爲鬼，察子則人也。請問蹈水有道乎？』曰：『亡。吾无道。吾始乎故，長乎性，成乎命。與齊俱入，與汩偕出，從水之道而不爲私焉。此吾所以蹈之也。』」

〔四〕將不弔而是虞：《禮記·檀弓上》：「死而不弔者三：畏、厭、溺。」注：「不乘橋舡。」

〔五〕子産喻政：《左傳》昭公二十一年：「鄭子産有疾，謂子大叔曰：『我死，子必爲政。唯有德者能以寬服民，其次莫如猛。夫火烈，民望而畏之，故鮮死焉。水懦弱，民狎而玩之，則多死焉。故寬難。』」

〔六〕仲尼格言：《論語·衛靈公》：「子曰：『民之於仁也，甚於水火。水火，吾見蹈而死者矣，未見蹈仁而死者也。』」

〔七〕利涉：《易·需·卦》：「利涉大川。」

得景爲將每軍休止不繕營部監軍使劾其無備辭云有警軍陣必成何必勞苦①

將苟有謀，勞而後逸；師不用律，臧亦爲凶〔一〕。況未靖方隅，尚勤征伐。即戎推轂，既崇四七之名〔二〕；臨敵屯營，何乖什伍之列〔三〕？是使人慢，孰謂戎昭〔四〕？薄威雖欲恤勞，徹警恐爲懈怠。且有嚴有翼，猶奪先人之心〔五〕；不備不虞，寧救長蛇之尾〔六〕？必也權能制勝，謀必出奇〔七〕。亦待臨事有成，然後斯言可信。監軍之劾，舉未失中②；彼景之辭，試可乃已。（3564）

【校】

①不繕　郭本作「不絶」，誤。

②失中　郭本作「適中」。

【注】

〔一〕師不用律二句：《易・師・卦》：「初六，師出以律，否臧凶。」王弼注：「失律而臧，何異於否？失令有功，法所不赦。故師出不以律，否臧皆凶。」疏：「否謂破敗，臧謂有功。」

〔二〕推轂：《史記・張釋之馮唐列傳》：「臣聞上古王者之遣將也，跪而推轂，曰閫以内者，寡人制之；閫以外者，將軍制之。」四七之名：張衡《東京賦》：「授鉞四七，共工是除。」《文選》薛綜注：「四七，二十八將也。」

〔三〕什伍之列：《禮記・祭義》：「軍旅什伍。」注：「什伍，士卒部曲也。」

〔四〕戎昭：《左傳》宣公二年：「戎，昭果毅以聽之之謂禮，殺敵爲果，致果爲毅。」

〔五〕有嚴有翼：《詩・小雅・六月》：「有嚴有翼，共武之服。」傳：「嚴，威嚴也。翼，敬也。」箋：「言今師之群帥，有威嚴者，有恭敬者，而共典是兵事。」

〔六〕長蛇之尾：《孫子・九地》：「故善用兵者，譬如率然。率然者，常山之蛇也。擊其首則尾至，擊其尾則首至，擊其中則首尾俱至。」

〔七〕謀必出奇：《孫子・勢篇》：「凡戰者，以正合，以奇勝。故善出奇者，無窮如天地，不竭如江河。」

得丁乘車有醉吐車茵者丁不科而吏請罪之丁不許〔一〕

克寬克仁，所謂易事〔二〕；不知不愠，是曰難能〔三〕。况乎醉起甕間，嘔盈車上〔四〕。小人沉湎，自貽誚於彼昏；君子含弘，乃忘情於斯怒〔五〕。宥過所宜無大，知非庶使有慚〔六〕。未乖觀過之仁，雅叶諦思之義〔七〕。且恕當及物，察貴用情〔八〕。絶纓繼淫，醉而猶捨〔九〕；吐茵及亂，誤豈不容？無從下吏之規，庶叶前賢之美。（3565）

【注】

〔一〕丁乘車有醉吐車茵者丁不科而吏請罪之：《漢書·丙吉傳》：「吉馭吏耆酒，數逋蕩，嘗從吉出，醉嘔丞相車上。西曹主吏白欲斥之，吉曰：『以醉飽之失去士，使此人將復何所容？西曹第忍之，此不過污丞相車茵耳。』遂不去也。」

〔二〕克寬克仁：《書·仲虺之誥》：「克寬克仁，彰信兆民。」

〔三〕不知不愠：《論語·學而》：「人不知，而不愠，不亦君子乎？」

〔四〕醉起甕間：《晉書·畢卓傳》：「常飲酒廢職。比舍郎釀熟，卓因醉夜至其甕間盜飲之，爲掌酒者所縛，明旦視之，乃畢吏部也，遽釋其縛。」

〔五〕君子含弘：《易·坤·彖》：「含弘光大，品物咸亨。」

〔六〕宥過所宜無大：《書·大禹謨》：「宥過無大，刑故無小。」

〔七〕觀過之仁：《論語·里仁》：「子曰：『人之過也，各於其黨。觀過，斯知仁矣。』」諦思之義：《三國志·魏書·杜畿傳》：「民嘗辭訟，有相告者，畿親見爲陳大義，遣令歸諦思之，若意有所不盡更來詣府。鄉邑父老自相責怒曰：『有君如此，奈何不從其教？』自是少有辭訟。」

〔八〕察貴用情：《左傳》莊公十年：「小大之獄，雖不能察，必以情。」杜預注：「必盡己情。」

〔九〕絶纓二句：《韓詩外傳》卷七：「楚莊王賜其群臣酒，日暮酒酣，左右皆醉，殿上燭滅，有牽王后衣者。后扢冠纓而絶之，言于王曰：『今燭滅，有牽妾衣者，妾扢其纓而絶之，願趣火視絶纓者。』王曰：『止。』立出令曰：『與寡人飲，不絶纓者，不爲樂也。』於是冠纓無完者，不知王后所絶冠纓者誰。於是王遂與群臣歡飲乃罷。後，吴師攻楚，有人常爲應行合戰者，五陷陣却敵，遂取大軍之首而獻之。……對曰：『臣，先殿上絶纓者也。』」

得甲牛觝乙馬死請償馬價甲云在放牧處相觝請陪半價乙不伏①〔一〕

馬牛于牧，蹄角難防。苟死傷之可徵，在故誤而宜别。況日中出入，郊外寢訛〔二〕。既谷量以齊驅②，或風逸之相及③〔三〕。爾牛孔阜，奮騂角而莫當〔四〕；我馬用傷，踠駿足而致斃〔五〕。情非故縱，理合誤論。在皂棧以來思，罰宜惟重〔六〕；就桃林而招損，償則從輕〔七〕。將息訟端，請徵律典。當陪半價，勿聽過求。（3566）

【校】

①請償馬價　《文苑英華》作「乙請償價」。

②谷量　馬本作「品量」。

③之　《文苑英華》作「而」，校：「集作之。」

【注】

〔一〕甲牛觝乙馬死請償馬價甲云在放牧處相觝請陪半價：《唐律疏議》卷十五《厩庫》：「諸犬自殺傷他人畜産者，犬主償其減價；餘畜自相殺傷者，償減價之半。即故放令殺傷他人畜産者，各以故殺傷論。」疏：「議曰……『自相殺傷者』，謂牛相觝殺，馬相蹋死之類。假有甲家牛，觝殺乙家馬，馬本直絹十疋，爲觝殺，估皮肉直絹兩疋，即是減八疋絹，甲償乙絹四疋，是名『償減價之半』。」

〔二〕日中出入：《左傳》莊公二十九年：「凡馬日中而出，日中而入。」杜預注：「日中，春秋分也。」疏：「中者，謂日之長短與夜中分。故春秋二節，謂之春分、秋分也。」寢訛：《詩・小雅・無羊》：「爾羊來思，其角濈濈。爾牛來思，其耳濕濕。或降于阿，或飲于池，或寢或訛。」傳：「訛，動也。」箋：「言此者，美其無所驚畏。」

〔三〕既谷量二句：《史記・貨殖列傳》：「烏氏倮畜牧，及衆，斥賣，求奇繒物，間獻遺戎王。戎什倍其償，與之畜，畜至用谷量馬牛。」集解：「韋昭曰：滿谷則具不復數。」《左傳》僖公四年：「齊侯以諸侯之師侵蔡，蔡潰，遂伐楚。楚子使與師言曰：『君處北海，寡人處南海，唯是風馬牛不相及也。不虞君之涉吾地也，何故？』」杜預注：「牛馬風逸，蓋末界之微事，故以取喻。」疏：「服虔云：風，放也。牝牡相誘謂之風。《尚書》稱：『馬牛其風。』此言『風馬牛』，謂馬牛風逸，牝牡相誘，蓋末界之微事。」

〔四〕爾牛二句：《詩・小雅・車攻》：「田車既好，四牡孔阜。」《論語・雍也》：「子謂仲弓曰：『犁牛之子騂且角，雖欲勿用，山川其舍諸？』」集解：「犁，雜文。騂，赤也。角者，角周正，中犧牲。」騂本爲牛之色，此言「騂角」，蓋混言。

〔五〕我馬二句：班固《東都賦》：「馬踠餘足。」《文選》李善注：「踠，屈也。」

〔六〕皂棧：《莊子・馬蹄》：「連之以羈縶，編之以皂棧，馬之死者十二三矣。」成玄英疏：「皂爲槽櫪也。棧，編木爲椗，安馬脚下，以去其濕，所謂馬床也。」

〔七〕桃林：《史記・周本紀》：「縱馬於華山之陽，放牛於桃林之虛。」正義：「《括地志》云：桃林在陝州桃林縣西。」

得景娶妻三年無子舅姑將出之訴云歸無所從〔一〕

承家不嗣，禮許仳離〔二〕；去室無歸，義難棄背。景將崇繼代，是用娶妻。百兩有行，既啓飛鳳之兆〔三〕；三年無子，遂操《别鵠》之音〔四〕。將去舅姑，終鮮親族。雖配無生育，誠合比於斷絃〔五〕；而歸靡適從，庶可同於束藴〔六〕。固難効於牧子，宜自哀於鄧攸〔七〕。無抑有辭，請從不去。（3567）

【注】

〔一〕景娶妻三年無子舅姑將出之訴云歸無所從：《唐律疏議》卷十四《户婚》：「諸妻無七出及義絶之狀，而出之者，徒一年半；雖犯七出，有三不去，而出之者，杖一百。」疏：「七出者，依令：一無子……。三不去者，謂：一經持舅姑之喪，二娶時賤後貴，三有所受無所歸。……問曰：妻無子者，聽出。未知幾年無子，即合出之？答曰：律云：『妻年五十以上無子，聽立庶以長。』即是四十九以下無子，未合出之。」

〔二〕仳離：《詩・王風・中谷有蓷》：「有女仳離，嘅其歎矣。嘅其歎矣，遇人之艱難矣。」傳：「仳，别也。」

〔三〕百兩有行：《詩・召南・鵲巢》：「之子於歸，百兩御之。」傳：「百兩，百乘也。諸侯之子嫁於諸侯，送御皆百乘。」飛鳳之兆：見卷二九《得甲去妻後妻犯罪請用子蔭贖罪甲怒不許》(3495)注〔五〕。

〔四〕三年無子二句：《琴操・别鶴操》：「别鶴操者，商陵牧子所作也。牧子娶妻五年，無子，父兄將欲爲改娶。妻聞之，中夜驚起，倚户悲嘯。牧子聞之，援琴鼓之。痛恩愛之永離，因彈别鶴以舒情，故曰《别鶴操》。後仍爲夫婦。」鶴，亦作鵠。

〔五〕比於斷絃：王僧孺《爲姬人怨》：「還君與妾扇，歸妾與君裘。絃斷猶可續，心去最難留。」

〔六〕同於束蘊：束蘊猶言束楚、束薪。《詩・齊風・揚之水》：「揚之水，不流束楚。終鮮兄弟，維予與女。」

〔七〕牧子：商陵牧子。鄧攸：《晉書·良吏傳·鄧攸》：「鄧攸字伯道……永嘉末，没於石勒。……石勒過泗水，攸乃斫壞車，以牛馬負妻子而逃。又遇賊，掠其牛馬，步走，擔其兒及其弟子綏。度不能兩全，乃謂其妻曰：『吾弟早亡，唯有一息，理不可絶，止應自棄我兒耳。幸得而存，我後當有子。』妻泣而從之，乃棄之。其子朝棄而暮及。明日，攸繫之於樹而去。……攸棄子之後，妻不復孕。過江，納妾。甚寵之，訊其家屬，説是北人遭亂，憶父母姓名，乃攸之甥。攸素有德行，聞之感恨，遂不復畜妾，卒以無嗣。時人義而哀之，爲之語曰：天道無知，使鄧伯道無兒。」

得丁喪親賣宅以奉葬或責其無廟云貧無以爲禮〔一〕

慎終之道，必信必誠〔二〕。死葬之儀，有豐有省〔三〕。諒欲厚於卜宅，亦難輕於廬居〔四〕。丁昊天降凶，遠日叶吉〔五〕。思葬具之豐備，欲祔九原〔六〕；顧家徒之屢空，將鬻五畝①〔七〕。愛雖深於送死，義且涉於傷生。念顔氏之貧，豈宜厚葬〔八〕；覽子游之問，固合稱家〔九〕。禮所貴於從宜，孝不在於益侈〔十〕。蓋仲破産之禁②，以避無廟之嫌。（3568）

【校】

①五畝　紹興本等作「三畝」，從馬本改。

②葢伸　《文苑英華》、馬本作「盍伸」。

【注】

〔一〕丁喪親賣宅以奉葬或責其無廟：《禮記・檀弓下》：「喪不慮居，毀不危身。喪不慮居，爲無廟也。毀不危身，爲無後也。」「喪不慮居」注：「謂賣舍宅以奉喪。」

〔二〕慎終之道二句：《論語・學而》：「曾子曰：『慎終追遠，民德歸厚矣。』」集解：「孔曰：慎終者，喪盡其哀。追遠者，祭盡其敬。」《禮記・檀弓上》：「子思曰：『喪三日而殯，凡附於身者，必誠必信，勿之有悔焉耳矣。三月而葬，凡附於棺者，必誠必信，勿之有悔焉耳矣。……』」

〔三〕死葬之儀二句：《左傳》昭公三十年：「晉頃公卒。秋八月，鄭游吉弔，且送葬。魏獻子使士景伯詰之，對曰：『……晉之喪事，敝邑之間，先君有所助執紼矣。……今大夫曰：「女盍從舊？」舊有豐有省，不知所從。……』」

〔四〕卜宅：《儀禮・士喪禮》：「卜日，既朝哭，皆復外位。……命曰：『哀子某，來日某，卜葬其父某甫。……』」《禮記・雜記》：「大夫卜宅與葬日。」疏：「宅謂葬地。大夫尊，故得卜宅並葬日。」

廬居：見注〔一〕。

〔五〕遠日叶吉：《禮記·曲禮上》：「凡卜筮日，旬之外曰遠某日，旬之内曰近某日。喪事先遠日，吉事先近日。」注：「孝子之心。」疏：「喪事謂葬與二祥，是奪哀之義也。非孝子之所欲，但制不獲已，故卜先從遠日而起，示不宜急，微伸孝心也。」

〔六〕欲祔九原：《禮記·檀弓下》：「文子曰：『武也得歌於斯，哭於斯，聚國族於斯，是全要領以從先大夫於九京也。』」注：「晉卿大夫之墓地在九原。京蓋字之誤，當爲原。」

〔七〕顧家徒二句：《漢書·司馬相如傳》：「家徒四壁立。」《論語·先進》：「回也其庶乎，屢空。」集解：「言回庶幾聖道，雖數空匱，而樂在其中。」《孟子·梁惠王上》：「五畝之宅，樹之以桑，五十者可以衣帛矣。」

〔八〕顔氏：顔回。

〔九〕覽子游之問二句：《禮記·檀弓上》：「子游問喪具，夫子曰：『稱家之有亡。』」疏：「稱猶隨也。亡，無也。言各隨其家計豐薄有無也。」

〔十〕禮所貴於從宜二句：《禮記·曲禮上》：「禮從宜，使從俗。」《左傳》成公二年：「君生則縱其惑，死又益其侈，是棄君於惡也。」

得甲之周親執工伎之業吏曹以甲不合仕甲云今見修改吏曹又云雖改仍限三年後聽仕未知合否[一]

業有四人，職無二事[二]。如或居肆，則不及仕門①[三]。甲爰有周親，是稱工者[四]。方恥役以事上②，且思祿在其中[五]。有慕九流，雖欲自遷其業[六]；未經三載，安可同升諸公？難違甲令之文，宜守吏曹之限。如或材高拔俗，行茂出羣，豈唯限以常科，自可登乎大用。以斯而議，誰曰不然？（3569）

【校】

①仕門　二字馬本作「任」。

②恥役　《文苑英華》作「執伎」，校：「集作恥役。」

【注】

[一]甲之周親執工伎之業吏曹以甲不合仕：《唐六典》卷二吏部郎中：「凡官人身及同居大功已上

親執工商，家專其業，皆不得入仕。」唐後期工商子弟入仕見諸史料記載者，有《北夢瑣言》所載陳會、畢諴及常修、顧雲等。本判例所云修改工商户籍限三年後聽仕，可證其時制度已有鬆動改正。

〔二〕業有四人：《漢書·食貨志》：「士農工商，四人有業。」《唐六典》卷三《户部郎中》：「辨天下四人，使各專其業：凡習學文武者爲士，肆力耕桑者爲農，功作貿易者爲工，屠沽興販者爲商。工商之家不得預於士，食禄之人不得奪下人之利。」

〔三〕居肆：《論語·子張》：「子夏曰：『百工居肆以成其事，君子學以致其道。』」

〔四〕周親：《書·泰誓》：「雖有周親，不如仁人。」傳：「周，至也。言紂至親雖多，不如周家之少仁人。」

〔五〕且思禄在其中：《論語·爲政》：「子張學干禄。子曰：『……言寡尤，行寡悔，禄在其中矣。』」

〔六〕九流：九品，流内品官。《魏書·景穆十二王傳》：「高祖遷宅中土，創定九流，官方清濁，軌儀萬古。」

得乙請用父蔭所司以贈官降正官蔭一等乙云父死王事合與正官同〔一〕

官分正贈，蔭別品階。如酬死繼之勳①，則厚賞延之寵。追思乙父②，勵乃臣節。捐軀致命，尚克厎定爾功③〔二〕；繼代勸能，豈忘勤恤我後〔三〕？ 椒聊既稱有實，桃李未可無陰〔四〕。忠且忘身，優宜及嗣。如或病捐館舍，贈官當合降階；今則死衛國家，敍蔭所宜同正。庶旌義烈，用叶條章。（3570）

【校】

①如酬　《文苑英華》作「既酬」，校：「集作如。」

②追思　《文苑英華》其上有「今」字，校：「集無今字。」

③厎　《文苑英華》校：「一作立。」

【注】

〔一〕乙請用父蔭所司以贈官降正官蔭一等乙云父死王事合與正官同：《唐六典》卷二《吏部郎中》：「凡敍階之法……有以勳庸，有以資蔭。」注：「贈官降正官一等。」《唐會要》卷八一《用蔭》：「開元四年十二月勅：諸用蔭出身者……贈官降正官一等。」注：「死王事者，與正官同。」

〔二〕厎定爾功：《書·禹貢》：「三江既入，震澤厎定。」傳：「言三江已入，致定爲震澤。」釋文：「厎，之履反，致也。」

〔三〕豈忘勤恤我後：《詩・邶風・谷風》：「我躬不閲，遑恤我後。」

〔四〕椒聊二句：《詩・唐風・椒聊》：「椒聊之實，蕃衍盈升。彼其之子，碩大無朋。」序：「刺晉昭公也。君子見沃之盛强，能修其政，知其蕃衍盛大，子孫將有晉國焉。」釋文：「椒聊，椒木名。聊，辭也。」《説苑・復恩》：「夫樹桃李者，夏得休息，秋得食焉。」

得景爲録事參軍刺史有違法事景封狀奏聞或責其失事長之道景云不敢不忠於國〔一〕

守位居常，小宜事大；持法舉正，卑可糾尊。景名署外臺，身由中立〔二〕。直而自守①，郡郵之正必行〔三〕；明不相蒙，州將之邪無隱。且六條枉撓，百事滋昏〔四〕。苟不提綱，是爲漏網。雖舉違犯上，虧敬長之小心；而陳奏盡忠，得事君之大節。既非下訕，難抑上聞。（3571）

【校】

①直而　《文苑英華》作「直宜」，校：「集作而。」

【注】

〔一〕景爲錄事參軍刺史有違法事景封狀奏聞：《唐六典》卷三十《三府督護州縣官吏》：「司錄、錄事參軍，掌付事勾稽，省署抄目，糾正非違，監守符印。若列曹有異同，得以聞奏。」《唐會要》卷五八《左右丞》會昌二年左丞孫簡奏：「京兆、河南司錄及諸州府錄事參軍，皆操紀律，糾正諸曹。與尚書省左右丞紀綱六聯略同。」卷八八《倉及常平倉》長慶二年三月制：「義倉……宜令諸州錄事參軍專主勾當。苟爲長吏迫制，即許驛表上聞。」陳章甫《亳州糾曹廳壁記》：「綱紀一郡，糾整不法。岳牧無政，蒼生有瘼，則天子責我。污吏侵人，姦聲載路，則使臣責我。役奪人時，官有虚典，則黎元怨我。由是觀之，錄事參軍，待責之府也。」嚴耕望《唐史研究叢稿・唐代府州僚佐考》司錄、錄事參軍條：「（錄事參軍）爲僚佐組織之核心，府州行政之關鍵。尤可注意者，『岳牧無政』，亦所科責。故中葉以後，即刺史有過，時人且有謂此職可得舉奏者。如……白居易判文……蓋其時當有此類情事，故居易擬爲判題，並贊成之。而云『外臺』『中立』，尤極見此職之性質。」

〔二〕外臺：州府刺史稱外臺。《晉書・陳頵傳》：「甲午詔書，刺史銜命，國之外臺。」《通典》卷三二《職官・州牧刺史》：「或謂州府爲外臺。」注：「謝夷吾爲荆州刺史，第五倫薦之曰：『尋功簡能，爲外臺之表；聽聲察實，爲九伯之冠。』」又，使府參佐帶御史銜，亦稱外臺。《通典》卷二四《職官・侍御史》注：「自至德以來，諸道使府參佐，多以省郎及御史爲之，謂之外臺，則皆檢校、裏行及内供奉，或兼或攝，諸使官亦然。」此指前者。

〔三〕郡郵：州郡督郵，錄事參軍之職任與其相當。《唐六典》卷三十《三府督護州縣官吏》「司錄參軍事二人」注：「漢魏已來及江左，郡有督郵、主簿，蓋錄事參軍之任也，皆太守自辟除。後魏、北齊、後周、隋氏，州皆有錄事參軍。及罷郡，以州統縣，皆吏部選除。……皇朝省掾、主簿，置錄事參軍。開元初，改爲司錄參軍。」

〔四〕六條：《通典》卷三二《職官・州牧刺史》「掌奉詔六條察州」注：「漢制，刺史以六條問事，非條所問即不省。一條，强宗豪右田宅逾制，以强凌弱，以衆暴寡。二條，二千石不奉詔書，遵承典制，背公向私，旁詔守利，侵漁百姓，聚斂爲奸。三條，二千石不恤疑獄，風厲殺人，怒則任刑，喜則任賞，煩擾刻暴，剥截黎元，爲百姓所疾，山崩石裂，妖祥訛言。四條，二千石選署不平，苟阿所愛，蔽賢寵頑。五條，二千石子弟恃怙榮勢，請託所監。六條，二千石違公下比，阿附豪强，通行貨賂，割損正令。」《舊唐書・李嶠傳》：「今之所察，但准漢之六條，推而廣之，則無不包矣。」

得丁私發制書法司斷依漏泄坐丁訴云非密事請當本罪〔一〕

君命是專，刑其無小；王言非密①，罪則從輕。丁乃攸司，屬當行下〔二〕。不慎厥德，擅發如綸之言〔三〕；自災于身，難求疏網之漏。然則法通加減，罪有重輕。必也志在私行，唯當專達之責；如或事關樞密，則科漏洩之辜。請驗跡於紫泥，方定刑於丹筆〔四〕。

（3572）

【校】

①王言　馬本作「王者」。

【注】

〔一〕丁私發制書法司斷依漏洩坐丁訴云非密事請當本罪：《唐律疏議》卷九《職制》：「諸漏泄大事應密者，絞。非大事應密者，徒一年半。」注：「大事，謂潛謀討襲及收捕謀叛之類。」

〔二〕丁乃攸司二句：《隋書·百官志》：「中書省，管司王言。……又領舍人省」，注：「掌署敕行下，宣旨勞問。」

〔三〕不慎厥德：《書·五子之歌》：「弗慎厥德，雖悔可追？」如綸之言：《禮記·緇衣》：「子曰：王言如絲，其出如綸；王言如綸，其出如綍。」

〔四〕紫泥：謂詔書。《史記·高祖本紀》正義：「天子有六璽……皆以武都紫泥封，青囊白素裏，兩端無縫。《三秦記》云：紫泥水在今成州。《輿地志》云：漢封詔璽用紫泥。則此水之泥也。」丹筆：朱筆，判案所用。

得甲爲所由稽緩制書法直斷合徒一年訴云違未經十日〔一〕

王命急宣，行無停晷；制書稽緩，罪有常刑。將欲正其科繩，必先揆以時日。甲懈位敗度，慢令速尤〔二〕。蓄怠棄之心，既虧臣節；壅駿奔之命，自抵國章①〔三〕。然則審時勾稽，考程定罪。法直以役當期月，所由以違未浹辰〔四〕。將計年以斷徒，恐乖閲實〔五〕；請據日而加等，庶叶決平②〔六〕。是曰由文，俾乎息訟〔七〕。（3573）

【校】

①自抵　馬本、郭本作「自犯」。

②決平　馬本作「公平」。

【注】

〔一〕甲爲所由稽緩制書法直斷合徒一年：《唐律疏議》卷九《職制》：「諸稽緩制書者，一日笞五十，一日加一等，十日徒一年。」疏：「制書，在令無有程限，成案皆云『即日行下』，稱即日者，謂百刻内也。……成案及計紙程外仍停者，是爲稽緩，一日笞五十。」

〔二〕甲懈位敗度二句：《書・太甲》：「欲敗度，縱敗禮，以速戾於厥躬。」

〔三〕駿奔之命：《書・武成》：「駿奔走。」傳：「駿，大也。邦國甸侯、衛服諸侯皆大奔走於廟執事。」

自抵國章：《史記・高祖本紀》：「與父老約，法三章耳。殺人者死，傷人及盜抵罪。」集解：「應劭曰：抵，至也，又當也。除秦酷政，但至於罪也。」索隱：「韋昭曰：抵，當也。謂使各當其罪。」

〔四〕法直：《新唐書・百官志》外官：「府院法直官、要籍、逐要親事各一人。」浹辰：《左傳》成公九年：「浹辰之間，而楚克其三都。」杜預注：「浹辰，十二日也。」疏：「浹爲周匝也。從甲至癸，爲十日；從子至亥，爲十二辰。《周禮》『縣治象浹日而斂之』，謂周甲癸十日。此言浹辰，謂周子亥十二辰，故爲十二日也。」

〔五〕閲實：《書・吕刑》：「閲實其罪。」傳：「閲實其罪，使與罰名相當。」

〔六〕決平：《史記・周本紀》：「西伯陰行善，諸侯皆來決平。」

〔七〕是曰由文：《禮記·雜記》：「由文矣哉，由文矣哉！」注：「由，用也。言知此踊絶地、不絶地之情者，能用禮文哉，能用禮文哉！美之也。」

得乙盜買印用法直斷以僞造論訴云所由盜賣因買用之請減等〔一〕

賄以公行，印惟盜用。罪之大者，法可逃乎？伊人無良，同惡相濟〔二〕。所由既敗官爲墨，予取予求〔三〕；彼乙乃竊器成姦，不畏不入。潛謀斯露，竊弄難容。猶執薄言，將求末減〔四〕。用因於買，比自作而雖殊；情本於姦，與僞造而何異？以茲降等，誠恐利淫〔五〕。（3574）

【注】

〔一〕乙盜買印用法直斷以僞造論：《唐律疏議》卷十九《賊盜》：「諸盜官文書印者，徒二年。餘印，杖一百。」注：「謂貪利之而非行用者。餘印，謂印物及畜産者。」疏：「……注云『謂貪利之而非行用者』，皆謂藉以爲財，不擬行用。若將行用，即從僞造、僞寫、封用規避之罪科之。」卷二五

《詐僞》：「諸僞寫官文書印者，流二千里。餘印，徒一年。」疏：「議曰：上文稱『僞造皇帝八寶』，寶以玉爲之，故稱造。此云『僞寫官文書印』，印以銅爲之，故稱寫。」

〔二〕伊人無良：《詩·鄘風·鶉之奔奔》：「人之無良，我以爲兄。」同惡相濟：《左傳》昭公十三年：「同惡相求，如市賈焉。」

〔三〕敗官爲墨：《左傳》昭公十四年：「己惡而掠美爲昏，貪以敗官爲墨，殺人不忌爲賊。」杜預注：「墨，不絜之稱。」予取予求：《左傳》僖公七年：「申侯，申出也，有寵于楚文王。文王將死，與之璧，使行，曰：『唯我知女，女專利而不厭，予取予求，不女疵瑕。後之人將求多於女，女必不免。……』」

〔四〕將求末減：《左傳》昭公十四年：「仲尼曰：叔向，古之遺直也。治國制刑，不隱於親，三數叔魚之惡，不爲末減。曰義也夫，可謂直矣。」杜預注：「末，薄也。減，輕也。以正言之。」疏：「服虔讀減爲咸，下屬爲句。不爲末者，不爲末㮣隱蔽之也。咸曰義也，言人皆曰叔向是義。妄也。」

〔五〕誠恐利淫：《左傳》襄公二十六年：「賞僭，則懼及淫人；刑濫，則懼及善人。若不幸而過，寧僭無濫。與其失善，寧其利淫。」

得有聖水出飲者日千數或謂僞言不能愈疾且恐爭鬬請禁塞之百姓云病者所資請從人欲〔一〕

執禁之要，在乎去邪〔二〕；爲政之先，必也無訟〔三〕。毖彼泉水，流于道周〔四〕。飲瓢之人孔多，蔑聞病間〔五〕；濫觴之源不足，必起爭端〔六〕。訟所由生，欲不可縱。上善未能利物，左道足以惑人〔七〕。且稽以祥符，徵之時事。地不藏寶，當今自出醴泉〔八〕；天之愛人，從古未聞聖水。無聽虚誕之説，請塞訛僞之源。（3575）

【注】

〔一〕有聖水出飲者日千數或謂僞言不能愈疾且恐爭鬬請禁塞之：《舊唐書・五行志》：「寶曆二年，亳州言出聖水愈病。江淮已南，遠來奔湊求水。浙西觀察使李德裕奏論其妖。宰相裴度判汴州所申狀曰：『妖由人興，水不自作。』牒汴州觀察使填塞訖申。」事又見《李德裕傳》、《裴度傳》等。按，其事在居易作此判之後。然此類訛言歷代多有。李德裕《亳州聖水狀》：「昔吴時有聖水，宋齊有聖火，事皆妖妄，古人所非。」

〔二〕執禁二句：《書·大禹謨》：「任賢勿貳，去邪勿疑。」

〔三〕爲政二句：《論語·顔淵》：「子曰：『聽訟，吾猶人也。必也使無訟乎？』」

〔四〕毖彼泉水：《詩·邶風·泉水》：「毖彼泉水，亦流於淇。」傳：「泉水始出，毖然流也。」釋文：「毖，悲位反。《韓詩》作祕，《説文》作𩂯，云：直視也。」

〔五〕飲瓢之人：《論語·雍也》：「子曰：賢哉回也，一簞食，一瓢飲，在陋巷，人不堪其憂，回也不改其樂。賢哉回也。」

〔六〕濫觴之源：《荀子·子道》：「昔者江出於岷山，其始出也，其源可以濫觴。」

〔七〕上善利物：《老子》八章：「上善若水。水善利萬物而不爭。」

〔八〕地不藏寶二句：《禮記·禮運》：「故天不愛其道，地不愛其寶，人不愛其情。故天降膏露，地出醴泉，山出器車，河出馬圖。」

得景有志行隱而不仕爲郡守所辟稱是巫家不當選吏功曹按其詭詐景不伏〔一〕

鳴鶴處陰，聲聞于外〔二〕；玄豹隱霧，樂在其中〔三〕。此將適於退藏，彼何强之維縶〔四〕？景業敦道行，志薄官情。太守以舉爾所知，將申蒲帛之聘〔五〕；夫子以從吾所好，不顧弓旌之招〔六〕。懼俗吏之徒勞，引巫家以自穢。冀其言遜獲免，翻以行詐論辜。況商洛拂衣，漢且求之不得〔七〕；潁川洗耳①，堯亦存而勿論〔八〕。天子尚不違情，功曹如何按罪？（3576）

【校】

①潁川　紹興本、那波本作「穎川」，據《全唐文》改。

【注】

〔一〕景有志行隱而不仕爲郡守所辟稱是巫家不當選吏：《後漢書·逸民傳·高鳳》：「鳳年老，執志不倦，名聲著聞。太守連召請，恐不得免，自言本巫家，不應爲吏，又詐與寡嫂訟田，遂不仕。建初中，將作大匠任隗舉鳳直言，到公車，託病逃歸。推其財産，悉與孤兄子。隱身漁釣，終於家。」

〔二〕鳴鶴處陰二句：《易·中孚·卦》：「鳴鶴在陰，其子和之。我有好爵，吾與爾靡之。」《繫辭下》：「『鳴鶴在陰，其子和之。我有好爵，吾與爾靡之。』子曰：『君子居其室，出其言善，則千里之外應之，況其邇者乎？』」又《詩·小雅·鶴鳴》：「鶴鳴於九臯，聲聞於野。」

〔三〕玄豹隱霧二句：《列女傳》卷二陶荅子妻：「妾聞南山有玄豹，霧雨七日不下食者，何也？欲以澤其衣毛，而成其文章，故藏以遠害。」

〔四〕維縶：《詩·小雅·白駒》：「皎皎白駒，食我場苗。縶之維之，以永今朝。」傳：「賢者有乘白駒而去者，縶絆維繫也。」

〔五〕蒲帛之聘：《初學記》卷二十「蒲帛」注：「《漢書》曰：以安車蒲輪征枚乘。《易》曰：束帛戔戔，賁於丘園。」

〔六〕弓旌之招：《初學記》卷二十「弓旌」注：「《逸詩》曰：翹翹車乘，招我以弓。《尸子》曰：堯有建善之旌。」

〔七〕商洛拂衣：用商山四皓事。《史記·留侯世家》：「留侯曰：『此難以口舌爭也。顧上有不能致者，天下有四人。四人者年老矣，皆以爲上慢侮人，故逃匿山中，義不爲漢臣。』……四人從太子，年皆八十有餘，鬚眉皓白，衣冠甚偉。上怪之，問曰：『彼何爲者？』四人前對，各言名姓，曰東園公、角里先生、綺里季、夏黄公。」《漢書·王貢兩龔鮑傳序》謂四人當秦之世，避而入商雒深山。

〔八〕潁川洗耳：用許由事。見本卷《得丁陷賊庭守道不仕賊帥逼之辭云堯舜在上下有巢許遂免所司欲旌其節大理執不許》（3556）注〔五〕。

得丁爲刺史見冬涉者哀之下車以濟之觀察使責其不順時修橋以徼小惠丁云恤下

津梁不修，何以爲政？車服有命，安可假人？丁職是崇班①，體非威重〔一〕。輕漢臣之寵，失位於高車；徇鄭相之名，濟人於大水〔二〕。志雖恤下，道昧叶中②。與其熊軾涉川，小惠未遍〔三〕；曷若虹橋通路，大道甚夷〔四〕？啓塞既闕於日修，揭厲徒哀其冬涉〔五〕。事闕失政③，情近沽名。宜科十月不成，庶辨二天無政④〔六〕。（3577）

【校】

①崇班　《文苑英華》作「榮班」，校：「集作崇。」

②道昧　《文苑英華》作「道未」，校：「集作昧。」

③事闕失政　郭本作「政既闕重」。

④二天　郭本作「二人」。

【注】

〔一〕崇班：高官、高位。《舊唐書·姜皎傳》：「及膺大位，屢錫崇班。」《儒學傳·祝欽明》：「崇班列爵，實爲叨忝。」

〔二〕徇鄭相之名二句：《説苑·政理》：「景差相鄭。鄭人有冬涉水者，出而脛寒。後景差過之，下陪乘而載之，覆以上衽。晉叔向聞之曰：『景子爲人國相，豈不固哉？吾聞良吏居之，三月而溝渠修，十月而津梁成，六畜且不濡足，而況人乎？』」

〔三〕熊軾：《後漢書·輿服志》：「公、列侯安車，朱班輪，倚鹿較，伏熊軾。」小惠未徧：《左傳》莊公十年：「曹劌請見……公曰：『衣食所安，弗敢專也，必也分人。』對曰：『小惠未徧，民弗從也。』」

〔四〕大道甚夷：《老子》五十三章：「大道甚夷，而人好徑。」

〔五〕啓塞二句：《左傳》僖公二十年：「凡啓塞從時。」杜預注：「門户道橋謂之啓，城郭牆塹謂之塞。皆官民之開閉，不可一日而闕，故特隨壞時而治之。」《詩·邶風·匏有苦葉》：「深則厲，淺則揭。」《爾雅·釋詁》：「揭者，揭衣也。以衣涉水爲厲，繇膝以下爲揭，繇膝以上爲涉，繇帶以上爲厲。」

〔六〕二天：謂刺史。《後漢書·蘇章傳》：「遷冀州刺史，故人爲清河太守，章行部案其奸臧。乃請太守，爲設酒肴，陳平生之好甚歡。太守喜曰：『人皆有一天，我獨有二天。』章曰：『今夕蘇孺文與故人飲者，私恩也；明日冀州刺史案事者，公法也。』遂舉正其罪。」

得甲告其子行盜或誚其父子不相隱甲云大義滅親①〔一〕

法許原親，慈通隱惡。俾恩流于下，亦直在其中。甲忝齒人倫②，忍傷天性③。義方失教，曾莫愧於父頑〔二〕；攘竊成姦，尚不爲其子隱。道既虧於庭訓，禮遂闕於家肥〔三〕。且情比欒羊，可謂不慈傷教〔四〕；況罪非石厚，徒云大義滅親〔五〕。是不及情，所宜致誚。

（3578）

【校】

①不相隱　《文苑英華》作「不相爲隱」，「爲」校：「一作容。」

②忝齒　郭本作「鹵莽」。

③忍傷　郭本作「思傷」。「天性」《文苑英華》作「天情」。

【注】

〔一〕甲告其子行盜或誚其父子不相隱甲云大義滅親：《論語·子路》：「葉公語孔子曰：『吾黨有直躬者，其父攘羊，而子證之。』孔子曰：『吾黨之直異於是，父爲子隱，子爲父隱，直在其中矣。』」

〔二〕義方失教：《左傳》隱公四年：「臣聞愛子，教之以義方，弗納於邪。」父頑：《書·堯典》：「瞽子，父頑，母嚚。」傳：「舜父有目，不能分别好惡，故時人謂之瞽。……心不則德義之經爲頑。」

〔三〕禮遂闕於家肥：《禮記·禮運》：「父子篤，兄弟睦，夫婦和，家之肥也。」

〔四〕且情比樂羊二句：《戰國策·魏策》：「樂羊爲魏將而攻中山，其子在中山，中山之君烹其子而遺之羹，樂羊坐於幕下而啜之，盡一杯。文侯謂睹師贊曰：『樂羊以我之故，食其子之肉。』贊對曰：『其子之肉尚食之，其誰不食？』樂羊既罷中山，文侯賞其功而疑其心。」

〔五〕況罪非石厚二句：《左傳》隱公三年、四年：「公子州吁，嬖人之子也，有寵而好兵，公弗禁，莊姜惡之。石碏諫曰：……弗聽。其子厚與州吁遊，禁之，不可。桓公立，乃老。……州吁未能和其民，厚問定君于石子。石子曰：『王覲爲可。』……厚從州吁如陳，石碏使告于陳曰：『衛國褊小，老夫耄矣，無能爲也。此二人者，實弑寡君，敢即圖之。』陳人執之而請莅于衛。九月，衛人使右宰醜莅殺州吁于濮，石碏使其宰獳羊肩莅殺石厚于陳。君子曰：石碏，純臣也。惡州吁而厚與焉。大義滅親，其是之謂乎。」

得州府貢士或市井之子孫爲省司所詰申稱羣萃之秀出者不合限以常科①

惟賢是求，何賤之有〔一〕？況士之秀者，而人其捨諸？惟彼郡貢，或稱市籍。非我族類，別嫌雜以蕭蘭②〔二〕；舉爾所知，安得棄其翹楚？誠其惡於裨敗③，諒難捨其茂異④〔三〕。揀金於砂礫，豈爲類賤而不收⑤；度木於澗松，寧以地卑而見棄⑥〔四〕？但恐所舉失德，不可以賤廢人。況乎識度冠時⑦，出自牛醫之後〔五〕；心計成務，擢於賈豎之中〔六〕。在往事而足徵⑧，何常科而是限？州申有據，省詰非宜。（3579）

【校】

①申稱　《文苑英華》作「申云」，校：「集作稱。」「之秀」《文苑英華》作「之才」，校：「集作秀。」

②別　郭本作「則」。

③其惡　《文苑英華》作「有惡」。「於裨敗」　郭本作「其卑賤」，「裨」《全唐文》作「稗」。

④捨其　《文苑英華》作「捨於」，校：「集作其。」

⑤類賤　郭本作「其賤」。

⑥寧以　郭本作「因以」。

⑦冠時　郭本作「冠倫」。

⑧往事　郭本作「人事」。

【注】

〔一〕惟賢是求：《書·咸有一德》：「任官惟賢才。」

〔二〕非我族類：《左傳》成公四年：「非我族類，其心必異。」蕭蘭：《楚辭·離騷》：「蘭芷變而不芳兮，荃蕙化而爲茅。何昔日之芳草兮，今直爲此蕭艾也。」

〔三〕稗敗：疑字有誤。《全唐文》作「稗敗」，亦不辭。或爲「秕稗」之誤。《左傳》定公十年：「用秕稗，君辱；棄禮，名惡。」杜預注：「秕，穀不成者。稗，草之似穀者。言享不具禮，穢薄若秕稗。」茂異：《史記·平津侯主父列傳》：「講論六藝，招選茂異。」

〔四〕度木於澗松二句：左思《詠史》：「鬱鬱澗底松，離離山上苗。以彼徑寸莖，蔭此百尺條。世胄躡高位，英俊沈下僚。地勢使之然，由來非一朝。」

〔五〕牛醫之後：《後漢書·黄憲傳》：「黄憲字叔度，汝南慎陽人也。世貧賤，父爲牛醫。……同郡戴良才高倨慠，而見憲未嘗不正容，即歸，罔然若有失也。其母問曰：『汝復從牛醫兒來邪？』對曰：『良不見叔度，不自以爲不及，既覩其人，則瞻之在前，忽焉在後，固難得而測矣。』」

〔六〕擢於賈豎之中：《史記·平準書》：「弘羊，雒陽賈人子，以心計，年十三侍中。」

得乙充選人識官選人代試法司斷乙與代試者同罪訴云實不知情①〔一〕

官擇賢良，選稽名實。苟作僞而心拙②，必代斵而手傷③〔二〕。乙情非容姦④，行乖周慎。將如吾面，遂充識以不疑；未見子心⑤，果代試而有悔。既彰聞而貽戚，乃連坐以論辜。察情諒不同謀，結罪誠應異罰⑥。法無攸赦，選者當准格論；人不易知，識官所宜情恕。削奪恐爲過當，貶降庶叶決平。（3580）

【校】

①識官　馬本作「職官」。盧校：「識官如今保結。」

②而　《文苑英華》作「以」，校：「集作而。」

③手傷　郭本作「至傷」。
④容姦　郭本作「各姦」。
⑤未見　郭本作「實見」。
⑥結罪　郭本作「詰罪」。

【注】

〔一〕乙充選人識官選人代試法司斷乙與代試者同罪：識官，保識官，擔保人。《唐六典》卷二《吏部尚書》：「每試判之日，皆平明集於試場，識官親送。」《唐會要》卷七五《雜處置》：開元四年九月十二日敕：「諸色選人納紙保後五日内，其保識官各于當司具名品，並所在人州貫頭銜，都爲一牒，報選司。」卷六五《宗正寺》：「開成三年正月，宗正卿李玭奏：宗子諸親、齋郎、室長選人，准格，每年遣諸陵廟丞等充保識官。今請選人自于諸司求覓清資及在任宗子京官充保識，以憑給解。伏乞編入吏部選格，以爲久例。」

〔二〕作僞而心拙：《書·周官》：「作德，心逸日休。作僞，心勞日拙。」代斵而手傷：《老子》七十四章：「夫代大匠斵者，希有不傷其手。」

得甲與乙爵位同甲齒長請居乙上乙以皇宗不伏在甲下有司不能斷〔一〕

庠序辯儀，則先長長；朝庭列位，必尚親親〔二〕。惟彼周行，是名同位〔三〕。德非心競，禮失肩隨〔四〕。甲以桑榆年高，何以卑我；乙以葛藟族貴，奚獨後予〔五〕？各興爭長之辭，遂昧常尊之位。然《禮經》尚齒，且王室貴親。晉鄭同儕，信高卑之或等〔六〕；滕薛異姓，諒先後之可知〔七〕。難遵少長之倫，宜守親疏之序。（3581）

【注】

〔一〕甲與乙爵位同甲齒長請居乙上乙以皇宗不伏：《唐六典》卷二《吏部尚書》：「凡文武百僚之班序，官同者先爵，爵同者先齒。」注：「官同者，異姓爲後。若爵爲班者，亦准此。其男已上任文武官者，從文武班。若親王、嗣王任卑官職事者，仍依王品。郡王任三品已下職事者，在同階品上。」《唐會要》卷二五《親王及朝臣行立位》：「開元六年八月一日，右散騎常侍褚無量上疏曰：臣謹詳諸史氏，案以《禮經》，有親親之義，尊尊之道，所以重王室，敬耆年。……準令嗣王正一品，今乃居庶官之次，頗爲閒雜，須有甄明。臣伏見開府儀同三司，在三品前立，望請嗣王亦與開府同行。諸致仕官，各于本司之上，則重親尚齒，典禮式存。」「建中元年十一月詔：親王出閤就本列。至貞元三年七月詔：宗廟尚爵，朝廷尚官，今嗣郡王爵雖居高，官或在下，列于上官之上，非制也。」

〔二〕庠序辯儀四句：《禮記·喪服小記》：「親親尊尊長長，男女之有别，人道之大者也。」

〔三〕惟彼周行二句：《左傳》襄公十五年：「《詩》云：『嗟我懷人，置彼周行。』能官人也。王及公、侯、伯、子、男、甸、采、衛大夫，各居其列，所謂周行也。」

〔四〕禮失肩隨：《禮記·曲禮上》：「年長以倍則父事之，十年以長則兄事之，五年以長則肩隨之。」

〔五〕葛藟族貴：見卷二九《得甲去妻後妻犯罪請用子蔭贖罪甲怒不許》（3495）注〔十三〕。

〔六〕晉鄭同儕：《左傳》僖公二十三年：「晉、鄭同儕，其過子弟，固將禮焉。」杜預注：「儕，等也。」

〔七〕滕薛異姓：《左傳》隱公十一年：「十一年春，滕侯、薛侯來朝，爭長。薛侯曰：『我先封。』滕侯曰：『我，周之卜正也。薛，庶姓也，我不可以後之。』公使羽父請于薛侯曰：『君與滕君辱在寡人，周諺有之曰：山有木，工則度之；賓有禮，主則擇之。周之宗盟，異姓爲後。寡人若朝于薛，不敢與諸任齒。君若辱貺寡人，則願以滕君爲請。』薛侯許之，乃長滕侯。」

得選舉司取有名之士或云不息馳騖恐難責實①

聲雖非實，善豈無名？不可苟求，亦難盡棄。屬時當仄席②，任重掄材〔一〕。思得士於聲華，懼誘人於奔競。若馳騖而方取，慮非歲貢之賢；如寂寥而後求③，恐失日彰之善。將期摭實，必在研精④。但取捨不私，是開乎公道；則吹噓無益，自閉其倖門。名勿論於有無，鑒自精於舉措。（3582）

【校】

①選舉　「選」下馬本衍「用」字。

②仄席　馬本、郭本作「側席」。

③如　《文苑英華》作「儻」，校：「集作如。」

④研精　郭本作「乎精」。「精」《文苑英華》校：「集作情。」

【注】

〔一〕仄席：即側席。《漢書·王嘉傳》：「昔楚有子玉得臣，晉文爲之側席而坐。」《漢書·陳湯傳》作「仄席」。後用作求賢之典。羊祜《讓開府表》：「側席求賢，不遺幽賤。」掄材：選材。《周禮·地官·山虞》：「凡邦工入山林而掄材，不禁。」注：「掄猶擇也。」劉向《新序》：「獨不聞子產相鄭乎？其掄材惟賢，抑惡而揚善。」

得太學博士教胄子毁方瓦合司業以非訓導之本不許①〔一〕

教惟馴致，道在曲成〔二〕。將遜志以樂羣，在毁方而和衆〔三〕。況化人由學，成性因師。雖和光以同塵，德終不雜〔四〕；苟圓鑿以方枘②，物豈相容〔五〕？道且尚於無隅，義莫先於不劌③〔六〕。司業以訓導貴別，或慮雷同；學官以容衆由寬，何傷瓦合？教之未墜，蓋宣尼之言然〔七〕；文且有徵，則戴氏之典在〔八〕。將勸學者④，所宜韙之。（3583）

【校】

①得太學博士　《文苑英華》作「太學官」。

②以 《文苑英華》作「而」。

③不劌 紹興本、那波本、馬本作「不翽」，郭本作「不辟」，據《文苑英華》、朱箋改。

④將勸 《文苑英華》作「將觀」，校：「集作勸。」

【注】

〔一〕太學博士教冑子毁方瓦合司業以非訓導之本不許：《禮記·儒行》：「儒有博學而不窮……慕賢而容衆，毁方而瓦合。其寬裕有如此者。」注：「去己之大圭角，下與衆人小合也。必瓦合者，亦君子爲道不遠人。」

〔二〕教惟馴致：《易·坤·象》：「陰始凝也，馴致其道，至堅冰也。」疏：「馴猶狎順也。若鳥獸馴狎然。」道在曲成：《易·繫辭上》：「曲成萬物而不遺。」

〔三〕遜志：《書·説命下》：「惟學，遜志務時敏，厥修乃來。」傳：「學以順志，務是敏疾，其德之修乃來。」

〔四〕和光以同塵：《老子》四章：「和其光，同其塵。」

〔五〕圓鑿以方枘：《淮南子·氾論訓》：「爲學者循先襲業，據籍守舊教，以爲非此不治，是猶持方枘而周員鑿也。」

〔六〕道且尚於無隅：《老子》四十一章：「大方無隅。」義莫先於不劌：《禮記・聘義》：「夫昔者君子比德于玉焉。……廉而不劌，義也。」注：「劌，傷也。義者，不苟傷人也。」

〔七〕教之未墜二句：《論語・子張》：「衛公孫朝問於子貢曰：『仲尼焉學？』子貢曰：『文武之道未墜於地，在人。賢者識其大者，不賢者識其小者。莫不有文武之道焉。夫子焉不學？而亦何常師之有？』」

〔八〕戴氏之典：指《禮記》。

得甲居家被妻毆笞之鄰人告其違法縣斷徒三年妻訴云非夫告不伏

禮貴妻柔，則宜禁暴；罪非夫告，未可麗刑〔一〕。何彼無良，於斯有怒？三從罔敬，待以庸奴之心〔二〕；一抶所加①，辱於女子之手〔三〕。作威信傷於婦道②，不告未爽於夫和③。招訟於鄰，誠愧聲聞于外；斷徒不伏，未乖直在其中。雖昧家肥④，難從縣見⑤〔四〕。

(3584)

【校】

①一抶　馬本作「一杖」。

②婦道　《文苑英華》作「婦順」，校：「集作道。」

③未爽　《文苑英華》作「未失」，校：「集作爽。」「夫和」　《文苑英華》作「夫義」，校：「集作和。」

④雖昧　《文苑英華》作「雖未」，校：「集作昧。」「家肥」　郭本作「家規」。

⑤難從　郭本作「難逃」。「縣見」　《文苑英華》作「縣責」，校：「集作見。」

【注】

〔一〕罪非夫告二句：《唐律疏議》卷二二《鬥訟》：「諸妻毆夫，徒一年；若毆傷重者，加凡鬥傷三等。」注：「須夫告，乃坐。」疏：「『須夫告乃坐』，謂要須夫告，然可論罪。」

〔二〕三從：《禮記·郊特牲》：「婦人，從人者也。幼從父兄，嫁從夫，夫死從子。」《儀禮·喪服》傳曰：「婦人有三從之義，無專用之道，故未嫁從父，既嫁從夫，夫死從子。」庸奴之心：見卷二九《得景妻有喪景於妻側奏樂妻責之不伏》(3516)注〔九〕。

〔三〕一抶二句：見卷二九《得乙有同門生喪親將往弔之其父怒而撻之使遺縑而已或詰其故云交道之難》(3509)注〔九〕。

〔四〕家肥：見本卷《得甲告其子行盜或誚其父子不相隱甲云大義滅親》(3578)注〔三〕。

得乙居家理廉使舉請授官吏部以無出身不許使執云行成於内可移於官〔一〕

調選正名①，誠宜守序；敷求懋德，安可拘文？乙積行於中，闇彰於外②。廉使以道敦知己，欲致我於青雲；天官以限在出身，將棄予於白屋③〔二〕。事雖異見，理可明徵。掄瑣瑣之材，則循舊格〔三〕；刈翹翹之楚，寧守常科〔四〕？幸當仄席之求④，無惑刻舟之執〔五〕。況自家刑國，移孝入忠⑤〔六〕。既聞道不虚行，足見舉非失德〔七〕。所宜堅決，無至深疑。(3585)

【校】

①調選　《文苑英華》作「選調」，校：「集作調選。」郭本作「請還」。

②闇彰　郭本作「譻彰」。

③棄予　《文苑英華》作「棄子」。

④仄席　馬本、郭本作「側席」。
⑤入忠　《文苑英華》作「資忠」。

【注】
〔一〕吏部以無出身不許使執云行成於内可移於官：《孝經》廣揚名章：「子曰：君子之事親孝，故忠可移於君。事兄悌，故順可移於長。居家理，故治可移於官。是以行成於内，而名立於後世矣。」
〔二〕白屋：庶人所居。《漢書·王莽傳》：「開門延士，下及白屋。」
〔三〕掄瑣瑣之材：掄材，見本卷《得選舉司取有名之士或云不息馳鶩恐難責實》(3582)注〔一〕。
〔四〕刈翹翹之楚：《詩·周南·漢廣》：「翹翹錯薪，言刈其楚。」傳：「翹翹，薪貌。」箋：「楚，雜薪之中尤翹翹者。我欲刈取之，以喻衆女皆貞絜，我又欲取其尤高絜者。」
〔五〕仄席之求：見本卷《得選舉司取有名之士或云不息馳鶩恐難責實》(3582)注〔一〕。
〔六〕自家刑國：《詩·大雅·思齊》：「刑于寡妻，至於兄弟，以御於家邦。」箋：「文王以禮法接待其妻，至於宗族，以此又能爲政治於家邦也。」移孝入忠：見注〔一〕。
〔七〕道不虚行：《易·繫辭下》：「苟非其人，道不虚行。」疏：「言有人則易道行，若無人則易道不行。無人而行，是虛行也。必不如此。」舉非失德：《左傳》宣公十二年：「舉不失德，賞不失勞。」

得景訂婚訖未成而女家改嫁不還財景訴之女家云無故三年不成

義敦好合，禮重親迎〔一〕。苟訂婚而不成，雖改嫁而無罪。景謀將著代，禮及問名〔二〕。二姓有行，已卜和鳴之兆〔三〕；三年無故，竟愆嬿婉之期。桃李恐失於當年，榛栗遂移於他族〔四〕。既聞改適，乃訴納徵〔五〕。揆情而嘉禮自虧，在法而娉財不返〔六〕。女兮不爽，未乖九十之儀〔七〕；夫也無良，可謂二三其德〔八〕。去禮逾遠，責人斯難。（3586）

【注】

〔一〕義敦好合：《詩·小雅·常棣》：「妻子好合，如鼓瑟琴。」

〔二〕謀將著代：《禮記·昏義》：「成婦禮，明婦順，又申之以著代，所以重責婦順焉也。」疏：「著明代舅姑之事也。」問名：婚禮六禮之一。《禮記·昏義》：「昏禮納采，問名，納吉，納徵，請期。」

疏：「問名者，問其女之所生母之姓名。」

〔三〕已卜和鳴之兆：見卷二九《得甲去妻後妻犯罪請用子蔭贖罪甲怒不許》(3495)注〔五〕。

〔四〕榛栗句：《左傳》莊公二十四年：「女贄，不過榛栗棗脩，以告虔也。」杜預注：「虔，敬也。皆取其名以示敬。」疏：「皆取其名以示敬者，先儒以爲栗取其戰慄也，棗取其早起也，脩取其自脩也。唯榛無説，蓋以榛聲近虔，取其虔於事也。」

〔五〕乃訴納徵：《禮記·昏義》疏：「納徵者，納聘財也。徵，成也。先納聘財，而後昏成。《春秋》則謂之納幣。」

〔六〕在法而娉財不返：《唐律疏議》卷十三《户婚》：「諸許嫁女，已報婚書及有私約，而輒悔者，杖六十。……若更許他人者，杖一百，已成者，徒一年半。後娶者知情，減一等。女追歸前夫，前夫不娶，還娉財，後夫婚如法。」疏：「後娶者知已許嫁之情而娶者，減女家罪一等；未成者，依下條『減已成者五等』，合杖六十；已成，徒一年。女歸前夫，若前夫不娶，女氏還娉財，後夫婚如法。」此判例屬前夫不娶，故後夫婚如法。然《唐律》未見男方訂婚不成婚、女方不返聘財之律，或當時另有律令規定。

〔七〕九十之儀：《詩·豳風·東山》：「之子于歸，皇駁其馬。親結其縭，九十其儀。」箋：「女嫁，父母既戒之，庶母又申之。九十其儀，喻丁寧之多。」

〔八〕二三其德：《詩·衛風·氓》：「女也不爽，士貳其行。士也罔極，二三其德。」

得丁爲大夫與管庫士爲友或非之云非交利也[一]

見賢不稱，且虧事上之節；非義苟合，則涉黷下之嫌。丁貴乃立家，友其管庫。不思進善，徒務降尊。若接而或非，自貽交利之責[二]；儻知而不舉，則速蔽賢之尤。既未覈於是非①，姑欲紊乎貴賤②。况公叔薦士，家臣尚見同升[三]；雖文子好能，管庫不聞爲友。信乖慎守，宜及或非。（3587）

【校】

①未覈　郭本作「求覈」。

②姑欲　馬本作「故欲」。

【注】

[一]丁爲大夫與管庫士爲友或非之云非交利也：《禮記·檀弓下》：「晉人謂文子知人。文子其中退然如不勝衣，其言吶吶然如不出其口。所舉晉國管庫之士七十有餘家，生不交利，死不屬其

子焉。」注：「管庫之士，府史以下，官長所置也。舉之於君，以爲大夫、士也。」此判例據其事而敷衍。

〔二〕自貽交利之責：《禮記・檀弓下》疏：「生不交利者，謂文子生存之日，不交涉爲利，是謂不與利交涉也。」

〔三〕公叔薦士：《史記・商君列傳》：「鞅少好刑名之學，事魏相公叔痤爲中庶子。公叔痤知其賢，未及進。會痤病，魏惠王親往問病，曰：『公叔病有如不可諱，將奈社稷何？』公叔曰：『痤之中庶子公孫鞅，年雖少，有奇才，願王舉國而聽之。』王嘿然。王且去，痤屏人言曰：『王即不聽用鞅，必殺之，無令出境。』王許諾而去。公叔痤召鞅謝曰：『今者王問可以爲相者，我言若，王色不許我。我方先君後臣，因謂王即弗用鞅，當殺之。王許我，汝可疾去矣，且見禽。』鞅曰：『彼王不能用君之言任臣，又安能用君之言殺臣乎？』卒不去。」

得四軍帥令禁兵於禁街中種田御史劾以無勅文辭云因循歲久且有利於軍〔一〕

爲國勸農，田疇有制；示人知禁，衢路攸先。瞻彼三農，藝斯五稼〔二〕。且町畽是務，豈是贍軍〔三〕；雖轍跡未加，未爲曠土。輦轂必資於平易，康莊難縱以荒蕪。務有畔之農，秋成而利亦蓋寡〔四〕；侵如砥之道，歲久而弊則滋多〔五〕。請論環衛之非，式表鐵冠之劾〔六〕。（3588）

【注】

〔一〕四軍帥令禁兵於禁街中種田御史劾以無勅文辭云因循歲久且有利於軍：《唐會要》卷八六《道路》：「廣德元年八月勅：如聞諸軍及諸府，皆於道路開鑿營種，衢路隘窄，行李有妨，苟徇所資，頗乖法理。宜令諸道諸使，及州府長吏，即差官巡檢，各依舊路，不得輒有耕種。並所在橋路，亦令隨要修葺。」同卷《街巷》：「廣德元年九月勅：城内諸街衢，勿令諸使及百姓輒有耕種。」「永泰二年正月十四日，京兆尹黎幹奏：（禁）京城諸街種植。」

〔二〕三農：《周禮・天官・大宰》：「以九職任萬民：一曰三農，生九穀。」注：「鄭司農云：三農，平地、山、澤也。」五稼：即五穀。《周禮・天官・疾醫》：「以五味、五穀、五藥養其病。」注：「五穀，麻黍稷麥豆也。」

〔三〕町疃：《詩・豳風・東山》：「町畽鹿場，熠熠宵行。」傳：「町畽，鹿跡也。」謂空地有鹿之跡。畽亦作疃。

〔四〕有畔之農：《左傳》襄公二十五年：「朝夕而行之，行無越思，如農之有畔。」杜預注：「言有次。」

〔五〕如砥之道：《詩·小雅·大東》：「周道如砥，其直如矢。」

〔六〕鐵冠：謂御史。《後漢書·輿服志》：「法冠，一曰柱後。高五寸，以纚爲展筩，鐵柱卷，執法者服之，侍御史、廷尉正監平也。或謂之獬豸冠。」李白《趙公西候新亭頌》：「初以鐵冠白筆，佐我燕京。」

得甲爲郡守部下漁色御史將責之辭云未授官已前納采

諸侯不下，用戒淫風〔一〕；君子好求①，未乖婚義。甲既榮爲郡，且念宜家。禮未及於結褵，責已加於執憲〔二〕。求娶於本部之内，雖處嫌疑；訂婚於授官之前，未爲縱欲。況禮先納采，足明嬿婉之求；娉則爲妻，殊非强暴之政〔三〕。宜聽隼旟之訴，難科漁色之辜〔四〕。（3589）

【校】

①好求　郭本作「好逑」。

【注】

〔一〕諸侯不下二句：《禮記·坊記》：「子云：好德如好色。諸侯不下漁色。故君子遠色以爲民紀。」注：「謂不内取於國中也。」《唐律疏議》卷十四《户婚》：「諸監臨之官，娶所監臨女爲妾者，杖一百；若爲親屬娶者，亦如之。其在官非監臨者，減一等。女家不坐。」疏：「議曰：監臨之官，謂職當臨統案驗者，娶所部人女爲妾者，杖一百。……其在官非監臨者，謂在所部任官而職非統攝案驗，而娶所部之女及與親屬娶之，各減監臨官一等。」《唐律》僅有「娶所監臨女爲妾」之禁，未及妻。故此判仍據《禮記》爲説。

〔二〕結褵：《詩·豳風·東山》：「之子於歸，皇駁其馬。親結其縭，九十其儀。」傳：「縭，婦人之褘也。母戒女，施衿結帨。」褵通縭。

〔三〕娉則爲妻：《禮記·内則》：「聘則爲妻，奔則爲妾。」

〔四〕隼旟：謂郡守。《周禮·春官·車僕》：「鳥隼爲旟。……州里建旟。」後用爲刺史典故。

得乙爲三品見本州刺史不拜或非之稱品同〔一〕

桑梓攸重，必在恪恭；官品斯同，則宜抗禮。乙班榮是踐，威重可觀。況衣錦還鄉，已崇三品之袟①；雖剖符臨郡，應無再拜之儀。豈以州里版圖，而紊邦家典制？如或商周不敵，敢不盡禮事君〔二〕；今且晉鄭同儕，安得降階卑我〔三〕？既不愆素，何恤或非〔四〕？（3590）

【校】

①袟　郭本作「秩」。

【注】

〔一〕乙爲三品見本州刺史不拜或非之稱品同：《唐六典》卷四《禮部郎中》：「凡百官拜禮各有差：文武官三品已下拜正一品，東宮官拜三師，四品已下拜三少；自餘屬官於本司隔品者皆拜焉。其准品應致敬而非相統攝，則不拜。」

〔二〕商周不敵：《左傳》桓公十一年：「商、周之不敵，君之所聞也。」杜預注：「商，紂也。周，武王也。傳曰：武王有亂臣十人，紂有億兆夷人。」

〔三〕晉鄭同儕：見本卷《得甲與乙爵位同甲齒長請居乙上乙以皇宗不伏在甲下有司不能斷》（3581）注〔六〕。

〔四〕既不愆素：《左傳》宣公十一年：「事三旬而成，不愆于素。」杜預注：「不過素所慮之期也。」

得景爲獸人冬不獻狼責之訴云秦地無狼〔一〕

鮮或不給，既曠乃官〔二〕；辭且無徵，是重而罪。景獸人斯掌，禽獻罔供①。當路可求，曾不思於疐尾〔三〕；充庖爲用，遂有闕於去腸②〔四〕。既愆冬獻之期，難償西鄰之責〔五〕。縱口給載詳地産，重抵國章③。薦必以時，吾能言於周有；生麛常所，子勿謂其秦無。縱口給之不慚，在面欺而無捨〔六〕。（3591）

【校】

①禽獻　《文苑英華》、馬本作「禽獸」。

②去腸　馬本作「充腸」，郭本作「處腸」。

③重抵　馬本作「重振」，「抵」《文苑英華》校：「集作核。」

【注】

〔一〕景爲獸人冬不獻狼責之訴云秦地無狼：《周禮·天官·獸人》：「獸人掌罟田獸，辨其名物。冬獻狼，夏獻麋，春秋獻獸物。」疏：「冬獻狼者，狼，山獸。山是聚，故狼膏聚，聚則溫，故冬獻之。」

〔二〕鮮或不給：《左傳》宣公十二年：「射一麋以顧獻曰：『子有軍事，獸人無乃不給於鮮，敢獻於從者。』」杜預注：「新殺爲鮮。」

〔三〕當路可求：《後漢書·張綱傳》：「豺狼當路，安問狐狸。」疐尾：《詩·小雅·狼跋》：「狼跋其胡，載疐其尾。」傳：「跋，躐。疐，跲也。老狼有胡，進則躐其胡，退則跲其尾。進退有難，然而不失其猛。」

〔四〕去腸：《禮記·内則》：「膾……狼去腸，狗去腎。」注：「皆爲不利人也。」

〔五〕西鄰之責：《左傳》僖公十五年：「初，晉獻公筮嫁伯姬于秦，遇《歸妹》之《睽》。史蘇占之曰：『不吉。其繇曰：士刲羊，亦無衁也。女承筐，亦無貺也。西鄰責言，不可償也。』」

〔六〕口給：《論語·公冶長》：「子曰：『焉用佞？御人以口給，屢憎於人。不知其仁，焉用佞？』」疏：「言佞人御當於人以口才捷給，屢致憎惡於人。」

得景負丁財物丁不告官强取財物過本數縣司以數外贜論之不伏①[一]

人縱於貪，動而生悔；物非其道，取則有贜。丁放利欲贏，景逋債未償。懷不忌而强取，姑務豐財；遑無厭之過求，豈非黷貨？情難容於强暴，法必禁以奪攘。以交易而求多，尚宜准盜；在倍稱而過數，孰謂非贜[二]？若以律論，當從縣斷。（3592）

【校】

①負丁財物　郭本作「負丁財帛」。

【注】

[一]景負丁財物丁不告官强取財物過本數縣司以數外贜論之：《唐律疏議》卷二六《雜律》：「諸負債不告官司，而强牽財物，過本契者，坐贜論。」疏：「議曰：謂公私債負，違契不償，皆告官司聽斷。若不告官司而牽掣財物，若奴婢、畜産，過本契者，坐贜論。」《宋刑統》卷二六引《唐雜令》：

「若違法積利，契外掣奪及非出息之債者，官爲理。」本判例實屬唐代民間高利放貸。

〔二〕倍稱：《漢書·食貨志》：「有者半賈而賣，亡者取倍稱之息。」注：「如淳曰：取一償二爲倍稱。師古曰：稱，舉也。今俗所謂舉錢者也。」

得乙請襲爵所司以乙除喪十年而後申請引格不許乙云有故不伏

爵命未墜，嗣襲有期。在紀律而或愆，當職司而宜舉。乙舊德將繼，新命未加。所宜纂彼前修①，相承以一子〔一〕；何乃廢其後嗣，自棄於十年？歲月既已滋深，公侯固難必復。然以法通議事，理貴察情。如致身於宴安，則宜奪爵；若居家而有故，尚可策名。須待畢辭，方期析理②。（3593）

【校】

①纂彼　《文苑英華》作「纂乃」，校：「集作彼。」

②方期　「期」《文苑英華》校：「集作斯。」

【注】

〔一〕纂彼前修：《左傳》襄公十四年：「纂乃祖考。」杜預注：「纂，繼也。」

得丁爲士葬其父用大夫禮或責其僭辭云從死者〔一〕

禮惟辨貴，孝不貶親。是謂奉先，孰云僭上〔二〕？丁慶加一命，憂及三年。凶降昊天，且結茹荼之痛〔三〕；吉從遠日，方追食菜之榮〔四〕。既貴賤之殊宜，亦父子之異道。同曾元易簀，正位於大夫〔五〕；殊晏嬰遣車，見非於君子〔六〕。未爽慎終之義，允符從死之文。辭則有徵，責之非當。（3594）

【注】

〔一〕丁爲士葬其父用大夫禮或責其僭辭云從死者：《禮記·王制》：「自天子達於庶人，喪從死者，祭從生者，支子不祭。」注：「從死者，謂衣衾棺椁。從生者，謂奠祭牲器。」

〔二〕奉先：《書·太甲中》：「奉先思孝。」

〔三〕茹荼之痛：孫綽《與庾冰詩》：「哀兼黍離，痛過茹荼。」

〔四〕吉從遠日：見本卷《得丁喪親賣宅以奉葬或責其無廟云貧無以爲禮》(3568)注〔五〕。食菜之榮：見本卷《得景爲大夫有喪丁爲士而特弔或責之不伏》(3557)注〔三〕。

〔五〕曾元易簀：《禮記・檀弓上》：「曾子寢疾，病。樂正子春坐於床下，曾元、曾申坐于足，童子隅坐而執燭。童子曰：『華而睆，大夫之簀與？』子春曰：『止。』曾子聞之，瞿然曰：『呼！』曰：『華而睆，大夫之簀與？』曾子曰：『然。斯季孫之賜也，我未之能易也。元，起易簀。』曾元曰：『夫子之病革矣，不可以變。幸而至於旦，請敬易之。』曾子曰：『爾之愛我也不如彼。君子之愛人也以德，細人之愛人也以姑息。吾何求哉？吾得正而斃焉，斯已矣。』舉扶而易之，反席未安而没。」

〔六〕晏嬰遣車：《禮記・檀弓下》：「曾子曰：『晏子可謂知禮也已。恭敬之有焉。』有若曰：『晏子一狐裘三十年，遣車一乘，及墓而反。國君七个，遣車七乘；大夫五个，遣車五乘；晏子焉知禮？』曾子曰：『國無道，君子恥盈禮焉。國奢，則示之以儉；國儉，則示之以禮。』」注：「言其大儉偪下，非之。……人臣賜車馬者，乃得有遣車。遣車之差，大夫五，諸侯七，則天子九。諸侯不以命數，喪數略也。个，謂所包遣奠牲體之數也。」疏：「遣車一乘者，其父晏桓子是大夫，大夫遣車五乘，其葬父唯用一乘，又是儉失禮也。」

得甲將死命其子以嬖妾爲殉其子嫁之或非其違父之命子云不敢陷父於惡

觀行慰心，則稟父命①；辨惑執禮，宜全子道。甲立身失正，没齒歸亂。命子以邪，生不戒之在色；愛妾爲殉，死而有害於人。違則棄言，順爲陷惡。三年之道，雖奉先而無改；一言以失，難致親於不義。誠宜嫁是，豈可順非？況孝在慎終，有同魏顆理命〔一〕；事殊改正，未傷莊子難能〔二〕。宜忘在耳之言，庶見因心之孝〔三〕。（3595）

【校】

①父命　郭本作「父言」。

【注】

〔一〕有同魏顆理命：見卷二九《得乙有同門生喪親將往弔之其父怒而撻之使遺縑而已或詰其故云交道之難》（3509）注〔一〕。

〔二〕未傷莊子難能：《論語·子張》：「曾子曰：『吾聞諸夫子，孟莊子之孝也，其他可能也；其不改父之臣，與父之政，是難能也。』」集解：「馬曰：孟莊子，魯大夫仲孫連也。謂在諒陰之中，父臣及父政雖有不善者，不忍改也。」

〔三〕因心之孝：見卷二九《得乙在田妻餉不至路逢父告飢以餉饋之乙怒遂出妻妻不伏》（3545）注〔四〕。

白居易文集校注卷第三十一①

碑誌序記表讚論衡書　凡十三首

故京兆元少尹文集序②〔一〕

天地間有粹靈氣焉，萬類皆得之，而人居多。就人中，文人得之又居多。蓋是氣凝爲性，發爲志，散爲文。粹勝靈者，其文沖以恬。靈勝粹者，其文宣以秀。粹靈均者，其文蔚温雅淵，疏朗麗利③，檢不扼④，達不放，古常而不鄙⑤，新奇而不怪。吾友居敬之文，其殆庶幾乎！居敬姓元，名宗簡，河南人。自舉進士，歷御史府，尚書郎，訖京亞尹⑥，凡二十年⑦，著格詩一百八十五，律詩五百九，賦述銘記書碣讚序七十五⑧，總七百六十九章，合三十卷。長慶三年冬，疾彌留⑨，將啓手足⑩，無他語。語其子途云：「吾平生酷嗜詩，白樂天知我者，我殁，其遺文得樂天爲之序，無恨矣。」既而途奉理命，號而告予。無幾何，會予自中書舍人出牧杭州，歲餘改右庶子，移疾東洛。明年，復刺蘇州。四年間三換官，往復奔命，不啻萬里。席不遑煖，矧筆硯乎？故所託文，久未果就。及刺蘇州，又劇郡。治數月，政方暇。因發閱篋衷，睹居敬所著文⑪，其間與予唱和者數十首。燭下諷讀，憯惻久之⑫，怳然疑居敬在傍，不知其一生一死也。遂援筆草序，序成復視，涕與翰俱。悲且吟曰：「黄壤詎知我⑬，白頭徒念君。唯將老年淚⑭，一灑故人文。」重曰：「遺文三十軸，軸軸金玉聲。龍門原上土，埋骨不埋名。」嗚呼居敬！若職業之恭慎，居處之莊潔，操行之貞端，襟靈之曠淡，骨肉之敦愛，丘園之安樂，山水風月之趣，琴酒嘯詠之態⑮，與人久要，遇物多情，皆布在章句中，開卷而盡可知也，故不序。時寶曆元年冬十二月乙酉夕，在吴郡西園北齋東牖下作序。（3596）

【校】

①卷第三十一　即《白氏文集》紹興本、馬本卷六十八，那波本、金澤本「白氏後集」卷五十九。金澤本另行署「中大夫守尚書刑部侍郎賜紫金魚袋白居易」。

②題　《文苑英華》無「故」字。

③疏朗　《文苑英華》其上有「凝」字。「麗利」　那波本、《文苑英華》、《管見抄》作「麗則」。

④檢　金澤本作「儉」，郭本作「憸」。「不扼」《文苑英華》作「不阨」，校：「集作扼。」

⑤古常　馬本作「古淡」。

⑥京亞尹　《文苑英華》作「京兆亞尹」。

⑦凡二十年　紹興本等無「凡」字，據那波本、金澤本、《管見抄》補。《文苑英華》作「凡二十八年」。

⑧銘記　紹興本等作「名記」，據金澤本、《文苑英華》、《管見抄》改。

⑨疾彌留　《文苑英華》其上有「遘」字。

⑩啓手足　紹興本等無「足」字，據《文苑英華》補。

⑪著文　《文苑英華》其下有「集」字。

⑫憯惻　金澤本、《管見抄》作「潛惻」。

⑬詎知　金澤本、《管見抄》作「誰知」。

⑭老年　郭本作「老夫」。

⑮嘯詠　《文苑英華》作「嘯吟」，校：「集作詠。」

【注】

朱《箋》：作於寶曆元年（八二五），蘇州。

〔一〕元少尹：元宗簡。《元和姓纂》卷四元：「液，懷州刺史，生銅、銛。銛生宗簡。」《全唐文補遺·千唐誌齋新藏專輯》周復《唐故楊州高郵縣河南元君墓誌銘》：「君諱邈，後魏興聖皇帝之嫡裔。代習軒冕，家傳禮樂。曾祖曾，皇洺州曲縣令。祖銛，皇河南府王屋縣令。父宗簡，皇京兆少尹。擢進士弟，文稱居其最。詩句精麗，傳詠當代。雖步臺閣，播流芬芳。君即公之第四子。太夫人北平許氏，吏部尚書東都留守孟容之女。君資蔭出身，調授高郵縣尉。姻連甲乙之盛，族冠鼎望之崇。享年不永，縉紳所歎。會昌四年六月十二日，疾終於楊州高郵縣之旅舍，春秋卅有七。季兄迪自淮陽護君喪，以來年二月廿九日，歸葬于河南縣龍門鄉，祔先塋，禮也。」此誌記銛父名疑有訛誤。宗簡四子，途爲長子，迪、邈爲三、四子。

海州刺史裴君夫人李氏墓誌銘　并序

夫人贊皇縣君李氏，趙郡高邑人也。六代祖素立，安南都護〔一〕。五代祖休烈，趙州刺史。高祖諱至遠①，天官侍郎。曾祖諱畬②，國子司業。祖諱承，工部尚書，湖南觀察使③。考諱藩，門下侍郎、同平章事，贈户部尚書〔二〕。夫人諱娥，相國長女也。適河東裴君克諒，今爲海州刺史〔三〕。一子曰鏃，左衛騎曹參軍。一女適隴西李遂，遂爲壽州録事參軍。由此而上，得於國史家諜云。夫人爲相門女，邦君妻[4]，不以華貴驕人，能用恭儉克己。撫下若子，敬夫如賓。衣食之餘，傍給五服親族之飢寒者。又有餘，散霑先代僕使之老病者[5]。又有餘，分施佛寺僧徒之不足者。澣衣菲食，服勤禮法。禮法之外，諷釋典，持真言，棲心空門，等觀生死。故治家之日，欣然自適[6]。捐館之夕，恬然如歸。寶曆三年三月一日[7]，疾終于海州官第。其歲十一月十四日，歸祔于某所先塋。享年五十有四[8]。夫人之從裴君也，歷官九任，凡三十一年。族睦家肥，輔佐之力也。由此而上，得於裴君狀云。夫源遠者流長，根深者枝茂。噫！李氏之世禄世德，有所從來。矧相國端方廉雅，孝友忠肅。自從事彭城，登庸宰府，不以夷險而遷其道，宜乎居極位，享賢名也[9]。夫人敬恭勤儉，柔順慈惠。自女於室，婦於家，不以初終而怠其行，宜乎啓封邑，光德門也。裴君修文達政，潔己愛人。自佐邑從軍，連牧二郡，不以寒暑而易其心，宜乎荷百禄，號良二千石也。嗚呼！非此父不生此女[10]，非是夫不稱是妻。斯所謂類以相從，合而具美者也。論譔表誌，其可闕乎！銘曰：

高邑之祥，降於李氏。相門之慶，鍾于女子。女子有行，歸我裴君[11]。君亦良士，宜賢夫人。夫人雖歿，風躅具存。勒名泉户，作範閨門。（3597）

【校】

①至遠　《文苑英華》作「志遠」。

②諱畬　紹興本等脱「諱」字，據金澤本、《文苑英華》補。

③湖南　馬本作「河南」。

④相門女邦君妻　《文苑英華》作「相門之女邦君之妻」。

⑤散霑　金澤本、《文苑英華》作「散活」，《文苑英華》校：「集作沾。」

⑥自適　郭本作「自釋」。

⑦寶曆三年　朱《箋》以寶曆無三年，改「二年」。

⑧享年　馬本脱「享」字。

⑨賢名　紹興本等作「名賢」，據金澤本、《文苑英華》改。

⑩此女　《文苑英華》作「其女」，校：「集作此。」

⑪歸我　《文苑英華》作「歸老」，校：「集作我。」

【注】

朱《箋》：作於大和元年（八二七），洛陽。

〔一〕李素立：《舊唐書·良吏傳·李素立》：「李素立，趙州高邑人，北齊梁州刺史義深曾孫也。……武德初爲監察御史。……貞觀中，累轉揚州大都督府司馬。時突厥鐵勒部相率内附，太宗於其地置瀚海都護府以統之，以素立爲瀚海都護。……其孫至遠，有重名。長壽中爲天官郎中。……因事出爲壁州刺史卒。至遠子畬，初爲汜水主簿。……累轉國子司業。……及母終，過毁，卒於喪。」

〔二〕李藩：元和三年拜門下侍郎、同平章事。《舊唐書·李藩傳》：「李藩字叔翰，趙郡人。曾祖至遠，天后時李昭德薦爲天官侍郎，不詣昭德謝恩，時昭德怒，奏黜爲壁州刺史。祖畬，開元時爲考功郎中，事母孝謹，母卒，不勝喪死。至遠、畬，皆以至行名重一時。父承，爲湖南觀察使，亦有名。」《唐代墓誌彙編》貞元一〇九李藩《趙郡李氏殤女墓石記》：「曾祖父諱畬，皇國子司業，贈太子賓客。祖諱承，皇正議大夫、檢校工部尚書、兼潭州刺史，贈吏部尚書，謚曰懿子，歷淮西道、淮南道黜陟使，河中道、山南東道、湖南道節度觀察都防禦團練等使。父藩，秘書省校書郎。」貞元十七年作。

〔三〕裴克諒：見卷十七《裴克諒權知華陰縣令制》(3176)。

如信大師功德幢記

有唐東都臨壇開法大師，長慶四年二月十三日，終于聖善寺華嚴院①，春秋七十有五②，夏臘五十二〔一〕。是月二十二日，移窆于龍門山之南崗③。寶曆元年某月某日，遷葬于奉先寺，祔其先師塔廟④〔二〕。穴之上，不封不樹⑤，不廟不碑，不勞人，不傷財，唯立佛頂尊勝陁羅尼一幢〔三〕。幢高若干尺，圜若干尺，六隅七層，上覆下承。佛儀在上，經呪在中，記讚在下。皆師所囑累⑥，門人奉遺志也⑦。師姓康，號如信，襄城人。始成童，授《蓮花經》於釋巖〔四〕。既具戒⑧，學《四分律》於釋晤。後傳六祖心要於本院先師⑨〔五〕。《淨名》、《楞伽》、《俱舍》、《百法》，經根論枝⑩，罔不通焉。由是禪與律交修，定與慧相養。蓄爲道粹⑪，揭爲僧豪。自建中訖長慶，凡九遷大寺居，十補大德位，蒞法會、主僧盟者二十二年。勤宣佛命⑫，卒復祖業。若貴賤，若賢愚，若小中大乘人，游我門，繞我座，禮我足，如羽附鳳，如水會海。於戲！非夫動爲儀，言爲法，心爲道場⑬，則安能使化緣法衆悦隨欣戴，一至於是耶？同學大德繼居本院者曰智如⑭〔六〕，弟子上首者曰嚴隱，暨歸靖、藏周、常賁、懷嵩、圓恕、圓昭、貞操等若干人⑮，聚謀幢事。琢刻既成，將師理命⑯，請蘇州刺史白居易爲記。記既訖，因書二四句偈以讚云：師之度世，以定以慧。爲醫藥師，救療一切。師之闍維，不塔不祠。作功德幢，與衆共之。

(3598)

【校】

①華嚴院　金澤本作「嚴持院」，郭本作「花嚴院」。

②七十有五　金澤本無「有」字。

③龍門山之南崗　金澤本無「山」字，「之南」作「西南」。

④祔其先師　金澤本作「祔某某二先師」。

⑤不封不樹　金澤本作「不樹不封」。

⑥囑累　那波本作「囑果」，《文苑英華》校：「集作果。」馬本作「繫累」。

⑦門人　金澤本、《文苑英華》其上有「而」字。

⑧具戒　馬本誤「則戒」。

⑨先師　金澤本作「二先師」。

⑩經根論枝　《文苑英華》作「經根論披閱」，校：「集作經根論枝，又作經論披閱。」

⑪道粹　馬本作「通粹」。

⑫佛命　馬本作「佛令」。

⑬道場　金澤本、《文苑英華》此下有「者」字。

⑭本院　《文苑英華》作「大院」，校：「集作本，是。」

⑮歸靖　「靖」《文苑英華》校：「一作精。」「昭」《文苑英華》校：「蜀本作照。」

⑯理命　金澤本、《文苑英華》作「治命」，《文苑英華》校：「集作理。」

【注】

朱《箋》：作於寶曆元年（八二五），蘇州。

㈠聖善寺：《唐會要》卷四八《寺》：「聖善寺，章善坊。神龍元年二月，立爲中興。二年，中宗爲武太后追福，改爲聖善寺。寺内報慈閣，中宗爲武后所立。」參卷二《八漸偈》（2830～）注。

㈡奉先寺：《全唐文》卷九八七闕名《河洛上都龍門之陽大盧舍那像龕記》：「調露元年己卯八月十五日，奉敕於大像南置大奉先寺，簡召高僧行解兼備者二七人，闕即續填，創基住持，範法英律，而爲上首。至二年正月十五日，大帝書額。」杜甫有《遊龍門奉先寺》。《河南通志》卷五十寺觀河南府：「奉先寺，在府城西南三十里闕塞山。後魏時建。」奉先寺遺址在今龍門西山南口魏灣村北阜。參溫玉成《〈河洛上都龍門之陽大盧舍那像龕記〉注釋》（《中原文物》一九八四年第三期）。先師塔廟：義福、善無畏均葬龍門西山，起塔。嚴挺之《大智禪師碑銘》：「禪師諱義福……禪師法輪，始自天竺達摩，大教東派，三百餘年，獨稱東山學門也。自可、璨、信、忍至大通，遞相印屬。大通之傳付者，河東普寂與禪師二人，即東山繼德，七代於兹矣。……粵七月六日，遷神於龍門奉先寺之北岡。」《唐代墓誌彙編》開元四三三杜昱《大唐故大智禪師塔銘》：「禪師諱義福。……開元廿四年夏五月廿五日，右脅徂逝，春秋七十九，僧夏□八。粤六月十有七日，恩敕追號大智禪師。秋七月七日甲申，遷神於奉先寺之西原，起塔守護，禮也。」李華《東都聖善寺無畏三藏碑》：「開元二十三年十一月七日，右脅累足，涅槃於禪室，享齡九十九……以某月日葬於龍門西山。」《唐代墓誌彙編》貞元〇五一梁寧《唐東都安國寺故臨壇大德塔下銘》：「律師號澄空……貞元九年夏四月廿六日，委順於本寺所居院，享年五十七……秋八月癸酉，就窆於龍門西南所置之蘭若，居大智和尚塔之右，金剛三藏塔之左，若隱香山、乾元等寺。」可知二塔爲當地著名標志。《全唐文補遺》第六輯姚公素《唐聖善寺證禪師玄堂銘》：「（貞元十三年十月）廿六日厝於龍門先師塔得用之地，禮從權也。」則聖善寺僧皆稱此爲先師塔。義福與善無畏雖分屬北宗、密宗，然皆與聖善寺有淵源。若從金澤本作「二先師塔廟」，則兼賅二者乎？

〔三〕佛頂尊勝陀羅尼：唐佛陀波利所譯，又有義淨、不空、善無畏等人所譯，傳密教佛頂尊勝陀羅尼。經云「書寫此陀羅尼安置幢上，樹於高山或高屋上，及餘高處或浮圖中……或爲幢風飄塵著身，罪業便消」。故唐人依此建經幢，今存世者極多。代宗大曆十一年詔「天下僧尼誦佛頂尊勝陀羅尼，限一月日誦令精熟，仍仰每日誦二十一遍」（法崇《佛頂尊勝陀羅尼經教跡義記》），故該經流傳極廣，「遍天下幡刹，持誦有多矣」（武徹《加句靈驗佛頂尊勝陀羅尼記》）。

〔四〕蓮花經：即《妙法蓮華經》，花華字通。《太平廣記》卷三三二《劉子貢》（出《記聞》）：「爲吾造觀世音菩薩像一，寫《妙法蓮花經》一部。」

〔五〕六祖心要：禪宗南宗以慧能爲六祖，北宗以神秀爲六祖。聖善寺法凝傳北宗禪法，此「六祖」或指北宗神秀。參卷二《八漸偈》（2830～）注。

〔六〕智如：見卷三二《東都十律大德長聖善寺鉢塔院主智如和尚茶毗幢記》（3620）。

華嚴經社石記

有杭州龍興寺僧南操〔一〕，當長慶二年，請靈隱寺僧道峯講《大方廣佛華嚴經》〔二〕，至《華藏世界品》①，聞廣博嚴淨事〔三〕。操歡喜發願，願於白黑衆中勸十萬人，人轉《華嚴經》一部。十萬人又勸千人②，人諷《華嚴經》一卷。每歲四季月，其衆大聚會③。於是攝之以社，齊之以齋。自二年夏至今年秋，凡十有四齋。每齋，操捧香，跪啓於佛曰：願我來世生華藏世界④，大香水海上，寶蓮金輪中，毗盧遮那如來前，與十萬人俱，斯足矣。又於衆中募財，置良田十頃⑤，歲取其利，永給齋用。予前牧杭州時，聞操發是願⑥。今牧蘇州時，見操成是功。操自杭詣蘇⑦，凡三請於予曰：操八十一矣⑧，朝夕迨盡⑨。恐社與齋來者不能繼其志，乞爲記誡，俾無廢墜。予即十萬人中一人也，宜乎志而贊之。噫！吾聞一毛之施，一飯之供，終不壞滅。況田千畝，齋四時，用不竭之征，備無窮之供乎？噫！吾聞一願之力，一偈之功，終不壞滅。況十二部經，常出於千人口乎⑩？況十萬部經，常入於百千人耳乎？吾知操徒必果是願。若經之句義，若經之功神，則存乎本傳。若社人之姓名⑪，若財施之名數，則列于別碑。斯石之文，但敍見願，集來緣而已。寶曆二年九月二十五日，前蘇州刺史白居易記。（3599）

【校】

①華藏　「藏」《文苑英華》校：「集作嚴。」

②十萬人　金澤本、《文苑英華》此下有「中」字。

③聚會　金澤本、《文苑英華》作「緐會」，《文苑英華》校：「集作聚。」

④願我　馬本作「顧我」。「華藏」《文苑英華》此下有「嚴」字。

⑤置　金澤本作「買」。「十頃」紹興本作「千頃」，據他本改。

⑥聞　金澤本、《文苑英華》作「見」，《文苑英華》校：「集作聞。」

⑦自杭　馬本脱「杭」字。「詣」《文苑英華》校：「一作之。」

⑧八十一　《文苑英華》作「八十二」。

⑨迨盡　金澤本、《文苑英華》、馬本作「待盡」，《文苑英華》校：「集作迨。」

⑩千人　《文苑英華》其上有「百」字。

⑪姓名　金澤本作「姓字」。

【注】

朱《箋》：作於寶曆二年（八二六），蘇州。

〔一〕龍興寺：《咸淳臨安志》卷八五：「千頃山龍興寺，在（昌化）縣西北六十里。元和間黄蘗禪師開山，中和四年賜慈雲禪師額。」

〔二〕靈隱寺：《咸淳臨安志》卷八十：「景德靈隱寺在武林山東，晉咸和元年梵僧慧理建。舊名靈隱，景德四年改景德靈隱禪寺。」

〔三〕華藏世界品：實叉難陀譯《華嚴經》卷八《華藏世界品》：「爾時普賢菩薩復告大衆言：諸佛子，此華藏莊嚴世界海，是毗盧遮那如來往時於世界海微塵數劫修菩薩行時，一一劫中，親近世界海微塵數佛；一一佛中，淨修世界海微塵數大願之所嚴淨。」「爾時普照賢菩薩復告大衆言：諸佛子，此世界海大地中，有不可説佛刹微塵數香水海，一切妙寶，莊嚴其底；妙香摩尼，莊嚴其岸。毗盧遮那，摩尼寶王，以爲其網。香水映徹，具衆寶色，充滿其中。種種寶華，旋布其上。」

吳郡詩石記

貞元初，韋應物爲蘇州牧①〔一〕，房孺復爲杭州牧②〔二〕，皆豪人也③。韋嗜詩，房嗜酒，每與賓友一醉一詠，其風流雅韻，多播於吳中。或目韋、房爲詩酒仙。時予始年十四五④，旅二郡⑤，以幼賤不得與遊宴，尤覺其才調高而郡守尊⑥〔三〕。以當時心，言異日蘇、杭苟獲一郡足矣。及今自中書舍人間領二州，去年脱杭印，今年佩蘇印，既醉於彼，又吟於此，酣歌狂什亦往往在人口中。則蘇、杭之風景，韋、房之詩酒，兼有之矣。豈始願及此哉⑦！然二郡之物狀人情，與曩時不異。前後相去三十七年，江山是而齒髮非，又可嗟矣。韋在此州歌詩甚多，有《郡宴》詩云：「兵衛森畫戟，燕寢凝清香。」最爲警策⑧〔四〕。今刻此篇于石，傳貽將來，因以予《旬宴》一章亦附于後〔五〕。雖雅俗不類，各詠一時之志。偶書石背，且償其初心焉。寶曆元年七月二十日，蘇州刺史白居易題。（3600）

【校】

①牧　金澤本、《文苑英華》作「刺史」，《文苑英華》校：「二字集作牧。」

②牧　金澤本作「刺史」。
③豪　《文苑英華》校：「一作碩。」
④時予　《文苑英華》無「時」字，校：「集有時字。」
⑤旅　金澤本、《文苑英華》此下有「于」字。
⑥才調　金澤本作「才詞」。
⑦始願　金澤本、《文苑英華》、《唐文粹》作「始望」，《文苑英華》校：「集作願。」
⑧最爲　《文苑英華》其上有「當時」二字。

陳《譜》、朱《箋》：作於寶曆元年（八二五），蘇州。

【注】

〔一〕韋應物：事迹略見《唐國史補》、宋王欽臣《韋蘇州集序》及沈作喆《補韋刺史傳》（《賓退錄》卷九）。沈《傳》誤將其人與劉禹錫《蘇州舉韋中丞自代狀》之另一韋應物相混，胡震亨《唐音癸籤》、錢大昕《十駕齋養新錄》卷十二有辨。傅璇琮《唐代詩人叢考·韋應物繫年考證》考其刺蘇州在貞元四年七月，罷郡在貞元六年後。二〇〇七年在西安韋曲發現韋應物及其夫人元苹、子慶復、慶復夫人裴棣墓誌。丘丹撰《唐故尚書左司郎中蘇州刺史京兆韋君墓誌銘並序》：「君諱應物，字義博，京兆杜陵人也。其先高陽之孫，昌意之子，別封豕韋氏。漢初有韋孟者，孫賢爲鄒魯大儒，累遷代蔡義爲丞相。子玄成，學習父業，又代于定國爲丞相。奕世繼位，家於杜陵。後十七代至逍遥公夐，枕跡丘園，周明帝屢降玄纁之禮，竟不能屈，以全黄綺之志。公弟鄖公孝寬，名著周隋，爵位崇顯，備於國史。逍遥公有子六人，俱爲尚書。五子世沖，民部尚書、義豐公，則君之五代祖。皇刑部尚書兼御史大夫、黄門侍郎、扶陽公［挺］，君之高祖。皇尚書左僕射、同中書門下三品待價，［君］之曾祖。皇梁州都督令儀，君之烈祖。皇宣州司法參軍鑾，君之烈考。君司法之第三子也。門承台鼎，天資貞粹。丱角之年，已有不易之操。以蔭補右千牛，改□羽林倉曹，授高陵尉、廷評、洛陽丞、河南兵曹、京兆功曹。朝廷以京畿爲四方政本，精選令長，除鄠縣、櫟陽二縣令，遷比部郎。詔以滁人凋殘，領滁州刺史。負戴如歸，加朝散大夫。尋遷江州刺史，如滁上之政。時廉使有從權之歛，君以調非明詔，悉無所供。因有是非之訟，有司詳按，聖上以州疏端切，優詔賜封扶風縣開國男，食邑三百户。徵拜左司郎中，總轄六官，循舉戴魏之法。尋領蘇州刺史。下車周星，豪猾屏息，方欲陟明，遇疾終於官舍。池雁隨喪，州人罷市。素車一乘，旋於逍遥故園。茅宇竹亭，用設靈几。歷官一十三政，三領大藩。儉德如此，豈不謂貴而能貧者矣。所著詩賦、議論、銘頌、記序，凡六百餘篇行於當時。以貞元七年十一月八日窆於少陵原，禮也。夫人河南元氏，父挹，吏部員外郎。嘉姻柔則，君子是宜。先君即世，以軀筵不叶，未從合祔。以十二年十一月廿七日，嗣子慶復啓舉有時，方遂從夫人之禮。長女適大理評事楊淩。次女未笄，因父之喪，同月而逝。嗚呼！可謂孝矣。余，吴士也，嘗忝州牧之舊，又辱詩人之目，登臨酬和，動盈卷軸。公詩原於曹劉，參於鮑謝，加以變態，意凌丹霄，忽造佳境，别開户牖。惜夫位未崇，年不永，而殁乎泉扃，哀哉！堂弟端，河南府功曹，以孝承家。堂弟武，絳州刺史，以文學從政。慶復克荷遺訓，詞賦已工，鄉舉秀才，策居甲乙，泣血請銘，式昭幽壤。」

〔二〕房孺復：琯之孽子。傳附《舊唐書·房琯傳》。勞格《杭州刺史考》考其刺杭在建中二年以後、貞元六年前。據《舊唐書·陳少游傳》，孺復建中四年仍爲陳少游判官。《唐語林》卷一：「興元中，有僧曰法欽。以其道高，居徑山，時人謂之徑山長者。房孺復之爲杭州也，方欲決重獄，因詣欽。」其任杭州刺史當在興元後。

〔三〕時予始年十四五：此蓋含混言之。貞元四年（七八八）居易隨父季庚官衢州，蓋於其時經蘇、杭，時年已十七。韋應物亦於此年出刺蘇州，且與此文稱「前後相去三十七年」相合。

〔四〕郡宴詩：韋應物《郡齋雨中與諸文士燕集》：「兵衛森畫戟，宴寢凝清香。海上風雨至，逍遥池閣涼。煩痾近消散，嘉賓復滿堂。自慚居處崇，未睹斯民康。理會是非遣，性達形跡忘。鮮肥屬時禁，蔬果幸見嘗。俯飲一杯酒，仰聆金玉章。神歡體自輕，意欲凌風翔。吴中盛文史，群彦今汪洋。方知大藩地，豈曰財賦彊。」

〔五〕旬宴一章：即白居易《郡齋旬假命宴呈座客示郡寮》（《白氏文集》卷二一 1398）。

吳興靈鶴贊　事具《黄籙齋記》中〔一〕。

有鳥有鳥，從西北來。丹腦火綴，白翎雪開。遼水一去，緱山不迴。噫吳興郡，孰爲來哉①？寶曆之初，三元四齋。天無微飈，地無纖埃。當白晝下，與紫雲偕。三百六十，拂壇徘徊。上昭玄貺，下屬仙才。誰其居之②？太守姓崔〔二〕。（3601）

【校】

①孰爲　金澤本作「孰與」。

②居之　金澤本、那波本、《雲笈七籤》作「尸之」，《文苑英華》校：「一作尸。」

【注】

朱《箋》：作於寶曆二年（八二六），蘇州。

〔一〕黄籙齋記：《道教義樞》卷二：「濟度者，依經有三籙七品。三籙者，一者金籙齋，上消天災，保鎮帝王。二者玉籙齋，救度人民，請福謝過。三者黄籙齋，下拔地獄九玄之苦。」《神仙感遇傳》

卷一：「崔玄亮，滎陽人也。奕世好道，勤於香火。常諷《黄庭》、《道德》經。寶曆中，授湖州刺史。修黄籙齋於紫極宫，有鶴三百六十五隻集降壇上。内一隻立於虚皇臺頂，周身皎白，朱頂而已，紫氣彌亘壇所，自辰及酉方散。杭州刺史白居易爲贊曰。」又見《雲笈七籤》卷一二二。

〔三〕崔玄亮：字晦叔。新舊《唐書》有傳。見本書卷三三《唐故虢州刺史贈禮部尚書崔公墓誌銘》（3623）。

錢唐湖石記①〔一〕

錢唐湖事，刺史要知者四條，具列如左：

錢唐湖一名上湖，周迴三十里。北有石函，南有筧。凡放水溉田，每減一寸，可溉十五餘頃。每一復時，可溉五十餘頃。先須别選公勤軍吏二人，一人立於田次，一人立於湖次②。與本所由田户據頃畝，定日時，量尺寸，節限而放之。若歲旱，百姓請水，須令經州陳狀，刺史自便押帖③，所由即日與水。若待狀入司，符下縣，縣帖鄉，鄉差所由④，動經旬日，雖得水而旱田苗無所及也⑤。大抵此州春多雨，夏秋多旱⑥。若隄防如法，蓄洩及時，即瀕湖千餘頃田無凶年矣。《州圖經》云：湖水溉田五百餘頃，謂係税田也⑦〔二〕。今按水利所及，其公私田不啻千餘頃也。

自錢唐至鹽官界⑧〔三〕，應溉夾官河田，須放湖入河⑨，從河入田。準鹽鐵使舊法，又須先量河水淺深，待溉田畢，却還本水尺寸。往往旱甚，即湖水不充。今年修築湖堤，高加數尺，水亦隨加，即不啻足矣。脱或不足⑩，即更決臨平湖，添注官河，又有餘矣〔四〕。雖非澆田時，若官河乾淺，但放湖水添注，可以立通舟船。

俗云：決放湖水，不利錢唐縣官。縣官多假他詞以惑刺史，或云魚龍無所託⑪，或云茭菱失其利⑫。且魚龍與生民之命孰急？茭菱與稻粱之利孰多？斷可知矣。又云放湖即郭内六井無水，亦妄也。且湖底高，井管低，湖中又有泉數十眼，湖耗則泉湧，雖盡竭湖水，而泉用有餘。況前後放湖，終不至竭，而云井無水，謬矣。其郭中六井，李泌相公典郡日所作，甚利於人〔五〕。與湖相通，中有陰竇。往往堙塞，亦宜數察而通理之。則雖大旱，而井水常足。湖中有無稅田，約十數頃。湖淺則田出，湖深則田没。田户多與所由計會，盜洩湖水，以利私田。其石函、南筧並諸小筧闥，非澆田時，並須封閉築塞，數令巡檢〔六〕。小有漏泄，罪責所由，即無盜洩之弊矣。又若霖雨三日已上，即往往堤決。須所由巡守預爲之防。其筧之南舊有缺岸⑬，若水暴漲，即於缺岸洩之。又不減，兼於石函、南筧洩之，防堤潰也⑭。大約水去石函口一尺爲限，過此須洩之⑮。　予在郡三年，仍歲逢旱。湖之利害，盡究其由。恐來者要知，故書於石。欲讀者易曉，故不文其言。長慶四年三月十日，杭州刺史白居易記。（3602）

【校】

①錢唐湖　馬本作「錢塘湖」，字通。正文同。

②一人立於田次一人立於湖次　金澤本作「一於湖次一於田次」。紹興本等作「立於田次」四字。此據那波本。

③便押　金澤本作「押便」。

④所由　金澤本此下有「即日與水」四字。

⑤旱田　金澤本無「田」字。

⑥夏秋　馬本脱「夏」字。

⑦係税田　紹興本等脱「税」字，據金澤本補。郭本作「公田」。

⑧自錢唐　紹興本等不分段，據金澤本改。下同。

⑨須　紹興本等作「湖」，據那波本、金澤本改。

⑩脱或　馬本作「晩或」。

⑪或云　馬本脱「或」字。

⑫芰菱　馬本作「菱芰」。下文同。

⑬其筧　金澤本作「其南筧」。

⑭堤潰　金澤本無「堤」字。

⑮過此　紹興本等作「遇此」，據金澤本改。

【注】

陳《譜》、朱《箋》：作於長慶四年（八二四），杭州。

〔一〕錢唐湖：即杭州西湖。《元和郡縣圖志》卷二五杭州：「錢塘縣，緊，郭下。本漢舊縣也。《錢塘記》云：『昔州境逼近海，縣理靈隱山下，今餘址猶存。郡議曹華信乃立塘以防海水，募有能致土石者即與錢。及塘成，縣境蒙利，乃遷理此地，於是改爲錢塘。』按華信漢時爲郡議曹，據《史記》『始皇至錢塘，臨浙江』，秦時已有此名，疑所説爲謬。」《咸淳臨安志》卷三二：「西湖在郡西，舊名錢塘湖，源出武林泉，周迴三十里。」

〔二〕係税田：即納税田。《册府元龜》卷九三《帝王部・赦宥》後晉高祖天福元年十一月壬午詔御史府促朝官入見敕：「如榜内元不該説著係税物色，即不得收税。」

〔三〕鹽官：《元和郡縣圖志》卷二五杭州：「鹽官縣，上，西南至州一百三十里。本漢海鹽縣，有鹽官。」

〔四〕臨平湖：《元和郡縣圖志》卷二五杭州鹽官縣：「臨平湖，在縣西五十五里，溉田三百餘頃。」《太平御覽》卷六六引《吴地記》：「臨平湖，在臨平山南。」

〔五〕六井：蘇軾《六井記》：「潮水避錢塘而東擊西陵，所從來遠矣。沮洳斥鹵化爲桑麻之區，而久乃爲城邑聚落。凡今之平陸，皆江之故地，其水苦惡。惟負山鑿井，乃得甘泉，而所及不廣。唐宰相李公長源始作六井，引湖水以足民用。其後刺史白公樂天治湖浚井，刻石湖山，至於今賴之。始長源六井，其最大者在古清湖，爲相國井。其西爲西井。少西而北爲金牛池，又北而西附城爲方井，爲白龜池。又北而東至錢塘縣治之南爲小方井，而金牛之廢久矣。」《咸淳臨安志》卷三三：「六井：相國井在甘泉坊側，西井一名化成井，在安國羅漢寺前，方井俗呼四眼井，在三省激賞酒庫西，白龜池在三省激賞酒庫西，小方井俗呼六眼井，在錢塘門内裴府前，金牛井今廢。」李泌字長源，新舊《唐書》有傳。《咸淳臨安志》卷四五：「李泌自澧硤團練使徙杭州刺史，有風績，引西湖水入城爲六井，大爲民利。德宗在奉天召赴行在。」朱《箋》考李泌刺杭州在建中二年。

〔六〕石函：《咸淳臨安志》卷三九：「石函橋閘，在錢塘門外，湖漲則開此洩於下湖。」

蘇州刺史謝上表①〔一〕

臣居易言：伏奉去三月四日恩制②，授臣使持節蘇州諸軍事、守蘇州刺史。臣以其月二十九日發東都③，今月五日到州，當日上訖。時當明盛，寵在藩條。祗命荷恩，以感以懼。臣某誠歡誠幸，頓首頓首。伏惟皇帝陛下，嗣膺曆數，重造寰區。將致升平，在先政化。詢求牧守，勤恤黎元。實陛下慎選惟良之秋，責成共理之日也。臣以微陋，早忝班行。前自中書舍人出爲杭州刺史，幸免敗闕④，實無政能。已蒙寵榮，入改宫相。今奉恩寄，又分郡符。獎飾具載於詔中，慶幸實生於望外⑤。況當今國用，多出江南。江南諸州，蘇最爲大。兵數不少，税額至多⑥。土雖沃而尚勞，人徒庶而未富。宜擇循良之吏，委以撫綏。豈臣瑣劣之才，合當任使？然既奉成命，敢不誓心？必擬夕惕夙興，焦心苦節。唯詔條是守，唯人瘼是求。諭陛下憂勤之心，布陛下慈和之澤。則亭育之下⑦，疲人自當感恩；而歲時之間，微臣或希報政⑧。塵瀆皇鑒，吐露赤誠。寵至空驚，恩深未答。無任慚惶懇激之至。謹差軍事散將某乙奉表陳謝以聞⑨。臣某誠惶誠恐，頓首頓首。謹言。（3603）

【校】

①題　《文苑英華》題下注：「敬宗。」

②去　紹興本等無此字，據金澤本、《管見抄》補。那波本作「去年」，誤。

③其月　《文苑英華》、《管見抄》、馬本作「某月」。

④幸免　《文苑英華》作「苟免」，校：「集作幸。」

⑤生於　郭本作「出於」。

⑥至多　郭本作「頗多」。

⑦亭育　馬本作「涵育」。

⑧報政　《文苑英華》作「報効」。

⑨某乙　《管見抄》作「陳仲華」，金澤本作「陳仲華某乙」。

【注】

陳《譜》、朱《箋》：作於寶曆元年（八二五），蘇州。陳《譜》：寶曆元年乙巳，「三月四日除蘇州刺史。二十九日發東都。……五月五日到任。」

〔一〕謝上表：見卷二四《忠州刺史謝上表》（3406）注。

三教論衡〔一〕

大和元年十月，皇帝降誕日，奉勅召入麟德殿内道場，對御三教談論。略録大端，不可具載。

第一座　秘書監、賜紫金魚袋白居易。安國寺賜紫引駕沙門義林①〔二〕。太清宫賜紫道士楊弘元。

序

中大夫、守秘書監、上柱國、賜紫金魚袋臣白居易言：談論之先，多陳三教。讚揚演説，以啓談端。伏料聖心，飽知此義。伏計聖聽，飫聞此談。臣故略而不言，唯序慶誕、贊休明而已。聖唐御區宇二百年，皇帝承祖宗十四葉。大和初歲，良月上旬，天人合應之期，元聖慶誕之日。雖古者有祥虹流月，瑞電繞樞，彼皆瑣微，不足引諭②。伏惟皇帝陛下，臣妾四夷，父母萬姓。恭勤以修己，慈儉以養人。戎夏乂安，朝野無事。特降明詔，式會嘉辰。開達四聰，闡揚三教。儒臣居易，學淺才微。謬列禁筵，猥登講座。天顔咫尺，隕越于前。竊以釋門義林法師，明大小乘，通内外學。靈山嶺岫，苦海津梁。於大衆中，能師子吼。所謂彼上人者，難爲酬對。然臣稽先王典籍，假陛下威靈，發問既來，敢不響答？

僧問

義林法師所問：《毛詩》稱六義，《論語》列四科。何者爲四科？何者爲六義？其名與數，請爲備陳者。

對

孔門之徒三千，其賢者列爲四科。《毛詩》之篇三百，其要者分爲六義。六義者，一曰風，二曰賦，三曰比，四曰興，五曰雅，六曰頌。此六義之數也。四科者，一曰德行，二曰言語，三曰政事，四曰文學。此四科之目也。在四科内，列十哲名。德行科則有顔淵、閔子騫、冉伯牛、仲弓，言語科則有宰我、子貢，政事科則有冉有、季路，文學科則有子游、子夏。此十哲之名也。四科六義之名數，今已區别③。四科六義之旨意，今合辨明④。請以法師本教佛法中比方，即言下曉然可見。何者？即如《毛詩》有六義，亦猶佛經有十二部，十二部者，謂經之義例有十二部分也⑤。佛經千萬卷，其義例不出十二部中。《毛詩》三百篇，其旨要亦不出六義内。故以六義可比十二部經。又如孔門之有四科，亦猶釋門之有六度。六度者，六波羅蜜⑥。六波羅蜜者，即檀波羅蜜、尸羅波羅蜜、羼提波羅蜜、毗梨耶波羅蜜、禪定波羅蜜、般若波羅蜜⑦。以唐言譯之，即布施、持戒、忍辱、精進、禪定、智慧是也。故以四科可比六度。又如仲尼之有十哲，亦猶如來之有十大弟子⑧，即迦葉、阿難、須菩提、舍利弗、迦旃延、目乾連、富樓那、阿那律、優波離、羅睺羅是也⑨。故以十哲可比十大弟子。夫儒門、釋教，雖名數則有異同，約義立宗，彼此亦無差别。所謂同出而異名，殊途而同歸者也。所對若此，以爲何如？更有所疑，即請重難。

難

法師所難⑩：十哲四科，先標德行。然則曾參至孝，孝者百行之先，何故曾參獨不列於四科者〔三〕？

對

曾參不列四科者，非爲德行才業不及諸人也⑪，蓋繫於一時之事耳。請爲始終言之。昔者仲尼有聖人之德，無聖人之位。棲棲應聘，七十餘國。與時竟不偶，知道終不行，感鳳泣麟，慨然有吾已矣夫之歎。然後自衛反魯，删《詩》、《書》，定禮樂，修《春秋》。立一王之法，爲萬代之教。其次則叙十哲，倫四科，以垂示將來。當此之時，顔、閔、游、夏之徒，適在左右前後，目擊指顧，列入四科，亦一時也。《孝經》云：「仲尼居，曾子侍。」此言仲尼閑居之時，曾參則多侍從。曾參至孝，不忍一日離其親。及仲尼旅遊歷聘，自衛反魯之時，曾參或歸養於家，不從門人之列。倫擬之際，偶獨見遺。由此明之，非曾參德行才業不及諸門人也。所以不列四科者，蓋一時之闕耳。因一時之闕，爲萬代之疑。從此辨之，可無疑矣⑫。

問僧

儒書奧義既已討論，釋典微言亦宜發問。

問⑬：《維摩經·不可思議品》中云：「芥子納須彌。」須彌至大至高，芥子至微至小，豈可芥子之内入得須彌山乎⑭〔四〕？假如入得⑮，云何得見？假如却出，云何得知？其義難明，請言要旨。僧答不録。

難

法師所云：芥子納須彌⑯，是諸佛菩薩解脱神通之力所致也。敢問諸佛菩薩以何因緣，證此解脱？修何智力，得此神通？必有所因，願聞其説。僧答不録。

問道士

儒典佛經，討論既畢。請迴餘論，移問道門。臣居易言：我大和皇帝祖玄元之教，挹清淨之風。儒素緇黄，鼎足列座。若不講論玄義，將何啓迪皇情？道門楊弘元法師，道心精微，真學奥秘。爲列仙上首⑰，與儒爭衡⑱。居易竊覽道經，粗知玄理。欲有所問，冀垂發蒙。

問⑲：《黄庭經》中有養氣存神、長生久視之道。嘗聞此語，未究其由。其義如何，請陳大略。道士答不録。

難

法師所答養氣存神、長生久視之大略，則聞命矣。敢問黄者何義，庭者何物？氣養何氣，神存何神？誰爲此經，誰得此道？將明事驗，幸爲指陳。道士答不録。

道士問

法師所問：《孝經》云：「敬一人則千萬人悦。」其義如何者？

對

謹按《孝經》廣要道章云：「敬者禮之本也，敬其君則臣悦，敬一人則千萬人悦。所敬者寡，而悦者衆。此之謂要道也。」夫敬者，謂忠敬盡禮之義也。悦者，謂悦懌歡心之義也。要道者，謂施少報多簡要之義也。如此之義，明白各見於注文⑳。其間别有所疑，即請更難。

難

法師所難云：凡敬一人則合一人悦，敬二人則合二人悦。何故敬一人而千萬人悦？又問：所悦者何義，所敬者何人者㉑〔五〕？

對

《孝經》所云一人者，謂帝王也。王者無二，故曰一人。非謂臣下衆庶中之一人也。若臣下，敬一人則一人悦㉒，敬二人則二人悦。若敬君上，雖一人即千萬人悦。何以明之？設如有人盡忠於國，盡敬於君，天下見之，何人不悦？豈止千萬人乎？設如有人不忠於國，不敬於君，天下見之，何人不怒？亦豈止千萬人乎？然敬即禮也，禮即敬也。故《傳》云：「見有禮於其君者，事之如孝子之養父母也。」如此則豈獨空悦乎？亦將事而養之也。「見無禮於其君者，誅之如鷹鸇之逐鳥雀也。」〔六〕如此則豈獨空不悦乎？亦將逐而誅之也。由此而言，則敬不敬之義，悦不悦之理，了然可見，復何疑哉？

退

臣伏准三教談論㉓，承前舊例，朝臣因對敭之次，多自敍才能及平生志業。臣素無

志業，又乏才能。恐煩聖聰，不敢自敍㉔。謹退。（3604）

【校】

①義林　馬本作「義休」。正文同。

②引諭　金澤本、《管見抄》作「引喻」。

③今已　金澤本、《管見抄》作「既已」。

④今合　金澤本作「今決」，《管見抄》作「今次」。

⑤佛經有十二部十二部者謂經　十二字紹興本等作「佛法」二字，據金澤本、《管見抄》補改。

⑥六波羅蜜　金澤本、《管見抄》其上有「即」字。

⑦尸羅波羅蜜　紹興本等作「尸波羅蜜」，據金澤本、《管見抄》改。

⑧之有　金澤本、《管見抄》無「之」字。「十大弟子」此下金澤本、《管見抄》有「十哲名數已具於前十大弟子者」十三字。

⑨富樓那　紹興本等無三字，據金澤本補。朱《箋》據《維摩經》補於句末。

⑩所難　金澤本、《管見抄》此下有「云」字。

⑪非爲　金澤本、《管見抄》作「非謂」。

⑫可無疑矣　馬本其上衍「又」字。
⑬問　紹興本等此字占一行，從金澤本改。
⑭豈可　金澤本、《管見抄》作「豈有」。
⑮入得　金澤本、《管見抄》作「入時」。
⑯納須彌　金澤本、《管見抄》此下有「者」字。
⑰列仙　金澤本、《管見抄》作「仙列」
⑱儒　金澤本、《管見抄》作「儒流」。
⑲問　紹興本等此字占一行，從金澤本改。
⑳注文　紹興本等作「經文」，據金澤本、《管見抄》改。
㉑何人者　馬本無「者」字。
㉒若臣下敬一人　金澤本、《管見抄》作「若敬臣下一人」。「一人悦」　金澤本、《管見抄》其上有「止於」二字。下句「二人悦」同。
㉓伏准　馬本、郭本作「伏惟」。「三教」　金澤本作「三殿」。
㉔自敍　金澤本作「自序」。

【注】

朱《箋》：作於大和元年（八二七），長安。

〔一〕三教論衡：《舊唐書·禮儀志二》：「（載初元年）二月，則天又御明堂，大開三教。內史邢文偉講《孝經》，命侍臣及僧、道士等以次論議，日昃乃罷。」《册府元龜》卷三七《帝王部·頌德》：「（開元二十三年）八月癸巳千秋節，命諸學士及僧道講論三教同異。中書令張九齡上言：……帝手詔報曰：『略舉三教，求之精義。會三歸一，初分漸頓。理皆共貫，使自求之。卿等論議廟堂，化源何遠。事關風教，任付史官。』」《舊唐書·韋渠牟傳》：「貞元十二年四月，德宗誕日，御麟德殿，召給事中徐岱、兵部郎中趙需、禮部郎中許孟容與渠牟及道士萬參成、沙門譚延等十二人，講論儒道釋三教。渠牟枝詞遊説，捷口水注。上謂其講耨有素，聽之意動。」《新唐書·徐岱傳》：「帝以誕日，歲歲詔佛老者大論麟德殿，並召岱及趙需、許孟容、韋渠牟講説。始三家若矛盾然，卒而同歸於善，帝大悦。」洪邁《容齋三筆》卷十四《三教論衡》引《新唐書》及居易此文，謂：「觀其問答旨意，初非幽深微妙，不可測知。唐帝歲以此爲誕日上儀，殊爲可省。國朝命僧升座祝聖，蓋本於此。」又《舊唐書·白居易傳》：「九月，上誕節，召居易與僧惟澄、道士趙常盈對御講論於麟德殿。居易論難鋒起，辭辨泉注，上疑宿構，深嗟挹之。」僧、道士名與此文不同。

〔二〕義林：劉軻《大唐三藏大遍覺法師塔銘》：「三藏事迹載國史及《慈恩傳》，今塔在長安城南三十里，……長慶初，有衲衣僧曇景始葺之。大和二年，安國寺三教談論大德内供奉賜紫義林，修三藏忌齋於寺。齋衆方食，見塔上有光，圓如覆鏡，道俗異之，林乃上聞。乃與兩街三學人共修身塔，兼礱一石於塔，至三年修畢，林乃化。遺言於門人令檢曰：『爾必求文士銘之。』檢泣奉遺教，直以銘爲請。」李弘慶《大慈恩寺大法師基公塔銘》：「法師以皇唐永淳元年仲冬壬寅日，卒於慈恩寺翻譯院，有生五十一歲也。後十日，陪葬於樊川玄奘師塔，亦起塔焉。大和二年二月五日，異時門人安國寺三教大德賜紫法師義林，見先師舊塔摧圮，遂唱其首，率東西街僧之右者，奏發舊塔，起新塔。功未半疾作，會其徒千人，盡出常所服玩，洎向來箕斂金帛，命高足僧令檢，俾卒其事。」《唐文續拾》卷八收義林《尊勝陀羅尼幢記》。《唐會要》卷四八《寺》：「安國寺，長樂坊。景雲元年九月十一日，敕捨龍潛舊宅爲寺，便以本封安國爲名。」

〔三〕曾參不列四科：唐玄宗有《追謚孔子十哲並升曾子四科詔》。李涪《刊誤》卷上「曾參不列四科」：「今人之論，皆以孝者人之本也，先聖重之，不列四科，所以曾參不列十哲之次。愚謂不然。夫德行之特者，莫大孝焉。是以夫子門人推重顔回，及乎講則曾參侍坐。是知聖人之旨，二子莫有後先。曾子不列四科者，先述聖人一時列坐門人弟子耳。豈是捨曾氏之大孝，重宰我之言語？蓋不在其席，故不盡舉。此如太宗文皇帝使王珪品藻，李靖、魏徵、戴胄、溫彦博、房玄齡則時有，若高士廉、杜淹、岑文本、楊師道、劉洎、李大亮、褚遂良，才識豈在溫、戴之下乎？偶不在列，故不遍稱。將釋衆疑，方今以喻。」李觀《辨曾參不爲孔門十哲論》：「……主人對之曰：『非仲尼於此異也。四科十哲之名，乃一時之言也，非燕居之時，門人盡在而言也。……』

客於是稱謝而退。或者止之曰：『客之問知其一未知其二，主人對得其細未得其大。……故數子居則講仲尼之道，行役則任仲尼之事，而曾參則安在焉？患難則未嘗有用焉。且夫孝者，人性常然也，不至者非人也。參苟至之，乃得爲人矣，夫何異也？且十哲之徒，孰有非孝乎？而曾參獨以有孝之名，加其數子之長，故不得與之同目也。何謂不在從行之中而遺之也？夫孝者不止於家也，事君慎其事，忠其命，乃孝也。事師聘其道，敬其事，乃孝也。不去危即安，不冒利背誼，乃孝也。而參不敬其事矣，不能冒義背利矣，乃孝其孝矣，非孝也。子從儒守學，宜識所言，何言之介也？』」此皆唐人之討論。觀，貞元間人。居易不寔其論，蓋御前議論不得騁辯譏曾參也。

〔四〕芥子納須彌：《維摩經·不可思議品》：「維摩詰言：唯，舍利弗！諸佛菩薩有解脱，名不可思議。若菩薩住是解脱者，以須彌之高廣内芥子中，無所增減，須彌山王本相如故，而四天王忉利諸天不覺不知己之所入，唯應度者乃見須彌入芥子中，是名不可思議解脱法門。」《宋高僧傳》卷十七《歸宗智常傳》：「無何，白樂天貶江州司馬，最加欽重。繼以李渤員外……遷江州刺史。……白彊勸游二林，意同見常耳。及到歸宗，李問曰：『教中有言須彌納芥子，芥子納須彌。如何芥子納得須彌？』常曰：『人言博士學覽萬卷書籍，還是否耶？』李曰：『忝此虚名。』常曰：『摩踵至頂只若干尺身，萬卷書向何處著？』李俛首無言，再思稱歎。」又見《祖堂集》卷十五、《景德傳燈錄》卷七。是居易曾聞此辯。

〔五〕敬一人而千萬人悦：《孝經》廣要道章：「禮者，敬而已矣。故敬其父則子悦，敬其兄則弟悦，敬其君則臣悦，敬一人而千萬人悦。所敬者寡而悦者衆，此之謂要道也。」注：「居上敬下，盡得歡心，故曰悦也。」疏：「云『居上敬下』者，案《尚書·五子之歌》云：『爲人上者，奈何不敬？』謂居上位，須敬其下。云『盡得歡心，故曰悦也』者，言得歡心，則無所不悦也。案《孝治章》云『故得萬國百姓及人之歡心』是也。舊注云『一人，謂父、兄、君；千萬人謂子、弟、臣也』者，此依孔傳也。一人指受敬之人，則知謂父、兄、君也。千萬人指其喜悦者，則知謂子、弟、臣也。夫子、弟及臣名，何啻千萬？言千萬人者，舉其大數也。」

〔六〕傳曰：《左傳》文公十八年：「見有禮於其君者，事之如孝子之養父母也。見無禮於其君者，誅之如鷹鸇之逐鳥雀也。」

沃洲山禪院記〔一〕

沃洲山在剡縣南三十里，禪院在沃洲山之陽，天姥岑之陰。南對天台，而華頂、赤城列焉〔二〕。北對四明，而金庭、石鼓介焉①〔三〕。西北有支遁嶺，而養馬坡、放鶴峯次焉〔四〕。東南有石橋溪，溪出天台石橋，因名焉〔五〕。其餘卑巖小泉，如子孫之從父祖者②，不可勝數。東南山水越爲首，剡爲面，沃洲、天姥爲眉目。夫有非常之境，然後有非常之人棲焉。晉、宋以來，兹山洞開③，厥初有羅漢僧西天竺人白道猷居焉〔六〕，次有高僧竺法潛、支道林居焉④〔七〕。次又有乾、興、淵、支、道、開、威、蘊、崇、實、光、識、斐、藏、濟、度、逞、印⑤，凡十八僧居焉〔八〕。高士名人有戴逵、王洽、劉恢、許玄度、殷融、郄超、孫綽、桓彦表、王敬仁、何次道、王文度、謝長霞、袁彦伯、王蒙、衛玠、謝萬石、蔡叔子、王羲之⑥，凡十八人，或遊焉，或止焉〔九〕。故道猷詩云：「連峯數千里，脩林帶平津。茅茨隱不見，雞鳴知有人。」謝靈運詩云：「暝投剡中宿，明登天姥岑。高高入雲霓，還期安可尋？」〔十〕蓋人與山相得於一時也。自齊至唐，兹山寖荒。靈境寂寥，罕有人遊。故詞人朱放詩云：「月在沃洲山上，人歸剡縣江邊。」〔十一〕劉長卿詩云：「何人住沃洲？」〔十二〕此皆愛而不到者也。大和二年春，有頭陀僧白寂然來遊兹山，見道猷、支、竺遺跡，泉石盡在，依依然如歸故鄉，戀不能去〔十三〕。時浙東廉使元相國聞之，始爲卜築。次廉使陸中丞知之，助其繕完〔十四〕。三年而禪院成，五年而佛事立。正殿若干間，齋堂若干間，僧舍若干間⑦。夏臘之僧，歲不下八九十。安居遊觀之外，日與寂然討論心要，振起禪風。白黑之徒，附而化者甚衆。嗟乎！支、竺殁而佛聲寢，靈山廢而法不作。後數百歲而寂然繼之，豈非時有待而化有緣耶？六年夏，寂然遣門徒僧常贄自剡抵洛⑧，持書與圖⑨，詣從叔樂天乞爲

禪院記云。昔道猷肇開兹山⑩，後寂然嗣興兹山，今日樂天又垂文兹山⑪。異乎哉！沃洲山與白氏其世有緣乎？（3605）

【校】

①石鼓　金澤本此下有「山」字。

②父祖　馬本誤「父母」。

③兹山　紹興本等作「因山」，據金澤本改。

④支道林　紹興本、那波本作「支遁林」，據金澤本、馬本改。

⑤道　紹興本等作「遁」，據金澤本、《嘉泰會稽志》改。　斐　馬本、郭本作「裴」。

⑥謝長霞　金澤本作「謝長遐」。

⑦僧舍若干間　此下金澤本有「門庭井庫庖浴之室若干間」十一字。

⑧常贇　金澤本無「常」字。

⑨持書　金澤本作「賫書」。

⑩道猷　金澤本作「白道猷」。

⑪今日　金澤本無「日」字。

【注】

陳《譜》、朱《箋》：作於大和六年（八三二），洛陽。

〔一〕沃洲山禪院：《嘉泰會稽志》卷八新昌縣：「沃洲山真覺院，在縣東四十里。方新昌未爲縣時，在剡縣南三十里。居沃洲之陽，天姥之陰。南對天台山之華頂、赤城，北對四明山之金庭、石鼓。西北有支遁養馬坡、放鶴峰，東南有石橋溪。溪源出天台石橋，故以爲名。晉白道猷、竺法潛、支道林、乾、興、淵、支、道、開、威、蘊、崇、實、光、誠、斐、藏、濟、度、逞、印皆嘗居焉。會昌廢。大中（按當作大和）二年，有頭陀白寂然來遊，戀戀不能去，廉使元微之始爲卜築。白樂天爲作記，以爲『東南山水，越爲首，剡爲面，沃洲、天姥爲眉目』，其稱之如此。舊名真封寺，不知其始。治平三年賜今額。」

〔二〕剡縣：《元和郡縣圖志》卷二六江南道越州：「剡縣，望，西北至州一百八十五里。」「天姥山，在縣南八十里。」同卷台州唐興縣：「天台山，在縣北一十里。赤城山，在縣北六里。實爲東南之名山。」華頂：《方輿勝覽》卷八台州：「華頂峰在天台縣東北六十里，蓋天台第八重最高處。」

〔三〕四明：《元和郡縣圖志》卷二六越州餘姚縣：「四明山，在縣西一百五十里。」金庭、石鼓：《嘉泰會稽志》卷九嵊縣：「金庭洞天在縣南，天台華頂之東門也。」「石鼓山在縣東五十里，有石鼓神祠。」

〔四〕支遁嶺：《高僧傳》卷四《支遁傳》：「俄又投迹剡山，於沃洲小嶺立寺行道，僧衆百餘，常隨稟學。」同卷《竺法潛傳》：「潛雖復從運東西，而素懷不樂，乃啓還剡之仰山，遂其先志，於是逍遥林阜，以畢餘年。支遁遣使求買仰山之側沃洲小嶺，欲爲幽棲之處。潛答云：『欲來輒給。豈聞巢由買山而隱？』」養馬坡、放鶴峯：《高僧傳》卷四《支遁傳》：「既而收迹剡山，畢命林澤。人嘗有遺遁馬者，遁愛而養之。時或有譏之者，遁曰：『愛其神駿，聊復畜耳。』後有餉鶴者，遁謂鶴曰：『爾冲天之物，寧爲耳目之玩乎？』遂放之。」《嘉泰會稽志》卷十新昌縣：「放馬澗在縣東三十二里，支道林放馬之所。」

〔五〕天台石橋：孫綽《游天台山賦》：「跨穹窿之懸磴，臨萬丈之絶冥。」《文選》李善注：「懸磴，石橋也。顧愷之《啓蒙記》曰：『天台山石橋，路逕不盈尺，長數十步，步至滑，下臨絶冥之澗。』」徐靈府《天台山記》：「自歇亭西行沿澗一十五里，至石橋頭，有小亭子。石橋色皆青，長七丈，南頭闊七尺，北頭闊二尺，龍形龜背，架萬仞之壑。上有兩澗合流，從橋下過，泄爲瀑布，西流出剡縣界。從下仰視，若晴虹之飲澗。」

〔六〕白道猷：《高僧傳》卷五《竺道壹傳》：「時若耶山有帛道猷者，本姓馮，山陰人，少以篇牘著稱。性率素，好丘壑，一吟一詠，有濠上之風。與道壹經有講筵之遇，後與壹書云：『始得優遊山林之下，縱心孔釋之書，觸興爲詩，陵峰採藥，服餌蠲痾，樂有餘也。但不與足下同日，以此爲恨耳。因有詩曰：連峰數千里，修林帶平津。雲過遠山翳，風至梗荒榛。茅茨隱不見，雞鳴知有人。閒步踐其徑，處處見遺薪。始知百代下，故有上皇民。』壹既得書，有契心抱，乃東適耶溪，與道猷相會，定於林下。」《法苑珠林》卷三九記「東晉初天台山寺沙門帛道猷」事，實爲竺曇猷，見《高僧傳》卷十一。又《太平廣記》卷二九四《白道猷》（出《述異記》）：「章安縣西有赤城山，週三十里，一峰特高，可三百餘丈。晉泰元中，有外國道人白道猷，居於此山。山神屢遣狼怪形異聲往恐怖之，道猷自若。」疑亦衍自竺曇猷事。王士禎《池北偶談》卷二五：「帛白姓同。按帛道猷西天竺人，居剡之沃洲，然《白氏長慶集》《沃洲山禪院記》但作白。」

〔七〕竺法潛：《高僧傳》卷四《竺法潛傳》：「竺潛，字法深，姓王，瑯琊人，晉丞相武昌郡公敦之弟也。……乃啓還剡之仰山，遂其先志。」支道林：《高僧傳》卷四《支遁傳》：「支遁，字道林，本姓關氏，陳留人，或云河東林慮人。……俄又投迹剡山，於沃洲小嶺立寺修道。」

〔八〕凡十八僧：十八僧名「乾」疑當作「虔」，「支」或爲「友」之訛，「實」或爲「寶」之訛，「印」或爲「仰」之訛。《高僧傳》卷四《竺法潛傳》：「時仰山復有竺法友，志業强正……。竺法蘊，悟解入玄，尤善《放光波若》。康法識，亦有義學之功。……竺法濟幼有才藻，作《高逸沙門傳》。」《支遁傳》：「遁有同學法虔，精理入神，先遁亡。……時東土復有竺法仰者，慧解致聞，爲王坦之所重。」又同卷《晉剡山于法蘭傳》：「于法蘭，高陽人。……又有竺法興、支法淵、于法道與蘭同時比德。興以洽見知名，淵以才華著稱，道以義解馳聲。」《晉剡白山于法開傳》：「于法開，不知何許人，事蘭公爲弟子。……開有弟子法威，清悟有樞辯。」《晉剡葛峴山竺法崇傳》：「竺法崇，未詳何人。……後還剡之葛峴山。……時剡東仰山，復有釋道寶者。本姓王，瑯琊人，晉丞相道之弟。」《晉東莞竺僧度傳》：「竺僧度，姓王名晞，字玄宗，東莞人也。」又卷八《梁剡法華臺釋曇斐傳》：「釋曇斐，本姓王，會稽剡人。……斐同縣南巖寺有沙門法藏，亦以戒素見稱。」卷十一《晉剡隱岳山帛僧光傳》：「帛僧光，或云曇光，未詳何許人。少習禪業，晉永和初，游于江東，投剡之石城山。……光每入定，輒七日不起。處山五十三載，春秋一百一十歲。晉太元之末，以衣蒙頭，安坐而卒。」以上十七人皆有出處，唯遈無考。《高僧傳》卷十一載剡之名僧又有竺曇猷（法猷），豈猷、遈互淆，遈又訛爲遈乎？

〔九〕高士名人凡十八人：「殷融」疑當作「殷浩」，「王蒙」當作「王濛」，「蔡叔子」當作「蔡子叔」，「謝長霞」即「謝長遐」。《高僧傳》卷四《支遁傳》：「王洽、劉恢、殷浩、許洵、郄超、孫綽、桓彦表、王敬仁、何次道、王文度、謝長遐、袁彦伯等，並一代名流，皆著塵外之想。」「王羲之時在會稽，素聞遁名，未之信……後遁既還剡，經由于郡，王故詣遁，觀其風力。」「太原王濛，宿構精理，撰其才詞，往詣遁，作數百語。」「一時名流，並餞離於征虜，蔡子叔前至，近遁而坐。謝萬石後至，值蔡暫起，謝便移就其處。」「或云終剡，未詳。郄超爲之序傳，袁宏爲之銘贊，周曇寶爲之作誄。……後高士戴逵行經遁墓，乃歎曰：『德音未遠，而拱木已繁，冀神理綿綿，不與氣運俱盡耳。』」所謂十八人蓋即撮舉《支遁傳》所載與遁有關之名士，然諸人未必皆曾遊剡，又衛玠不見載。

〔十〕謝靈運詩：謝靈運《登臨海嶠初發疆中作與從弟惠連可見羊何共和之》：「攢念攻别心，旦發清溪陰。暝投剡中宿，明登天姥岑。高高入雲霓，還期那可尋。儻遇浮丘公，長絶子徽音。」

〔十一〕朱放：字長通，襄州人。事蹟略見《新唐書·藝文志四》等。其《剡山夜月》詩：「月在沃洲山上，人歸剡縣溪邊。漠漠黄花覆水，時時白鷺驚船。」

〔十二〕劉長卿：字文房，河間人。事蹟略見《新唐書·藝文志四》等。其《秋夜肅公房喜普門上人自陽羡山至》詩：「山棲久不見，林下偶同遊。早晚來香積，何人住沃洲。寒禽驚後夜，古木帶高秋。却入千峰去，孤雲不可留。」

〔十三〕白寂然：《宋高僧傳》卷二七《唐剡沃洲山禪院寂然傳》：「釋寂然，姓白氏，不知何許人也。名節素奇，踵四聖種，故號頭陀焉。大和二年，振錫觀方，訪天台勝境，到剡沃洲山者……戀而不能捨去，既行道化，盛集禪徒。浙東廉使元相國稹聞之，始爲卜築。次陸中丞臨越知之，助其完葺。三年鬱成大院，五年而佛事興。然每爲往來禪侶談説心要，後終於山院。大和七年，時白樂天在河南保釐爲記，劉賓客禹錫書之。」

〔十四〕廉使陸中丞：陸亘。《舊唐書·文宗紀》：「(大和三年九月)戊戌，以前睦州刺史陸亘爲越州刺史、浙東觀察使，代元稹。」

修香山寺記〔一〕

洛都四郊①，山水之勝，龍門首焉〔二〕。龍門十寺，觀遊之勝，香山首焉〔三〕。香山之壞久矣，樓亭騫崩，佛僧暴露②。士君子惜之，予亦惜之。佛弟子恥之，予亦恥之。頃予爲庶子、賓客分司東都時③，性好閑遊，靈跡勝概，靡不周覽。每至兹寺，慨然有葺完之願焉。迨今七八年，幸爲山水主④，是償初心復始願之秋也。似有緣會，果成就之。噫！予早與故元相國微之定交於生死之間⑤，冥心於因果之際。去年秋，微之將薨，以墓誌文見託。既而元氏之老，狀其臧獲輿馬綾帛洎銀鞍玉帶之物⑥，價當六七十萬，爲謝文之贄，來致於予。予念平生分，文不當辭，贄不當納。自秦抵洛，往返再三⑦，訖不得已，迴施兹寺⑧。因請悲智僧清閑主張之⑨，命謹幹將仁復掌治之⑩〔四〕。始自寺前亭一所，登寺橋一所，連橋廊七間。次至石樓一所，連廊六間⑪。次東佛龕大屋十一間。次南賓院堂一所，大小屋共七間⑫。凡支壞、補缺、壘隤、覆漏、圬墁之功必精⑬，赭堊之飾必良。雖一日必葺，越三月而就。譬如長者壞宅，鬱爲導師化城。於是龕像無燥濕陊泐之危，寺僧有經行宴坐之安。游者得息肩，觀者得寓目。關塞之氣色⑭，龍潭之景象，香山之泉石，石樓之風月，與往來者耳目一時而新。士君子、佛弟子豁然如釋憾刷恥之爲者⑮。清閑上人與予及微之皆夙舊也，交情願力，盡得知之。感往念來，歡且贊曰⑯：凡此利益，皆名功德。而是功德，應歸微之。必有以滅宿殃，薦冥福也⑰。予應曰：嗚呼！乘此功德，安知他劫不與微之結後緣於兹土乎⑱？因此行願，安知他生不與微之復同遊於兹寺

乎？言及於斯，漣而涕下。唐大和六年八月一日，河南尹太原白居易記。（3606）

【校】

①四郊　那波本、馬本作「四野」。

②佛僧　《文苑英華》作「佛寺」，校：「集作僧。」郭本作「佛像」。

③庶子　《文苑英華》作「太子」，校：「集作庶。」

④山水　《文苑英華》作「山林」，校：「一作水。」

⑤元相國　金澤本、《文苑英華》作「相國元公」，《文苑英華》校：「四字集作元相國。」

⑥輿馬　紹興本等作「與馬」，據金澤本、《文苑英華》改。

⑦往返　此下金澤本、《文苑英華》有「者」字。

⑧迴施　《文苑英華》其上有「乃」字，校：「集無乃字。」

⑨因　《文苑英華》校：「一作固。」

⑩仁　紹興本等作「士」，據金澤本改。《文苑英華》校：「一作仁。」

⑪連廊　金澤本、《文苑英華》作「連樓廊」。那波本此上有「連樓一所」四字。

⑫大小　金澤本作「小大」。

⑬圬　紹興本等作「朽」，據金澤本、《文苑英華》改。

⑭闕塞　紹興本等作「關塞」，據金澤本改。

⑮豁然　金澤本作「豁豁然」。「之爲者」紹興本等無「者」字，據金澤本、《文苑英華》補。《文苑英華》校：「集無者字。」

⑯歡　金澤本作「歎」，《文苑英華》校：「一作歎。」

⑰薦　金澤本作「資」。

⑱他劫　《文苑英華》作「化劫」。「玆土」　金澤本作「西方」，《文苑英華》校：「一作西方。」

陳《譜》、朱《箋》：作於大和六年（八三二），洛陽。

【注】

〔一〕香山寺：陳《譜》：「寺在龍門山，後魏熙平元年建。」法藏《華嚴經傳記》卷一：「中天竺國三藏法師婆訶羅，唐言日照，婆羅門種。……爰以永隆初歲，言屆京師。……以垂拱三年十二月二十七日……無疾而卒於神都魏國東寺。……香花輦輿，瘗於龍門山之陽，伊水之左，門人修理靈龕，加飾重閣，因起精廬其側，灑掃供養焉。後因梁王所奏請，置伽藍，敕内注名爲香山寺。危樓切漢，飛閣凌雲，石像七龕，浮圖八角，駕親遊幸，具題詩贊云爾。」《大唐傳載》：「洛東龍門香山寺上方，則天時名望春宮，則天常御石樓坐朝，文武百執事，班于外而趨焉。」《通典》卷七《食貨·

歷代盛衰户口》：「武太后、孝和朝，太平公主、武三思、悖逆庶人，恣情奢縱，造罔極寺、太平觀、香山寺、昭成寺，遂使農功虚費，府庫空竭矣。」可知香山寺在則天朝曾盛極一時，其始建當在後魏。乾隆《河南府志》卷十一引《名勝志》：「香山在洛陽南三十里，地産香葛，故名。有香山寺。」

〔二〕龍門：即伊闕。《史記·秦本紀》：「左更白起攻韓、魏於伊闕。」正義：「《括地志》云：伊闕在洛州南十九里。《注水經》云：昔大禹鑿龍門以通水，兩山相對，望之若闕，伊水歷其間，故謂之伊闕。按，今洛南猶謂之龍門也。」

〔三〕龍門十寺：據乾隆《河南府志》卷七五，十寺爲石窟、靈巖、乾元、廣化、崇訓、寶應、嘉善、天竺、奉先、香山，俱爲後魏時建。

〔四〕清閑：神照弟子。見本書卷三四《唐東都奉國寺禪德大師照公塔銘》(3645)。白居易《贈僧五首》有《清閑上人》(《白氏文集》卷二七 1998)。

薦李晏韋楚狀

河南府①

朝議大夫前使持節海州諸軍事守海州刺史上柱國李晏〔一〕

右前件官，比任海州刺史，被本道節度使配諸州税麥，一例加估徵錢，晏頻申奏②，恐損百姓。本使稱用軍事切，不得已而從之。及被人論，朝庭勘覆，責不聞奏，除替削階③。在法誠合舉行④，於晏即爲獨屈⑤。況晏累爲宰牧，皆著良能。清白公勤，頗聞於衆。自經停罷，已涉三年。退居洛陽，窮餓至甚。身典三郡，家無一金。據此清廉，別堪優奬。又建中初李正己與納連反⑥，汴河阻絶，轉輸不通。晏先父洧，即正己堂弟，爲徐州刺史〔二〕。當叛亂之時，洧以一郡七城，歸國効順。棄一家百口，任賊誅夷。開運路之咽喉⑦，斷兇渠之右臂。遂使逆謀大挫，妖寇竟消。從此徐州埇橋，至今永爲内地。如洧之子，實可念之。臣以洧之忠功不可忘⑧，晏之吏材不可棄。伏希聖念，量授一官。庶使廉吏忠臣，聞之有所激勵⑨。

伊闕山平泉處士韋楚〔三〕

右件人，隱居樂道，獨行善身。斂跡市朝，息機名利。況家傳簪組⑩，兄在班行，而楚獨棲山卧雲，練氣絶粒。滋味不接於口，塵埃不染其心。二十餘年，不改其樂。志齊箕潁，節類顔、原。搢紳之間，多所稱歎。臣爲尹正，合具薦論⑪。雖飛鴻入冥，自忘飲啄，而白駒在谷，亦貴縶維。儻蒙寘彼周行，縻之好爵，降羔鴈之禮命，助鵷鷺之羽儀，足以厚貞退之風，遏躁進之俗。兹亦盛事，有裨聖朝。

以前件如前⑫，臣伏以念功振滯，前王之令猷。貢士推能，長吏之本職。其李晏、韋楚並居府界，不踐公門。臣實諳知，輒敢論薦。有涉塵黷，無任兢惶。謹具奏聞，伏聽勑旨。大和六年六月二十六日河南尹臣白居易狀奏⑬。（3607）

【校】

①河南府　馬本缺此行。
②申奏　金澤本、《文苑英華》作「申論」，《文苑英華》校：「集作奏。」
③替削　《文苑英華》作「削官」，校：「集作替削。」
④在法　《文苑英華》作「雖在法則」，校：「四字集作在法。」
⑤即　《文苑英華》作「則」，校：「集作即。」
⑥連反　紹興本、那波本作「連友」，據金澤本、馬本改。
⑦之　金澤本、《文苑英華》作「於」，《文苑英華》校：「集作之。」
⑧臣以　金澤本、《文苑英華》作「臣伏以」。
⑨有所　《文苑英華》作「有以」，校：「集作所。」
⑩家傳　《文苑英華》作「家承」，校：「集作傳。」

⑪合具　金澤本、《文苑英華》作「理合」，《文苑英華》校：「集作合具。」

⑫前件　《文苑英華》此下有「謹具」二字。

⑬河南尹臣白居易　金澤本無此七字。

【注】

陳《譜》、朱《箋》：作於大和六年（八三二），洛陽。

〔一〕李晏：洧子。《册府元龜》卷一三一《帝王部・延賞》：「（元和）九年八月庚寅，録功臣之後。以……河南府永寧縣令李晏爲京兆府高陵縣令。」

〔二〕李洧：見卷九《襄州别駕府君事狀》（2904）注。

〔三〕韋楚：《册府元龜》卷七七九《總録部・高尚》：「韋楚，京兆尹韋長之兄。文宗大和八年，以楚爲左拾遺内供奉，竟以自樂閑澹不起。」白居易有《贈韋處士六年夏大熱旱》（《白氏文集》卷二一1453）。《劇談録》卷下：「平泉莊去洛城三十里，……莊東南隅即徵士韋楚老拾遺别墅。楚老風韻高致，雅好山水。相國居廊廟日，以白衣累擢諫署，後歸平泉，造門訪之。楚老避於山谷。」其名作楚老，則與開成時拾遺韋楚老互淆。

與劉蘇州書〔一〕

夢得閣下：前者枉手扎數幅，兼惠答《憶春草》、《報白君》已下五六章〔二〕。發函披文，而後喜可知也。又覆視書中有攘臂痛拳之戲，笑與抃會，甚樂甚樂，誰復知之？因有所云，續前言之戲耳，試爲留聽。僕與閣下在長安時①，合所著詩數百首②，題爲《劉白唱和集》卷上下。事具集解中。去年冬，夢得由禮部郎中、集賢學士遷蘇州刺史③。冰雪塞路，自秦徂吳。僕方守三川，得爲東道主。閣下爲僕稅駕十五日，朝觴夕詠，頗極平生之歡。各賦數篇，視草而別。歲月易得④，行復周星。一往一來，忽又盈篋⑤。誠知老醜冗長⑥，爲少年者所嗤。然吳苑、洛城相去二三千里，捨此何以啓齒而解頤哉？嗟乎！微之先我去矣，詩敵之勍者，非夢得而誰？前後相答⑦，彼此非一。彼雖無虛可擊，此亦非利不行。但止交綏，未嘗失律。然得雋之句，警策之篇，多因彼唱此和中得之⑧。他人未嘗能發也。所以輒自愛重，今復編而次焉，以附前集。合前三卷⑨，題此卷爲下，遷前下爲中，命曰《劉白吳洛寄和卷》。自大和六年冬送夢得之任之作始⑩。居易頓首⑪。（3608）

【校】

①僕與　紹興本、馬本無「僕」字，據那波本、金澤本、《文苑英華》補。

②百首　金澤本、《文苑英華》作「百篇」，《文苑英華》校：「集作首。」

③集賢　金澤本其下有「殿」字。

④易得　馬本作「易邁」。

⑤盈篋　《文苑英華》作「滿篋」，校：「集作滿。」

⑥老醜　金澤本、《文苑英華》作「醜老」，《文苑英華》校：「集作老醜。」

⑦相答　金澤本、《文苑英華》作「相償」，《文苑英華》校：「集作答。」

⑧彼唱此和　金澤本、《文苑英華》作「彼此唱和」，《文苑英華》校文同紹興本等。

⑨合前　金澤本、那波本作「合成」。

⑩大和六年　朱《箋》改「大和五年」。

⑪頓首　金澤本二字重。

【注】

朱《箋》：作於大和六年（八三二），洛陽。岑仲勉《論〈白氏長慶集〉源流並評東洋本白集》以其作於大和七年，朱《箋》謂非是。

〔二〕劉蘇州：劉禹錫。劉禹錫大和五年（八三一）十月自禮部郎中、集賢學士出爲蘇州刺史，大和六年二月抵任，有《蘇州謝上表》。此文「大和六年冬送夢得之任」，「六年」爲「五年」之訛。

〔三〕憶春草、報白君：劉禹錫《憶春草》詩題注：「春草，樂天舞妓名。」又《樂天寄憶舊遊因作報白君以答》詩。

白居易文集校注卷第三十二[①]

碑序解祭文記　凡十二首

故饒州刺史吴府君神道碑銘[一]　并序

汩市朝，溺妻子，非達也。囚山林[②]，擯血屬，亦非達也。若有人與羣動處一代間，彼爲彼，我爲我，不自潔，不自汙，不巢許，不伊呂，水其心，雲其身，浮沉消息，無往而不自得者，其達人乎[③]！吾友吴君從事於斯矣[④]。君諱丹，字真存。太子通事舍人覽之曾孫，睦州司馬庶之孫，太子宫門郎、贈工部尚書詮之長子。以進士第入官。官歷正字，協律郎，大理評事，監察殿中侍御史，太子舍人，水部、庫部員外郎，都官駕部郎中，諫議大夫，大理少卿，饒州刺史。職歷義成軍節度推官[⑤]，浙西道節度判官，潼關防禦判官，鎮州宣慰副使，匭函使。階至中大夫。勳至上柱國。讀書數千卷，著文數萬言。寶曆元年六月某日，薨于饒州官次。其年十一月某日⑥，葬于常州晉陵縣仁和鄉北原，從遺志也。君生四五歲，弄泥沙時所作戲，輒象道家法事。八九歲，弄筆硯時所出言，輒類詩家篇章。不自知其然，蓋宿集儒玄之業明矣⑦。既冠，喜道書，奉真籙，每專氣入靜，不粒食者累歲。顥氣充而丹田澤，飄然有出世心。既壯，在家爲長，屬有三幼弟、八稚姪，嗷嗷慄慄，不忍見其飢寒，慨然有干禄意。乃曰：肥遁不可以立訓，吾將業儒以馳名。名競不可以恬神⑧，吾將體玄以育德。凍餒不可以安道，吾將强學以徇禄。禄位不可以多取，吾將知足而守中。繇是去江湖，來京師，求名得名，求禄得禄。身榮家給之外，無長物，無越思。素琴在左，《黄庭》在右。澹乎自處，與天和始終。履仕途二十七年，享壽命八十二歲。無室家累，無子孫憂。屈伸寵辱，委順而已。未嘗一日戚戚其心，至於歸全反真⑨。故予所謂達人之徒歟？信矣。仲弟湖州長史某以予辱與其兄游，既爲同門生，又爲同舍郎，周知初終，託爲碑記。噫！先生之道吾能引古以明之。銘曰：

漢中大夫，東方曼倩。夏侯湛高之，作廟貌讚⑽。唐中大夫，真存先生。白樂天知之，作神道銘。嗚呼二大夫，異代而同塗。其皆達者乎！（3609）

【校】

①卷第三十二　即《白氏文集》紹興本、馬本卷六十九，那波本卷六十。

②囚　馬本作「困」，郭本作「因」。

③其　馬本作「非」。

④從事　《唐文粹》其上有「嘗」字。

⑤推官　《唐文粹》作「判官」。

⑥十一月　馬本作「十月」。

⑦宿集　《管見抄》、《唐文粹》作「宿習」。

⑧恬神　《唐文粹》作「怡神」。

⑨其心至于　《管見抄》作「其心顏以至于」。

【注】

朱《箋》：作於寶曆元年（八二五），蘇州。

〔一〕吳府君：吳丹。白居易有《贈吳丹》（《白氏文集》卷五 0194）等詩。元稹有《和樂天贈吳丹》。

〔二〕東方曼倩：東方朔字曼倩，事漢武帝，拜太中大夫給事中。晉夏侯湛作《東方朔畫贊》。

蘇州重玄寺法華院石壁經碑文〔一〕

碑在石壁東次，石壁在廣德法華院西南隅，院在重玄寺西若干步，寺在蘇州城北若干里。以華言唐文譯刻釋氏經典，自經品衆佛號以降，字加金焉。夫開士悟入諸佛知見①，以了義度無邊，以圓教垂無窮，莫尊於《妙法蓮華經》，凡六萬九千五百言。證無生忍，造不二門，住不可思議解脱，莫極於《維摩經》，凡二萬七千九十二言。攝四生九類，入無餘涅槃，實無得度者，莫先於《金剛般若波羅蜜經》，凡五千二百八十七言②。壞罪集福，淨一切惡道，莫急於《佛頂尊勝陀羅尼經》，凡三千二十言。應念順願，願生極樂土，莫疾於《阿彌陀經》，凡一千八百言〔二〕。用正見觀真相，莫出於《觀音普賢菩薩法行經》，凡六千九百九十言。詮自性，認本覺，莫深於《實相法密經》，凡三千一百五言。空法塵，依佛智，莫過於《般若波羅蜜多心經》，凡二百五十八言。是八種經，具十二部，合一十一萬六千八百五十七言。三乘之要旨，萬佛之秘藏盡矣〔三〕。是石壁積四重，高三尋，長十有五常③，厚尺有咫。有石蓮敷覆其上下，有石神固護其前後。火水不能燒漂，風日不能搖消。所謂施無上法，盡未來際者也。唐長慶二年冬作，大和三年春成。律德沙門清晃矢厥謀，清海繼厥志，門弟子南容成之，道則終之。寺僧契元捨藝而書之〔四〕，郡守居易施詞而讚之。讚曰：

佛涅槃後，世界空虚。惟是經典，與衆生俱。設有人書貝葉上④，藏檀龕中，非堅非久，如蠟印空。假使人刺血爲墨，剝膚爲紙，即壞即滅，如筆劃水。噫！畫水不若文石，印蠟不若字金。其功不朽，其義甚深。故吾謂石經功德，契如來付囑之心。（3610）

【校】

①開士　那波本作「開示」，誤。

②五千　馬本、郭本作「九千」。

③五常　《唐文粹》、郭本作「五丈」。

④設　馬本作「説」。

【注】

〔一〕重玄寺：《吳地記》：「重玄寺，梁衛尉卿陸僧瓚天監二年旦暮見住宅有瑞雲覆之，遂奏請舍宅

朱《箋》：作於大和三年（八二九），洛陽。

爲重雲寺。臺省誤寫爲『重玄』，時賜大梁廣德重玄寺。」《唐國史補》卷中：「蘇州重玄寺閣，一角忽墊，計其扶薦之功，當用錢數千貫。有遊僧曰：『不足勞人，請一夫斫木爲楔，可以正也。』寺主從之。僧每食畢，輒持楔數十，執柯登閣，敲椓其間，未逾月，閣柱悉正。」

〔二〕阿彌陀經：嚴元照《蕙櫋雜記》：「白樂天《蘇州重玄寺碑》數佛經八種，各列其字數。其數《阿彌陀經》一千八百字，較今所傳者少五十六字。或疑白公但舉成數，然餘七經皆數其奇零，不應此經獨舉成數也。」

〔三〕三乘之要旨：洪邁《容齋五筆》卷八節録此文，謂：「白樂天爲作碑文，其敍如此。予切愛其簡明絜亮，故備録之。」李慈銘《越縵堂讀書記》：「洪文敏《隨筆》稱之，以爲深通佛典。余謂香山本習淨土，所記特禪學宗旨耳。」

〔四〕契元：又見於本書卷三三《蘇州南禪院千佛堂轉輪經藏石記》(3637)。

池上篇　并序

都城風土水木之勝在東南偏，東南之勝在履道里，里之勝在西北隅，西閈北垣第一第即白氏叟樂天退老之地〔一〕。地方十七畝，屋室三之一，水五之一，竹九之一，而島樹橋道間之。初樂天既爲主，喜且曰：雖有臺池①，無粟不能守也，乃作池東粟廩。又曰：雖有子弟，無書不能訓也，乃作池北書庫。又曰：雖有賓朋，無琴酒不能娱也，乃作池西琴亭，加石樽焉。樂天罷杭州刺史時，得天竺石一、華亭鶴二以歸，始作西平橋②，開環池路。罷蘇州刺史時，得太湖石、白蓮、折腰菱、青板舫以歸，又作中高橋，通三島逕。罷刑部侍郎時，有粟千斛，書一車，洎臧獲之習筦磬絃歌者指百以歸。先是潁川陳孝山與釀法酒，味甚佳〔二〕。博陵崔晦叔與琴，韻甚清〔三〕。蜀客姜發授《秋思》，聲甚淡〔四〕。弘農楊貞一與青石三，方長平滑〔五〕。可以坐卧。大和三年夏，樂天始得請爲太子賓客，分秩於洛下，息躬於池上。凡三任所得，四人所與，洎吾不才身，今率爲池中物矣。每至池風春，池月秋，水香蓮開之旦，露清鶴唳之夕，拂楊石，舉陳酒，援崔琴，彈姜《秋思》，頹然自適，不知其他。酒酣琴罷，又命樂童登中島亭，合奏《霓裳散序》〔六〕。聲隨風飄，或凝或散，悠揚於竹烟波月之際者久之。曲未竟而樂天陶然已醉睡於石上矣。睡起偶詠，非詩非賦，阿龜握筆，因題石間〔七〕。視其粗成韻章，命爲《池上篇》云爾。

十畝之宅，五畝之園。有水一池，有竹千竿。勿謂土狹，勿謂地偏。足以容膝，足以息肩。有堂有亭③，有橋有船④。有書有酒，有歌有絃。有叟在中，白鬚飄然。識分知足，外無求焉。如鳥擇木，姑務巢安。如鼃居坎⑤，不知海寬〔八〕。靈鶴怪石，紫菱白蓮。

皆吾所好，盡在我前。時引一盃，或吟一篇。妻孥熙熙，雞犬閑閑。優哉游哉，吾將終老乎其間。（3611）

【校】

①臺池　紹興本等無「池」字，據那波本補。

②始作　馬本和「始住」。

③有亭　馬本作「一亭」。

④有船　馬本作「一船」。

⑤竈　馬本作「黿」，誤。

【注】

陳《譜》、朱《箋》：作於大和三年（829），洛陽。

〔一〕履道里：《唐兩京城坊考》卷六長夏門之東第四街履道坊：「刑部尚書白居易宅。……按居易宅在履道西門，宅西牆下臨伊水渠，渠又周其宅之北。宅去集賢裴度宅最近。故居易《和劉汝州詩》注云：『履道、集賢兩宅相去一百三十步。』《新書》本傳：『後履道第卒爲佛寺。東都、江州人爲立祠焉。』穆按《元史·塔里赤傳》：也里里白奉旨南征，至洛陽得白樂天故址，遂家焉。是其時猶有遺迹。」中國社會科學院考古研究所洛陽唐城隊於一九九二年至一九九三年對洛陽市郊區安樂鄉獅子橋村履道坊白居易故居進行了大規模考古發掘，發掘出宅院基址一處及伊水渠遺跡，並出土石刻經幢等。參中國社會科學院考古研究所洛陽唐城隊《洛陽東都履道坊白居易故居發掘簡報》（《考古》一九九四年第八期）。

〔二〕陳孝山：陳岵。白居易《詠家醖十韻》（《白氏文集》卷二六 1873）：「舊法依稀傳自杜，新方要妙得於陳。」注：「陳郎中岵傳受此法。」岵長慶元年以膳部郎中與居易同爲制策考官，見《舊唐書·穆宗紀》、《白居易傳》。《唐會要》卷五六《左右補闕拾遺》：「（寶曆）二年九月，以新授濠州刺史陳岵爲太常少卿。岵常好釋氏，學佛經，中尤好《維摩》，自爲有得，即加注釋，輒復上獻，遂有宣令與好官，乃追前命，例在清賢。群議紛然，諫官劉寬夫等七人同疏論曰：『岵來由徑求，事因供奉僧進經。』上覽疏奏，謂不直言，宣與宰相等云：『陳岵所進經，實不因僧。諫官何處得此語？卿等可即勘問，並推排頭首奏來。』……然岵尋改少府監。」元稹長慶四年作《永福寺石壁法華經記》，記其爲右司郎中處州刺史。法酒：劉禹錫《晝居池上亭獨吟》：「法酒調神氣，清琴入性靈。」白居易《六年春贈分司東都諸公》（《白氏文集》卷二一 1448）：「法酒澹清漿，含桃嫋紅實。」法有法式之義，如稱「法饌」。

〔三〕崔晦叔：崔玄亮。見本書卷三三《唐故虢州刺史贈禮部尚書崔公墓誌銘》（3623）。白居易有

《崔湖州贈紅石琴薦焕如錦文無以答之以詩酬謝》(《白氏文集》卷二一 1403)。

〔四〕秋思：《樂府詩集》卷五九《蔡氏五弄》引《琴集》：「五弄：《遊春》、《淥水》、《幽居》、《坐愁》、《秋思》，並宫調，蔡邕所作也。」白居易《和嘗新酒》(《白氏文集》卷二一 1475)：「酲餘和未散，起坐澹無事。舉臂一欠伸，引琴彈秋思。」

〔五〕楊貞一：楊歸厚。劉禹錫《管城新驛記》：「大和二年閏三月，滎陽守歸厚上言……太守姓楊氏，字貞一，華陰弘農人。」白居易有《初到忠州登東樓寄萬州楊八使君》(《白氏文集》卷十一 0525)，即楊歸厚。

〔六〕霓裳散序：霓裳羽衣曲，開元名曲。《新唐書·禮樂志十二》：「河西節度使楊敬忠獻《霓裳羽衣曲》十二遍，凡曲終必遽，唯《霓裳羽衣曲》將畢，引聲益緩。」《唐會要》卷三三《諸樂》：「天寶十三載七月十日，太樂署供奉曲名，及改諸樂名……黄鐘商時號越調……《婆羅門》改爲《霓裳羽衣》。」白居易《霓裳羽衣歌》(《白氏文集》卷二一 1406)：「散序六奏未動衣，陽臺宿雲慵不飛。」注：「散序六遍無拍，故不舞也。」

〔七〕阿龜：即龜兒。白行簡子。參本卷《祭弟文》(3615)注。

〔八〕如鼃居坎二句：《莊子·秋水》：「子獨不聞乎埳井之鼃乎？謂東海之鱉曰：『吾樂與！出跳梁乎井幹之上，入休乎缺甃之崖。赴水則接腋持頤，蹶泥則没足滅跗。還視虷蟹與科斗，莫吾能若也。且夫擅一壑之水，而跨跱埳井之樂，此亦至矣，夫子奚不時來入觀乎？』東海之鼈左足未入，而右膝已縶矣。」

因繼集重序〔一〕

去年，微之取予《長慶集》中詩未對答者五十七首追和之，合一百一十四首寄來，題爲《因繼集》卷之一。因繼之解，具微之前序中。今年，予復以近詩五十首寄去①。微之不踰月依韻盡和，合一百首又寄來，題爲《因繼集》卷之二。卷末批云：更揀好者寄來。蓋示餘勇，磨礪以須我耳②。予不敢退舍，即日又收拾新作格律共五十首寄去，雖不得好，且以供命。夫文猶戰也，一鼓作氣，再而衰，三而竭。微之轉戰，迨兹三矣。即不知百勝之術多多益辦耶③？抑又不知鼓衰氣竭，自此爲遷延之役耶？進退唯命。微之微之，走與足下和答之多，從古未有。足下雖少我六七年，然俱已白頭矣。竟不能捨章句，拋筆硯④，何癖習如此之甚歟！而又未忘少年時心，每因唱酬，或相侮謔，忽忽自哂，況他人乎？《因繼集》卷且止於三可也。忽恐足下懶發，不能成就至三，前言戲之者，姑爲巾幗之挑耳。然此一戰後，師亦老矣。宜其櫜弓匣刀⑤，彼此與心休息乎！《和晨興》一章錄在別紙〔二〕。語盡於此，亦不修書。二年十月十五日，樂天重序⑥。

（3612）

【校】

①予復　紹興本、那波本作「復予」，據他本改。

②須　《文苑英華》作「戰」，校：「集作須。」

③益辦　那波本、《文苑英華》、馬本作「益辨」。盧校：「辦辨古亦通。」

④筆硯　《文苑英華》作「筆研」。

⑤宜其　馬本無「其」字。

⑥重序　此下《文苑英華》有「復以詩」三字，校：「京本作復以近詩。」

【注】

朱《箋》：作於大和二年（八二八），長安。

〔一〕因繼集：《白氏文集》卷二二《和微之詩二十三首》（1454～）序：「微之又以近作四十三首寄來，命僕繼和。……況曩者唱酬，近來因繼，已十六卷，凡千餘首矣。其爲敵也，當今不見。其爲多也，從古未聞。所謂天下英雄，唯使君與操耳。」又《白氏文集後記》（見本書補遺）：「又有《元白唱和因繼集》共十七卷，《劉白唱和集》五卷，《洛下遊賞宴集》十卷。其文盡在大集内録出，别行於時。」可知《元白唱和因繼集》最後編定爲十七卷。元稹《因繼集》前序今佚，「因繼」之義亦可於居易「近來因繼」之語略見。

〔二〕和晨興：白居易《和微之詩二十三首》之一《和晨興因報問龜兒》（《白氏文集》卷二二1473）。

劉白唱和集解〔一〕

彭城劉夢得，詩豪者也。其鋒森然，少敢當者。予不量力，往往犯之。夫合應者聲同，交爭者力敵。一往一復，欲罷不能。繇是每製一篇，先相視草。視竟則興作，興作則文成。一二年來，日尋筆硯，同和贈答，不覺滋多。至大和三年春已前，紙墨所存者凡一百三十八首。其餘乘興扶醉，率然口號者，不在此數①。因命小姪龜兒編録，勒成兩卷。仍寫二本，一付龜兒，一授夢得小兒崙郎〔二〕。各令收藏，附兩家集。予頃以元微之唱和頗多，或在人口，常戲微之云：僕與足下，二十年來爲文友詩敵，幸也，亦不幸也。吟詠情性，播揚名聲，其適遺形，其樂忘老，幸也；然江南士女語才子者多云元、白，以子之故，使僕不得獨步於吴越間，亦不幸也。今垂老復遇夢得，得非重不幸耶？夢得夢得，文之神妙，莫先於詩。若妙與神，則吾豈敢。如夢得「雪裏高山頭白早，海中仙果子生遲」，「沉舟側畔千帆過，病樹前頭萬木春」之句之類，真謂神妙〔三〕。在在處處應當有靈物護之，豈唯兩家子姪秘藏而已？己酉歲三月五日，樂天解②。（3613）

【校】

①此數　郭本作「其數」。

②解　郭本作「識」。

【注】

陳《譜》、朱《箋》：作於大和三年（八二九），長安。

〔一〕劉白唱和集解：本書卷三一《與劉蘇州書》（3608）：「僕與閣下在長安時，合所著詩數百首，題爲《劉白唱和集》卷上下。」《白氏文集後記》（見本書補遺）：「又有《元白唱和因繼集》共十七卷，《劉白唱和集》五卷，《洛下遊賞宴集》十卷。其文盡在大集内録出，别行於時。」則後又有增編。朱《箋》：「此題稱『劉白唱和集解』而不云序者，蓋避禹錫父緒嫌名也。」

〔二〕崙郎：劉禹錫《名子説》：「長子曰咸允，字信臣。次曰同廙，字敬臣。」柳宗元有《殷賢戲批書後寄劉連州並示孟崙二童》。朱《箋》：「孟郎當是禹錫長子咸允之乳名，崙郎當是次子同廙之乳名。」

〔三〕雪裏高山四句：劉禹錫《蘇州白舍人寄新詩有歎早白無兒之句因以贈之》、《酬樂天揚州初逢席上見贈》句。居易此評，頗招異議。《苕溪漁隱叢話》前集卷二十引《隱居詩話》：「若白居易殊不善評詩……又稱劉禹錫『雪裏高山頭白早，海中仙果子生遲』，『沉舟側畔千帆過，病樹前頭萬木春』，此皆常語也，禹錫自有可稱之句甚多，顧不能知之耳。」王士禛《香祖筆記》卷五：「白樂天論詩多不可解，如劉夢得『雪裏高山頭白早，海中仙果子生遲』，『沉舟側畔千帆過，病樹前頭萬木春』等句，最爲下劣，而樂天極賞歎，以爲此等語在在當有神物護持，悖謬甚矣。元、白二集，瑕瑜錯陳，持擇須慎，初學人尤不可觀之。」又《池北偶談》卷十四：「樂天作《劉白唱和集解》……殊不可曉，宜元、白於盛唐諸家興會超詣之妙，全未夢見。」然亦有爲居易辯護者。趙執信《談龍錄》：「詩人貴知學，尤貴知道。東坡論少陵詩外尚有事在，是也。劉賓客詩云：『沉舟側畔千帆過，病樹前頭萬木春。』有道之言也。白傅極推之。余嘗舉似阮翁，答曰：『我所不解。』阮翁酷不喜少陵，特不敢顯攻之，每舉楊大年村夫子之目以語客。又薄樂天而深惡羅昭諫。余謂昭諫無論已，樂天《秦中吟》、《新樂府》而可薄，是絶《小雅》也。」朱《箋》：「禹錫『雪裏高山頭白早，海中仙果子生遲』，『沉舟側畔千帆過，病樹前頭萬木春』之句，簡煉沉著，微婉含蓄，蓋正爲樂天之所短，故於此傾倒備至」，「其實所謂盛唐之作，當元和時已視同土飯陳羹，樂天所論，尤非功力遠不及之淺人如漁洋者所能置喙也。」

祭中書韋相公文〔一〕

維大和三年歲次己酉，六月己酉朔，三十日戊寅，中大夫、守太子賓客分司東都、上柱國、晉陽縣開國男、食邑三百户、賜紫金魚袋白居易，謹以茶果之奠，敬祭于故中書侍郎平章事、贈司空韋公德載：惟公忠貞大節，輔弼嘉謨，倚注深恩，哀榮盛禮。伏見册贈制中已詳。惟公世禄官業，家行士風，茂學清詞，沖襟弘度。伏見碑誌文中已詳。此不重書，但申夙願。公佩服世教，棲心空門。外爲君子儒，内修菩薩行。常接餘論①，許追高蹤。元和中，出守開、忠二郡日，公先以喻金鑛偈相問，往復再三〔二〕。繇是法要心期，始相會合。長慶初，俱爲中書舍人日，尋詣普濟寺宗律師所，同受八戒，各持十齋〔三〕。繇是香火因緣，漸相親近。及公居相位，走在班行。公府私家，時一相見。佛乘之外，言不及他。誓趨菩提，交相度脱②。去年臘月，勝業宅中，公云必結佛緣③，無如願力〔四〕。因自開經篋，出《大方廣佛華嚴經》中《十願品》一通④〔五〕。合掌焚香，口讀手授。云自持護，始傳一人。曾未經旬，公即捐館。追思覆視，似不偶然。今即日於道場齋心持念，一願一禮⑤，如公在前。以至他生，不敢廢墜。至若與公同科第⑥，聯官寮，奉笑言，蒙推奬〔六〕。窮通榮悴之感，離合存殁之悲，盡成虚空，何足言歎？今兹薦奠，不設葷腥。庶幾降臨，鑒察精意⑦。噫！浮生是幻，真諦非空。靈鷲山中，既同前會；兜率天上，豈無後期？嗚呼韋君，先後間耳。伏惟尚饗！（3614）

【校】

①常 《文苑英華》作「嘗」，校：「集作常。」

②交相 《文苑英華》作「交親」，校：「集作相。」

③必結 《文苑英華》作「心結」，校：「集作必。」

④中 《文苑英華》無此字，校：「京本有中字。」

⑤一禮 馬本作「一力」。

⑥至若 紹興本等無「至」字，據《文苑英華》補。

⑦精意 《文苑英華》作「情意」，校：「集作精。」

【注】

陳《譜》、朱《箋》：作於大和三年（八二九），長安。

〔一〕韋相公：韋處厚。《舊唐書·文宗紀》：「(大和二年十二月)壬申，中書侍郎、同平章事韋處厚暴卒。」《韋處厚傳》：「韋處厚，字德載，京兆人。……雅信釋氏因果，晚年尤甚。聚書逾萬卷，多手自刊校。」《李珏傳》：「(唐武宗)又曰：『韋處厚作相，三日薦六度師，亦大可怪。』珏曰：『處厚溺於奉佛，不悟其是非也。』」

〔二〕出守開忠二郡：韋處厚元和十一年自考功郎中出爲開州刺史，見《舊唐書·憲宗紀》、《韋處厚傳》。白居易元和十四年自江州司馬遷忠州刺史。喻金礦偈：《圓覺經》：「爾時世尊欲重宣此義，而説偈言：金剛藏當知，如來寂滅性，未曾有始終，若以輪回心，思惟即旋復。但至輪回際，不能入佛海。譬如銷金礦，金非銷故有。雖復本來金，終以銷成就。一成真金體，不復重爲礦。生死與涅槃，凡夫及諸佛，同爲空華相。思惟猶幻化，何況詰虚妄。若能了此心，然後求圓覺。」《古尊宿語録》卷二百丈懷海大智禪師語録之餘：「但是一切有無凡聖之法，喻如金礦。自己如理，喻如于金。金與礦各相去離，真金露現。忽有人覓錢覓寶，變金爲錢與他。……此等喻，學玄旨人，善能通達，應機不失，亦云六絶師子。」金礦喻謂此。

〔三〕普濟寺宗律師：《唐會要》卷四八《寺》：「貞元十三年四月敕：曲江南彌勒閣，宜賜名貞元普濟寺。」白居易《題道宗上人十韻》(《白氏文集》卷二一 1438)序：「普濟寺律大德宗上人法堂中，有故相國鄭司徒、歸尚書、陸刑部、元少尹及今吏部鄭相、中書韋相、錢左丞詩。覽其題，皆與上人唱酬。閲其人，皆朝賢。」中書韋相即韋處厚。

〔四〕勝業宅：勝業坊在長安朱雀門街東第四街。見《唐兩京城坊考》卷三。

〔五〕十願品：《華嚴經》有「十地十願」之目，然經品名作「十地品」。實叉難陀譯《大方廣佛華嚴經》卷三四《十地品》：「佛子，菩薩住歡喜地，發如是大誓願，如是大勇猛，如是大作用，以此十願門爲首，滿足百萬阿僧祇大願。佛子，此大願以十盡句，而得成就。何等爲十？所謂衆生界盡，世界盡，虚空界盡，法界盡，涅槃界盡，佛出現界盡，心所緣界盡，佛智所入境界界盡，世間轉法轉智界盡。」

〔六〕與公同科第：韋處厚元和元年與白居易同中才識兼茂明於體用科。見《登科記考》卷十六。

祭弟文

維大和二年歲次戊申，十二月壬子朔，三十日辛巳，二十二哥居易以清酌庶羞之奠致祭于郎中二十三郎知退之靈〔一〕：日月不居，新婦、龜兒等釁酷如昨〔二〕。俯及歲暮，奄過大祥。禮制云終，追號永遠。哀纏手足，悲裂肝心。痛深痛深，孤苦孤苦。嗚呼！自爾去來，再周星歲。前事後事，兩不相知。今因奠設之時，粗表一二。吾去年春授秘書監賜紫，今年春除刑部侍郎。孤苦零丁，又加衰疾，殆無生意，豈有宦情？所以僶俛至今，待終龜兒服制。今已請長告，或求分司，即擬移家，盡居洛下。亦是夙意，今方決行。養病撫孤，聊以終老。合家除蘇蘇外，並是通健。龜兒頗有文性①，吾每自教詩書，三二年間②，必堪應舉。阿羅日漸成長，亦勝小時〔三〕。吾竟無兒，窮獨而已。茶郎、叔母已下，並在鄭滑，職事依前〔四〕。蘄蘄、卿娘、盧八等同寄蘇州，免至飢凍③。遥憐在符離莊上，亦未取歸④〔五〕。宅相得彭澤場官，各知平善〔六〕。骨兜、石竹、香鈿等三人久經驅使，昨大祥齋日，各放從良。尋收膳娘，新婦看養。下邽楊琳莊，今年買了，並造堂院已成⑤。往日亦曾商量，他時身後甚要。新昌西宅，今亦買訖〔七〕。爾前後所著文章，吾自檢尋編次，勒成二十卷，題爲《白郎中集》。嗚呼！詞意書跡，無不宛然。唯是魂神，不知去處。每開一卷，刀攪肺腸。每讀一篇，血滴文字。擬憑崔二十四舍人譔序〔八〕。他日及吾文集，同付龜、羅收傳。前年已來，合家所造齋供功德，皆領得否？朔望晨夕，饗奠復嘗來無⑥？不論音容，潛歿已久。乃至夢寐⑦，相見全稀。豈幽冥道殊，莫有拘礙？將精爽遷散⑧，杳無覺知？不然，何一去三年而茫昧若此？吾今頭白眼暗，筋力日衰。黄壤之期，亦應不遠。但恐前後乖隔⑨，不知得見爾無？下邽北村，爾塋之東，是吾他日歸全之位。神縱不合，骨且相依。豈戀餘生，願畢此志。嗚呼！奠筵將徹，幃帳欲收。此生之間，豈有見日？未死之際，應無忘期。仰天一號，心骨破碎。猶冀萬一，聞吾此言。

痛心痛心，千萬千萬！尚饗！（3615）

【校】

①文性　郭本作「文具」。

②三二　馬本作「二三」。

③免至　郭本作「免致」。

④取歸　郭本作「收歸」。

⑤堂院　馬本、郭本作「院堂」。

⑥來無　郭本作「否吾」，「吾」屬下。

⑦夢寐　郭本作「大祥」。

⑧遷散　郭本作「耗散」。

⑨乖隔　郭本作「遠間」。

【注】

陳《譜》、朱《箋》：作於大和二年（八二八），長安。

〔一〕二十三郎知退：居易弟行簡。《舊唐書·白居易傳附行簡》：「行簡寶曆二年冬病卒，有文集一十卷。」寶曆二年（八二六）至大和二年已再周歲。

〔二〕新婦：行簡妻。本書卷二一《繡觀音菩薩像贊》（2839）：「故尚書膳部郎中、太原白府君諱行簡妻、京兆杜氏奉爲府君祥齋，敬繡救苦觀音菩薩一軀。」蓋作於先後。龜兒：行簡子。居易《弄龜羅》（《白氏文集》卷七 0309）：「有姪始六歲，字之爲阿龜。有女生三年，其名曰羅兒。」李商隱《太原白公墓碑銘》：「子景受，大中三年自潁陽尉典治集賢御書，侍太夫人弘農郡君楊氏來京師。」洛陽出土白邦翰《唐故太原白府君墓誌》（文據《文獻》二〇〇八年第二期胡可先、文豔蓉《新出石刻與白居易研究》）：「君諱邦彦，其先太原人也。遠祖起，秦時有功業，封爲武安君。自漢魏已降，軒冕繼襲，迄於唐朝，羃然不絶。曾祖諱季庚，皇任襄州别駕，贈大理少卿。王父諱行簡，皇任尚書膳部郎中。考諱景受，皇任監察御史。」則景受爲行簡子，龜兒當即其乳名。

〔三〕阿羅：居易女。居易《弄龜羅》（《白氏文集》卷七 0309）：「有女生三年，其名曰羅兒。」又《羅子》（卷十六 0994）：「有女名羅子，生來纔兩春。」

〔四〕叔母：當指季庚弟某人之妻。參卷九《故鞏縣令白府君事狀》（2903）。居易祖父白鍠居新鄭，其後裔亦有居鄭滑間者。

〔五〕符離莊：白季庚官徐州，符離縣有私第。參卷五《唐太原白氏之殤墓誌銘》（2867）。白居易有《自河南經亂關内阻飢兄弟離散各在一處因望月有感聊書所懷寄上浮梁大兄於潛七兄烏江十五兄兼示符離及下邽弟妹》(《白氏文集》卷十三 0687)。

〔六〕宅相：居易長兄幼文子。本書卷三《祭浮梁大兄文》(2847)：「宅相癡小，居易無男。撫視之間，過於猶子。」

〔七〕新昌西宅：白居易長安新昌坊宅。居易有《新昌新居書事四十韻因寄元郎中張博士》(《白氏文集》卷十九 1252)，至此年蓋又新購西宅有所擴充。

〔八〕崔二十四舍人：崔咸。白居易有《惜落花贈崔二十四》(《白氏文集》卷十六 0912)。又本書卷三三《祭崔常侍文》(3629)：「又膳部房與同聲塵之遊，定膠漆之分。」膳部房即指行簡。岑仲勉《唐人行第錄》有考證。

祭李司徒文〔一〕

維大和四年歲次庚戌①，七月癸酉朔，十九日辛卯，中大夫、守太子賓客分司東都、上柱國、賜紫金魚袋白居易，內重表弟朝請大夫、守少府監、上柱國李翺〔二〕，謹以清酌庶羞之奠敬祭于故相國、興元節度、贈司徒李公：惟公之生，樹名致節②，忠貞諒直，天下所仰。惟公之歿，遭罹禍亂③，冤憤痛酷，天下所知。雖千萬其言，終不能盡。故兹奠次④，但寫私誠。居易應進士時，以鄙劣之文，蒙公稱獎〔三〕。在翰林日，以拙直之道，蒙公扶持〔四〕。公雖徇公，愚則受賜。或中或外，或合或離，契闊綢繆，三十餘載。至於豆觴之會，軒蓋之遊，多奉光塵，最承歡惠。眷遇既深於常等，痛憤實倍於衆情。永決奈何，長慟而已。翺情兼中外，分辱眷知。綿以歲時，積成交舊。敢申薄奠⑤，庶鑒微衷。嗚呼哀哉，伏惟尚饗！（3616）

【校】

①庚戌　紹興本等作「戊戌」。從朱《箋》改。

②名致　《文苑英華》作「置名」，校：「集作名致。」馬本作「名制」。

③遭　《文苑英華》作「連」，校：「集作遭。」「亂」　《文苑英華》作「變」，校：「京本作亂。」

④故　《文苑英華》作「於」，校：「集作故。」

⑤奠　《文苑英華》作「酹」，校：「集作奠。」

【注】

陳《譜》、朱《箋》：作於大和四年（八三〇），洛陽。

〔一〕李司徒：李絳。元和六年，拜中書侍郎、同中書門下平章事。《舊唐書·李絳傳》：「（大和）二年，檢校司空，出爲興元尹、山南西道節度使。三年冬，南蠻寇西蜀，詔征赴援。絳於本道募兵千人赴蜀。及中路，蠻軍已退，所募皆還。興元兵額素定，募卒悉令罷歸。四年二月十日，絳晨興視事，召募卒，以詔旨喻而遣之，仍給以廩麥，皆怏怏而退。監軍使楊叔元貪財怙寵，怨絳不奉己，乃因募卒賞薄，衆辭之際，以言激之，欲其爲亂，以逞私憾。募卒因監軍之言，怒氣益甚，乃噪聚趨府，劫庫兵以入使衙。絳方與賓僚會宴，不及設備，聞亂北走登陴。衙將王景延力戰以禦之，兵折矢窮，景延死。絳乃爲亂兵所害，時年六十七。」文宗下制，贈司徒。

〔二〕李翺：字習之。《舊唐書·李翺傳》：「大和初，入朝爲諫議大夫，尋以本官知制誥。三年二月，拜中書舍人。初，諫議大夫柏耆將使滄州軍前宣諭，翺嘗贊成此行。柏耆尋以擅入滄州得罪，翺坐謬舉，左授少府少監，俄出爲鄭州刺史。」據此文，翺大和四年七月尚在少府任。唯此文作「少府監」，與傳稍異。杜甫《送重表侄王砯評事使南海》：「我之曾祖姑，爾之高祖母。」施鴻保《讀杜詩説》：「注：『重表，蓋有兩重表親。』今按詩云：『我之曾祖姑，爾之高祖母。』是即重表之義。蓋姑之子爲表兄弟，由姑而上，祖姑之子孫，則重表矣。由祖姑而上，不得云再重表，故但以重表統之，猶同姓兄弟叔侄，共祖以上皆稱從也。」此釋杜詩「重表」之義甚確。惠棟《九曜齋筆記》卷三：「子未兄云：『父之表叔謂之重表叔。』未詳出何書。」其義亦與施説同。此文又云「翺情兼中外」，中外者，中表也。《太平廣記》卷二四四《李潘》（出《幽閒鼓吹》）：「唐禮部侍郎李藩嘗綴李賀歌詩爲之集序，未成，知賀有表兄，與賀筆硯之交者。召之見，托以搜訪所遺。其人敬謝，且請曰：『某蓋記其所爲，亦常見其多點竄者。請得所緝者視之，當爲改正。』潘喜，並付之。彌年絶跡。潘怒，復召詰之。其人曰：『某與賀中外，自少多同處。恨其傲忽，嘗思報之。所得歌詩，兼舊有者，一時投溷中矣。』」此表兄弟互稱中外。《九曜齋筆記》卷三：「漢《費鳳别碑》云：『中表之恩情，兄弟與甥舅，鴆與女蘿性。樂松之茂好。』蔡琰詩云：『既至家人盡，又復無中外。』中外，即中表。《儀禮·喪服》緦麻章曰『舅之子』，馬融曰：『姑之子爲舅之子服，今之中外兄弟也。』」合此「内重表」及「中外」之義，則知絳之外祖母當爲李姓，絳母之舅即翺之祖父楚金，絳母與翺父某爲中表，故翺爲絳之内重表弟。韓愈《貝州司法參軍李君墓誌銘》：「貞元十七年九月丁卯，隴西李翺合葬其皇祖考貝州司法參軍楚金、皇祖妣清河崔氏夫人于汴州開封縣某里。」李翺《皇祖實録》：「公諱楚金，諮議詔第二子。明經出身，初授衛州參軍，又授貝州司法參軍。夫人清河崔氏，父球，兖、鄆、懷三州刺史。」又《唐代墓誌彙編》元和九九《唐故譙郡永城縣令趙郡李府君墓誌》：「府君趙郡贊皇人也，諱崗姓趙氏。……夫人太原王氏，江陵府參軍愛景之女也。……次孫前兵部尚書高邑縣子孤子絳。」此絳祖父李崗墓誌。按，翺祖母爲清河崔氏，絳祖母爲太原王氏，二人之祖母非同氏，故絳、翺之重表親非緣自祖母，因二人同姓亦不可能緣自祖姑，只可能緣自絳之母系。

〔三〕居易應進士時：居易貞元十六年舉進士，絳貞元八年進士及第，見《登科記考》卷十三、十四。

絳於居易爲前輩，故有稱獎之事。

〔四〕在翰林日：《舊唐書·李絳傳》：「貞元末，拜監察御史。元和二年，以本官充翰林學士。未幾，改尚書主客員外郎。逾年，轉司勳員外郎。五年，遷本司郎中、知制誥。皆不離内職，孜孜以匡諫爲己任。……前後朝臣裴武、柳公綽、白居易等，或爲奸人所排陷，特加貶黜，絳每以密疏申論，皆獲寬宥。」《白居易傳》：「既而又請罷河北用兵，凡數千百言，皆人之難言者，上多聽納。唯諫承璀事切，上頗不悦，謂李絳曰：『白居易小子，是朕拔擢致名位，而無禮於朕，朕實難奈。』絳對曰：『居易所以不避死亡之誅，事無巨細必言者，蓋酬陛下特力拔擢耳，非輕言也。陛下欲開諫諍之路，不宜阻居易言。』上曰：『卿言是也。』由是多見聽納。」此即蒙扶持事。

祭微之文①〔一〕

維大和五年歲次辛亥②，十月乙丑朔，十日辛巳，中大夫、守河南尹、上柱國、晉陽縣開國男、食邑三百户、賜紫金魚袋白居易③，以清酌庶羞之奠④，敬祭于故相國、鄂岳節度使、贈尚書右僕射元公微之⑤：惟公家積善慶，天鍾粹和，生爲國禎，出爲人瑞。行業志略，政術文華，四科全才，一時獨步。雖歷將相，未盡謨猷。故風聲但樹於藩方⑥，功利不周於夷夏〔二〕。噫！此蒼生之不大遇也⑦，在公豈有所不足耶？《詩》云：「淑人君子，胡不萬年？」〔三〕又云：「如可贖兮，人百其身。」〔四〕此古人哀惜賢良之懇辭也。若情理憤痛，過於斯者，則號呼壹鬱之不暇⑧，又安可勝言哉？嗚呼微之！貞元季年，始定交分。行止通塞，靡所不同。金石膠漆，未足爲喻。死生契闊者三十載⑨，歌詩唱和者九百章，播於人間⑩，今不復敍。至於爵祿患難之際⑪，寤寐憂思之間，誓心同歸，交感非一，布在文翰，今不重云。唯近者公拜左丞，自越過洛，醉别悲吒⑫，投我二詩云：「君應怪我留連久，我欲與君辭别難⑬。白頭徒侶漸稀少，明日恐君無此歡。」又曰⑭：「自識君來三度别，這迴白盡老髭鬚⑮。戀君不去君須會，知得後迴相見無。」吟罷涕零，執手而去。私揣其故⑯，中心惕然。及公捐館於鄂，悲訃忽至⑰。一慟之後，萬感交懷⑱。覆視前篇，詞意若此。得非魄兆先知之乎⑲？無以繼寄悲情，作哀詞二首⑳，今載於是，以附奠文。其一云：「八月涼風吹白幕，寢門廊下哭微之。妻孥親友來相弔，唯道皇天無所知。」其二云：「文章卓犖生無敵，風骨精靈殁有神。哭送咸陽北原上，可能隨例作埃塵㉑？」〔五〕嗚呼微之！始以詩交，終以詩訣㉒。絃筆兩絶，其今日乎！嗚呼微之！三界之間，孰不生死㉓？四海之內，誰無交朋㉔？然以我爾之身，爲終天之别。既往者已矣，未死者如何？嗚呼微之！六十衰翁，灰心血淚㉕，引酒再奠，撫棺一呼。佛經云：「凡有業結，無非因集。」〔六〕與公緣會，豈是偶然？ 多生已來，幾離幾合？ 既有今別，寧無後期？ 公雖不歸，我應繼往。安有形去而影在，皮亡而毛存者乎？ 嗚呼微之，言盡於此。尚饗！（3617）

【校】

①題 《文苑英華》作「祭元相公文」。

②辛亥 紹興本等作「己亥」，從《管見抄》改。

③晉陽 紹興本等作「晉陵」，據《管見抄》改。

④以清酌 《文苑英華》、《管見抄》其上有「謹」字。

⑤元公 紹興本等作「元相」，據《文苑英華》、《管見抄》改。「微之」 《文苑英華》、《管見抄》此下有「之靈」二字。

⑥蕃方 《文苑英華》、《管見抄》作「藩方」。

⑦大遇 馬本無「大」字。

⑧壹 馬本、郭本作「抑」。《文苑英華》、《管見抄》作「噎」，《文苑英華》校：「集作呼壹。」

⑨三十載 《文苑英華》其上有「近」字，校：「集無此字。」《管見抄》作「三十餘載」。

⑩九百章 《管見抄》作「九百餘章」。「人間」 《文苑英華》、《管見抄》作「人聽」，《文苑英華》校：「集作間。」

⑪患難 郭本作「顯榮」。

⑫悲吒　馬本作「愁淚」，郭本作「悲淚」。

⑬辭别　《文苑英華》作「離别」，校：「集作辭。」

⑭又曰　《文苑英華》、《管見抄》作「又云」，《文苑英華》校：「集作曰。」

⑮這　《文苑英華》作「遮」，校：「集作這。」

⑯揣　《文苑英華》、《管見抄》作「怪」，《文苑英華》校：「集作揣。」「其故」　郭本作「其旨」。

⑰悲訃　《文苑英華》、《管見抄》作「悲訊」，《文苑英華》校：「集作訃。」

⑱萬感　《文苑英華》作「萬恨」，校：「集作感。」

⑲先知之乎　《文苑英華》、《管見抄》作「將先知乎」，校文同紹興本等。

⑳二首　《文苑英華》作「三章」。

㉑埃塵　此下《文苑英華》、《管見抄》有「其三云今生豈有相逢日未死應無暫忘時從此三篇收淚後終身無復更吟詩」三十一字。

㉒決　那波本、馬本作「訣」。

㉓孰不生死　《文苑英華》作「應不生滅」，校文同紹興本等。

㉔交朋　《文苑英華》作「友朋」，校：「集作交。」

㉕血淚　《文苑英華》作「血流」，校：「集作淚。」

【注】

陳《譜》、朱《箋》：作於大和五年（八三一），洛陽。

〔一〕微之：元稹。見卷三三《河南元公墓誌銘》（3622）。

〔二〕藩方：同藩方，方鎮。德宗《答權德輿謝追贈祖倕禮部郎中表批》：「卿位更將相，委重藩方。」

〔三〕詩云：《詩・曹風・鳲鳩》：「鳲鳩在桑，其子在榛。淑人君子，正是國人。正是國人，胡不萬年？」箋：「正，長也。能長人，則人欲其壽考。」

〔四〕又云：《詩・秦風・黄鳥》：「彼蒼者天，殲我良人。如可贖矣，人百其身。」

〔五〕哀詞二首：二詩又見《白氏文集》卷二七，題《哭微之二首》（1976、1977）。

〔六〕佛經云：二句不詳所出，疑涉意構，即據業報因果爲説。《佛本行集經》卷五十：「但是衆生造善惡業，隨業因緣而受是報。」《雜阿含經》卷十二：「因集故苦集，因滅故苦滅。」

唐故湖州長城縣令贈户部侍郎博陵崔府君神道碑銘①〔一〕 并序

公諱乎，字某，古太嶽胤也，今博陵人也。唐虞之際，因生爲姜姓。暨周封齊，分類曰崔氏。長源遠派，大族清門。珪組賢俊，準繩濟美②。斯崔氏所以綿千祀而甲百族也。隋散騎常侍諱洽，公六代祖也③。唐冀州武强令諱紹，曾組也。監察御史諱預，王父也。常州江陰令育④，皇考也。公幼以門陰子補太廟齋郎。初調授汝州葉縣尉，再調改宋州單父尉。時天寶末，盜起燕薊，毒流梁宋。屠城殺吏，如火燎原。單父之民，將墜塗炭。公感激奮發，仗順興兵。挫敗賊徒，保全鄉縣。拳勇之旅，歸之如雲。方欲糾合貔虎，敺誅蛇豕，京觀羣盜，金湯一方。本道節度使奇之，將議上聞。會有同事者爭功，陰相傾奪。公超然脱屣，遂以族行。東游江淮，安時俟命。屬吴王出閤領鎮，求才撫人〔二〕。常聞公名，試以吏事，遂表請爲宋城尉。事舉⑤，移假漣水令，賞緋魚袋。縣政修，轉常州録事參軍。糾察課成⑥，浙東採訪使聞之，奏授越州餘姚令〔三〕。吏畏人悦。歲未滿，浙西採訪使知之，奏改湖州長城令。長城之理，又加於前二邑焉。政成秩滿，解印罷去。優游自得，獨善其身。興元元年，疾殁於宋。大和五年，遷葬於洛。享年若干，詔贈尚書户部侍郎。夫人隴西李氏，追封岐國夫人⑦。皆從子貴也。公爲人儀表魁梧，氣概倜儻。負不羈之才，慕非常之功。始發軔於單父，志立而功不就；終税駕於長城，道行而位不達。善慶所積，實生司空。司空諱弘禮，公之幼子也。以學發身，以文飾吏，以幹蠱克家，以忠壯許國。典十郡，領二鎮，再釐東土，追命上公。雖天與之才，國與之位，亦由公義方之訓輔而成焉。大丈夫貯蓄材術，樹置功利，鎡基富貴⑧，焯燿家邦，不當其身而得於後〔四〕。父析子荷，相去幾何？嗚呼崔公，何不足之有？按國典，官五品以上墓得立碑〔五〕。又按喪葬令，凡諸贈官得同正官之制〔六〕。其孫彦防、彦佐等奉父命，述祖德，揭石于墓，勒銘于碑。銘曰：

天無全功，賢無全福。既享天爵，難兼世禄。矯矯崔公，道積厥躬。大志長略，卷于懷中。黄綬遏寇，思奮奇功。銅印字人，躬行古風。才高位下，步闊塗窮。音戢羽翮，不展心胸。天道有知，善積慶鍾⑨。昭哉報施，其在司空。（3618）

【校】

①題　《文苑英華》無「唐」、「銘」字。

②準繩　《文苑英華》校：「一作繩繩。」

③公六代祖　馬本脱「公」字。

④育　《文苑英華》作「諱育」。

⑤舉　《文苑英華》作「畢」，校：「集作舉。」

⑥課成　馬本作「課賦」，郭本作「課程」。

⑦夫人　《文苑英華》其上有「太」字，校：「集無此字。」

⑧鎡基　馬本作「鎡錤」。

⑨鍾　馬本誤「終」。

【注】

朱《箋》：作於大和五年（八三一），洛陽。按，崔弘禮卒於大和四年（八三〇）十二月，大和五年四月祔葬。此志或亦作於同時。

〔一〕崔府君：崔孚。《舊唐書·崔弘禮傳》：「崔弘禮，字從周，博陵人。北齊懷遠之七代孫。祖育，常州江陰令。父孚，湖州長城令。」權德輿《洪州建昌縣丞崔公墓誌銘》：「君諱遴，字某，博陵安平人。六代祖北齊右僕射昂……生隋水部司門二郎中洽……司門生皇掖縣令曇首，掖縣令生武邑令紹，武邑生白水尉頊，頊生汾西令贈定州刺史升之。……君即定州府君之長子，故相國右庶子安平公，其介弟也。」陸增祥《八瓊室金石補正》以爲孚與遴必爲一系，居易此文漏書曇首一代。《唐代墓誌彙編》大和〇三九王璠《唐故東都留守檢校尚書左僕射贈司空崔公墓志》：「公諱弘禮，字從周，博陵人也。……曾祖預，皇監察御史，贈麟臺丞。祖育，皇常州江陰縣令。烈考孚，皇湖州長城縣令。……（弘禮）即以大和五年四月己巳二十八日丙申葬於東都洛陽縣郭村北邙原，祔於先塋也。……有子八人，長曰道士玄鑒……，次彥防，前陝州安邑主簿；彥佐，前右衛倉曹參軍；次彥輔、彥博、彥成、彥光、彥鎮。」

〔二〕吳王：嗣吳王祗。《舊唐書·太宗諸子》吳王恪孫：「祗，神龍中封爲嗣吳王。景雲元年，加銀青光禄大夫。天寶十四載，爲東平太守。安禄山反，率衆渡河，凶威甚盛，河南陳留、滎陽、靈昌等郡皆陷於賊。祗起兵勤王，玄宗壯之。十五載二月，授祗靈昌太守，又左金吾大將軍、河南都知兵馬使。其月，又加兼御史中丞、陳留太守，持節充河南道節度採訪使，本官如故。五月，詔以爲太僕卿，遣御史大夫虢王巨代之。」《張巡傳》：「時吳王祗爲靈昌太守，奉詔糾率河南諸郡，練兵以拒逆黨，濟南太守李隨副之。巡與單父尉賈賁各召募豪傑，同爲義舉。」是崔孚與賈賁同爲單父尉。

〔三〕糾察課成：嚴耕望《唐史研究叢稿·唐代府州僚佐考》司録録事參軍：「中葉以後又常特令加重此職對於財務處理監督之權責。……白居易《長城縣令崔孚碑》：『轉常州録事參軍，糾察、課賦。』及權德輿《送台州崔録事序》，亦以『地征之衆寡』爲其要職。是亦後期之職頗重財務之證。蓋唐中葉以後，國家支度浩繁，行政以理財爲急務，司録録事參軍既爲府州行政最具關鍵之職位，兼内外督察之任，故府州財務即委任責成也。」嚴氏乃據馬本作「課賦」爲説，據文意當以作「課成」爲是。

〔四〕鎡基富貴：《孟子·公孫丑上》：「齊人有言曰：『雖有智慧，不如乘勢；雖有鎡基，不如待時。』」趙岐注：「乘勢，居富貴之勢。鎡基，田器，耒耜之屬。待時，三農時也。」疏：「言人雖有智慧之才，然非乘富貴之勢，則智慧之才有所不運。」此言孚未得時運。

〔五〕立碑：《唐會要》卷三八《葬》：「舊制，碑碣之制，五品以上立碑，螭首龜趺，上高不過九尺。七品以上立碑（當作碣），圭首方趺，趺上不過四尺。若隱淪道素，孝義著聞，雖不仕亦立碣。」《唐律疏議》卷二七《雜律》毁人碑碣石獸疏：「議曰：《喪葬令》：『五品以上聽立碑，七品以上立碣。塋域之内，亦有石獸。』」

〔六〕同正官之制：李宗閔《苻公神道碑銘》：「按國典，官至三（當作五）品，墓得立碑。又按（闕一字）葬令，諸追贈官品得同正。」

大唐泗州開元寺臨壇律德徐泗濠三州僧正明遠大師塔碑銘〔一〕　并序

娑婆世界中有釋迦如來，出爲上首。如來滅後，像法中或羅漢僧①，或菩薩僧，在在處處，出爲上首。佛道未喪，間生其人。故泗州開元寺臨壇律德大師，實一方上首也。大師譙郡酇人②，世姓暴氏，僧號明遠。七歲依本郡霈禪師出家，十九從泗州靈穆律師受具戒。五夏通《四分律》、《俱舍論》，乃升講座，乃登戒壇。元和元年，衆請充當寺上座。明年，官補爲本州僧正，統十二部。開元寺北地二百步，作講堂七間，僧院六所。淮泗間地卑多雨潦，歲有水害。師與郡守蘇遇等謀於沙湖西隙地創避水僧坊，建門廊廳堂厨廄二百間，植松杉楠檉檜一萬本〔二〕。由是僧與民無墊溺患。旋屬災焚本寺，寺殲像滅僧潰者數年。師與徐州節度使王侍中有緣，侍中名智興。遂合願叶力，再造寺宇〔三〕。乃請師爲三郡僧正。奏乞連置戒壇，因其施利，廓其規度③。侍中又以家財萬計助而成之。自殿閣堂亭廊庖廩藏，洎僧徒臧獲傭保馬牛之舍，凡二千若干百十間。其中像設之儀，器用之具，一無闕者。長慶五年春作④，大和元年秋成。輪奐莊嚴，星環棋布。如自地踊，若從天降。供施無虚日，鍾梵有常聲。四衆知歸，萬人改觀。於是增上慢者起敬，種善根者發心。利喜饒益，叵能具舉⑤。若非大師於福智僧中而得第一，若非侍中於敬信人中亦爲第一，則安能大作佛事而中興像教者乎？故如來所謂我滅後我法傳授於弟子，囑於大臣，斯言信矣。師以大和八年十二月十九日齋時終於本寺本院。是月二十九日，道俗衆萬輩，恭敬悲泣，備涅槃威儀，遷全身歸于湖西塼塔，遵本教而奉先志也。報年七十，僧臘五十有一。始出家訖于遷化，志業行願，道力化緣，引而伸之，隨日廣大。前後臨戒壇者八，登律座者十有五。僧尼得度者三萬衆。江淮行化者四十年。或疑是人如來所使羅漢菩薩，吾焉知之？初大師以功德爲心，既成而化。侍中以譔錄見託，未就而薨。今按弟子僧僧亮、元素行狀序而銘之。嗚呼！所以滿大師之願，終侍中之志也。銘曰：

平地踊塔，多寶示現。險路化城，導師方便。緊我大師，亦有大願。像法是弘，塔廟是建。佛人交接，兩得相見。法有毗尼，衆有僧尼⑥。承教於佛，得度於師。宣傳戒藏，振起律儀。四十餘載，勤而行之。福德如空，不可思議。緣合而來，功成而去。如性不動⑦，色身無住。示有遷化，非實滅度。表塔勒銘，門人戀慕。（3619）

【校】

①像法　郭本作「世界」。
②譙郡　馬本誤「醮郡」。
③廓其　郭本作「即其」。
④長慶五年　長慶僅四年，朱《箋》謂五年當作四年。
⑤叵　馬本誤「巨」。「具舉」　郭本作「具備」。
⑥衆有　馬本誤「象有」。
⑦如性　馬本作「知性」。

【注】

朱《箋》：作於大和八年（八三四），洛陽。

〔一〕泗州開元寺：李翺《泗州開元寺鐘銘》：「維泗州開元寺遭罹水火漂焚之餘，僧澄觀與其徒僧若干，復舊室居，作大鐘。貞元十五年，厥功成。於是隴西李翺書辭以紀之。」按，泗州開元寺當即僧伽所建臨淮寺，於開元間更名。崔恭《唐右補闕梁肅文集序》：「若以神道設教，化源旁濟，作《泗州開元寺僧伽和尚塔銘》。」可見僧伽所居名開元寺。劉軻《棲霞寺故大德玭律師碑》：「門人臨壇者有……臨淮開元寺澄觀。」此澄觀即李翺文之僧澄觀。《太平廣記》卷九六《僧伽大師》（出《本傳》及《紀聞錄》）：「中宗大喜，詔賜所修寺額，以臨淮爲名。師請以普照王字爲名，蓋欲依金像上字也。中宗以照字是天后廟諱，乃改爲普光王寺。」《宋高僧傳》卷十八《僧伽傳》：「（長慶）二年，寺塔皆焚，唯伽遺形儼若無損。」當即本文所言「旋屬災焚本寺」。明遠：叔孫矩《大唐揚州六合縣靈居寺碑》：「泗州開元寺大僧正明遠者，譙郡酇人也。於元和八年，來憩茲寺，略見隳廢，良用憮然。思效補天之功，遂假建瓴之力。乃請前縣大夫鄭繼，戮力合謀，相與經始，乃於泗上迎僧伽大師真身，並移厨置庫，遷淨人院，創常住倉。客省營，律堂設，功用大備，實有可觀。上人戒德侵冰，神儀耀玉，韻含律吕，學究天人。加之扇道飆，均法雨，演毗尼藏，傳木叉燈。北暨兩河，南被五嶺，莫不高山仰止，望景趨風。連帥稽首以傳香，諸侯接足而施祿者矣。」

〔二〕郡守蘇遇：《舊唐書・李紳傳》：「敬宗初即位，逢吉快紳失勢，慮嗣君復用之。張又新等謀逐紳。會荆州刺史蘇遇入朝，遇能決陰事，衆問計於遇。……逢吉乃以遇爲左常侍。」《全唐文》卷七三〇有小傳。《宋高僧傳》卷十八《僧伽傳》：「長慶元年夜半，於州牧蘇公寢室前歌曰：『淮南淮北，自此福焉。自東自西，無不熟悉矣。』其年獨臨淮境内有年耳。」即其人。

〔三〕王侍中：王智興。見卷十五《王智興可檢校右散騎常侍兼御史大夫充武寧軍節度副使領本道兵馬赴行營制》(3072)。《舊唐書・敬宗紀》：「(長慶四年十二月)乙未，徐泗王智興請置僧尼戒壇。浙西觀察使李德裕奏狀論其奸幸。時自憲宗朝有敕禁私度戒壇，智興冒禁陳請，蓋緣久不興置，由是天下沙門奔走如不及。智興邀其厚利，由是致富，時議醜之。」此文「連置戒壇」，蓋即此時事。《文宗紀》：「(大和六年三月)辛丑，以武寧軍節度使、守太傅、同平章事王智興兼侍中，充忠武軍節度、陳許蔡觀察等使。」

東都十律大德長聖善寺鉢塔院主智如和尚茶毗幢記〔一〕

浮圖教有茶毗威儀，事具《涅槃經》〔二〕。陀羅尼門有佛頂呪功德，事具《尊勝經》〔三〕。經文甚詳，此記不載。今但載大師僧行佛事，興建幢義趣而已。大師姓吉，號智如，絳都正平人。自孩及童，不飲酒，不茹葷，不食肉，不兒戲。年十二，授經於僧皎。二十二受具戒於僧晤，學《四分律》於曇濬律師，通《楞伽》、《思益》心要於法凝大師〔四〕。貞元中，寺舉省選，累補昭成、敬愛等五寺開法臨壇大德〔五〕。繇是行寖高，名寖重，僧尼輩請以聖善寺勅置法寶嚴持院處之。居十年而法供無虚日，律講無虚月。使疑者信，惰者勤，增上慢者退。僧風驟變，佛事勃興，實我師傳授誘誨之力也。大和八年十二月二十三日，終於本院。報年八十六，僧夏六十五。明年正月十五日，合都城道俗萬數，具涅槃儀，移窆於龍門祖師塔院①〔六〕。又明年某月某日，用闍維法遷祔於奉先寺祖師塔西而建幢焉。噫！大師自出家至即世，前後講毗尼三十會，度苾蒭百千人，秉律登壇②，施法行化者五十五載。而身相長大，面相端嚴，心不放逸，口無戲論。四部瞻仰，敬而畏之。矧又以直心坐道場，以密行傳法藏③〔七〕。爲東王城十大德首，爲南贍部八關戒師。名冠萬僧，利及百衆。所謂提智慧劍，破煩惱賊，撾無畏鼓，降内外魔，凜乎佛庭之直臣，鬱乎僧壇之大將者也。初師之將遷化也，無病無惱，晏坐齋心。領一童詣諸寺，遇像致敬，逢僧與遊。口雖不言，心若默别。後數日而化，識者異之。及臨盡滅也，告弟子言：我殁後當依本院先師遺法，勿塔勿墳，唯造《佛頂尊勝陀羅尼》一幢④，寘吾荼毗之所。吾形之化，吾願常在。願依幢之塵之影，利益一切衆生，吾願足矣。今院主上首弟子振公洎傳法受遺侍者弟子某等若干人，合力建幢，以畢師志〔八〕。振輩以居易辱爲是院門徒者有年矣，又十年以還蒙師授八關齋戒，見託爲記，附于真言。蓋欲以奉本教而滿先願，尋往因而集來果也。欲重宣此義，以一偈贊之。偈云：

幢功德甚大，師行願甚深。孰見如是幢，不發菩提心？（3620）

【校】

①院　馬本作「陂」，誤。

②秉律　郭本作「乘律」。

③法藏　郭本作「法輪」。

④陀羅尼　此下馬本有「經」字。

【注】

朱《箋》：作於開成元年（八三六），洛陽。

〔一〕聖善寺：見卷三一《如信大師功德幢記》（3598）注。智如：白居易有《與僧智如夜話》（《白氏文集》卷二五 1742）。又《贈僧五首》之一《鉢塔院如大師》（《白氏文集》卷二七 1994）注：「師年八十三，登壇秉律凡六十年。每歲於師處授八關戒者九度。」

〔二〕茶毗威儀：火葬法。《大般涅槃經後分》記佛涅槃後行茶毗法。

〔三〕佛頂呪：即佛頂尊勝陀羅尼。見《佛頂尊勝陀羅尼經》。參卷三一《如信大師功德幢記》（3598）注。

〔四〕法凝：即凝公。見卷二二《八漸偈》（2830～）注。

〔五〕昭成敬愛等五寺：《唐會要》卷四八《寺》：「昭成寺，道光坊。本沙苑監地。景龍元年，韋庶人立爲安樂寺。韋氏誅，改爲景雲寺，尋又爲昭成皇后追福，改爲昭成寺。」「敬愛寺，懷仁坊。顯慶二年，孝敬在春宫，爲高宗、武太后立之，以敬愛寺爲名，制度與西明寺同。天授二年，改爲佛授記寺，其後又改爲敬愛寺。」

〔六〕龍門祖師塔院：參卷三一《如信大師功德幢記》（3598）注。

〔七〕直心坐道場：《維摩經·菩薩品》：「直心是道場，無虚假故。」宗寶本《壇經·定慧品》：「如《淨名經》云：『直心是道場，直心是淨土。』」以密行傳法藏：佛十大弟子中羅睺羅以持戒堅固爲密行第一。

〔八〕振公：本書卷三三《聖善寺白氏文集記》（3632）：「與今長老振大士爲香火之社。」

白居易文集校注卷第三十三[1]

銘誌贊序祭文記辭傳　凡十八首

酒功贊　并序

晉建威將軍劉伯倫嗜酒，有《酒德頌》傳於世[2]〔一〕。唐太子賓客白樂天亦嗜酒，作《酒功贊》以繼之。其詞云：

麥麴之英，米泉之精。作合爲酒，孕和産靈。孕和者何？濁醪一樽。霜天雪夜[3]，變寒爲溫。産靈者何？清醑一酌。離人遷客，轉憂爲樂。納諸喉舌之内，淳淳泄泄，上音諄，下音裔。醍醐沆瀣。沃諸心胸之中，熙熙融融，膏澤和風。百慮齊息，時乃之德。萬緣皆空，時乃之功。吾常終日不食，終夜不寢。以思無益，不如且飲。（3621）

【校】

①卷第三十三　即《白氏文集》紹興本、馬本卷七十，那波本卷六十一。

②有　《文苑英華》校：「一作作。」傳　《文苑英華》校：「一作行。」

③天　《管見抄》作「朝」。《文苑英華》校：「一作月。或作朝。」

【注】

朱《箋》：作於大和二年（八二八）至大和四年（八三〇），洛陽。

〔一〕劉伯倫：劉伶字伯倫，仕魏爲建威參軍。其《酒德頌》：「有大人先生者，以天地爲一朝，萬期爲須臾，日月爲扃牖，八荒爲庭衢。行無轍迹，居無室廬。幕天席地，縱意所如。止則操卮執瓢，動則挈榼提壺。唯酒是務，焉知其餘。有貴介公子，縉紳處士，聞吾風聲，議其所以。乃奮袂攘襟，怒目切齒，陳説禮法，是非鋒起。先生於是方奉罌承槽，銜杯漱醪，奮髯箕踞，枕麴藉糟。無思無慮，其樂陶陶。兀爾而醉，慌爾而醒。靜聽不聞雷霆之聲，熟視不見太山之形。不覺寒暑之切肌，利欲之感情。俯觀萬物之擾擾，如江漢之載浮萍。二豪侍側，焉如蜾蠃之與螟蛉。」

唐故武昌軍節度處置等使正議大夫檢校户部尚書鄂州刺史兼御史大夫賜紫金魚袋尚書右僕射河南元公墓誌銘①　并序

公諱稹，字微之，河南人。六代祖巖，隋兵部尚書，封平昌公②〔一〕。五代祖弘，隋北平太守。高祖義端，魏州刺史〔二〕。曾祖延景，岐州參軍。祖諱悱，南頓縣丞，贈兵部員外郎。考諱寬，比部郎中，舒王府長史，贈尚書右僕射③。妣滎陽鄭氏，追封陳留郡太夫人〔三〕。公即僕射府君第四子，後魏昭成皇帝十五代孫也〔四〕。公受天地粹靈，生而岐然，孩而嶷然。九歲能屬文，十五明經及第。二十四調判入四等④，署秘省校書⑤。二十八應制舉，入三等，拜左拾遺。即日獻《教本書》，數月間上封事六七。憲宗召對，言及時政，執政者疑忌，出公爲河南尉。丁陳留太夫人憂，哀毁過禮，杖不能起⑥。服除之明日⑦，授監察御史。使于蜀，按任敬仲獄得情。又劾奏東川帥違詔條過籍税。又奏平塗山甫等八十八家冤事，名動三川〔五〕。三川人慕之，其後多以公姓字名其子。朝庭病東諸侯不奉法⑧，東御史府不治事，命公分臺而董之。時有河南尉離局從軍職，尹不能止。監察使死，其柩乘傳入郵⑨，郵吏不敢詰。内園司械繫人踰年，臺府不得知⑩。飛龍使匿趙氏亡命奴爲養子，主不敢言。浙右帥封杖杖安吉令至死⑪，子不敢怨。凡此者數十事，或奏，或劾，或移，歲餘皆舉正之〔六〕。內外權寵臣無奈何，咸不快意。會河南尹有不如法事，公引故事奏而攝之甚急。先是不快者乘其便相噪嗾，坐公專達作威⑫，黜爲江陵士曹掾〔七〕。居四年，徙通州司馬。又四年，移虢州長史。長慶初，穆宗嗣位⑬，舊聞公名，以膳部員外郎徵用。既至，轉祠部郎中，賜緋魚袋，知制誥。制誥，王言也。近代相沿，多失於巧俗。自公下筆，俗一變至於雅，三變至於典謨⑭〔八〕。時謂得人。上嘉之，數召與語，知其有輔弼才⑮。擢授中書舍人，賜紫金魚袋，翰林學士承旨。尋拜工部侍郎，旋守本官，同中書門下平章事。公既得位，方將行己志，答君知。無何，有憸人以飛語搆同位，詔下按驗無狀。上知其誣，全大體，與同位兩罷之〔九〕。出爲同州刺史。始至，急吏緩民，省事節用。歲收羨財千萬，以補亡户逋租。其餘因弊制事，贍上利下者甚多。二年，改御史大夫、浙東觀察使。將去同，同之耆幼鰥獨⑯，泣戀如別慈父母，遮道不可遏。送詔使導呵揮鞭有見血者⑰，路闢而後得行。先是，明州歲進海物，其淡蚶非禮之味尤速壞，課其程日馳數百里。公至越，未下車，趨奏罷。自越抵京師，郵夫獲息肩者萬計，道路歌舞之〔十〕。明年，辯沃瘠，察貧富⑱，均勞逸，以定税籍。越人便之，無流庸，無逋賦。又明年，命吏課七郡人冬築陂塘⑲，春貯水雨⑳，夏溉旱苗。農人賴之，無凶年㉑，無餓殍。在越八載，政成課高。上知之，就加禮部尚書，降璽書慰諭，以示旌寵。又以尚書左丞徵還，旋改户部尚書、鄂岳節度使㉒。在鄂三載，其政如越。大和五年七月二十二日，遇暴疾，一日薨于位，春秋五十三。上聞之，軫悼不視朝。贈尚書左僕射㉓，加賻贈焉㉔。前夫人京兆韋氏，懿淑有聞，無禄早世〔十一〕。生一女曰保子，適校書郎韋絢〔十二〕。今夫人河東裴氏，賢明知禮，有輔佐君子之勞，封河東郡君〔十三〕。生三女，曰小迎，未笄；道衡、道扶，齠齔。一子曰道護，三歲。仲兄司農少卿積㉕，姪御史臺主簿某等銜哀襄事〔十四〕。裴夫人、韋氏長女曁諸孤等，號護廧翣，以六年七月十二日，祔葬於咸陽縣奉賢鄉洪瀆原，從先宅兆也。公著文一百卷，題爲《元氏長慶集》。又集古今刑政之書三百卷，號《類集》㉖，並行於代。公凡爲文，無不臻極，尤工詩。在翰林時，穆宗前後索詩數百篇，命左右諷詠，宫中呼爲元才子〔十五〕。自六宫兩都八方至南蠻東夷國，皆寫傳之。每一章一句出，無脛而走，疾於珠玉。又觀其述作編纂之旨，豈止於文章刀筆哉？實有心在於安人活國㉗，致君堯舜，致身伊臯耳。抑天不與耶，將人不幸耶？予嘗悲公始以直躬律人，勤而行之㉘，則坎壈而不偶，謫瘴鄉凡十年，髮班白而歸來。次以權道濟世，變而通之，又齟齬而不安，居相位僅三月，席不煖而罷去。通介進退，卒不獲心。是以法理之用，止於舉一職㉙，不布於庶官；仁義之澤，止於惠一方，不周於四海。故公之心不足也。逢時與不逢時同，得位與不得位同㉚，貴富與浮雲同㉛。何者？時行而道未行㉜，身遇而心不遇也。執友居易，獨知其心，以泣濡翰，書銘于墓曰：

嗚呼微之，年過知命，不謂之夭。位兼將相，不謂之少。然未康吾民，未盡吾道。在公之心，則爲不了。嗟乎哉㉝！道廣而俗隘，時矣夫！心長而運短，命矣夫！嗚呼微之，已矣夫！（3622）

【校】

①題　「唐故」《文苑英華》作「相國」。「節度」下《唐文粹》有「觀察」二字。

②平昌　紹興本等作「昌平」，據《唐文粹》、《文苑英華》改。《文苑英華》校：「《文粹》如此，是。《英華》作武平，集作昌平，並非。」

③右　《文苑英華》作「左」，校：「集本、《文粹》作右。」

④調判　馬本作「調試」。

⑤秘省校書　《文苑英華》作「秘書省校書郎」。

⑥不　《文苑英華》校：「《文粹》作而。」

⑦日　《文苑英華》校：「集作年。」

⑧病　《文苑英華》作「疾」，校：「一本作病。」
⑨入郵　《文苑英華》其上有「入郡」二字，校：「一本無此二字。」
⑩臺府　馬本誤「登府」。
⑪帥　《文苑英華》校：「一作使。」「杖杖」　《文苑英華》校：「一作結決。」
⑫專達　那波本、馬本作「專逞」。
⑬穆宗　《文苑英華》此下有「皇帝」二字，校：「一本無此二字。」
⑭三　《文苑英華》作「雅一」，校：「一字一本作三。」
⑮知其　《文苑英華》無「其」字。
⑯同　《管見抄》作「州」。
⑰遏送　二字馬本作「通」。「導」　《唐文粹》、《文苑英華》作「道」，《文苑英華》校：「集作導。」
⑱貧富　《文苑英華》作「富貴」，校：「一本作貧富。」《管見抄》作「富貧」。
⑲冬　馬本作「各」，誤。
⑳水雨　《唐文粹》、《文苑英華》作「雨水」。
㉑無凶年　紹興本等無此三字，據那波本、《唐文粹》、《文苑英華》補。
㉒鄂岳　《文苑英華》作「鄂州」，校：「一本作岳。」

㉓左僕射　《管見抄》、馬本作「右僕射」。《文苑英華》校：「二本作右。」按，「右僕射」與題合。
㉔賻贈　《文苑英華》、《管見抄》作「贈賻」，《文苑英華》校：「二本作賻贈。」
㉕積　《文苑英華》作「程」，校：「二本作積。」
㉖號　《文苑英華》校：「《文粹》作名。」
㉗活國　《唐文粹》、《文苑英華》、《管見抄》、馬本作「治國」，《文苑英華》校：「集作活。」
㉘勤而行之　《文苑英華》作「行而勤之」。
㉙舉　《文苑英華》作「修」，校：「二本作舉。」
㉚不逢時　《管見抄》作「不逢」。不得位　《管見抄》作「不得」。
㉛貴富　那波本、《文苑英華》、馬本等作「富貴」。
㉜未行　《文苑英華》作「不行」，校：「二本作未。」
㉝嗟乎哉　《管見抄》作「嗟哉惜哉」。《文苑英華》校：「二字《文粹》作惜哉惜哉。」

【注】

陳《譜》、朱《箋》：作於大和六年（八三二），洛陽。

〔一〕元巖：《隋書·元巖傳》：「元巖字君山，河南洛陽人也。父禎，魏敷州刺史。……高祖爲丞相，

（巖）加位開府、民部中大夫。及受禪，拜兵部尚書，進爵平昌郡公，邑二千户。……子弘嗣，仕歷給事郎，司朝謁者，北平通守。」

〔二〕元義端：《唐代墓誌彙編》長安〇二一《大周定王掾獨孤公故夫人元氏墓誌銘》：「夫人姓元氏，河南洛陽人，魏昭成皇帝之後也。……曾祖巖，隋户部、兵部二尚書，蜀王府長史，昌平郡公。……祖弘，隋倉部侍郎，尚書左丞右丞，司朝謁者，北平郡守，襲昌平公。父義端，唐尚乘、尚食二奉御，唐、易、魏三州刺史。」此義端之女。

〔三〕妣滎陽鄭氏：見本書卷五《唐河南元府君夫人滎陽鄭氏墓誌銘》(2864)。

〔四〕昭成皇帝十五代孫：元稹《唐故朝議郎侍御史内供奉鹽鐵轉運河陰留後河南元君墓誌銘》：「有魏昭成皇帝十一代而生我隋朝兵部尚書府君諱某，後五代而生我比部郎中舒王府長史府君諱某，君即府君之第二子也。諱某，字元度。」此元積兄元秬，則昭成至積十七世。岑仲勉《唐集質疑·元稹世系》比較《元和姓纂》、《新唐書·宰相世系表》及元稹、白居易所撰誌文，以《姓纂》所載世系爲可信，積應爲昭成十四世孫，連本身計之。

〔五〕使于蜀五句：元稹《彈奏劍南東川節度使狀》：「故劍南東川節度觀察處置等使嚴礪在任日，擅没管内將士、官吏、百姓及前資、寄住等莊宅、奴婢，今於兩税外加徵錢米及草等，謹件如後。……臣昨奉三月一日敕，令往劍南東川，詳覆瀘州監官任敬仲贓犯。於彼訪聞嚴礪在任日，擅没前件莊宅、奴婢等。……勘得塗山甫等八十八户，案内並不經驗問虛實，亦不具事職名，便收家産没官，其時都不聞奏，所收資財奴婢悉皆貨賣破用，及配充作坊驅使，其莊宅桑田、元和二年三年租課，嚴礪並已徵收支用訖。……嚴礪又於管内諸州元和二年兩税錢外，加配百姓草，共四十一萬四千八百六十七束，每束重一十一斤。」

〔六〕凡此者數十事：元稹《敍奏》：「予自東川還，朋礪者潛切齒矣。無何，分莅東都臺。天子久不在都，都下多不法者，百司皆牢獄，有裁接吏械人通歲而臺府不得而知者。予因飛奏，絶百司專禁錮。河南尉判官，予劾之，忤宰相旨。監徐使死於軍，徐帥郵傳其柩，柩至洛，其下毆詬主郵吏，予命吏徙柩於外，不得復乘傳。浙西觀察使封杖決安吉令至死，河南尹誣奏書生尹泰階請死之，飛龍使誘趙實家逃奴爲養子，田季安盜娶洛陽衣冠女，汴州没入死商錢且千萬，滑州賦於民以千，授於人以八佰，朝廷饋東師，主計者誤命牛車四千三百乘飛芻入太行，類是數十事，或移或奏，皆主之。」以上諸事並見元稹《論浙西觀察使封杖決殺縣令事》、《論轉牒事》、《爲河南百姓訴車》等。參卷二二《論元稹第三狀》(3372)。

〔七〕河南尹有不法事：元稹《敍奏》：「貞元已來，不慣用文法，内外寵臣皆喑嗚。會河南尹房式詐諼事發，奏攝之，前所喑嗚者叫噪。宰相素以劾判官事相銜，乘是黜予江陵掾。」參卷二二《論元稹第三狀》(3372)。

〔八〕三變至於典謨：元稹《制誥序》：「元和十五年，余始以祠部郎中知制誥，初約束不暇及此。上曰：『通事舍人不知書，便其宜，宣贊之外無不可。』自是司言之臣，皆得追用古道，不從中覆。

然而余所宣行者，文不能自足其意，率皆淺近，無以變例。追而序之，蓋所以表明天子之復古，而張後來者之趣尚耳。」參卷十一卷題注。

〔九〕與同位兩罷之：《舊唐書·元稹傳》：「時王廷湊、朱克融連兵圍牛元翼於深州，朝廷俱赦其罪，賜節鉞，令罷兵，俱不奉詔。稹以天子非次拔擢，欲有所立以報上。有和王傅于方者，故司空頔之子，干進於稹。言有奇士王昭、王友明二人，嘗客於燕趙間，頗與賊黨通熟，可以反間而出元翼。仍自以家財資其行，仍賂兵、吏部令史，爲出告身二十通，以便宜給賜，稹皆然之。有李賞者，知于方之謀，以稹與裴度有隙，乃告度云：『于方爲稹所使，欲結客王昭等刺度。』度隱而不發。及神策軍中尉奏于方之事，乃詔三司使韓皐等訊鞫，而害裴事無驗，而前事盡露。遂俱罷稹、度平章事，乃出稹爲同州刺史，度守僕射。」《李逢吉傳》：「度在太原時，嘗上表論稹奸邪。及同居相位，逢吉以爲勢必相傾，乃遣人告和王傅于方結客，欲爲元稹刺裴度。及捕于方，鞫之無狀，稹、度俱罷相位，逢吉代度爲門下侍郎平章事。」《裴度傳》：「度與李逢吉素不協。度自太原入朝，而惡度者以逢吉善於陰計，足能構度，乃自襄陽召逢吉入朝，爲兵部尚書。度既復知政事，而魏弘簡、劉承偕之黨在禁中。逢吉用族子仲言之謀，因醫人鄭注與中尉王守澄交結，内官皆爲之助。五月，左神策軍奏告事人李賞稱和王府司馬于方受元稹所使，結客欲刺裴度。詔左僕射韓皐、給事中鄭覃與李逢吉三人鞫于方之獄。未竟，罷元稹爲同州刺史，罷度爲左僕射，李逢吉代度爲宰相。」參卷二四《爲宰相謝官表》(3415)。

〔十〕明州歲進海物：元稹《浙東論罷進海味狀》：「浙江東道都團練觀察處置等使當管明州，每年進淡菜一石五斗、海蚶一石五斗。……如蒙聖慈特賜允許，伏乞賜臣等手詔勒停，仍乞準元和九年敕旨，宣下度支、鹽鐵，所在勒回。」

〔十一〕前夫人京兆韋氏：韓愈《監察御史元君妻京兆韋氏夫人墓誌銘》：「夫人諱叢，字茂之，姓韋氏。……王考夏卿以太子少保卒贈左僕射，僕射娶裴氏皐女。皐爲給事中，皐父宰相耀卿。夫人於僕射爲季女，愛之，選婿得今御史河南元稹。……年二十七，以元和四年七月九日卒。」

〔十二〕韋絢：《新唐書·藝文志三》：「韋絢《劉公嘉話録》一卷。絢字文明，執誼子也，咸通義武軍節度使。」《劉賓客嘉話録》：「開成末，韋絢自左補闕爲起居舍人。」又《説郛》卷七引韋絢《戎幕閑談》序：「贊皇公博物好奇，尤善語古今異事。當鎮蜀時，賓佐宣吐……大和五年十一月二十三日，巡官韋絢引。」則其大和五年在劍南李德裕幕府爲巡官。

〔十三〕河東裴氏：裴氏名淑字柔之。元稹有《贈柔之》。裴淑有《答微之》，見《全唐詩》卷七九九。元稹《唐故福建等州都團練觀察處置等使中大夫使持節都督福州諸軍事福州刺史兼御史中丞上柱國賜紫金魚袋贈左散騎常侍裴公墓誌銘》：「公諱某，字某。河東聞喜，其望也。唐故長安縣令諱安期，贈左散騎常侍諱後己，贈工部尚書諱郃，其父祖、其曾也。……予與公姻懿相習熟，及予來東，自謂與公會於途，晨涉淮而夕聞其訃。」此裴乂誌。《新唐書·宰相世系表一上》中眷裴氏：後己生涪州刺史郞、汾州別駕郃；郃生福建觀察使乂。裴淑爲郞女。

〔十四〕元稹：本書卷五《唐河南元府君夫人滎陽鄭氏墓誌銘》（2864）：「夫人有四子二女，長曰沂，蔡州汝陽尉。次曰秬，京兆府萬年縣尉。次曰積，同州韓城尉。次曰稹，河南縣尉。」參該篇注。

〔十五〕宫中呼爲元才子：《舊唐書·元稹傳》：「穆宗皇帝在東宫，有妃嬪左右嘗誦稹歌詩以爲樂曲者，知稹所爲，嘗稱其善，宫中呼爲元才子。荆南監軍崔潭峻甚禮接稹，不以掾吏遇之，常徵其詩什諷誦之。長慶初，潭峻歸朝，出稹《連昌宫辭》等百餘篇奏御。穆宗大悦，問稹安在，對曰：『今在南宫散郎。』即日轉祠部郎中知制誥。朝廷以書命不由相府，甚鄙之。然辭誥所出，敻然與古爲侔，遂盛傳於代，由是極承恩顧。嘗爲《長慶宫辭》數十百篇，京師競相傳唱。居無何，召入翰林，爲中書舍人。」

唐故虢州刺史贈禮部尚書崔公墓誌銘①并序

唐有通四科、達三教者，曰惟崔公。公諱玄亮，字晦叔。其先出於炎帝，至裔孫穆伯受封于崔，因而命氏。漢初始分爲清河、博陵二祖，故其後稱博陵人。曾祖悦，洛州司户參軍，贈太子少保②〔一〕。祖光迪，贈贊善大夫。考抗③，揚州司馬兼通事舍人，贈太子少師。妣太原王氏，贈晉陽郡太夫人。公即少師季子。解褐補秘書省校書郎，從事宣、越二府④，奏授協律郎，大理評事。朝廷知其才，徵授監察，轉殿中，歷侍御史，膳部、駕部員外郎，洛陽令，密州刺史。公既至密⑤，密民之凍餒者賑卹之，疾疫者救療之，胔骼未殯者命葬藏之⑥，男女過時者趨嫁娶之⑦。三月而政立，二年而化行。密人悦之，發於謡詠。換歙州刺史，其政如密。先是，歙民畜馬牛而生駒犢者⑧，官書其數，吏緣爲姦。公既下車，盡焚其籍，孳息貨易，一無所問。先是，歙民居山險⑨，而輸税米者擔負跋涉，勤苦不支。公許其計斛納緡，賤入貴出。官且獲利，人皆忘勞。農人便之，歸如流水。朝廷聞其政，徵拜刑部郎中，謝病不就。俄改湖州刺史，政如密、歙。加之以聚羨財而代逋租，則人不困。謹茶法以防黠吏，則人不苦。修堤塘以備旱歲，則人不饑。罷氓賴之⑩，如依父母。入爲秘書少監，改曹州刺史、兼御史中丞，謝病不就。拜太常少卿，遷諫議大夫。屢上封章，言行職舉〔二〕。上召對，加金紫以獎之，假貂蟬以寵之〔三〕。未幾，朝有大獄，人心惴駭。勢連中外，衆以爲冤。百辟在庭，無敢言者。公獨進及霤，危言觸鱗。天威赫然，連叱不去。遂置笏伏陛，極言是非，血淚盈襟，詞竟不屈。上意稍悟，容而聽之。卒使罪疑唯輕⑪，實公之力〔四〕。既而真拜，因旌忠臣⑫。由是正氣直聲，震耀朝右。搢紳者賀，皆曰⑬：國有人焉，國有人焉。公以爲名不可多取，退不必待年，決就長告，徑遵歸路。朝廷不得已，在途拜太子賓客分司東都。公濟源有田，洛下有宅。勸誨子弟，招邀賓朋[14]，以山水琴酒自娱，有終焉之志。無何，又除虢州刺史。蓋執政者惜其去，將欲馴致而復用之。大和七年七月十一日，遇疾，薨于虢州廨舍。天子廢朝一日，贈禮部尚書。周行士林，聞者相弔。宗族交友，靡不出涕。遺直遺愛，公兼有焉。嗚呼！公之將終也，遺誡諸子。其書大略云：吾年六十六，不爲無壽。官至三品，不爲不達。死生定分，何足過哀？自天寶已還，山東士人皆改葬兩京，利於便近。唯吾一族，至今不遷。我歿宜歸全于滏陽先塋，正首丘之義也[15]〔五〕。送終之事[16]，務從儉薄。保家之道，無忘孝悌。吾玉磬琴留别樂天[17]，請爲墓誌云爾。夫人范陽盧氏，先公而歿。有子九人，長曰煴，通事舍人。次曰芻言、罕言，舉進士。次曰緩[18]，中牟尉。其下皆幼稚。煴等哀毀孝敬，號護輀翣。以九年四月二十八日，用大葬之禮，歸窆于磁州昭義縣磁邑鄉北原，遷盧夫人而合祔焉，遵理命也。公之丁少師憂也，退居高郵。其地卑濕，泣血卧苫者三載，因病痺其兩股焉[19]。逮於終身，竟不能趨拜[20]。從祖弟仁亮竄謫巴南，歿而後歸[21]。公先命長男煴護喪歸葬，後命幼子聽繼絶承祧。自宗族及朋執間，有死無所歸、孤無所依者，公或祭之葬之[22]，或衣之食之，或婚之嫁之，俟、齊二家之類是也。故閨門稱其孝，羣從仰其仁，交遊服其義，可不謂德行乎？公幼嗜學，長善屬文[23]。以辭賦舉進士，登甲科。

以書判調天官，入上等。前後文集凡若干卷，尤工五言七言詩。警策之篇，多在人口。其餘製述，作者許之，可不謂文學乎？公之典密、歙、湖也，理化如彼㉔，可不謂政事乎？居大諫、騎省也，忠讜如此㉕，可不謂言語乎？公夙慕黄老之術㉖，齋心受籙，伏氣鍊形。暑不流汗，冬不挾纊〔六〕。膚體顔色，冰清玉溫，未識者望之如神仙中人也㉗。在湖三歲㉘，歲修三元道齋，輒有彩雲靈鶴㉙，迴翔壇上，久之而去㉚〔七〕。前後致齋七八，而鶴來儀者凡三百六十。其内修外感也如此㉛，可不謂通於大道乎㉜？公之晚年，又師六祖。以無相爲心地，以不二爲法門。每遇僧徒，輒論真諦。雖耆年宿德㉝，皆心伏之㉞。及易簀之夕，大怖將至㉟，如入三昧，恬然自安。仍於遺疏之末手筆題云：「暫榮暫悴敲石火，即空即色眼生花。許時爲客今歸去，大曆元年是我家。」解空得證也又如此㊱，可不謂達於佛性乎？總而言之，故曰通四科、達三教者也。居易不佞，辱與公遊者三十餘年。年老分深，定爲執友。況奉遺札，託爲斯文。且慚鄙陋㊲，不敢辭讓。銘曰：

　　滏水之陽，鼓山之下〔八〕。吉日吉土，載封載樹。嗚呼博陵，崔君之墓！（3623）

【校】

①題　《文苑英華》無「唐故」二字。

②保　《文苑英華》校：「集作師。」

③抗　《文苑英華》、馬本、郭本作「杭」。

④從事　紹興本等無二字，據《文苑英華》、《管見抄》補。

⑤公既　《文苑英華》無「既」字。

⑥胔骼　《文苑英華》作「胔體」，校：「集作骼。」「葬藏」《文苑英華》作「藏葬」，校：「集作葬藏。」

⑦趨嫁　《文苑英華》作「爲嬪」，校：「集作娶嫁。」

⑧歙民　《文苑英華》「歙」下有「州」字，校：「集無此字。」「馬牛」《文苑英華》、郭本作「牛馬」。

⑨居　《文苑英華》此下有「其」字，校：「集無此字。」

⑩罷氓　《文苑英華》作「罷民」，校：「集作氓。」

⑪唯輕　《文苑英華》、《管見抄》作「從輕」，《文苑英華》校：「集作惟。」

⑫因旌　《管見抄》作「由旌」。《文苑英華》作「用旌」，校：「集作因。」

⑬賀皆曰　《管見抄》作「相賀皆曰」。《文苑英華》作「相賀曰」，校：「集作賀皆曰。」

⑭招邀　《文苑英華》作「邀招」。

⑮正首丘之義　《文苑英華》作「正丘首義」。

⑯事　《文苑英華》、《管見抄》作「禮」，《文苑英華》校：「集作事。」

⑰玉磬　郭本作「玉軫」。
⑱綏　《文苑英華》校：「集作綬。」
⑲病痺　《文苑英華》作「痼痺」，校：「集作病。」
⑳竟不能　《文苑英華》無「竟」字，校：「集有竟字。」
㉑後歸　《文苑英華》、《管見抄》作「無後」。
㉒祭之葬之　馬本作「葬之祭之」。
㉓善　《文苑英華》作「能」，校：「集作善。」
㉔如彼　《文苑英華》作「如此」，校：「集作彼。」
㉕如此　《文苑英華》其上有「又」字，校：「集無又字。」
㉖述　《文苑英華》作「道」，校：「集作術。」
㉗如　《管見抄》作「疑」。
㉘三歲　《文苑英華》作「三載」，校：「集作歲。」
㉙輒有　《管見抄》其上有「每齋」二字，《文苑英華》作「每」字，校：「集無此字。」
㉚久之而去　《文苑英華》作「久而去之」，校文同紹興本等。
㉛如此　《文苑英華》、《管見抄》其上有「又」字，《文苑英華》校：「集無此字。」

㉜大道　《管見抄》作「道用」。
㉝德　《文苑英華》校：「集作學。」
㉞伏之　郭本作「服之」。
㉟大怖　《管見抄》作「火怖」。
㊱解空　《文苑英華》、《管見抄》其上有「其」字。
㊲且慚鄙陋　《管見抄》作「且悲且慚」。

陳《譜》、朱《箋》：作於大和九年（八三五），洛陽。

【注】

㈠崔悅：《舊唐書·崔光遠傳》：「崔光遠，滑州靈昌人也。本博陵舊族。祖敬嗣，好樗蒱飲酒。則天初，爲房州刺史。中宗爲廬陵王，安置在州，官吏多無禮度，敬嗣獨以親賢待之，供給豐贍，中宗深德之。及登位，有益州長史崔敬嗣，既同姓名，每進擬官，皆御筆超拜之者數四。後引與語，始知誤寵。訪敬嗣已卒，乃遣中書令韋安石授其子汪官。汪嗜酒不堪職任，且授洛州司功，又改五品。光遠即汪之子。」《新唐書·宰相世系表二下》博陵崔氏第三房：敬嗣生悅，悅生光遠、光迪。《金石錄》卷二五引《周崔敬嗣墓誌》，敬嗣長子悅、次子協，而無名汪者。岑仲勉《元和姓纂四校記》引沈濤跋、羅振玉校，謂《崔光遠傳》誤以悦爲汪。

〔二〕遷諫議大夫：《舊唐書·崔玄亮傳》：「崔玄亮，字晦叔，山東磁州人。玄亮貞元十一年登進士第，從事諸侯府。……至元和初，因知己薦達入朝。再遷監察御史，轉侍御史。出爲密、湖、曹三郡刺史。每一遷秩，謙讓輒形於色。大和初，入爲太常少卿。四年，拜諫議大夫，中謝日，面賜金紫。」《舊唐書·鄭覃傳》：「元和十四年二月，遷諫議大夫。……穆宗不恤政事，喜遊宴，即位之始，吐蕃寇邊，覃與同職崔玄亮等廷奏曰：『陛下即位已來，宴樂過多，畋遊無度。今蕃寇在境，緩急奏報，不知乘輿所在。臣等忝備諫官，不勝憂惕，伏願稍減遊縱，留心政道。……』時久無閣中奏事，覃等抗論，人皆相賀。」《崔玄亮傳》不載。

〔三〕假貂襌以寵之：《册府元龜》卷四五八《臺省部·德望》：「崔玄亮自太常少卿爲諫議大夫，朝廷以其名望宿舊，由諫議遷右散騎常侍。」

〔四〕朝有大獄：《舊唐書·崔玄亮傳》：「朝廷推其名望，遷右散騎常侍。來年，宰相宋申錫爲鄭注所構，獄自内起，京師震懼。玄亮首率諫官十四人，詣延英請對，與文宗往復數百言。文宗初不省其諫，欲置申錫於法。玄亮泣奏曰：『……今至聖之代，殺一凡庶，尚須合於典法，況無辜殺一宰相乎？臣爲陛下惜天下法，實不爲申錫也。』言訖，俯伏嗚咽，文宗爲之感悟。玄亮由此名重於朝。」又見《文宗紀》、《宋申錫傳》等。

〔五〕滏陽：《元和郡縣圖志》卷十五河東道：「磁州，滏陽，上。……滏陽縣，望。郭下。本漢武安縣之地。……大業二年廢磁州，縣屬相州。永泰元年重立磁州，縣又割屬。」「昭義縣，上。東南至州四十里。」按，《舊唐書·崔玄亮傳》謂玄亮磁州人，《崔光遠傳》則謂光遠滑州人，則光遠之後又遷居。

〔六〕冬不挾纊：白居易《思舊》（《白氏文集》卷二九2130）：「崔君誇藥力，經冬不衣綿。」謂玄亮。又《感事》（卷三三2462）：「服氣崔常侍，燒丹鄭舍人。」

〔七〕歲修三元道齋：見本書卷三一《吴興靈鶴贊》（3601）。

〔八〕鼓山：《元和郡縣圖志》卷十五磁州滏陽縣：「鼓山，一名滏山，在縣西北四十五里，滏水出焉。泉源奮涌，若滏水之湯，故以滏口名之。」

唐故溧水縣令太原白府君墓誌銘①并序

公諱季康，字某，太原人〔一〕。秦武安君起之裔胄，北齊五兵尚書建之五代孫也。曾祖諱士通，皇朝利州都督。祖諱志善，尚衣奉御②〔二〕。父諱鏻，揚州錄事參軍。公即錄事府君次子。歷華州下邽尉③，懷州河内丞，徐州彭城令，江州尋陽令，宿州虹縣令④，宣州溧水令。歿于官舍⑤。明年某月某日⑥，歸葬于華州下邽縣某鄉某原，享年若干。嗚呼！公爲人溫恭信厚，爲官貞白嚴重，友于兄弟，慈于子姪。鄉黨推其行，交遊讓其才。自尉下邽至宰溧水，皆以潔廉通濟⑦，見知於郡守，流譽於朋寮。才不偶時⑧，道屈於位，而徒勞於州縣，竟不致於青雲。命矣夫，哀哉！公前夫人河東薛氏，先公若干年而殁。生二子一女。女號鑒虛，未笄出家。長子某，杭州於潛尉〔三〕。次子某，睦州遂安尉。後夫人高陽敬氏，父諱某，某官。生一子二女。女皆早夭。子曰敏中，進士出身，前試大理評事，歷河東、鄭滑、邠寧三府掌記〔四〕。夫人在室，以孝敬奉親爲淑女。既嫁，以柔和從夫爲順歸。及主家，以慈正訓子爲賢母。故敏中遵其教，飭其身，升名甲科，歷聘公府，以文行稱於衆，以禄養榮於親。雖自有兼材⑨，然亦由夫人誨導之所致也。夫人以大和七年正月某日寢疾，終於下邽別墅，享年若干。明年某月某日，啓溧水府君薛夫人宅兆而合祔焉，禮也。時諸子盡殁，獨敏中號泣襄事⑩，託從祖兄居易誌于墓石⑪。銘曰：

繄我叔父，溧水府君，治本於家事，施政於縣民⑫。繄我叔母，高陽夫人〔五〕。德修於室家⑬，慶積於閨門。訓著趨庭，善彰卜鄰。故其嗣子，休有令聞。（3624）

【校】

①題　《文苑英華》無「唐」字。「溧水」二字紹興本等作「漂」，據《文苑英華》改。

②尚衣　紹興本等作「尚醫」，據《文苑英華》改。《文苑英華》校：「集作醫。」

③尉　《文苑英華》作「縣尉」，校：「集無縣字。」

④宿州　《文苑英華》作「泗州」，校：「集作宿。元和四年始析泗州之虹置宿州，大和三年廢，七年復置。」

⑤殁于　《文苑英華》其上有「某年月日」四字，「殁」作「終」。「官舍」《文苑英華》其上有「溧水」二字。

⑥某月某日　《文苑英華》作「某月日」。

⑦潔廉　《文苑英華》作「廉潔」。

⑧偶時　《文苑英華》作「遇時」，校：「集作偶。」

⑨兼材　《文苑英華》作「資材」，校：「集作兼。」郭本作「美材」。

⑩襄事　《文苑英華》作「喪事」，校：「集作襄。」

⑪誌于　《文苑英華》作「誌其」，校：「集作于。」

⑫縣民　《文苑英華》作「尉民」，校：「集作縣。」

⑬室家　《文苑英華》作「家室」。

【注】

陳《譜》、朱《箋》：作於大和七年（八三三），洛陽。

〔一〕白季康：陳《譜》：「府君名季康，敏中之父。至今溧水城隍神相傳爲白君也。」《全唐文補遺》第三輯高璩《唐故開府儀同三司守太傅致仕上柱國太原郡開國公食邑二千户贈太尉白公墓誌銘》（《唐代墓誌彙編續集》咸通〇〇五）：「公諱敏中，字用晦。……曾祖溫，皇檢校尚書都官郎中，贈給事中。祖鏻，皇揚州錄事參軍，贈左僕射。烈考季康，皇宣州溧水縣令，贈司徒。前娶河東薛氏，封河東郡太夫人。有子二人，長曰闤，杭州於潛尉。次曰幼父，睦州遂安尉。再娶平陽敬氏，累封鄭國太夫人，皇復州刺史□琬之女。公即司徒公第三子，鄭國太夫人之出也。」

〔二〕白建至志善：見卷九《故鞏縣令白府君事狀》（2903）注。該狀志善子溫，溫子鍠。此誌鏻上缺書溫一代。

〔三〕於潛尉：據白敏中墓誌，名闤。白居易有《自河南經亂關内阻飢兄弟離散各在一處因望月有感聊書所懷寄上浮梁大兄於潛七兄烏江十五兄兼示符離及下邽弟妹》（《白氏文集》卷十三0687）。其貞元間官於潛尉，即以此終官。

〔四〕白敏中：《舊唐書·白敏中傳》：「長慶初，登進士第，佐李聽，歷河東、鄭滑、邠寧三府節度掌書記，試大理評事。大和七年，丁母憂，退居下邽。會昌初，爲殿中侍御史，分司東都。」

〔五〕高陽夫人：疑誤。據白敏中墓誌，其母封鄭國太夫人。據敬氏郡望，則當作平陽夫人。

序洛詩①

《序洛詩》，樂天自敍在洛之樂也②。予歷覽古今歌詩③，自《風》、《騷》之後，蘇、李以還，李陵、蘇武始爲五言詩。次及鮑、謝徒，迄于李、杜輩④，其間詞人聞知者累百，詩章流傳者鉅萬⑤。觀其所自，多因讒冤譴逐，征戍行旅，凍餒病老，存殁别離，情發於中，文形於外。故憤憂怨傷之作，通計今古，什八九焉。世所謂文士多數奇，詩人尤命薄，於斯見矣〔一〕。又有以知理安之世少⑥，離亂之時多，亦明矣。予不佞，喜文嗜詩⑦，自幼及老，著詩數千首。以其多矣，故章句在人口，姓字落詩流。雖才不逮古人，然所作不啻數千首。以其多矣⑧，作一數奇命薄之士亦有餘矣。今壽過耳順，幸無病苦，官至三品，免罹飢寒，此一樂也。大和二年，詔授刑部侍郎。明年，病免歸洛，旋授太子賓客分司東都。居二年，就領河南尹事。又三年，病免歸履道里第，再授賓客分司。自三年春至八年夏⑨，在洛凡五周歲，作詩四百三十二首。除喪朋、哭子十數篇外⑩，其他皆寄懷於酒，或取意於琴〔二〕。閑適有餘，酣樂不暇。苦詞無一字，憂歎無一聲，豈牽强所能致耶？蓋亦發中而形外耳。斯樂也，實本之於省分知足，濟之以家給身閑，文之以觴詠絃歌，飾之以山水風月。此而不適，何往而適哉？兹又以重吾樂也。予嘗云：治世之音安以樂⑪，閑居之詩泰以適⑫。苟非理世，安得閑居⑬？故集洛詩，别爲序引，不獨記東都履道里有閑居泰適之叟，亦欲知皇唐大和歲有理世安樂之音。集而序之⑭，以俟夫採詩者。甲寅歲七月十日云爾⑮。（3625）

【校】

①題　《文苑英華》作「序洛詩序」。
②之樂　那波本作「之樂詩」，《文苑英華》作「之詩」。
③歌詩　馬本作「歌詠」。
④李杜輩　此下《管見抄》夾註：「李白、杜甫。」
⑤鉅萬　《文苑英華》作「巨萬」，校：「集作鉅。」
⑥有以　紹興本、那波本作「有已」，據《文苑英華》、《管見抄》、馬本改。
⑦喜文　《管見抄》作「好文」。「嗜詩」　《文苑英華》作「嗜酒」，校：「集作詩。」
⑧以其　郭本作「亦甚」。
⑨三年　《管見抄》其上有「大和」二字。

⑩喪朋　馬本作「喪明」。

⑪治世　《文苑英華》、《管見抄》作「理世」。

⑫泰　《管見抄》作「逸」。

⑬安得　《管見抄》作「安遂」。

⑭集而序之　《管見抄》此下有「藏唐龍門香山寺院」八字。

⑮甲寅歲九字　《管見抄》作「開成五年冬樂天自序云爾」。

【注】

陳《譜》、朱《箋》：作於大和八年（八三四），洛陽。

〔一〕文士多數奇二句：陸雲《失題》：「安得達人，顧予命薄。」盧照鄰《悲才難》：「若乃賈長沙之數奇，崔亭伯之不偶。」宋之問《祭杜學士審言文》：「辭業備而官成，名聲高而命薄。屈原不終於楚相，揚雄自投於漢閣。代生人而豈無，人違代而咸若。運鍾唐慶，崇文寵儒；國求至寶，家獻靈珠。後復有王楊盧駱，繼之以子躍雲衢。王也才參卿於西陝，楊也終遠宰於東吳；盧則哀其棲山而卧疾，駱則不能保族而全軀。由運然也，莫以福壽自衛？將神忌也，不得華實斯俱？惟靈昭昭，庶越諸子。言必得俊，意常通理。其含潤也，若和風浴曙，摇露氣於春林；其秉豔也，似涼雨半晴，懸日光於秋水。衆轍同遵者擯落，群心不際者探擬。人也不幸而則亡，名兮可大而不死。君之棲遑，自昔迷方。逢時泰兮欲達，聞數奇兮自傷。」杜甫《天末懷李白》：「文章憎命達，魑魅喜人過。」孟郊《歎命》：「本望文字達，今因文字窮。」又《送淡公》：「倚詩爲活計，從古多無肥。」韓愈《送孟東野序》：「大凡物不得其平則鳴。草木之無聲，風撓之鳴；水之無聲，風蕩之鳴。其躍也或激之，其趨也或梗之，其沸也或炙之。金石之無聲，或擊之鳴。人之於言也亦然，有不得已者而後言。其歌也有思，其哭也有懷，凡出乎口而爲聲者，其皆有弗平者乎！……唐之有天下，陳子昂、蘇源明、元結、李白、杜甫、李觀，皆以其所能鳴。其存而在下者，孟郊東野，始以其詩鳴。其高出魏晉，不懈而及於古，其他浸淫乎漢氏矣。從吾遊者，李翺、張籍其尤也。三子者之鳴信善矣。抑不知天將和其聲，而使鳴國家之盛耶？抑將窮餓其身，思愁其心腸，而使自鳴其不幸耶？」白居易《與元九書》（本書卷八 2883）：「況詩人多蹇，如陳子昂、杜甫，各授一拾遺，而迍剝至死。李白、孟浩然輩不及一命，窮悴終身。近日孟郊六十，終試協律。張籍五十，未離一太祝。」又《李白墓》（《白氏文集》卷十七 1049）：「但是詩人多薄命，就中淪落不過君。」又《詩酒琴人例多薄命予酷好三事雅當此科而所得已多爲幸斯甚偶成狂詠聊寫愧懷》（卷三二 2308）：「愛琴愛酒愛詩客，多賤多窮多苦辛。中散步兵終不貴，孟郊張籍過於貧。一之已歎關於命，三者何堪併在身。」經以上諸人反復申説，詩人窮薄竟成一時説辭。《唐語林》卷二：「文宗好五言詩，品格與肅、代、憲宗同，而古調尤清峻。嘗欲置詩學士七十二員，學士中有薦人姓名者，宰相楊嗣復曰：『今之能詩，無若賓客分司劉禹錫。』上無言。李珏奏曰：『當今起置詩學士，名稍不嘉。況詩人多窮薄之士，昧於識理。今翰林學士皆有文詞，陛下得以覽古今作者，可怡悦其間。有疑，顧問學士可也。』」

〔二〕哭子：白居易有《哭崔兒》、《初喪崔兒報微之晦叔》（《白氏文集》卷二八 2071、2072）。

畫彌勒上生幀讚①

南贍部洲大唐國東都城長壽寺大苾蒭道嵩、存一、惠恭等六十人②，與優婆塞士良、惟儉等八十人③，以大和八年夏受八戒，修十善，設法供，捨淨財，畫兜率陀天宮彌勒上生内衆一鋪④〔一〕。眷屬圍繞，相好莊嚴。於是嵩等曲躬合掌⑤，焚香作禮，發大誓願。願生内宫，劫劫生生，親近供養。按本經云：可以除九十九億劫生死之罪也〔二〕。有彌勒弟子樂天同是願，遇是緣，爾時稽首當來下生慈氏世尊足下，致敬無量而説讚曰〔三〕：

百四十心，合爲一誠。百四十口，發同一聲。仰慈氏形，稱慈氏名⑥。願我來世，一時上生。（3626）

【校】

①題　「幘」《文苑英華》作「㡧」，校：「一作幘。」

②洲　《文苑英華》、馬本作「州」。

③八十　《文苑英華》作「八十一」。

④彌勒　《文苑英華》此下有「菩薩」二字。

⑤合掌　馬本作「合拳」。

⑥形稱慈氏　紹興本、馬本脱四字，據那波本、《文苑英華》補。

【注】

朱《箋》：作於大和八年（八三四），洛陽。

〔一〕長壽寺：《唐會要》卷四八《寺》：「長壽寺，嘉善坊。長壽元年，武后稱齒生髮變，大赦改元，仍置長壽寺。」白居易《贈僧五首》之《清閑上人》（《白氏文集》卷二七 1998）注：「自蜀入洛，於長壽寺説法度人。」《宋高僧傳》卷三《唐洛京長壽寺菩提流志傳》：「志開元十二年，隨駕居洛京長壽寺。」

〔二〕本經云：沮渠京聲譯《觀彌勒菩薩上生兜率天經》：「善哉善哉善男子，汝於閻浮提廣修福業，來生此處。此處名兜率陀天。今此天主名曰彌勒，汝當歸依。應聲即敬禮已，諦觀眉間白毫相光，即得超越九十億劫生死之罪。……若一念頃稱彌勒名，此人除却千二百劫生死之罪。但聞彌勒名合掌恭敬，此人除却五十億劫生死之罪。若有敬禮彌勒者，除却百億劫生死之罪。」

〔三〕慈氏：彌勒意譯慈氏。法護譯《佛説彌勒下生經》：「又彌勒第三之會，九十二億人，皆是阿羅漢，亦復是我遺教弟子，爾時比丘皆名慈氏弟子。」

繡西方幀讚① 并序

西方阿彌陀佛與閻浮提有願②，此土衆生與彼佛有緣〔一〕。故受一切苦者，先念我名；祈一切福者，多圖我像。至於應誠來感，隨願往生，神速變通，與三世十方諸佛不侔。噫！佛無若干而願與緣有若干也。有女弟子弘農郡君姓楊，號蓮花性，發弘願，捨淨財，繡西方阿彌陀佛像及本國土眷屬一部，奉爲故李氏長姊楊夫人滅宿殃，追冥祐也〔二〕。夫範銅設繪，不若刺繡文之精勤也。想形念號，不若覯相好之親近也。即造之者誠不得不著，感不得不通。受之者罪不得不滅，福不得不集。爾時蓮花性焚香合掌，跪唱贊云：

金方刹，金色身。資聖力，福幽魂。造者誰？弘農君。受者誰？楊夫人。（3627）

【校】

①題　「幀」《文苑英華》作「幢」，校：「一作幀。」

②阿彌陀佛　《文苑英華》無「佛」字，校：「集有佛字。」

【注】

朱《箋》：作於大和二年（八二八）至開成四年（八三九），洛陽。

〔一〕西方阿彌陀佛：《佛説阿彌陀經》：「爾時佛告長老舍利弗：從是西方過十萬億佛土，有世界名曰極樂，其土有佛號阿彌陀，今現在説法。彼土何故名爲極樂？其國衆生無有衆苦，但受諸樂，故名極樂。……舍利弗，若有善男子善女人，聞説阿彌陀佛，執名號，若一日，若二日，若三日，若四日，若五日，若六日，若七日，一心不亂，其人臨終時阿彌陀佛與諸聖衆現在其前。是人終時心不顛倒，即得往阿彌陀佛極樂國土。」按，初唐道綽提倡彌陀淨土信仰，而貶斥彌勒淨土信仰。其《安樂集》卷上：「問曰：或有人言，願生兜率，不願歸西，是事云何？答曰：此義不類，少分似同，據體大別，有其四種。何者？一彌勒世尊爲其天衆轉不退法輪，聞法生信者獲益，名爲信同。著樂無信者其數非一。又來雖生兜率，位是退處，是故經云：『三界無安，猶如火宅。』二往生兜率，正得壽命四千歲，命終之後，不免退落。三兜率天上，雖有水鳥樹林，和鳴哀雅，但與諸天生樂爲緣，順於五欲，不資聖道。若向彌陀淨土，一得生者，悉是阿毗跋致，更無退人與其雜居。又復位是無漏，出過三界，不復輪回，論其壽命，即與佛齊。……」居易則同時信奉彌勒與阿彌陀。參卷三四《畫西方幀記》(3641)。

〔二〕弘農郡君：居易妻楊氏。白居易《妻初授邑號告身》(《白氏文集》卷十九1237)：「弘農舊縣受新封，鈿軸金泥告一通。」李商隱《太原白公墓碑銘》：「子景受，大中三年自潁陽尉典治集賢御書，侍太夫人弘農郡君楊氏來京師。」參卷三《祭楊夫人文》(2844)。

祭崔相公文

維大和六年歲次壬子，十月庚申朔，二十四日癸未①，中大夫、守河南尹、上柱國、晉陽縣開國男、食邑三百户、賜紫金魚袋白居易，謹以清酌庶羞之奠，敬祭于故相國、吏部尚書、贈司空崔公敦詩②〔一〕：惟公德望事業，識度操履③，爲時而生，作國之紀。巖廊匡輔④，藩部政治⑤。父母黎元，股肱天子。斯皆談在人口，播於人耳⑥。今所敍者，眷知而已。於戲！自古及今，實重知音。故《詩》美伐木，《易》稱斷金。始愚與公，同入翰林。因官識面，因事知心。獻納合章，對揚聯襟。以忠相勉，以義相箴。朝案同食⑦，夜床並衾。綢繆五年，情與時深。及公登庸，累分閫鎮⑧。愚亦去國，出領符印。徐、宣遠部⑨，忠、杭遐郡〔二〕。雁去寄書，潮來傳信⑩。無由會合，祇望音問。未卜後期，但敦前分。余大和之初⑪，連徵歸朝。公長夏司⑫，愚貳秋曹〔三〕。玉德彌溫⑬，松心不凋⑭。南宮多暇，屢接遊遨。竹寺雪夜，杏園花朝〔四〕。杜曲春晚，潘亭月高〔五〕。前對青山，後攜濁醪。微之、夢得，慕巢、師皋⑮〔六〕。或徵雅言，酣詠陶陶。或命俗樂，絲管嘈嘈⑯。藉草蔭松，枕麴餔糟。曾未周歲，索然分鑣。公又授鉞，南撫荆蠻〔七〕。報政入覲，復總天官〔八〕。愚因謝病，東歸澗瀍。方從四皓，旋守三川。時蒙問訊⑰，日奉周旋⑱。豈無要約，良有由緣⑲。洛城東隅，履道西偏。脩篁迴合，流水潺湲。與公居第，門巷相連⑳〔九〕。與公齒髮，甲子同年〔十〕。兩心相期，三逕之間㉑。優游攜手，而終老焉。嗚呼！易失者時，難忱者天㉒。既奪我志，又殲我賢。丘園未歸，館舍先捐。百身莫贖，一夢不還。鬱鬱佳城，茫茫九原。淒涼簫鼓，慘澹風烟。祖奠遲遲，泣涕漣漣。平生親友，羅拜柩前。賢人已矣，天地蒼然。嗚呼哀哉，敦詩尚饗。

【校】

①庚申朔　《管見抄》作「壬申朔」。按，十月當爲庚子朔，二十四日爲癸亥。

②崔公　《文苑英華》、《管見抄》其上有「清河」二字。

③識度　《文苑英華》作「識量」，校：「集作度。」

④匡輔　《文苑英華》作「輔弼」，校：「集作匡輔。」

⑤政治　《文苑英華》作「政理」，校：「集作治。」

⑥於　《文苑英華》校：「蜀本作在。」

⑦同食　《文苑英華》、《管見抄》作「接食」，《文苑英華》校：「集作同。」

⑧闔鎮　《文苑英華》作「戎閫」，校：「集作闔鎮。」

⑨遠部　《文苑英華》作「外部」，校：「集作遠。」

⑩傳　《文苑英華》校：「集作得。」

⑪余　《文苑英華》、《管見抄》無此字，《文苑英華》校：「集有余字。」

⑫長　《文苑英華》校：「京本作分。」

⑬彌溫　《文苑英華》作「彌堅」，校：「集作溫。」

⑭松心　《文苑英華》作「壯心」，校：「集作松。」

⑮師皐　《文苑英華》誤「師高」，校：「集作皐。」
⑯絲管　《管見抄》作「絲竹」。
⑰時蒙　《文苑英華》、《管見抄》作「日蒙」，《文苑英華》校：「集作時。」
⑱日奉　《文苑英華》作「時奉」，校：「集作日。」
⑲由緣　《文苑英華》作「因緣」。
⑳門巷　《文苑英華》作「閭巷」，校：「集作門。」
㉑三逕　《管見抄》作「三侄」。
㉒難忱　《文苑英華》作「難諶」，校：「集作忱。」

【注】

陳《譜》、朱《箋》：作於大和六年（八三二），洛陽。

〔一〕崔公敦詩：崔羣。見卷八《答户部崔侍郎書》（2884）。《舊唐書·文宗紀》：「（大和六年）八月辛酉朔，吏部尚書崔羣卒。」《崔羣傳》：「崔羣字敦詩，清河武城人，山東著姓。十九登進士第，又制策登科，授秘書省校書郎，累遷右補闕。元和初，召爲翰林學士，歷中書舍人。……（元和）十二年七月，拜中書侍郎、同中書門下平章事。」

〔二〕徐宣遠部：《舊唐書·穆宗紀》：「（元和十五年九月）丙寅，以御史大夫崔羣檢校兵部尚書、徐州刺史，充武寧軍節度、徐泗濠觀察等使。」《文宗紀》：「（大和元年正月戊寅），以前户部侍郎于敖爲宣歙觀察使，代崔羣，以羣爲兵部尚書。」

〔三〕公長夏司：羣大和元年爲兵部尚書。

〔四〕杏園：《唐兩京城坊考》卷三朱雀門街東第三街通善坊：「杏園，爲新進士宴遊之所。按貞元四年，以《曲江亭望慈恩寺杏園花發詩》試進士。慈恩、杏園皆在曲江之西南也。」

〔五〕杜曲：程大昌《雍録》卷七：「杜曲在啓夏門外，向西即少陵原也。杜甫詩曰：『杜曲花光濃似酒。』」潘亭：未詳。

〔六〕微之：元稹。按，元稹大和初在浙東觀察使任，不與崔羣同在長安。夢得：劉禹錫。《舊唐書·劉禹錫傳》：「大和二年，自和州刺史徵還，拜主客郎中。」慕巢：楊汝士。《舊唐書·楊汝士傳》：「入爲户部員外，再遷職方郎中。大和三年七月，以本官知制誥。」師臯：楊虞卿。見卷七《與楊虞卿書》（2880）。《舊唐書·楊虞卿傳》：「長慶四年八月，改吏部員外郎。」

〔七〕南撫荆蠻：《舊唐書·文宗紀》：「（大和三年）二月辛亥朔，以兵部尚書崔羣爲荆南節度使。」

〔八〕復總天官：《舊唐書·文宗紀》：「（大和四年三月）甲辰，以前荆南節度使崔羣檢校右僕射、兼太常卿。」「（十月戊申），充劍南節度使、檢校司空郭釗爲太常卿，代崔羣爲吏部尚書。」據《唐書合鈔》，十月甲寅，檢校右僕射、兼太常卿崔羣遷檢校左僕射、兼吏部尚書。《舊唐書·文宗紀》有脱文。《崔羣傳》作大和五年拜檢校左僕射、兼吏部尚書，誤。參嚴耕望《唐僕尚丞郎表》。

〔九〕門巷相連：白居易《聞樂感鄰》（《白氏文集》卷二六 1912）：「尚書宅畔悲鄰笛，廷尉門前歎雀羅。」注：「東鄰王大理去冬云亡，南鄰崔尚書今秋薨逝。」崔尚書謂崔羣。又《與夢得偶同到敦詩宅感而題壁》（《白氏文集》卷三三 2446）：「履道淒涼新第宅，宣城零落舊笙歌。」注：「敦詩宅在履道，修造初成。」《唐兩京城坊考》卷六履道坊：「蓋其宅在白宅之南。」

〔十〕甲子同年：《舊唐書·崔羣傳》羣大和六年八月卒，年六十一，當生於大曆七年。白居易《花前有感兼呈崔相公劉郎中》（《白氏文集》卷二五 1780）：「何事同生壬子歲，老於崔相及劉郎。」注：「余與崔、劉年同，獨早衰白。」又《七年元日對酒五首》之五（卷三一 2205）：「同歲崔何在。」注：「余與吏部崔相公甲子同歲。」

祭崔常侍文〔一〕

維大和九年歲次乙卯①，二月丙子朔七日壬午②，中大夫、守太子賓客分司東都、上柱國、賜紫金魚袋白居易，謹以清酌庶羞之奠，敬祭于故秘書監、贈禮部尚書崔公：惟公之世祿家行，文華政事③，播於時論，此不復云。今但敍舊好、寫衷誠而已④。嗚呼！居易弟兄與公伯仲，前後科第同登者四五，辱爲僚友三十餘年〔二〕。又膳部房與公同聲塵之遊⑤，定膠漆之分〔三〕。兩家不幸，十年已來，哀釁所鍾⑥，零落殆盡。我老君病，唯餘二人。天不憖遺，公又即世。不登大位，不享永年。夙志莫伸，幽憤何極？居易方屬疾恙，不遂執紼。遣姪阿龜，往展情禮。此如不祭，永痛奈何⑦？嗚呼重易⑧，平生知我。寢門一慟，可得而聞乎？嗚呼重易，平生嗜酒。奠筵一酌，可得而歆乎？嗚呼哀哉，伏惟尚饗！（3629）

【校】

①九年　馬本作「元年」。

②丙子　紹興本等作「丙午」，據《文苑英華》、盧校改。《文苑英華》作「景子」，校：「《通鑑目錄》同此，集作丙午。」「壬午」　紹興本等作「壬子」，《文苑英華》作「壬申」，校：「當作午，集作子。」據改。

③文華　《文苑英華》作「文章」。

④衷誠　《文苑英華》作「哀誠」，校：「集作衷。」

⑤又膳部房　《文苑英華》無「又」字，校：「集有又字。」「房」下《文苑英華》有「某」字，校：「集無某字。」聲塵　《文

苑英華》作「風塵」，校：「集作聲。」

⑥哀疊　《文苑英華》作「衰疊」，校：「集作哀，是。」

⑦永痛　《文苑英華》作「痛當」，校：「集作永痛。」

⑧嗚呼　《文苑英華》無二字。

【注】

朱《箋》：作於大和九年（八三五），洛陽。

〔一〕崔常侍：崔咸。《舊唐書·崔傳》：「崔咸，字重易，博陵人。祖安石，父鋭，位終給事中。咸元和二年進士擢第，又登博學宏詞科。……累遷陝州大都督府長史、陝虢觀察等使。……入爲右散騎常侍、秘書監。大和八年十月卒。……尤長於歌詩，或風景晴明，花朝月夕，朗吟意愜，必悽愴沾襟，旨趣高奇，名流嗟挹。有文集二十卷。」

〔二〕前後科第同登：崔咸從兄崔韶，貞元十六年與居易同登進士第。白居易《東南行一百韻寄通州元九侍御澧州李十一舍人果州崔二十二使君開州韋大員外庾三十二補闕杜十四拾遺李二十助教員外竇七校書》（《白氏文集》卷十六 0902）：「崔杜鞭齊下，元韋轡並驅。」注（據花房英樹《白氏文集の批判的研究》引書陵部校本）：「予與崔廿二、杜廿四同年進士。」崔廿二謂崔韶。孟二冬《登科記考補正》卷十四據補。又崔咸兄崔護，元和元年與居易同登才識兼茂明於體用科，見

《登科記考》卷十六。

〔三〕膳部房：居易弟行簡。見卷三二《祭弟文》(3615)。

磐石銘

大和九年夏，有山客贈余磐石，轉寘於履道里第〔一〕。時屬炎暑，坐卧其上，愛而銘之云爾。

客從山來，遺我磐石。圓平膩滑，廣袤六尺。質凝雲白，文拆煙碧。莓苔有班，麋鹿其跡①。置之竹下，風掃露滴。坐待禪僧，眠留醉客。清冷可愛，支體甚適。便是白家，夏天牀席。(3620)

【校】

①其跡　《文苑英華》作「無跡」。

【注】

朱《箋》：作於大和九年（八三五），洛陽。

〔一〕履道里：見卷三二《池上篇》（3611）。

東林寺白氏文集記〔一〕

昔余爲江州司馬時，常與廬山長老於東林寺經藏中披閲遠大師與諸文士唱和集卷〔二〕。時諸長老請余文集，亦置經藏。唯然心許他日致之，迨兹餘二十年矣。今余前後所著文大小合二千九百六十四首①，勒成六十卷〔三〕。編次既畢，納于藏中。且欲與二林結他生之緣，復曩歲之志也。故自忘其鄙拙焉。仍請本寺長老及主藏僧依遠公文集例，不借外客，不出寺門，幸甚！大和九年夏，太子賓客、晉陽縣開國男太原白居易樂天記。

（3631）

【校】

①六十四　郭本作「六十一」。

陳《譜》、朱《箋》：作於大和九年（八三五），洛陽。

【注】

〔一〕東林寺：陳舜俞《廬山記》卷一：「由廣澤下山至太平興國寺七里。……寺，晉武帝太元九年置，舊名東林，唐會昌三年廢，大中三年復。皇朝興國二年賜今名。」參卷六《東林寺經藏西廊記》（2874）。白氏文集：白居易在長慶四年首編文集，名《白氏長慶集》，計五十卷，見元稹《白氏長慶集序》。此次所編文集，始名《白氏文集》。

〔二〕遠大師：東晉慧遠。參卷四《唐江州興果寺律大德湊公塔碣銘》（2860）注。

〔三〕二千九百六十四首：元稹《白氏長慶集序》載五十卷本作品數爲二千一百九十一首，據此記新增十卷多出七百七十三首。

聖善寺白氏文集記〔一〕

中大夫、守太子少傅、馮翊縣開國侯、上柱國、賜紫金魚袋太原白居易，字樂天，與東都聖善寺鉢塔院故長老如滿大師有齋戒之因〔二〕，與今長老振大士爲香火之社〔三〕。樂天曰：吾老矣，將尋前好，且結後緣。故以斯文寘于是院。其集七帙六十五卷，凡三千二百五十五首，元相公先作《集序》并目録一卷在外。題爲《白氏文集》，納於律疏庫樓。仍請不出院門，不借官客，有好事者任就觀之。開成元年閏五月十二日①，樂天記。（3632）

【校】

①閏五月十二日　馬本作「五月十三日」。

【注】

陳《譜》、朱《箋》：作於開成元年（八三六），洛陽。

〔一〕聖善寺：見卷三一《如信大師功德幢記》（3598）。

〔二〕如滿大師：如滿即佛光和尚，會昌中尚在。參卷三四《佛光和尚真贊》（3653）。此稱「故長老」，則已故。朱《箋》疑「如滿」爲「智如」之訛，是。參卷三二《東都十律大德長聖善寺鉢塔院主智如和尚茶毗幢記》（3620）。

〔三〕振大士：即《東都十律大德長聖善寺鉢塔院主智如和尚茶毗幢記》之「振公」。

看題文集石記因成四韻以美之①

中散大夫守河南尹賜紫金魚袋李紳〔一〕

寄玉蓮花藏，緘珠貝葉扃。院閑容客讀，講倦許僧聽。部列雕金牓，題存刻石銘。永添鴻寶集，莫雜小乘經。

【校】

①詩又見《全唐詩》卷四八三，題「題白樂天文集」。

【注】

〔一〕李紳：《舊唐書·文宗紀》：「（開成元年四月庚午朔），以太子賓客分司東都李紳爲河南尹。」至六月出爲汴州刺史、宣武軍節度。詩作於其間。

唐銀青光祿大夫太子少保安定皇甫公墓誌銘①　并序

公姓皇甫，諱鏞，字餜卿〔一〕。始封祖微子也。周克殷，封于宋，九代至戴公②。戴公之子曰皇父，因字命族爲皇父氏。至秦徙茂陵③，改父爲甫。及漢遷安定朝那，其後爲朝那人。五代祖珍義，資、建二州刺史。曾祖文房，高陵令。祖鄰幾，贈汝州刺史④〔二〕。考愉，累贈尚書左僕射、太子太保〔三〕。妣洛陽賈氏，贈姑臧郡太夫人。公由進士出身，補夏陽主簿，試左武衛兵曹，充宣歙觀察推官，轉大理評事。詔徵授監察御史，改秘書郎，殿中侍御史内供奉。始賜朱紱銀印，充鳳翔節度判官，營田副使。旋又徵還，真拜殿内⑤。改比部員外郎，河南令，都官郎中，河南少尹，歷太子左右庶子，並分司東都。俄又徵拜國子祭酒。未幾謝疾，改太子賓客，轉秘書監分司。又就拜檢校左散騎常侍兼太子賓客，轉秘書監分司。始加命服正三品。又遷太子少保分司，封安定縣開國男，食邑三百户。始立家廟，享三世。公先娶博陵崔氏，後娶范陽盧氏。二夫人皆有淑德，先公而歿。有二子，曰璥，曰珧。一女，適太原王諲。以開成元年七月十日，寢疾，薨于東都宣教里第，享年七十七。皇帝廢朝一日。是歲十月三日，用大葬之禮，歸全于河陰縣廣武原，從太保府君先塋，以盧夫人合祔焉。公自將仕郎累階至銀青光祿大夫，自武騎尉累勳至上柱國，自布衣而佩服金紫，自旅食而廟饗祖考。封爵被乎身，褒贈及乎先，官品蔭乎後，大其門，肥其家。儒者之榮無闕焉，皆求己稽古之力自致耳。公爲人器宇甚弘，衣冠甚偉，寡言正色，人望而敬之。至於燕游觴詠之間，則其貌溫然如春，其心油然如雲也。初，元和中，公始因郎官分司東洛，由是得伊、嵩趣，愜吏隱心。故前後歷官八九，凡二十有五年，優遊洛中，無哂笑意[6]。忘喪窮達[7]，與道始終，澹然不動其心，以至于考終命。聞者慕之[8]，謂爲達人。當憲宗朝，公之仲居相位[9]，操利權也，從而附離者有之。公獨超然，雖貴介之勢不能及。及仲之失寵得罪也，從而緣坐者有之。公獨皦然，雖骨肉之親不能累〔四〕。識者心伏，號爲偉人。公好學，善屬文，尤工五言七言詩，有集十八卷。又著《性言》十四篇[10]。居易辱與公遊，迨二紀矣。自左右庶子歷賓客訖于少保、傅，皆同官東朝，分務東周，在寮友間聞知最熟。故得以實錄誌而銘曰[11]：

賢哉少保，令問令儀。金璧其操，鸞鳳其姿。德如斯，壽如斯，位如斯。嗚呼！人爵天爵，實兼有之。廣武之原，大河之湄。龜告筮從，吉土良時。封于玆，樹于玆[12]。嗚呼！少保之墓，百代可知。（3633）

【校】

①題《文苑英華》無「唐」、「銘」字。

②九代《文苑英華》作「九世」。

③至《文苑英華》作「至于」，校：「集無于字。」「茂陵」馬本作「茂林」，誤。

④贈　馬本誤「賜」。

⑤殿内《文苑英華》作「殿中」。

⑥無哂笑意　「哂」《文苑英華》作「西」，校：「集作哂。」馬本作「笑哂無意」。

⑦忘喪《文苑英華》作「忘懷」，校：「集作喪。」馬本作「得喪」。

⑧慕《文苑英華》作「景慕」，校：「集無景字。」

⑨仲《文苑英華》作「仲弟」，校：「集無弟字。」

⑩性言《文苑英華》作「性箴」，校：「集作言。」「十四」《文苑英華》校：「集作四十。」

⑪而《文苑英華》作「之」，校：「集作而。」

⑫樹《文苑英華》作「銘」，校：「集作樹。」

【注】

陳《譜》、朱《箋》：作於開成元年（八三六），洛陽。

〔一〕皇甫鏞：傳附《舊唐書·皇甫鎛傳》。傳謂「鎛弟鏞」，《新唐書·宰相世系表五下》以鏞爲鎛兄。此文亦稱鎛爲「公之仲（弟）」。

〔二〕皇甫珍義：《唐代墓誌彙編》文明〇〇九《大唐故徵士皇甫君墓誌銘》：「君諱鏡幾，字晤道，安定朝那人也。曾祖仲延，隋南頓縣令。祖珍義，皇朝散大夫、資州長史。父文房，皇朝散大夫、太子舍人、洛州司馬。」又開元三二四《巨唐故□□門衛長史安定皇甫公墓誌銘》：「公諱慎，字慎，其先安定朝那人也。……曾祖珍義，皇歙州休寧縣令、資州長史。……祖文亮，皇鸞臺侍郎，揚、魏等四州刺史。……父知常，汾、懷、汴等六州刺史，揚、洛二州長史。」文房、文亮及鏡幾、鄰幾、知常亦併見《新唐書·宰相世系表五下》，然誤易文房、文亮位置，並誤以鏡幾、鄰幾爲文亮子，知常爲文房子。參趙超《新唐書宰相世系表集校》。

〔三〕皇甫愉：《舊唐書·皇甫鎛傳》：「祖鄰幾，汝州刺史。父愉，常州刺史。」又見本書卷十二《柳公綽父子溫贈尚書右僕射竇侔父叔向贈工部尚書薛伯高父懌贈尚書司封郎中元宗簡父鋸贈尚書刑部侍郎皇甫鏞父愉贈尚書右僕射韋文恪父漸贈太子少保王正雅父翃贈太子太師范季睦父彥贈禮部郎中八人亡父同制》（2965）。

〔四〕公之仲居相位：《舊唐書·皇甫鎛傳附鏞》：「時鎛爲宰相，領度支，恩寵殊異。鏞惡其太盛，每兄弟宴語，即極言之，鑄頗不悦。乃求爲分司，除右庶子。及鑄獲罪，朝廷素知鏞有先見之明，不之罪。」

唐故銀青光禄大夫秘書監曲江縣開國伯贈禮部尚書范陽張公墓誌銘①　并序

公諱仲方，字靖之，其先范陽人②〔一〕。晉司空茂先之後。永嘉南遷，始徙居于韶之曲江縣，後嗣因家焉。唐朝贈太常卿諱弘愈，公之曾祖也。嶺南節度使、廣州刺史、殿中監諱九皐，公之王父也。贈尚書右僕射諱抗③，公之皇考也〔二〕。贈潁川郡太夫人陳氏④，公之皇妣也。都昌令仲端以下四人⑤，公之兄也。監察御史仲孚以下二人，公之弟也〔三〕。博陵郡夫人崔氏，公之夫人也。右清道率府胄曹景宣⑥，進士茂玄，明經智周，公之子也。監察御史裹行楊瀚，校書郎陸賓虞，公之婿也〔四〕。公即僕射府君第五子。貞元中進士舉及第，博學選登科。初補集賢殿校書郎⑦。丁内憂，喪除復補正字。選授咸陽尉。鄜坊節度使辟爲判官，奏授監察御史裹行，俄而真拜。歷殿中，轉侍御史，倉部員外郎，金州刺史，度支郎中。駁宰相事議⑧，出爲遂州司馬，移復州司馬⑨〔五〕。俄遷刺史⑩。

改曹州刺史[11]，河南少尹，鄭州刺史。入爲諫議大夫，福建觀察使、兼御史中丞。徵還爲太子賓客[12]，再爲左散騎常侍，京兆尹，華州刺史、兼御史大夫，秘書監〔六〕。勳至上柱國[13]，階至銀青光祿大夫，封至曲江縣開國伯，食邑七百户。開成二年四月某日，薨于上都新昌里第[14]。詔贈禮部尚書。以某年八月某日[15]，歸葬于河南府某縣某鄉某原[16]，祔僕射府君之封域焉。公幼好學，長善屬文，俯取科第如拾地芥。著文集三十卷，藏於家。纂制詔一百卷，行於代。尤工五言章句，詩家流稱之。嘗譔《先僕射府君神道碑》及《丞相文獻始興公廟碑》，由文得禮[17]，秉筆者許之。文獻始興公九齡，即公之伯祖。開元中以儒學詩賦獨步一時。及輔弼明皇帝，號爲賢相。餘慶濟美，宜在於公。公沿其業，襲其文，而不嗣其位，惜哉！矧公爲人溫良沖淡，恬然有君子德。立朝直清貞諒，肅然有正人風。在官寬重易簡，綽然有長吏體。爲子弟孝敬，爲伯父慈和，與朋友信，寵辱不驚其心，喜愠不形於色。入仕四十載[18]，歷官二十五，享年七十二。才如是，祿如是，壽如是，宜哉！居易與公少同官，老同游，結交慕德[19]，久而彌篤。故景宣等以論譔先德見託爲文。式序且銘，勒于墓石。銘曰：

在唐張氏[20]，世爲儒宗。文獻既没，鬱生我公。我公渢渢，學奥詞雄。緣情體物，有文獻風。慶襲于家，道積厥躬。駿足逸翮，天驥冥鴻。始自筮仕，迄于達官。六刺藩部，再珥貂蟬。大諫選重，尹京才難㉑。賓于望苑，寵在蓬山。凡所踐歷，皆有可觀。終然允臧，已矣歸全。嗚呼！洛郊北阡，邙阜西原。佳城一閉，陵谷推遷。所不泯者，令名藹然。(3634)

【校】

①題　《文苑英華》無「唐」、「銘」字，馬本無「銘」字。

②范陽人　《文苑英華》其下有「也」字，校：「集無也字。」

③抗　《文苑英華》作「杭」，校：「集作抗。」

④太夫人　馬本脱「太」字。

⑤郡昌　紹興本作「郡昌」，據他本改。

⑥冑曹　紹興本等作「曹冑」，據《文苑英華》改。

⑦集賢殿　馬本作「集賢院」，誤。

⑧事議　《文苑英華》作「諡議」。

⑨司馬　《文苑英華》作「司士」，校：「集作馬。」

⑩俄遷　《文苑英華》作「俄拜」，校：「集作遷。」

⑪改　《文苑英華》作「遷」，校：「集作改。」

⑫爲　《文苑英華》作「再爲」，校：「集作再字。」

⑬勳至　《文苑英華》作「勳賜」，校：「集作至。」

⑭上都　《文苑英華》作「上郡」，校：「集作都。」

⑮某年　《文苑英華》作「其年」，校：「集作某。」

⑯某原　馬本作「某村」。

⑰得禮　《文苑英華》作「得理」。

⑱四十　《文苑英華》作「三十」，校：「集作四。」

⑲結交　《文苑英華》作「交心」，校：「集作結交。」

⑳在唐　《文苑英華》作「有唐」，校：「集作在。」

㉑尹京　郭本作「二京」。

【注】

朱《箋》：作於開成二年（八三七），洛陽。

〔一〕張仲方：《舊唐書・張仲方傳》：「張仲方，韶州始興人。祖九皐，廣州刺史、殿中監、嶺南節度使。父抗，贈右僕射。仲方伯祖始興文獻公九齡，開元朝名相。仲方，貞元中進士擢第，宏辭登科，釋褐集賢校理，丁母憂免。服闋，補秘書省正字，調授咸陽尉。出爲邠州從事，入朝歷侍御史、倉部員外郎。」

〔二〕張九皋：傳附新舊《唐書·張九齡傳》。蕭昕《唐銀青光禄大夫嶺南五府節度經略採訪處置等使……張公神道碑》：「公諱九皋，其先范陽人。……晉末以永嘉南渡，遷於江表；皇朝以因官樂土，家於曲江。高祖守禮，隋鍾離郡塗山令。曾祖君政，皇朝韶州别駕。祖子胄，皇朝越州剡縣令。烈考弘愈，皇朝太常卿、廣州都督。……嗣十一人：長曰捷，前端州刺史。次曰擢，前右金吾衛兵曹參軍。次曰撝，試大理直康州刺史。次曰抗，檢校户部郎中兼御史中丞，賜紫金魚袋朔方邠寧節度行軍司馬。次曰捍，前弘文生。」徐浩《唐尚書右丞相中書令張公（九齡）神道碑》：「侄殿中侍御史抗，文吏雅才，清公賢操，以兄拯早世，侄藏器幼孤，未建豐碑，乃刻樂石，用展猶子之慕，庶揚世父之美。」新舊《唐書·張九齡傳》以仲方爲九皋曾孫，誤。

〔三〕仲端、仲孚：《舊唐書·張仲方傳》：「兄仲端，位終都昌令。弟仲孚，登進士第，爲監察御史。」

〔四〕陸賓虞：《北夢瑣言》卷六：「唐吴郡陸龜蒙，字魯望，舊名族也。其父賓虞，進士甲科，浙東從事、侍御史，家於蘇臺。」劉軻《重與陸賓虞書》：「别韶卿已逾時，雖游處燕賞不接，然予心未嘗一日去韶卿也。……前陸掾來，得韶卿書，知韶卿欲屈道以從人，求京兆解送。」韶卿當是賓虞字。

〔五〕駁宰相事議：《舊唐書·張仲方傳》：「會呂溫、羊士諤誣告宰相李吉甫陰事，二人俱貶。仲方坐呂溫貢舉門生，出爲金州刺史。吉甫卒，入爲度支郎中。時太常定吉甫謚爲『恭懿』，博士尉遲汾請爲『敬憲』。仲方駁議曰：『……惜乎（吉甫）通敏資性，便媚取容。故載踐樞衡，疊致臺衮，大權在己，沈謀罕成。好惡徇情，輕諾寡信。諂淚在臉，遇便則流；巧言如簧，應機必發。……』憲宗方用兵，惡仲方深言其事，怒甚，貶爲遂州司馬。」

〔六〕再爲左散騎常侍京兆尹：《舊唐書·張仲方傳》：「（大和）七年，李德裕輔政，出爲太子賓客分司。八年，德裕罷相，李宗閔復召仲方爲常侍。九年十一月，李訓之亂，四宰相、中丞、京兆尹皆死。翌日，兩省官入朝。宣政衙門未開，百官錯立於朝堂，無人吏引接。逡巡，閤門使馬元贄斜開宣政衙門傳宣曰：『有敕召左散騎常侍張仲方。』仲方出班。元贄宣曰：『仲方可京兆尹。』然後衙門大開，喚仗。月餘，鄭覃作相，用薛元賞爲京兆尹，出仲方爲華州刺史。開成元年五月，入爲秘書監。外議以鄭覃黨李德裕，排擯仲方。覃恐涉朋黨，因紫宸奏事，覃啓曰：『丞郎闕人，臣欲用張仲方。』文宗曰：『中臺侍郎，朝廷華選。仲方作牧守無政，安可以丞郎處之？』……仲方貞確自立，綽有祖風。自駁謚之後，爲德裕之黨擯斥，坎坷而殁，人士悲之。」

齒落辭　并序

開成二年，予春秋六十六，瘠黑衰白，老狀具矣。而雙齒又墮，慨然感歎者久之，因爲《齒落辭》以自廣。其辭曰：

嗟嗟乎雙齒，自吾之有爾①，俾爾嚼肉咀蔬，銜盃漱水。豐吾膚革，滋吾血髓。從幼逮老，勤亦至矣。幸有輔車，非無齗㗁②。胡然捨我，一旦雙落？齒雖無情，吾豈無情？老與齒别，齒隨涕零。我老日來，爾去不迴。嗟嗟乎雙齒，孰謂而來哉？孰謂而去哉？齒不能言，請以意宣。爲君口中之物，忽乎六十餘年。昔君之壯也，血剛齒堅。今君之老矣，血衰齒寒。輔車齗㗁，日削月朘。上參差而下齕齾，曾何足以少安。嘻！君其聽哉，女長辭姥，臣老辭主。髮衰辭頭，葉枯辭樹。物無細大，功成者去。君何嗟嗟，獨不聞諸道經：我身非我有也，蓋天地之委形〔一〕。君何嗟嗟，又不聞諸佛説：是身如浮雲，須臾變滅〔二〕。由是而言，君何有焉？所宜委百骸而順萬化，胡爲乎嗟嗟於一牙一齒之間？吾應曰：吾過矣，爾之言然。（3635）

【校】

①之有爾　紹興本、那波本、馬本作「有之爾」，從《管見抄》改。

②齗㗁　馬本、汪本作「齗齶」，下文同。

【注】

陳《譜》、朱《箋》：作於開成二年（八三七），洛陽。

〔一〕聞諸道經：《莊子·知北遊》：「舜問乎丞曰：『道可得而有乎？』曰：『汝身非汝有也，汝何得有夫道？』舜曰：『吾身非吾有也，孰有之哉？』曰：『是天地之委形也。』」

〔二〕聞諸佛説：《維摩經·方便品》：「是身如浮雲，須臾變滅。」

醉吟先生傳

醉吟先生者，忘其姓字、鄉里、官爵①，忽忽不知吾爲誰也。宦遊三十載，將老，退居洛下。所居有池五六畝，竹數千竿，喬木數十株，臺榭舟橋②，具體而微，先生安焉。家雖貧，不至寒餒；年雖老，未及耄③。性嗜酒，耽琴，淫詩。凡酒徒、琴侶、詩客，多與之游。游之外，棲心釋氏，通學小中大乘法。與嵩山僧如滿爲空門友〔一〕，平泉客韋楚爲山水友〔二〕，彭城劉夢得爲詩友，安定皇甫朗之爲酒友〔三〕。每一相見④，欣然忘歸。洛城内外六七十里間，凡觀寺丘墅有泉石花竹者，靡不游。人家有美酒鳴琴者，靡不過。有圖書歌舞者，靡不觀。自居守洛川洎布衣家，以宴遊召者，亦時時往。每良辰美景，或雪朝月夕，好事者相過⑤，必爲之先拂酒罍，次開篋詩⑥。酒既酣，乃自援琴，操宫聲，弄《秋思》一遍〔四〕。若興發，命家僮調法部絲竹⑦，合奏《霓裳羽衣》一曲〔五〕。若歡甚，又命小妓歌《楊柳枝》新詞十數章〔六〕。放情自娱，酩酊而後已。往往乘興，屨及鄰⑧，杖於鄉，騎遊都邑，肩舁適野⑨。舁中置一琴一枕，陶、謝詩數卷⑩。舁竿左右懸雙酒壺，尋水望山，率情便去。抱琴引酌，興盡而返。如此者凡十年。其間日賦詩約千餘首⑪，歲釀酒約數百斛⑫，而十年前後賦釀者不與焉。妻孥弟姪慮其過也，或譏之不應，至于再三。乃曰：凡人之性鮮得中，必有所偏好。吾非中者也，設不幸吾好利而貨殖焉，以至于多藏潤屋，賈禍危身，奈吾何？設不幸吾好博弈，一擲數萬，傾財破産，以至于妻子凍餓⑬，奈吾何？設不幸吾好藥，損衣削食，鍊鉛燒汞，以至于無所成，有所誤，奈吾何？今吾幸不好彼，而自適於盃觴諷詠之間，放則放矣⑭，庸何傷乎？不猶愈於好彼三者乎？此劉伯倫所以聞婦言而不聽，王無功所以遊醉鄉而不還也〔七〕。遂率子弟入酒房，環釀甕，箕踞仰面，長吁太息曰：吾生天地間，才與行不逮於古人遠矣。而富於黔婁，壽於顔回⑮，飽於伯夷，樂於榮啓期，健於衛叔寶，幸甚幸甚，餘何求哉？若捨吾所好，何以送老？因自吟詠懷詩云：「抱琴榮啓樂，縱酒劉伶達。放眼看青山，任頭生白髮。不知天地内，更得幾年活⑯。從此到終身，盡爲閑日月。」〔八〕吟罷自哂，揭甕撥醅，又引數盃，兀然而醉。既而醉復醒，醒復吟，吟復飲，飲復醉。醉吟相仍，若循環然。繇是得以夢身世，雲富貴，幕席天地，瞬息百年，陶陶然，昏昏然，不知老之將至。古所謂得全於酒者，故自號爲醉吟先生〔九〕。于時開成三年，先生之齒六十有七，鬚盡白⑰，髮半秃，齒雙缺，而觴詠之興猶未衰。顧謂妻子云：今之前吾適矣，今之後吾不自知其興何如⑱。（3636）

【校】

①忘其　《管見抄》作「自忘其」。

②臺榭　《管見抄》作「臺亭」。

③耄　《文苑英華》、《管見抄》作「昏耄」。

④相見　《管見抄》作「相遇」。

⑤相過　《文苑英華》作「相遇」，校：「集作過。」

⑥篋詩　《文苑英華》、《管見抄》作「詩篋」。

⑦命　《管見抄》作「或命」。

⑧屨　馬本作「履」。《文苑英華》校：「一作履。」

⑨舁　《文苑英華》作「轝」，校：「集作舁，下同。」

⑩詩　《文苑英華》作「詩書」。
⑪其間日　《文苑英華》作「山間」，校：「二字集作其間日。」「千餘首」《管見抄》作「千餘篇」。
⑫歲釀　紹興本等作「日釀」，據馬本改。
⑬凍餓　《文苑英華》、《管見抄》、馬本作「凍餒」。
⑭則　《文苑英華》、《管見抄》作「即」，《文苑英華》校：「集作則。」
⑮顏回　馬本作「顏淵」。
⑯幾年　《文苑英華》作「幾時」，校：「集作年。」
⑰鬚　《文苑英華》作「鬢」，校：「集作鬚。」
⑱何如　《文苑英華》作「如何」，校：「集作何如。」

陳《譜》、朱《箋》：作於開成三年（八三八），洛陽。

【注】

〔一〕如滿：見卷三四《佛光和尚真贊》(3653)。
〔二〕韋楚：見卷三一《薦李晏韋楚狀》(3607)。
〔三〕皇甫朗之：皇甫曙字朗之，居易親家翁。居易有《閑吟贈皇甫郎中親家翁》（《白氏文集》卷三四

2483）等詩。

〔四〕弄秋思一遍：本書卷三二《池上篇》（3611）：「蜀客姜發授《秋思》，聲甚淡。」

〔五〕霓裳羽衣：《池上篇》：「又命樂童登中島亭，合奏《霓裳散序》。」

〔六〕楊柳枝：參卷三四《不能忘情吟》（3646）。

〔七〕劉伯倫：劉伶。見本卷《酒功贊》（3621）。王無功：王績。其《醉鄉記》云：「醉之鄉，去中國不知其幾千里也。……武王得志於世，乃命公旦立酒人氏之職，典司五齊，拓土七千里，僅與醉鄉達焉，故四十年刑措不用。下逮幽厲，迄乎秦漢，中國喪亂，遂與醉鄉絶。而臣下之愛道者，亦往往竊至焉。阮嗣宗、陶淵明等十數人，並遊於醉鄉，没身不返，死葬其壤，中國以爲酒仙云。嗟乎！醉鄉氏之俗，豈古華胥氏之國乎？其何以淳寂也如是？」

〔八〕自吟詠懷詩：即《白氏文集》卷三十《洛陽有愚叟》（2154）的後半部分。

〔九〕自號爲醉吟先生：《劇談錄》卷下：「白尚書爲少傅，分務洛師，情興高逸，每有雲泉勝境，靡不追遊。常以詩酒爲娱，因著《醉吟先生傳》以敍。盧尚書簡辭有别墅，近枕伊水，亭榭清峻。方冬與群從子侄同游，倚欄眺玩嵩洛。俄而霰雪微下，情興益高。……良久，忽見二人衣蓑笠，循岸而來，牽引水鄉蓬艇，船頭覆青幕，中有白衣人與衲僧偶坐。船後有小灶，安桐甑而炊，丱角僕烹魚煮茗，泝流過於檻前。聞舟中吟嘯方甚，盧撫掌驚歎，莫知誰氏。使人從而問之，乃曰：『白傅與僧佛光同自建春門往香山精舍。』」《唐語林》卷四：「白居易葬龍門山，河南尹盧貞刻

《醉吟先生傳》於石，立於墓側。相傳洛陽士人及四方遊人過矚墓者，必奠以卮酒，故冢前方丈之土常成泥。」晚唐皮日休亦號醉吟先生，見《北夢瑣言》卷二。

蘇州南禪院千佛堂轉輪經藏石記〔一〕

千佛堂轉輪經藏者，先是郡太守居易發心①，蜀沙門清閑矢謨〔二〕，吴僧常敬、弘正、神益等僇功，商主鄧子成、梁華等施財②，院僧法弘、惠滿、契元、惠雅等蒇事③〔三〕。大和二年秋作，開成元年春成。堂之費計緡萬，藏與經之費計緡三千六百。堂之中，上蓋下藏。蓋之間④，輪九層⑤，佛千龕，彩繪金碧以爲飾。環蓋懸鏡六十有二。藏八面，面二門，丹漆銅鍇以爲固。環藏敷座六十有四⑥。藏之内，轉以輪，止以柅，經函二百五十有六，經卷五千五十有八。南閻浮提内大小乘經凡八萬四千卷。按唐《開元經録》名數，與此經藏同於閻浮大數二十之一也〔四〕。藏成經具之明年，蘇之緇白徒聚謀曰⑦：今功德如是⑧，誰其尸之？宜請有福智僧、越之妙喜寺長老元遂禪師爲之主，宜請初發心人前本部守白少傅爲之記〔五〕。僉曰：然。師既來⑨，教行如流，僧至如歸，供施達嚫，隨日而集。堂有羡食，路無饑僧。游者學者，得以安給。惠利饒益，不可思量⑩。師又日與苾蒭衆升堂焚香⑪，合十指，禮千佛，然後啓藏發函，鳴犍椎，唱伽陀，授持讀諷十二部經。經聲洋洋，充滿虚空。上下近遠，有情識者，法音所及，無不蒙福。法力所攝，鮮不歸心。佻然巽風⑫，一變至道。所得功德，不自覺知。繇是而言，是堂是藏是經之用⑬，信有以表旌覺路也，脂轄法輪也，示火宅長者子之便門也⑭，開毛道凡夫生之大寶也。亶其然乎⑮！又明年，院之僧徒三詣雒都，請予爲記。夫記者不唯紀年月，述作爲⑯，亦在乎辨興廢，示勸誡也。我釋迦如來有言：一切佛及一切法皆從經出⑰〔六〕。然則法依於經，經依於藏，藏依於堂。若堂壞則藏廢，藏廢則經墜，經墜則法隱，法隱則無上之道幾乎息矣。嗚呼！凡我國土宰官、支提上首暨摩摩帝輩，得不虔誠而護念之乎〔七〕？得不保持而增修之乎？經有缺必補，藏有隙必葺，堂有壞必支。若然者，真佛弟子，得福無量。反是者，非佛弟子，得罪如律。開成二年二月一日記⑱。（3637）

【校】

①郡太守　《文苑英華》作「郡守」，校：「集有太字。」

②商主　那波本、《文苑英華》作「檀主」，《文苑英華》校：「集作商。」「梁華」　此下《文苑英華》校：「一有曹公政王集周順七字。」

③弘　《文苑英華》校：「一作供。」「藏事」　那波本、《文苑英華》、馬本作「藏事」，誤。

④蓋之間　《文苑英華》作「藏蓋之間」。

⑤輪　《文苑英華》作「轉」。

⑥敷座　《文苑英華》作「敦座」，校：「集作敷。」

⑦緇白　《文苑英華》無「白」字，校：「集有白字。」

⑧今　《文苑英華》作「今之」，校：「集無之字。」

⑨師　《文苑英華》作「遂」，校：「集作師。」

⑩不可思量　此下《文苑英華》有「既而遂隨緣西去又請本郡乾元寺禪僧德暉大師嗣之暉既至」二十五字，校：「集無此二十五字。」

⑪衆　《文苑英華》作「徒」，校：「集作衆。」

⑫巽風　《文苑英華》作「吳風」，校：「集作巽。」

⑬是藏是經　馬本作「是經是藏」。

⑭長者子　《文苑英華》無「子」字，校：「集有子字。」

⑮亶其然乎　《文苑英華》四字重，校：「集不疊此四字。」

⑯作爲　馬本作「作焉」，誤。

⑰一切法　《文苑英華》作「一切經」，校：「集作法。」「從經」　《文苑英華》作「從何」，校：「集作經。」

⑱二年　《文苑英華》作「四年」。「一日」　《文苑英華》作「二日」。

【注】

陳《譜》、朱《箋》：作於開成二年（八三七），洛陽。

〔一〕南禪院：乾隆《江南通志》卷四四：「南禪寺在（蘇州）府城南，唐開成間建，有千佛堂轉輪經藏。白居易在郡嘗書《長慶集》留千佛堂。《吳郡志》云：『南禪寺，唐有之，今失所在。』按，今寺在郡學東，本名集雲，明洪武中寶曇和尚奏改爲南禪集雲寺。」日本蓬左文庫藏《白氏文集》卷十一錄古抄本惠蕚識語：「大唐吳郡蘇州南禪院日本國裏頭僧惠蕚自寫《文集》，時會昌四年三月十四日，日本承和十一年也。」惠蕚識語又見於金澤文庫舊藏古抄本《白氏文集》各卷，是其人在會昌四年曾居南禪院。

〔二〕清閑：見卷三一《修香山寺記》（3606）。

〔三〕契元：又見卷三一《蘇州重玄寺法華院石壁經碑文》（3610）。

〔四〕凡八萬四千卷：《出三藏記集》卷一：「妙輪區别，十二唯别；法聚總要，八萬其門。」《歷代三寶記》卷十三：「略而説法，則是方等十二部經，八萬四千微妙奥典。」《大佛名經》卷一：「凡閻浮界内一切經合有八萬四千卷。」此爲傳説中的佛典總數，「八萬四千」在佛典中則用以極言其多。智昇《開元釋教録》入藏録共收經一千七十六部、五千四十八卷，與此文所記「經卷五千五十有八」約略相當。所謂「同於閻浮大數二十之一」，或爲約數。參方廣錩《佛教大藏經史》第二章。又該書認爲此文「二十之一」是以四千卷除八萬四千卷的商數，則「二十之一」當讀作「二十有一」，似無此種讀法。

〔五〕妙喜寺：在越州。李遜《遊妙喜寺記》：「越州好山水……妙喜寺去郭二十里而近，通舟而到，積水四滿，樓臺在中。」《宋高僧傳》卷二九《唐越州妙喜寺僧達傳》：「於龜山妙喜道場出俗，其寺南梁初建。」元遂：李頻有《送元遂上人歸錢唐》，許棠有《送元遂上人歸吳中》、《題慈恩寺元遂上人院》。未知是否同人。

〔六〕釋迦如來有言：《金剛經》：「一切諸佛及諸佛阿耨多羅三藐三菩提法，皆從此經出。」稱引又作「一切諸佛及諸佛法皆從此經出」。此蓋有意改動。

〔七〕宰官：佛教稱官員。《法華經·妙音菩薩品》：「或現長者身，或現居士身，或現宰官身。」支提：寺廟。慧琳《一切經音義》卷一〇三：「睱多，古譯或云睱底，或云支提，皆梵語聲轉耳，其實一也。此譯爲廟，即寺宇、伽藍、塔廟等是也。」摩摩帝：寺主。《雜阿含經》卷十九：「於此舍衛國迦葉佛法中出家作比丘，爲摩摩帝。」顧起元《説略》卷十九：「摩摩帝，寺主也。」

蘇州南禪院白氏文集記

唐馮翊縣開國侯太原白居易，字樂天，有文集七袠，合六十七卷，凡三千四百八十七首〔一〕。其間根源五常，枝派六義，恢王教而弘佛道者，多則多矣①。然寓興、放言、緣情、綺語者，亦往往有之。樂天，佛弟子也，備聞聖教，深信因果。懼結來業，悟知前非。故其集家藏之外，别録三本。一本寘于東都聖善寺鉢塔院律庫中，一本寘于廬山東林寺經藏中，一本寘于蘇州南禪院千佛堂内。夫惟悉索弊文歸依三藏者，其意云何？且有本願，願以今生世俗文字放言綺語之因②，轉爲將來世世讚佛乘轉法輪之緣也。三寶在上，實聞斯言。開成四年二月二日，樂天記。（3638）

【校】

①多則　馬本脱二字。

②放言　《管見抄》作「狂言」。

【注】

陳《譜》、朱《箋》：作於開成四年（八三九），洛陽。

〔一〕凡三千四百八十七首：此六十七卷本較東林寺六十卷本多出五百二十三首。參本卷《東林寺白氏文集記》（3631）、《聖善寺白氏文集記》（3632）。

白居易文集校注卷第三十四①

碑記銘吟偈　凡九首②

淮南節度使檢校尚書右僕射趙郡李公家廟碑銘③　并序

王建侯，侯建廟，廟有器，器有銘。所以論譔先德，明著後代，或書于鼎，或文于碑，古今之通制也。維開成某年某月某日，宣武軍節度使、檢校尚書右僕射、汴州刺史、上柱國、賜紫金魚袋趙郡李公，齋沐祗慄，拜章上言，請立先廟以奉常祀〔一〕。於是得請于天子，承式于有司。是歲某月某日，經始于東都。明年某月某日，有事于新廟。外盡其物，内盡其志④。三獻百順，神格禮成。其友居易以李氏宗祖世家名爵與僕射志行官業書于麗牲之碑⑤〔二〕。謹按家略：九代祖善權，後魏譙郡守。八代祖延觀，徐、梁二州刺史。七代祖續，某郡太守⑥。六代祖顯達，隋潁州刺史。五代祖遷，皇朝某某二州別駕⑦，贈德州刺史。高祖孝卿⑧，右散騎常侍，贈鄧州刺史⑨〔三〕。曾祖府君諱敬玄，總章、儀鳳間歷吏部尚書⑩，同中書門下三品，中書令，弘文館大學士⑪，監修國史，封趙國公，謚曰文憲。才智職業，載在國史〔四〕。今祭于第一室，以妣薊國夫人范陽盧氏配焉⑫。王父府君諱守一，屬世難家故⑬，不求聞達，避榮樂道，與時浮沉。終成都府郫縣令。祭于第二室⑭，以妣滎陽夫人鄭氏配焉。先考府君諱晤⑮，歷金壇、烏程、晉陵三縣令。府君爲人篤於家行，飾以吏事，動有常度，居無惰容。所莅之所有善政⑯，辭滿之日多遺愛。不登貴仕⑰，其命矣夫。今祭于第三室，以先妣上谷夫人范陽盧氏配焉⑱。府君累贈至尚書右僕射，夫人累贈至上谷郡太夫人。前後凡三追命，六告第⑲。渥澤疊洽，自葉流根，從子貴也。郫縣洎晉陵府君咸善積于躬，道屈於位，儲祉流慶而僕射生焉。僕射名紳，字公垂。六歲，丁晉陵府君憂，孺慕號踴，如成人禮。九歲，終制，孝養上谷太夫人。年雖幼，承順無違；家雖貧，甘旨無闕。侍親之疾，冠帶不解者三載，餘可知也。執親之喪，水漿不入口者五日，餘可知也。先是，祖妣、考妣晉陵府君前娶夫人裴氏，無子早卒⑳。洎叔父兄妹之殯，咸未歸祔，各處一方㉑〔五〕。公在斬縗中，親護九喪，匍匐萬里。及期㉒，喪事禮無闕違㉓。至誠感神㉔，有靈烏瑞芝之應。事動鄉里，名聞公卿，言孝友者以爲表率。憲宗嗣統三年，李錡盜據京口。公寓居無錫，會擢第東歸㉕。錡聞公名，署職引用。

初詢以謀畫，結舌不對；次强以章檄，絶筆不書。誘之以厚利不從，迫之以淫刑不動。將戮辱者數四，就幽囚者七旬。誠貫神明，有死無二，言名節者以爲準程。朝庭嘉之，拜右拾遺〔六〕。歲餘，穆宗知公忠孝文行，召入翰林，特授司封員外郎、知制誥，遷中書舍人，承旨學士。公以孤進中立，誓心報上，匪躬造膝㉖，知無不言。獻替啓沃，如石投水。俄拜御史中丞，户部侍郎。既而望屬台衡，朝當晏駕。時移世變㉗，遂出掾高要，佐潯陽，旋爲滁、壽二州刺史。大凡公之爲政也，應用無方，所居必化。卧理二郡，以去害爲先，故有盜奔獸依之感㉘。廉察浙右㉙，以分憂爲切㉚，故有卹鄰活殍之惠。尹正河洛，以革弊爲急，故有摘姦抉蠹之威。文宗知公全才，知汴難理㉛，乃授鈇鉞，俾鎮綏之。初，宣武師人驕强狠悍，狃亂徼利，積習生常。公既下車，盡知情僞，刑賞信惠，合以爲用。一年而下懲勸，二年而下服畏㉜，三年而下恥格。肅然丕變，薰然大和。撫之五年，人俗歸厚。至於捍大患，禦大災，却飛蝗，遏暴水，致歲於豐稔，免人於墊溺。噫！微公之力，汴之民其爲殣乎，其爲魚乎！殊績尤課，不可具舉。天下征鎮，淮海爲大。非公作帥，不足以長東諸侯。制加銀青光禄大夫、揚州長史、淮南諸道節度觀察等使㉝，餘如故〔七〕。詔下之日，出次于外。軍門不擊柝，里巷無吠犬。從容五日，按節而東。百姓三軍，挈壺漿，捧簞醪，遮道攀餞者動以萬輩。皆嗚咽流涕，如嬰兒之别慈母焉。噫！若非襦袴之惠及其幼㉞，雞豚之養及其老㉟，又推赤心置人腹中者，則安能化暴戾之俗一至於此乎？西人泣送，東人歌迎㊱。梁、楚千里，風交化移㊲。膏雨景星，所至蒙福。于時開成、會昌之際，上方致理，公未登庸。顒顒蒼生，環望而已㊳。盛矣哉㊴！大丈夫生於世也，以忠貞奉于君㊵，以義利惠乎人，以黻冕貴乎身，以宗廟顯乎親，以孝敬交乎神。宜其荷百禄，輔一德，爲有唐之宗臣者歟！君子謂李氏之廟也休哉，公之祭也順哉㊶。然曰有孫如此，有子如此，可謂孝也㊷。故其碑銘云㊸：

祭祀從貴㊹，爵土有秩㊺。諸侯之廟，一宫三室。皇皇西室，皇祖中書。孝孫追遠㊻，昭穆有初。顯顯中室，王父郫令。順孫祇享，盡愨盡敬㊼。肅肅東室，先考晉陵。嗣子奉薦，孝思蒸蒸。嗣子其誰？僕射公垂。公垂翼翼，齋嚴諒直。爲子爲臣，有典有則。載膺休命，載踐右職。以孝肥家，以忠肥國㊽。乃授侯伯，纛鉞旂戟㊾。乃饗祖禰，牲牢黍稷。家聲振耀，國典褒飾。六命徽章，三世血食。光大遺訓，顯揚先德。子孫承之，垂裕無極。（3639）

【校】

①卷第三十四　即《白氏文集》紹興本、馬本卷七十一，那波本卷七十。

②九首　朱《箋》改「十一首」。
③題　《文苑英華》無「銘」字。
④其志　馬本作「其心」。
⑤宗祖　《文苑英華》作「南祖」，校：「《唐宰相世系表》：李紳乃趙郡李氏，有南祖、西祖、東祖。集作宗祖，非。」
⑥某郡　《文苑英華》、《管見抄》、林羅山本、蓬左本作「馬頭」。
⑦某某　《文苑英華》、《唐文粹》、《管見抄》、林羅山本、蓬左本作「宜穀」。
⑧孝卿　《文苑英華》作「季卿」，校：「集、《粹》作孝。」
⑨鄧州　《文苑英華》、《管見抄》、蓬左本、天海本作「德州」，《文苑英華》校：「集、《粹》作鄧。」
⑩吏部尚書　《管見抄》、林羅山本此下有「中書侍郎」四字，《文苑英華》有「侍郎」二字，《唐文粹》無「尚書」二字，有「侍郎」二字。
⑪大學士　《管見抄》、蓬左本無「大」字。
⑫薊國　紹興本等作「蒯國」，據《文苑英華》、《唐文粹》、《管見抄》改。《文苑英華》校：「集作蒯，非。」
⑬家故　馬本作「家徙」。
⑭祭於　《文苑英華》、《管見抄》、林羅山本、蓬左本其上有「今」字。
⑮晤　《文苑英華》校：「集作悟，非。」

⑯之所　《文苑英華》、《唐文粹》、《管見抄》、林羅山本、蓬左本作「之邑」。
⑰貴仕　《唐文粹》作「貴位」。
⑱夫人　《管見抄》其上有「太」字。
⑲告第　《文苑英華》、馬本作「告身」，《文苑英華》校：「二本作弟。」
⑳早卒　《唐文粹》作「早喪」，《管見抄》、林羅山本、蓬左本作「早世」。
㉑各處　《文苑英華》作「各隅」，校：「集作處。」《管見抄》、林羅山本、蓬左本作「各寓」。
㉒期　《文苑英華》作「其」。
㉓喪事　馬本作「襄事」，平岡校從之。
㉔至誠　《文苑英華》、《管見抄》、馬本作「至誠」，《文苑英華》校：「《文粹》作誠。」
㉕會擢第　《文苑英華》、《管見抄》、蓬左本無「會」字。
㉖承旨……造膝　紹興本等作「承顔造膝」。《文苑英華》作「承旨前膝」，校：「二本作承顔造膝。」據《管見抄》、林羅山本、蓬左本改。
㉗世變　《管見抄》、蓬左本作「勢變」。
㉘獸依　《文苑英華》、《唐文粹》、《管見抄》、林羅山本作「獸伏」，《文苑英華》校：「集作依。」
㉙浙右　蓬左本作「浙左」，平岡校從之。

㉚切　《文苑英華》、《管見抄》、林羅山本、馬本作「功」。

㉛知　《唐文粹》作「以」，《文苑英華》校：「《文粹》作以。」

㉜服畏　《管見抄》、林羅山本、蓬左本作「畏愛」。

㉝諸道　《文苑英華》、《管見抄》、林羅山本作「諸州」，《文苑英華》校：「二本作道。」

㉞幼　《唐文粹》作「幼稚」。

㉟老　《唐文粹》作「老艾」。

㊱歌迎　《文苑英華》作「歌迓」，校：「二本作迎。」

㊲風交　馬本作「風變」。

㊳環望　《文苑英華》作「還望」，校：「二本作環。」

㊴盛矣　《管見抄》作「矣盛」，「矣」屬上。

㊵奉于　《唐文粹》、《管見抄》作「奉乎」。

㊶公　《管見抄》、林羅山本、蓬左本作「李氏」二字。

㊷孝也　《管見抄》、林羅山本、蓬左本此下有「已」字。

㊸云　《文苑英華》作「曰」，校：「二本作云。」

㊹貴　《管見抄》、蓬左本作「生」。

㊺爵土　《文苑英華》作「爵士」，校：「二本作土。」

㊻孝孫　《文苑英華》、林羅山本、蓬左本作「曾孫」，《文苑英華》校：「二本作孝。」

㊼慤　《唐文粹》作「孝」。《文苑英華》校：「《文粹》作孝。」

㊽肥國　《文苑英華》作「報國」，校：「二本作肥。」

㊾旃戟　《管見抄》作「斧戟」。

【注】

朱《箋》：作於會昌元年（八四一），洛陽。

〔一〕請立先廟：《唐會要》卷十九《百官家廟》：「開元十二年，敕一品許祭四廟，三品許祭三廟，五品許祭二廟，嫡士許祭一廟，庶人祭於寢。」「（天寶）十載正月十日敕文：天子七廟，諸侯五廟，大夫三廟，士一廟。今三品以上，乃許立廟，永言廣敬，載感於情。其京官正員四品清望官，及四品五品清官，並許立私廟。」

〔二〕麗牲之碑：《禮記·祭義》：「祭之日，君牽牲，穆荅君，卿大夫序從。既入廟門，麗于碑。」注：「麗，猶繫也。」疏：「君牽牲入廟門，繫著中庭碑也。」《儀禮·聘禮》注：「凡碑，引物者，宗廟則麗牲焉，以取毛血。其材，宮廟以石，窆用木。」

〔三〕謹按家略：《新唐書·宰相世系表二上》趙郡李氏：「南祖之後有善權，後魏譙郡太守，徙居譙。生延觀，徐、梁二州刺史，生續。」以下世系：續，馬頭太守。子顯達，隋潁州刺史。顯達子遷，德州刺史。遷子孝卿，穀州治中。孝卿子敬玄，相高宗。敬玄子思沖、守一。守一，成都陴令。守一子晤，金壇令。晤子紳，字公垂，相武宗。

〔四〕李敬玄：《舊唐書·李敬玄傳》：「李敬玄，亳州譙人也。父孝節，穀州長史。……乾封初，歷遷西臺舍人、弘文館學士。總章二年，累轉西臺侍郎，兼太子右中護、同東西臺三品，兼檢校司列少常伯。……咸亨二年，授中書侍郎，餘並如故。三年，加銀青光祿大夫，行吏部侍郎，依舊兼太子右庶子、同中書門下三品。四年，監修國史。上元二年，拜吏部尚書，仍依舊兼太子左庶子，監修國史、同中書門下三品。敬玄久居選部，人多附之。前後三娶，皆山東士族。又與趙郡李氏合譜，故臺省要職，多是其同族婚媾之家。高宗知而不悦……又積其前後愆失，貶授衡州刺史。稍遷揚州大都督府長史。永淳元年卒，年六十八。……子思沖，神龍初，歷工部侍郎、左羽林軍將軍。從節愍太子誅武三思，事敗見殺，籍没其家。」此碑謂守一「屬世難家故，不求聞達」，當亦因此。

〔五〕裴氏：《唐代墓誌彙編》元和〇九四《唐故試太常寺奉禮郎趙郡李府君墓誌文》：「府君諱繼，字興嗣，晉陵府君□長子，先夫人裴氏出也。府君娶博陵崔緯之女。君享壽六十一，以元和四年三月□日終於常州無錫縣寓居，葬于□□□□之陽。至十二年秋七月廿有□日，弟紳啓奉歸于長安白鹿原陪祔伯父鄆縣令府君塋之後七十六步。冬十一月庚寅，封樹卒事。嗚呼！先兄有文學信義，不享其位。天何不仁，又絶其嗣。有女二人，一已有行，一女猶室。」署「親弟前守大學助教紳撰」。此李紳兄繼誌，其出裴氏，知此文稱裴氏「無子」有誤，絶嗣者乃李繼。

〔六〕擢第東歸：《舊唐書·李紳傳》：「李紳字公垂，潤州無錫人。……祖守一，成都郫縣令。父晤，歷金壇、烏程、晉陵三縣令，因家無錫。紳六歲而孤，母盧氏教以經義。紳形狀眇小而精悍，能爲歌詩。鄉賦之年，諷誦多在人口。元和初，登進士第，釋褐國子助教，非其好也。東歸金陵，觀察使李錡愛其才，辟爲從事。紳以錡所爲專恣，不受其書幣。錡怒，將殺紳，遁而獲免。錡誅，朝廷嘉之，召拜右拾遺。」沈亞之《李紳傳》：「李紳者，本趙人，徙家吳中。元和元年，節度使宗臣錡在吳，紳以進士及第，還過謁錡。錡舍之，與宴遊晝夜，錡能其材，留執書記。明年，錡以驕聞，有詔召，稱疾不欲行。賓客莫敢言，紳堅爲言。不入，又不得去。會留後使王澹專職爲錡具行，錡蓄怒始發於澹，陰教士食之。初，士卒當勞賜者，皆會府中受賜。與中貴人臨視，次至中軍，士得賜者俱不散，齊呼曰：『澹逆可食。』既盡，即執中貴人脅曰：『爾寧遂衆欲，寧飽衆腹？』曰：『請所欲。』曰：『爲我衆書報天子，幸得復錡位。』貴人懼，僞諾之，召書記以疏聞。紳聞之，亡入錡内匿，衆索不得。及中貴人至，促錡行，錡益怒，急召紳授紙筆。令操書上牘。紳坐錡前，佯惴怖戰，管搖紙下，札皆不成字，輒塗去。累數十行，又如是，幾盡紙。錡怒罵曰：『是何敢如是，汝欲下從而先人耶？』對曰：『紳不敢惡生，直以少養長儒家，未嘗聞金革鳴。今暴及此，且不知精神在所。誠得死在畏苦前，幸耳！』錡復制兵刃，令易紙，復然。傍一人爲錡言曰：『聞有許侍御縱者，尤能軍中書，紳不足與等。請召縱。』縱至，錡鋭意自舉，授詞操書，無不可錡意。遂幽紳於潤之外獄，兵散乃出，縱竟逆死。」

〔七〕時移世變：《舊唐書·李紳傳》：「（長慶）二年二月，超拜中書舍人，内職如故。……時德裕與牛僧孺俱有相望，德裕恩顧稍深，逢吉欲用僧孺，懼紳與德裕沮於禁中。二年九月，出德裕爲浙西觀察使，乃用僧孺爲平章事，以紳爲御史中丞，冀離内職，易掎摭而逐之。乃以吏部侍郎韓愈爲京兆尹，兼御史大夫，放臺參。知紳剛褊，必與韓愈忿爭。制出，紳果移牒往來，論臺府事體。而愈復性訐，言辭不遜，大喧物議，由是兩罷之。愈改兵部侍郎，紳爲江西觀察使。……及中謝日，面自陳訴，帝方省悟，乃改授户部侍郎。……俄而穆宗晏駕，敬宗初即位，逢吉快紳失勢，慮嗣君復用之。張又新等謀逐紳。……會逢吉進擬，言李紳在内署時嘗不利於陛下，請行貶逐。帝初即位，方倚大臣，不能自執，乃貶紳端州司馬。……會禁中檢尋舊書，得穆宗時封書一篋，發之，得裴度、杜元穎與紳三人所獻疏，請立敬宗爲太子。帝感悟興歎，悉命焚逢吉黨所上謗書，由是讒言稍息，紳黨得保全。及寶曆改元大赦……帝特追赦書，添節文云『左降官與量移』，紳方移江州長史。再遷太子賓客，分司東都。大和七年，李德裕作相。七月，檢校左常侍、越州刺史、浙東觀察使。九年，李訓用事，李宗閔復相，與李訓、鄭注連衡，排擯德裕罷相，紳與德裕俱以太子賓客分司。開成元年，鄭覃輔政，起德裕爲浙西觀察使，紳爲河南尹。六月，檢校户部尚書、汴州刺史、宣武節度、宋亳汴潁觀察等使。二年夏秋旱，大蝗，獨不入汴宋之境，詔書褒美。……武宗即位，加檢校尚書右僕射、揚州大都督府長史，知淮南節度大使事。」

白蘋洲五亭記〔一〕

湖州城東南二百步，抵霅溪①，連汀洲。洲一名白蘋，梁吴興守柳惲於此賦詩云：「汀洲採白蘋。」因以爲名也②〔二〕。前不知幾十萬年③，後又數百載，有名無亭，鞠爲荒澤。至大曆十一年，顔魯公真卿爲刺史，始翦榛導流，作八角亭以遊息焉〔三〕。旋屬災潦薦至，沼堙臺圮。後又數十載，委無隙地④。至開成三年，弘農楊君爲刺史，乃疏四渠，濬二池，樹三園，構五亭〔四〕。卉木荷竹，舟橋廊室，洎遊宴息宿之具，靡不備焉。觀其架大溪、跨長汀者，謂之白蘋亭。介二園、閲百卉者，謂之集芳亭。面廣池、目列岫者，謂之山光亭。玩晨曦者，謂之朝霞亭。狎清漣者，謂之碧波亭。五亭間開，萬象迭入。嚮背俯仰，勝無遁形。每至汀風春，溪月秋，花繁鳥啼之旦，蓮開水香之夕，賓友集，歌吹作，舟棹徐動，觴詠半酣。飄然怳然，遊者相顧，咸曰：此不知方外也，人間也。又不知蓬、瀛、崑、閬復何如哉？時予守官在洛，楊君緘書賫圖⑤，請予爲記。予按圖握筆，心存目想，覼縷梗概，十不得其二三。大凡地有勝境，得人而後發。人有心匠，得物而後開。境心相遇，固有時耶⑥？蓋是境也，實柳守濫觴之，顔公椎輪之，楊君繢素之。三賢始終，能事畢矣⑦。楊君前牧舒，舒人治。今牧湖，湖人康。康之由，革弊興利，若改茶法、變税書之類是也。利興，故府有羡財。政成，故居多暇日。繇是以餘力濟高情⑧，成勝概。三者旋相爲用，豈偶然哉？昔謝、柳爲郡，樂山水，多高情，不聞善政。龔、黄爲郡，憂黎庶，有善政，不聞勝概。兼而有者，其吾友楊君乎！君名漢公，字用乂。恐年祀久遠⑨，來者不知，故名而字之。時開成四年十月十五日記。（3640）

【校】

①溪　《文苑英華》、林羅山本、蓬左本「溪」字重。

②爲名　紹興本、那波本作「名爲」，據林羅山本、蓬左本、馬本等改。

③幾十　蓬左本、馬本作「幾千」。

④委無　馬本作「萎蕪」，林羅山本、蓬左本作「委爲」。

⑤楊　《文苑英華》、馬本、郭本作「陽」，屬上。

⑤耶　《管見抄》、林羅山本作「耳」。

⑦事畢　紹興本、馬本作「畢事」，據那波本、《文苑英華》等改。

⑧繇是　紹興本等脱「繇」字，據《文苑英華》、林羅山本、蓬左本補。

⑨久遠　《文苑英華》作「寖久」，校：「集作久遠。」

陳《譜》、朱《箋》：作於開成四年（八三九），洛陽。

【注】

〔一〕白蘋洲五亭：顧況《湖州刺史廳壁記》：「今使君詞，唐景皇帝七代之孫……政之餘力，作消暑樓於南端，復亭署於白蘋洲。聿興廢土，光明敞豁，湧出溪谷。」李直方《白蘋亭記》：「新作白蘋亭，書時且志政也。梁太守柳惲賦詩於始，因以名洲；今邦伯李公成室於終，兹用目亭。……洲在郡城南，東亂霅溪而即焉。白沙如浮，流波環之。前有大野，綿雲繚以萬峰；後有名都，壓水駢以千室。邑居可望，而喧埃不及；空水交映，而雲天在下。造物之工，若有私於是焉。茭菰叢生，鳧鶴朋遊，嘉名雖曜，清境或棄。公於是相顯爽之宜，立卑高之程，據洲之陽，揆日之正，揭大亭一焉。修廊雙注，北距於霅，浮軒轍流，峨水亭二焉。」此李詞所修，在楊漢公前。《嘉泰吳興志》卷十三：「白蘋亭在白蘋洲北，唐貞元中建，後刺史楊漢公重葺。白居易記曰：『以其架大溪、跨長汀者，謂之白蘋亭。』蘋洲諸亭自築倉後，惟此獨存。」

〔二〕柳惲：柳惲《江南曲》：「汀洲采白蘋，日落江南春。洞庭有歸客，瀟湘逢故人。故人何不返，春華復應晚。不道新知樂，祇言行路遠。」《梁書·柳惲傳》：「柳惲，字文暢，河東解人也。……（天監）二年，出爲吳興太守。六年，徵爲散騎常侍。」

〔三〕顔真卿：《舊唐書·顔真卿傳》：「貶硤州别駕，撫州、湖州刺史。」顔真卿《乞御書題額恩敕批答碑陰記》：「（大曆）七年秋九月歸自東京，起家蒙除湖州刺史，來年春正月到任。州東有苕、霅兩溪，溪左有放生池焉，即我寶應元聖文武皇帝所置也。」皎然有《晦日陪顔使君白蘋洲集》，「顔使君」即真卿。

〔四〕弘農楊君：楊漢公，虞卿弟。《新唐書·楊漢公傳》：「坐虞卿，下除舒州刺史，徙湖、亳、蘇三州。」《嘉泰吳興志》卷十四：「楊漢公，開成三年三月二十日自舒州刺史拜。遷亳州刺史。」白居易有《和楊六尚書喜兩弟漢公轉吳興魯士賜章服命賓開宴用慶恩榮賦長句見示》（《白氏文集》卷三四 2525）等詩。

畫西方幀記①〔一〕 開成五年三月十五日②。

我本師釋迦如來説③，言從是西方過十萬億佛土④，有世界號極樂，以無八苦四惡道故也。其國號淨土，以無三毒五濁業故也。其佛號阿彌陀，以壽無量，願無量，功德相好光明無量故也。諦觀此娑婆世界，微塵衆生，無賢愚，無貴賤，無幼艾，有起心歸佛者，舉手合掌，必先嚮西方。怖厄苦惱者⑤，開口發聲，必先念阿彌陀佛。又範金合土，刻石織文，乃至印水聚沙⑥，童子戲者，莫不率以阿彌陀佛爲上首。不知其然而然。由是而觀，是彼如來有大誓願於此衆生，此衆生有大因緣於彼國土明矣。不然者，東南北方過去見在未來佛多矣⑦，何獨如是哉？何獨如是哉⑧？唐中大夫、太子少傅、上柱國、馮翊縣開國侯、賜紫金魚袋白居易⑨，當衰暮之歲，中風痺之疾。乃捨俸錢三萬，命工人杜宗敬按《阿彌陀》、《無量壽》二經畫西方世界一部，高九尺，廣丈有三尺⑩。彌陀尊佛坐中央⑪，觀音、勢至二大士侍左右。天人瞻仰，眷屬圍繞。樓臺妓樂⑫，水樹花鳥，七寶嚴飾，五彩彰施。爛爛煌煌，功德成就。弟子居易焚香稽首跪於佛前⑬，起慈悲心⑭，發弘誓願⑮。願此功德迴施一切衆生，一切衆生有如我老者⑯，如我病者⑰，願皆離苦得樂⑱，斷惡修善。不越南部⑲，便覩西方。白毫大光，應念來感。青蓮上品，隨願往生。從見在身，盡未來際，常得親近而供養也。欲重宣此願而偈讚云⑳：

極樂世界清淨土，無諸惡道及衆苦㉑。願如老身病苦者㉒，同生無量壽佛所。

（3641）

【校】

①題　「幀」《唐文粹》作「幁」，《文苑英華》校：「《文粹》作幁。」

②開成五年三月十五日　《文苑英華》、《管見抄》移此注于文末。

③説　《文苑英華》校：「一作記。」

④十萬　《文苑英華》其上有「一」字，校：「集無一字。」

⑤怖厄　《文苑英華》、《唐文粹》、《管見抄》、蓬左本其上有「有」字。

⑤印水　《文苑英華》作「印木」，校：「集本、《文粹》作水。」

⑦東南北方　《文苑英華》、《唐文粹》作「南北東方」，《文苑英華》校：「集作東南北方。」《管見抄》、蓬左本作「南東北方」。「過去見在未來」　《文苑英華》、《管見抄》、林羅山本作「過見來」，《文苑英華》校：「過見二字一本作過去見在。」

⑧何獨如是哉　《管見抄》、馬本五字不重。

⑨開國侯　《文苑英華》、《管見抄》、林羅山本作「開國男」，《文苑英華》校：「一本作侯。」

⑩三尺　《管見抄》、蓬左本作「二尺」。

⑪彌陀尊　馬本作「阿彌陀」。《文苑英華》作「彌勒尊」，「勒」校：「集作陀。」

⑫樓臺　《管見抄》、林羅山本作「樓閣」。

⑬居易　《管見抄》作「白居易」。
⑭慈悲　《管見抄》、蓬左本無「慈」字。
⑮弘誓　《管見抄》無「誓」字。
⑯衆生　《管見抄》、林羅山本、蓬左本此下有「中」字。
⑰如我　《管見抄》、林羅山本、蓬左本其上有「有」字。
⑱願皆　《文苑英華》、《唐文粹》、《管見抄》、蓬左本作「皆願」，《文苑英華》校：「集作願皆。」
⑲不越　《管見抄》作「不起」。
⑳重宣　《唐文粹》、《管見抄》、蓬左本作「重明」。《文苑英華》作「重宣明」，校：「二本無明字。」
㉑衆苦　馬本作「諸苦」。
㉒老身病苦　《管見抄》、林羅山本、蓬左本作「我身老病」。

【注】

朱《箋》：作於開成五年（八四〇），洛陽。

〔一〕畫西方幀記：參卷三三《繡西方幀讚》（3627）。加地哲定《中國佛教文學研究》：「樂天在開成五年六十九歲這一年，同時具有彌勒信仰和阿彌陀信仰，這一點頗令人不可思議。爲祈願最終從此世拔苦得樂，作爲死後的歸宿，不能不企盼往生天界或西方。因此，無論彌勒還是彌陀，不分彼此，對他自身來說並沒有感到任何矛盾或衝突。」

畫彌勒上生幀記①〔一〕

南贍部洲大唐國東都香山寺居士太原人白樂天②，年老病風，因身有苦，遍念一切惡趣衆生，願同我身離苦得樂。由是命繪事，按經文，仰兜率天宫，想彌勒内衆，以丹素金碧形容之，以香火花果供養之。一禮一贊所生功德，若我老病苦者，皆得如本願焉。本願云何？先是，樂天歸三寶，持十齋，受八戒者，有年歲矣。常日日焚香佛前，稽首發願，願當來世與一切衆生同彌勒上生③，隨慈氏下降，生生劫劫與慈氏俱。永離生死流，終成無上道。今因老病，重此證明，所以表不忘初心而必果本願也。慈氏在上，實聞斯言。言訖作禮，自爲此記。時開成五年三月日記④。（3642）

【校】

①題　「幀」《文苑英華》作「幨」，校：「集作幀。」

②東都　《管見抄》、林羅山本、蓬左本作「東王都」。

③當來世　紹興本等「當」字重，據《管見抄》、蓬左本、盧校删。

④三月日　天海本作「三月十五日」。「記」《管見抄》、林羅山本作「書」，《文苑英華》無此字。

【注】

朱《箋》：作於開成五年（八四〇），洛陽。

〔一〕畫彌勒上生幀記：參卷三三《畫彌勒上生幀讚》（3626）。金岡照光《敦煌文獻より見たる彌勒信仰の一側面》（《講座敦煌》七《敦煌と中國佛教》Ⅱ）：「（中唐時代）儘管在表面上《彌勒經》的寫經和造像減少了，但在民衆内心，不待五十六億七千萬年之後，而在現世即要求彌勒救濟的想法並没有消失。從上述白樂天之類文人將其與彌陀思想混合以及大量彌勒教徒的反叛史實中，可以證明這一點。」

香山寺新修經藏堂記

先是，樂天發願修香山寺僧房既就①，事具前記〔一〕。迨今七八年。寺有佛像，有僧徒，而無經典。寂寥精舍，不聞法音。三寶缺一，我願未滿。乃於諸寺藏外雜散經中得遺編墜軸者數百卷袟，以《開元經録》按而校之〔二〕。於是絶者續之，亡者補之，稽諸藏目，名數乃足。合是新舊大小乘經律論集②，凡五千二百七十卷。乃作六藏，分而護焉。寺西北隅有隙屋三間，土木將壞，乃增修改飾爲經藏堂。堂東西間闢四窗，置六藏。藏二門，啓閉有時，出納有籍。堂中間置高廣佛座一座，上列金色像五百。像後設西方極樂世界圖一③，菩薩影二。環座懸文幡二十有四④，榻席巾几洎供養之器咸具焉。合爲道場，簡儉嚴淨。開成五年九月二十五日，堂成，藏成，道場成。以香火釁之，以飲食樂之⑤，以管磬歌舞供養之。與閑、振、源、濟、釗、操、洲、暢八長老，及比丘衆百二十人圍繞讚歎之〔三〕。又别募清淨僧七人⑥，日日供齋粥，給香燭，十二部經次第諷讀。俾夫經梵之音，晝夜相續。洋洋乎盈耳哉，忻忻乎滿願哉⑦！爾時道場主佛弟子香山居士樂天⑧，欲使浮圖之徒游者歸依，居者護持，故刻石以記之。（3643）

【校】

①僧房　紹興本等無二字，據蓬左本補。

②合是　《文苑英華》、蓬左本無「是」字。

③設　《文苑英華》作「晝」，校：「集作設。」
④文幡　馬本作「大幡」。
⑤樂之　蓬左本作「落之」。
⑤清淨僧　紹興本等無「僧」字，據林羅山本補。
⑦滿願　《文苑英華》作「滿目」，校：「集作願。」
⑧樂天　《文苑英華》作「白樂天」。

【注】

朱《箋》：作於開成五年（八四〇），洛陽。
〔一〕事具前記：見卷三一《修香山寺記》（3606）。
〔二〕以開元經録按而校之：參卷三三《蘇州南禪院千佛堂轉輪經藏石記》（3637）注。
〔三〕閑：即蜀僧清閑。見卷三一《修香山寺記》（3606）。

香山寺白氏洛中集記〔一〕

《白氏洛中集》者，樂天在洛所著書也①。大和三年春，樂天始以太子賓客分司東都，及兹十有二年矣。其間賦格律詩凡八百首，合爲十卷。今納于龍門香山寺經藏堂。夫以狂簡斐然之文，而歸依支提法寶藏者，於意云何？我有本願，願以今生世俗文字之業，狂言綺語之過，轉爲將來世世讚佛乘之因，轉法輪之緣也。十方三世諸佛應知。噫！經堂未滅，記石未泯之間②，乘此願力，安知我他生不復游是寺，復覩斯文，得宿命通，省今日事，如智大師記靈山於前會，羊叔子識金鐶於後身者歟③〔二〕？於戲④！垂老之年⑤，絶筆於此。有知我者，亦無隱焉。大唐開成五年十一月二日，中大夫、守太子少傅、馮翊縣開國侯、上柱國、賜紫金魚袋白居易樂天記⑥。（3644）

【校】

①書　《管見抄》作「詩」。

②泯　《管見抄》、林羅山本作「泐」。

③金鐶　《文苑英華》、馬本作「金環」。

④於戲　二字《管見抄》、蓬左本作「嘻」，《文苑英華》校：「二字一作嘻。」

⑤垂老　林羅山本作「衰老」，郭本作「垂白」。

⑤白居易　《管見抄》無「居易」二字。

【注】

陳《譜》、朱《箋》：作於開成五年（八四〇），洛陽。

〔一〕白氏洛中集：居易前有《序洛詩》（卷三三 3625）：「自（大和）三年春至八年夏，在洛凡五周歲，作詩四百三十二首。」此則增修續編者。

〔二〕智大師：智顗。《續高僧傳》卷十七《智顗傳》：「又詣光州大蘇山慧思禪師，受業心觀。……思每歎曰：『昔在靈山，同聽《法華》，宿緣所追，今復來矣。』即示普賢道場，爲説四安樂行。顗乃於此山行《法華》三昧，始經三夕，誦至《藥王品》『心緣苦行，至是真精進』句，解悟便發，見共思師處靈鷲山七寶淨土，聽佛説法。故思云：『非爾弗感，非我莫識。此《法華》三昧前方便也。』」羊叔子：羊祜。《晉書·羊祜傳》：「祜年五歲，時令乳母取所弄金環。乳母曰：『汝先無此物。』祜即詣鄰人李氏東垣桑樹中探得之。主人驚曰：『此吾亡兒所失物也。云何持去？』乳母具言之，李氏悲惋。時人異之，謂李氏子則祜之前身也。」

唐東都奉國寺禪德大師照公塔銘〔一〕并序

大師號神照，姓張氏，蜀州青城人也〔二〕。始出家於智凝法師，受具戒於惠萼律師，學心法於惟忠禪師。忠一名南印，即第六祖之法曾孫也①〔三〕。大師祖達摩，宗神會，而父事印〔四〕。其教之大旨，以如然不動爲體，以妙然不空爲用，示真寂而不説斷滅②，破計著而不壞假名〔五〕。師既得之，揭以行化。出蜀入洛，與洛人有緣③。月開六壇④，僅三十載〔六〕。隨根説法，言下多悟。由是裂疑網，拔惑箭，漸離我人相者，日日有焉。起正信，見本覺，頓發菩提心者，時時有焉。其餘退惡進善，隨分而增上者，不可勝紀。夫如是，可不謂煩惱病中師爲醫王乎？生死海中師爲船師乎？嗚呼！病未盡而醫去⑤，海方涉而船失⑥。粤以開成三年冬十二月，示滅於奉國寺禪院。以是月遷葬於龍門山，報年六十三，僧夏四十四。明年，傳教主院上首弟子沙門清閑⑦〔七〕，糾門徒，合財施，與服勤弟子志行等，營度襄事⑧，卜兆於寶應寺荷澤祖師塔東若干步〔八〕。窆而塔焉，示不忘其本也。其諸升堂入室得心要口訣者，有宗實在襄〔九〕，復儼在洛，道益在鎮，知遠在徐，法建在晉⑨，道光在潤，道威在潞，雲真在慈⑩，雲表在汴，歸忍在越，會幽、齊經在蔡，智全、景玄、紹明在秦，各於一方，分作佛事。咸鼓鍾鳴吼，龍象蹴蹋。斯皆吾師之教力也⑪，不其盛歟⑫！衆以余忝聞法門人，結菩提之緣甚熟，請於塔石序而銘曰⑬：

伊之北西⑭，洛之南東⑮。法祖法孫，歸全於中。舊塔會公，新塔照公。亦如世禮，祔于本宗。（3645）

【校】

①即　《文苑英華》無此字。

②不説　《文苑英華》作「不記」，校：「集作説。」

③洛人　馬本誤「俗人」。

④月開　馬本作「用開」。

⑤醫　《文苑英華》作「醫王」。

⑤船　《文苑英華》作「船師」。

⑦沙門　《管見抄》、林羅山本、蓬左本、天海本其上有「蜀」字。

⑧襄事　《文苑英華》、《管見抄》作「喪事」，《文苑英華》校：「喪事一作襄事。」

⑨法建　紹興本等無「法」字，據《管見抄》、林羅山本、蓬左本、天海本補。《文苑英華》明刊本、《全唐文》作「日建」。

⑩雲　《管見抄》作「靈」，下句「雲表」同。「慈」　《文苑英華》、《管見抄》作「磁」，《文苑英華》校：「集作慈。」

⑪力　《文苑英華》校：「集作立。」

⑫歟　《管見抄》作「哉」。

⑬銘曰　《管見抄》、林羅山本、蓬左本其上有「銘之」二字。

⑭北西　《文苑英華》作「西北」。

⑮南　《文苑英華》校：「集作西。」

【注】

朱《箋》：作於開成五年，洛陽。《集古録目》卷五著録：「唐照公塔碑。太子少傅分司東都白居易撰，劉禹錫爲秘書監分司東都時書。……碑以開成三年立。」《寶刻類編》卷五劉禹錫：「照公塔銘，白居易撰，開成五年，洛。」朱《箋》以《寶刻類編》所記可信。

〔一〕奉國寺：《唐會要》卷四八《寺》：「奉國寺，修行坊。本張易之宅，未成而易之敗，後賜太平公主乳母奉國夫人，尋奏爲寺。」

〔二〕神照：《景德傳燈録》卷十三曹溪別出第四世：「荆南惟忠禪師法嗣：道圓禪師，益州如一禪師，奉國神照禪師，廬山東林雅禪師。已上四人無機緣語句，不錄。」白居易《贈僧五首》之二《神照上人》（《白氏文集》卷二七1995）注：「照以説壇爲佛事。」

〔三〕惟忠：《景德傳燈録》卷十三曹溪别出第三世：「磁州法如和尚法嗣：荆南惟忠禪師一人，無機緣語句，不録。」《五燈會元》卷二六祖下三世：「磁州如禪師法嗣：荆南惟忠禪師，亦名南印，不列章次。」《景德傳燈録》卷十三圭峰宗密：「因謁荆南張禪師（注：南印。），張曰：『傳教人也。當宣導於帝都。』復見洛陽照禪師（注：奉國神照。），照曰：『菩薩人也，誰能識之？』尋抵襄漢。」裴休《大方廣圓覺修多羅了義經略疏序》：「圭峰禪師得法於荷澤嫡孫、南印上足道圓和尚。」又《華嚴原人論序》：「會有大德僧道圓，得法於洛都荷澤大師嫡孫南印，開法於遂州大雲寺。師遊座下，未及語，深有所欣慕，盡取平生所習捐之，染削爲弟子，受心法。」知圭峰宗密爲其再傳弟子。

〔四〕神會：慧能弟子。王維《能禪師碑銘》：「弟子曰神會，遇師於晚景，聞道於中年。度量出於凡心，利智逾於宿學。雖末後供，樂最上乘。」德宗敕封爲第七祖。其門下稱荷澤宗。《宋高僧傳》卷八有傳。有胡適及鈴木大拙整理之敦煌出土《神會和尚遺集》等。據《景德傳燈録》卷十三，神會法嗣有磁州法如，法如法嗣荆南惟忠，惟忠法嗣神照等。

〔五〕其教之大旨：此文之闡釋與神會語録及宗密所述吻合。宗密《禪門師資承襲圖》第二：「荷澤宗者，尤難言述。……今强言之，謂諸法如夢，諸聖同説，故忘念本寂，塵境本空。空寂之心，靈知不昧，即此空寂寂知，是前達摩所傳空寂心也。……若得善友開示，頓悟空寂之知，知且無念無形，誰爲我相人相。覺諸相空，真心無念，念起即覺，覺之即無，修行妙門唯在此也。」

〔六〕月開六壇：荷澤門下行登壇説法。《歷代法寶記》：「東京荷澤寺神會和上，每月作壇場，爲人説法，破清淨禪，立如來禪，立知見，立言説。」敦煌所見有《南陽和上頓教解脱禪門直了性壇語》。

〔七〕清閑：見卷三一《修香山寺記》(3606)等。

〔八〕寶應寺荷澤祖師塔：神會所葬塔。《宋高僧傳》卷八《神會傳》：「遷塔於洛陽寶應寺，敕謚大師曰真宗，塔號般若焉。」《唐代墓誌彙編續集》永泰〇〇二《大唐東都荷澤寺殁故第七祖國師大德於龍門寶應寺龍首腹建身塔銘》：「享年七十有五，僧臘五十四夏，於乾元元年五月十三日荆府開元寺奄然坐化。其時也，異香滿室，白鶴翔空。有廟堂李公嗣號(虢)王再迎尊顔於龍門，别有挺主功臣高輔成、趙令珍奏寺度僧，果乎先願。和尚昔經行宴息，曾紀此山，冥與理通，衆望亦足。其地勢也，北鄰天闕，南枕伊川。東望嵩山，遥窺觀之指掌；西臨華岳，隱龍首之在中。擇日吉祥，建乎身塔。」

〔九〕宗實：白居易《贈僧五首》之四《宗實上人》(《白氏文集》卷二七 1997)注：「實即樊司空之子，捨官位妻子出家。」「樊司空」謂樊澤。

不能忘情吟 并序

樂天既老，又病風，乃錄家事，會經費，去長音丈物。妓有樊素者，年二十餘，綽綽有歌舞態，善唱《楊枝》①〔一〕。人多以曲名名之，由是名聞洛下。籍在經費外②，將放之。馬有駱者，駔壯駿穩，乘之亦有年。籍在長物中③，將鬻之〔二〕。圉人牽馬出門，馬驤首反顧一鳴，聲音間似知去而旋戀者。素聞馬嘶，慘然立且拜，婉孌有辭，辭具下。辭畢涕下④。予聞素言，亦愍默不能對⑤。且命迴勒反袂，飲素酒，自飲一盃⑥，快吟數十聲。聲成文，文無定句，句隨吟之短長也⑦，凡二百三十五言⑧。噫！予非聖達，不能忘情，又不至於不及情者〔三〕。事來攪情，情動不可柅。因自哂，題其篇曰《不能忘情吟》。吟曰：

鬻駱馬兮放楊柳枝，掩翠黛兮頓金羈。馬不能言兮長鳴而却顧，楊柳枝再拜長跪而致辭⑨。辭曰：主乘此駱五年，凡千有八百日。銜橛之下，不驚不逸。素事主十年，凡三千有六百日。巾櫛之間，無違無失。今素貌雖陋，未至衰摧。駱力猶壯，又無虺隤。即駱之力，尚可以代主一步。素之歌，亦可以送主一盃。一旦雙去，有去無迴。故素將去，其辭也苦。駱將去，其鳴也哀。此人之情也，馬之情也，豈主君獨無情哉？予俯而歎，仰而咍，且曰：駱駱爾勿嘶，素素爾勿啼。駱反廄，素反閨。吾疾雖作，年雖頹，幸未及項籍之將死，亦何必一日之内棄騅兮而别虞兮。乃目素曰⑩：素兮素兮，爲我歌《楊柳枝》⑪，我姑酌彼金罍。我與爾歸醉鄉去來⑫。（3646）

【校】

①楊枝　那波本作「楊柳」，《管見抄》、林羅山本、蓬左本作「楊柳枝」。

②經費外　紹興本等作「經費中」，據《管見抄》、林羅山本、蓬左本改。

③長物　馬本作「經物」，誤。

④涕下　馬本作「泣下」。

⑤愍默　馬本作「愍然」。

⑤飲　《管見抄》、蓬左本作「引」。

⑦短長　《管見抄》作「長短」。

⑧三十五　馬本作「五十五」，盧校作「三十四」。

⑨楊柳枝　《管見抄》、蓬左本無「楊」字。

⑩素曰　紹興本等無二字，據《管見抄》、林羅山本、蓬左本補。

⑪爲我　《管見抄》、林羅山本其上有「若」字。

⑫與爾　《管見抄》、林羅山本、蓬左本作「與若第」。

朱《箋》：作於開成四年（839），洛陽。

【注】

〔一〕樊素：以善歌《楊柳枝》，又稱柳枝。白居易《楊柳枝二十韻》（《白氏文集》卷三三一2316）題注：「楊柳枝，洛下新聲也。洛之小妓有善歌之者，詞章音韻，聽可動人，故賦之。」又《別柳枝》（卷三五2565）：「兩枝楊柳小樓中，嫋娜多年伴醉翁。明日放歸歸去後，世間應不要春風。」《春盡日宴罷感事獨吟》（卷三五2592）：「五年三月今朝盡，客散筵空獨掩扉。病共樂天相伴住，春隨樊子一時歸。閑聽鶯語移時立，思逐楊花觸處飛。金帶縋腰衫委地，年年衰瘦不勝衣。」此開成五年作。胡仔《苕溪漁隱叢話》後集卷二九：「東坡云：世謂樂天有《鬻駱馬放楊柳枝》詞，嘉其主老病不忍去也。然夢得有詩云：『春盡絮飛留不得，隨風好去落誰家。』樂天亦云：『病與樂天相伴住，春隨樊子一時歸。』則是樊素竟去也。」

〔二〕駱馬：《詩・小雅・四牡》：「四牡騑騑，嘽嘽駱馬。」毛傳：「白馬黑鬣曰駱。」

〔三〕予非聖達三句：《世説新語·傷逝》：「王戎喪兒萬子，山簡往省之。王悲不自勝。簡曰：『孩抱中物，何至於此？』王曰：『聖人忘情，最下不及情。情之所鍾，正在我輩。』」

六讚偈 并序

樂天常有願，願以今生世俗文筆之因，翻爲來世讚佛乘、轉法輪之緣也。今年登七十，老矣病矣，與來世相去甚邇。故作六偈，跪唱於佛法僧前，欲以起因發緣，爲來世張本也。

讚佛偈

十方世界，天上天下。我今盡知，無如佛者。堂堂巍巍，爲天人師〔一〕。故我禮足，讚歎歸依。（3647）

讚法偈

過見當來，千萬億佛。皆因法成，法從經出。是大法輪，是大寶藏。故我合掌，至心迴向。（3648）

讚僧偈

緣覺聲聞，諸大沙門。漏盡果滿，衆中之尊。假和合力，求無上道。故我稽首，和南僧寶。（3649）

衆生偈①

毛道凡夫②，火宅衆生〔二〕。胎卵濕化，一切有情。善根苟種，佛果終成。我不輕汝，汝無自輕。（3650）

懺悔偈

無始劫來③，所造諸罪。若輕若重，無小無大④。我求其相，中間内外。了不可得，是名懺悔〔三〕。（3651）

發願偈

煩惱願去，涅槃願住。十地願登，四生願度。佛出世時，願我得親。最先勸請，請轉法輪。佛滅度時，願我得值。最後供養，受菩提記〔四〕。（3652）

【校】

①衆生　馬本其上有「讚」字。

②毛道　《管見抄》作「無道」。

③無始劫　《管見抄》作「無始世」。

④無小無大　紹興本、那波本作「無大無小」，據《管見抄》、馬本改。

朱《箋》：作於會昌元年（八四一），洛陽。

【注】

〔一〕天人師：如來十號之一。《大智度論》卷二：「云何名天人教師？佛示導是應作是不應作，是善是不善，是人隨教行不捨道法，得煩惱解脱報。是名天人師。」

〔二〕毛道凡夫：凡夫。菩提流支譯《金剛般若波羅蜜經》：「須菩提，如來説有我者則非有我，而毛道凡夫生者以爲有我。」

〔三〕是名懺悔：實叉難陀譯《華嚴經》卷四十：「我於過去無始劫中，由貪瞋癡，發身口意，作諸惡業，無量無邊。若此惡業，有體相者，盡虛空不能容受。我今悉以清淨三業，遍於法界極微塵剎一切諸佛菩薩衆前，誠心懺悔。後不復造，恒住淨戒。」

〔四〕最先勸請：實叉難陀譯《華嚴經》卷七三：「有佛出世皆親近故，同勸請，請一切佛轉法輪故，同供養。」

佛光和尚真贊〔一〕

會昌二年春，香山寺居士白樂天命繢工寫和尚真而贊之①。和尚姓陸氏，號如滿，居佛光寺東芙蓉山蘭若，因號焉〔二〕。

我命工人，與師寫真。師年幾何？九十一春。會昌壬戌，我師尚存。福智壽臘，天下一人。靈芝無根，寒竹有筠。温然言語，嶷然風神。師身是假，師心是真。但學師心，勿觀師身。（3653）

【校】

那波本无此篇。

①繢工　紹興本等作「繢以」，據《管見抄》改。

【注】

朱《箋》：作於會昌二年（八四二），洛陽。

〔一〕佛光和尚：如满。《景德傳燈録》卷六馬祖道一法嗣：「洛京佛光如滿禪師，曾住五臺山金閣寺。唐順宗問：『佛從何方來？滅向何方去？既言常住世，佛今在何處？』師答曰：『佛從無爲來，滅向無爲去。法身等虚空，常在無念處。有念歸無念，有住歸無住。來爲衆生來，去爲衆生去。清淨真如海，湛然體常住。智者善思惟，更勿生疑慮。』」同書卷十列「杭州刺史白居易」爲洛京佛光寺如滿禪師唯一法嗣。

〔二〕佛光寺：在嵩山。《舊唐書·李師道傳》：「以師道錢千萬，僞理嵩山之佛光寺。」白居易有《遊豐樂招提佛光三寺》（《白氏文集》卷三六 2732）。

醉吟先生墓誌銘〔一〕　并序①

先生姓白，名居易，字樂天。其先太原人也。秦將武安君起之後②。高祖諱志善，尚衣奉御。曾祖諱溫，檢校都官郎中。王父諱鍠，侍御史，河南府鞏縣令。先大夫諱季庚③，朝奉大夫，襄州别駕，大理少卿，累贈刑部尚書，右僕射〔二〕。先太夫人陳氏④，贈潁川郡太夫人〔三〕。妻楊氏，弘農郡君〔四〕。兄幼文，皇浮梁縣主簿〔五〕。弟行簡，皇尚書膳部郎中〔六〕。一女，適監察御史談弘謩〔七〕。三姪：長曰味道，廬州巢縣丞。次曰景回，淄州司兵參軍。次曰晦之，舉進士⑤〔八〕。樂天無子，以姪孫阿新爲之後〔九〕。樂天幼好學，長工文。累進士、拔萃、制策三科，始自校書郎，終以少傅致仕。前後歷官二十任，食祿四十年。外以儒行修其身，中以釋教治其心，旁以山水風月歌詩琴酒樂其志。前後著文集七十卷，合三千七百二十首⑥，傳於家。又著《事類集要》三十部，合一千一百三十門，時人目爲《白氏六帖》，行於世〔十〕。凡平生所慕所感，所得所喪，所經所遇所通⑦，一事一物已上，布在文集中，開卷而盡可知也，故不備書。大曆六年正月二十日生於鄭州新鄭縣東郭宅，以會昌六年月日終於東都履道里私第，春秋七十有五〔十一〕。以某年月日葬於華州下邽縣臨津里北原，祔侍御、僕射二先塋也〔十二〕。啓手足之夕，語其妻與姪曰：吾之幸也，壽過七十⑧，官至二品，有名於世，無益於人，褒優之禮，宜自貶損。我殁當斂以衣一襲，送以車一乘，無用鹵簿葬，無以血食祭，無請太常謚，無建神道碑。但於墓前立一石，刻吾《醉吟先生傳》一本可矣。語訖命筆，自銘其墓云：

樂天樂天，生天地中，七十有五年。其生也浮雲然，其死也委蛻然。來何因，去何緣？吾性不動，吾形屢遷。已焉已焉，吾安往而不可，又何足厭戀乎其間？

（3654）

【校】

紹興本無此篇，影印本據馬本補。那波本亦無此篇。

①題　《文苑英華》作「自撰墓誌」。《管見抄》題下注：「開成四年中風疾後作。」

②秦将　《管見抄》无「将」字。

③先大夫　馬本作「先大父」，據《文苑英華》、《管見抄》改。「季庚」　馬本、《文苑英華》、《管見抄》作「季庾」，《文苑英華》校：「集作庚。」據改。

④先太夫人　馬本作「先大父夫人」，據《文苑英華》、《管見抄》改。

⑤累進士　《文苑英華》作「累登進士」。

⑤二十　《文苑英華》、《管見抄》作「三十」。

⑦所遇　馬本、《管見抄》作「所逼」，據《文苑英華》改。《文苑英華》校：「集作逼。」

⑧過　《文苑英華》校：「一作登。」

【注】

據《管見抄》本篇題下注，當作於開成四年（八三九）。朱《箋》未編年。按，《管見抄》題注雖可作依據，然文中又有「壽過七十」、「以會昌六年月日終」等語，則至會昌中又有改動。

〔一〕醉吟先生墓誌銘：岑仲勉《白集醉吟先生墓誌銘存疑》提出此篇有如下疑誤之點：（一）稱季庚爲「先大父」，白文無稱考爲大父之例；（二）稱季庚「朝奉大夫」，唐文散官無此職，應作朝散大夫；（三）稱陳氏「先大父夫人」，誤同（一）；（四）書幼文、行簡銜加「皇」字，體例不當；（五）三姪味道、景回、晦之，《新唐書・宰相世系表》衹有景受、味道，不合；（六）「以姪孫阿新爲後」，與李商隱所爲碑及《世系表》所述不合；（七）終以少傅致仕，唐制致仕往往别除一虚官，居易實以刑部尚書致仕；（八）稱大曆六年生，居易實生於大曆七年壬子；（九）稱葬於華州下邽縣臨津里，白氏先塋在下邽縣義津鄉；（十）稱又著《事類集要》，時人目爲《白氏六帖》，然白集中及元稹等人均未言及著此書。陳寅恪《元白詩箋證稿》據岑説判此篇爲僞作，朱《箋》亦踵其説。耿元瑞、趙從仁《岑仲勉〈白集醉吟先生墓誌銘存疑〉辨》（《唐代文學論叢》總第四輯）對岑説各點有辨駁。川合康三《中國の自傳文學》第四章、芳村弘道《白居易〈醉吟先生墓誌銘〉之真僞》（收入《唐代の詩人と文獻研究》）均不同意僞作説，對疑誤各點逐一辨析。其中「先大父」、「先大父夫人」，當據《文苑英華》、《管見抄》作「先大夫」、「先太夫人」；「朝奉大夫」或爲宋人誤書（宋職官有此銜）；「臨津里」亦爲傳抄之訛；生年之訛亦屬誤記或傳寫之誤；書銜加「皇」字，亦不可一概而論。其他各點，詳後注。

〔二〕高祖志善等：見卷九《故鞏縣令白府君事狀》（2903）、《襄州别駕府君事狀》（2904）。

〔三〕陳氏：見卷九《襄州别駕府君事狀》（2904）。

〔四〕楊氏：見卷三三《繡西方幀贊》(3627)。

〔五〕幼文：見卷三《祭浮梁大兄文》(2847)。

〔六〕行簡：見卷三二《祭弟文》(3615)。

〔七〕談弘謩：白居易《開成二年三月三日河南尹李待價以人和歲稔將禊於洛濱》(《白氏文集》卷三三 2458)詩題中有「四門博士談弘謨」。又有《小歲日喜談氏外孫女孩滿月》(卷三四 2482)等詩。

〔八〕三姪：白居易《狂言示諸姪》(《白氏文集》卷三十 2196)，金澤本作「狂言示三姪」，注：「三姪，謂宅相、匡幃、龜兒也。」龜兒即行簡子景受小字，見《祭弟文》(3615)。此誌三姪無景受。岑氏謂：「商隱作碑於大中三年，稱子景受，豈即晦之耶？景回必非景受，因參軍階位尉上，而景受則大中三年始自尉改官也。」以三姪排序而言，龜兒(景受)亦當爲晦之。宅相爲幼文子，見《祭浮梁大兄文》。按序位，當即味道。《新唐書·宰相世系表五下》白氏：居易子：「景受，以從子繼。」然又以味道爲行簡子，實誤。樂天後裔白錦、白自成所撰《白氏重修譜系序》(《白居易家譜》，中國旅遊出版社一九八三年)：「幼文長子諱景回，淄州司兵參軍。次子諱景受，字(衍)孟懷觀察史。三子諱景衍。……會昌元年，以兄幼文次子景受嗣。生邦翰，司封郎中。」無味道，又以景受爲幼文子，均誤。然以景回爲幼文子，似可據。景回當爲幼文次子，小字匡幃。

〔九〕以姪孫阿新爲後：阿新名別無見。《舊唐書·白居易傳》作：「無子，以其姪孫嗣。」李商隱《太原白公墓碑銘》：「子景受，大中三年自潁陽尉典治集賢御書。」又《與白秀才狀》：「杜秀才翺至，奉傳旨意，以遠追先德，思耀來昆，欲俾虚蕪，用備刊勒。承命揣己，悲惶莫任。伏思大和之初，便獲通刺。昇堂辱顧，前席交談。……遂積分陰，俄逾一紀，今弟克承堂構，允紹家聲。」此受託爲撰碑銘時所作，白秀才即景受，則似其時確已承嗣。《新唐書·宰相世系表》稱「景受，以從子繼」，蓋據《墓碑銘》。《册府元龜》卷八六三《總録部·爲人後》則謂：「白景受，刑部尚書致仕白居易之姪孫。居易卒，無子，以景受爲嗣。」似無據，蓋欲調合《舊唐書》傳與《新唐書》表之矛盾。按，以姪孫爲嗣之例，如《舊唐書·太宗諸子傳》越王貞：「嗣絶國除，年逾二紀……其封貞姪孫、故許王男，左監門衛將軍、夔國公琳爲嗣越王，以奉其祀。」《唐代墓誌彙編》貞元〇六七《唐故泗州長史試殿中監京兆田府君墓誌銘》：「夫人作腹不孕，□又無别息，以姪孫益繼副其後。」均屬絶嗣、無别息之情況。洛陽出土白邦翰《唐故太原白府君墓誌》（文據《文獻》二〇〇八年第二期胡可先、文豔蓉《新出石刻與白居易研究》）：「君諱邦彦，其先太原人也。……曾祖諱季庚，皇任襄州别駕，贈大理少卿。王父諱行簡，皇任尚書膳部郎中。考諱景受，皇任監察御史。」撰文者邦翰爲邦彦之兄，知景受二子邦翰、邦彦。此誌並未言及景受出繼。《新唐書·宰相世系表五下》称「景受，以從子繼」，又以邦翰爲景受子。綜合以上材料，居易以姪孫爲後，蓋因行簡亦僅有景受（龜兒）一子，此觀其《祭弟文》僅言及龜兒可知。其長兄幼文雖有兩子，然幼文是其異母兄，關係較疏遠，且年長其二十餘歲。故此在名義上不能以景受爲嗣，又不選擇幼文二子爲嗣，則只能以景受之子、其姪孫爲嗣。然居易卒時阿新或年甚幼，景受當獨力承當兩家之事，並以嗣子名義請李商隱撰碑銘。此蓋商隱稱其爲嗣子之原因。《世系表》以邦翰爲居易嗣孫，白邦彦墓誌則仍承爲行簡之後，則姪孫阿新當即邦翰。《唐文粹》卷五八李商隱《太原白公墓碑銘》後錄弘農楊氏《傷子辭》一首，馮浩《樊南文集詳注》因謂楊氏即居易妻，「不意公没後，阿新亦殤，此《殤子辭》，必爲阿新。其曰令子，即阿新；其曰今子，乃景受。蓋阿新殤後，又以景受爲繼，而郡君痛冤無窮，自以辭志之也」，則純出臆測，不可據。

〔十〕白氏六帖：《新唐書·藝文志三》：「《白氏經史事類》三十卷。白居易。一名《六帖》。」又：「盛均《十三家帖》。均字之材，泉州南安人，終昭州刺史。以《白氏六帖》未備而廣之，卷亡。」按，唐人編集此類類書極普遍，《藝文志》即著錄十七家二十四部，又謂：「王義方以下不著錄三十二家。」此書至宋有多家補注增修。《郡齋讀書志》卷十四：「《六帖》三十卷。右唐白居易撰。以天地事物分門類爲聲偶，而不載所出書。曾祖父秘閣公爲之注，行於世。世傳居易作《六帖》，以陶家瓶數千各題名目，置齋中，命諸生採集其事類投瓶内，倒取之，鈔錄成書。故所記時代多無次序云。」花房英樹《白氏六帖について》（廣島文理科大學漢文學會《漢文學紀要》三）認爲此書應編於元和六年前。

〔十一〕大曆六年生：陳《譜》大曆七年壬子：「正月二十日，公始生於鄭州新鄭縣東郭宅。見公自爲《墓誌》。新鄭，公祖鞏縣府君所居也。杭、蘇集本皆作『六年』，歲在辛亥。而公嘗有詩云『何事同生壬子歲，老於崔相與劉郎』，謂崔羣、劉禹錫皆同庚，則非辛亥明矣。集本誤也。」

〔十二〕葬於華州下邽縣：卷三二《祭弟文》（3615）：「下邽北村，爾塋之東，是吾他日歸全之位。」此其初命，亦爲一般之慣例。《舊唐書·白居易傳》：「遺命不歸下邽，可葬於香山如滿師塔之側，家人從命而葬焉。」李商隱《與白秀才第二狀》：「比者與杜秀才商量，祇謂卜於下邽，克從先次。所以須待相國意緒，方敢遠應指揮。今狀聞便龍門，仰遵遺令，事同踴塔，兆異佳城。」相國謂白敏中。不歸祖塋而改葬香山，雖爲居易臨終最後遺命，然其事重大，故景受等亦須待白敏中意緒而作決定。

白居易文集校注補遺

白氏文集後序①

白氏前著《長慶集》五十卷，元微之爲序。《後集》二十卷，自爲序〔一〕。今又《續後集》五卷，自爲記。前後七十五卷，詩筆大小凡三千八百四十首。集有五本：一本在廬山東林寺經藏院，一本在蘇州南禪寺經藏内，一本在東都聖善寺鉢塔院律庫樓②，一本付姪龜郎，一本付外孫談閣童。各藏於家，傳於後〔二〕。其日本、新羅諸國及兩京人家傳寫者③，不在此記。又有《元白唱和因繼集》共十七卷，《劉白唱和集》五卷，《洛下遊賞宴集》十卷〔三〕。其文盡在大集内錄出，别行於時。若集内無而假名流傳者，皆謬爲耳。會昌五年夏五月一日。樂天重記。（補 01）

【校】

見那波本卷七十一、馬本序卷、《管見抄》。顧校、朱《箋》收。

①題　馬本作「白氏長慶集後序」，《管見抄》作「白氏集後記」。

②聖善寺　那波本、馬本、《管見抄》作「勝善寺」。從朱《箋》改。

③新羅　那波本、馬本作「暹羅」。據《管見抄》改。

【注】

作於會昌五年（八四五），洛陽。

〔一〕後序：見《白氏文集》卷二一（那波本卷五一）卷首。

〔二〕集有五本：參卷三三《東林寺白氏文集記》（3631）、《聖善寺白氏文集記》（3632）、《蘇州南禪院白氏文集記》（3638）。姪龜郎：行簡子景受小字。參卷三二《祭弟文》（3615）、卷三四《醉吟先生墓誌銘》（3654）。外孫談閣童：談弘謩子。參卷三四《醉吟先生墓誌銘》（3654）。按，此五本是否均爲七十五卷本，白氏本人未説明。據流傳情況考察，寺藏本似均非七十五卷本。家藏兩本則未流傳，故後代未見七十五卷完帙。

〔三〕元白唱和因繼集：參卷三二《因繼集重序》（3612）。劉白唱和集：參卷三二《劉白唱和集解》

（3613）。洛下游賞宴集：參卷三四《香山寺白氏洛中集記》（3644）。

荷珠賦〔一〕 以泣珠茲鮮瑩爲韻①。

迸水所集，輕荷正敷。引修莖而出葉，凝散液以成珠②。淨緑田田，神龜之巢處斯在〔二〕；虚明皎皎，靈鵲之銜來豈殊〔三〕？既羅列其青蓋，又昭章於白榆。亂點的皪，分規青瑩。仰虚無以上出，掩晶熒而外映。洒之不着，湛兮逾淨。時寄寓於傾欹③，每因依於平正。可止則止，必荷之中央；在圓而圓，得水之本性。風飈既息而常凝④，魚鳥頻銜而不定。爾乃一氣晴後⑤，初陽照前。宿雨霽而猶在，曉露裛而正鮮。熠熠有光，映空水而焕若；纍纍無數，遍池塘而炯然。宛轉而魚目迴視，沖融而蚌胎未堅〔四〕。因霑濡而小大，隨散合以虧全。輕彩蕩淵⑥，芳濃厭浥⑦。明璣而夜月爭光，丹粟而晨霞散入⑧〔五〕。其息也與波俱停，其動也與風皆急。若轉於掌⑨，乃是江妃之珠〔六〕；如凝於盤，遂成泉落之泣⑩〔七〕。冰壺捧之而殊倫，水鏡沈精而莫及〔八〕。則知氣有相假，物有相資。唯雨露之留處，當芙蓉之茂時。雖賦象而無準，必成形而在茲。喻於人則寄之生也，擬於道則沖而用之〔九〕。自契玄珠之妙，何求赤水之遺〔十〕。（補 02）

見《文苑英華》卷一百四十九，《全唐文》卷六百五十六。平岡校第二册、顧校、朱《箋》收。

【校】

①茲　《文苑英華》、《全唐文》作「絲」，《文苑英華》校：「未見絲字官韻。」賦云：「必成形而在茲。」平岡校：「絲當作茲。」從改。

②散液　《文苑英華》明刊本、《全唐文》作「玉液」。

③時　《文苑英華》明刊本涉上誤「淨」，此據《全唐文》。

④風颸　《文苑英華》明刊本作「颸颸」，此據明抄本。《全唐文》作「颸風」。

⑤晴　《文苑英華》明刊本作「暗」。

⑤蕩淵　《文苑英華》校：「疑。」疑有訛字。

⑦芳濃　《全唐文》作「穠香」。

⑧入　《全唐文》作「日」。

⑨掌　《文苑英華》明刊本誤「長」。

⑩落　《文苑英華》校：「疑作客。」《全唐文》據改。

【注】

〔一〕荷珠：陸雲《芙蓉詩》：「盈盈荷上露，灼灼如明珠。」蕭繹《玄覽賦》：「菊從風而金散，荷帶水而珠員。」

〔二〕神龜句：《史記·龜策列傳》：「余至江南，觀其行事，問其長老，云龜千歲乃游蓮葉之上，蓍百莖共一根。」

〔三〕靈鵲句：《藝文類聚》卷十引《帝王世紀》：「漢昭靈后名含始，遊浴池，有玉雞銜赤珠出，刻曰玉英，吞此者王。」《初學記》卷二七引王子年《拾遺記》：「有鳳銜明珠致於庭，少昊乃拾珠懷之，使照服於天下。」同卷引孫柔之《瑞應圖》：「晉平公鼓琴，有玄鶴二雙而下，銜明珠舞於庭。」此言靈鵲銜珠，蓋變化言之。

〔四〕魚目：盧諶《贈劉琨並書》：「夜光報於魚目。」《文選》李善注：「《雒書》曰：秦失金鏡，魚目入珠。鄭玄曰：魚目亂真珠。」蚌胎：揚雄《羽獵賦》：「方椎夜光之流離，剖明月之珠胎。」《文選》李善注：「明月珠，蚌子珠，爲蚌所懷，故曰胎。」左思《吴都賦》：「蚌蛤珠胎，與月虧全。」

〔五〕明璣：左思《吴都賦》：「赬丹明璣，金華銀樸。」《文選》引劉逵注：「璣，珠屬也。」丹粟：張衡《南都賦》：「綠碧紫英，青雘丹粟。」《文選》李善注：「《山海經》曰：荆山之首曰景山，睢水出焉，其中多丹粟。郭璞曰：細沙如粟。」

〔六〕江妃：郭璞《江賦》：「冰夷倚浪以傲睨，江妃含嚬而矊眇。」《文選》李善注：「《列仙傳》曰：江妃二女，出遊江濱，鄭交甫所挑者。」

〔七〕泉落之泣：左思《吴都賦》：「泉室潛織而卷綃，淵客慷慨而泣珠。」《文選》引劉逵注：「俗傳鮫人從水中出，曾寄寓人家，積日賣綃。綃者，竹孚俞也。鮫人臨去，從主人索器，泣而出珠滿盤，以與主人。」

〔八〕冰壺：鮑照《白頭吟》：「直如朱絲繩，清如玉壺冰。」水鏡沈精：《晉書·樂廣傳》：「此人之水鏡，見之瑩然。」《抱朴子·登涉》：「萬物之老者，其精悉能假託人形，以眩惑人目而常試人，唯不能於鏡中易其真形耳。」

〔九〕喻於人：此以荷珠喻人生短暫。《淮南子·精神訓》：「生，寄也；死，歸也。」擬於道：《老子》四章：「道沖，而用之久不盈。深乎！萬物宗。」

〔十〕自契二句：《莊子·天地》：「黄帝遊乎赤水之北，登乎昆侖之丘而南望，還歸，遺其玄珠。」

洛川晴望賦　以願拾青紫爲韻。

金商應律，玉斗西建。嘉旬雨之時晴①，叶秋成而適願。是用步閭里，詢黎獻。皇風演溢，歌且聽於昇平；聖澤汪洋，誦不聞於胥怨。爾乃命親懿，會朋執。賦邙山，眺洛邑〔一〕。天沉寥而雲静，氣肅殺而風急。三川浩浩以奔流，雙闕峨峨而屹立〔二〕。飛梁徑度，訝殘虹之未銷；翠瓦光凝，驚宿雨之猶濕。嘉三時之是務②，觀五穀之斯入。覽滌場之在勤，知滯穗之見拾。及夫日色黯黯，寒光熒熒。遠水澄碧，群山結青。山水隱映，氣氳窅冥③。瞻上陽之宫闕兮④，勝仙家之福庭〔三〕。望中嶽之林嶺兮，似天台之翠屏〔四〕。宜其迴鑾輿兮檢玉牒，朝千官兮御百靈〔五〕。使西賓之誇少弭，東人之思攸寧〔六〕。不亦盛哉？客有感陽舒，詠樂只，揮毫翰，獨徙倚。願得採於蒭蕘，終期拾乎青紫〔七〕。（補 03）

【校】

見《文苑英華》卷一百二十八、《全唐文》卷六百五十六。立圖校第二册、顧校、朱《箋》收。《文苑英華》此篇次於白居易《汎渭賦》後，未署作者名。

①嘉　《文苑英華》明刊本作「加」。

②嘉三時　《文苑英華》明刊本其上衍「化」字。

③氣　《文苑英華》校：「一作氛。」明刊本其上衍「花」字。「窅冥」《文苑英華》明刊本作「冥窅」。《全唐文》从明刊本，削「窅」字，此句作「花氣氳冥」。

④瞻　《全唐文》作「瞻」。

按，此篇敍及武則天封嵩山事，疑非白居易作。

【注】

㈠邙山：《元和郡縣圖志》卷五河南府偃師縣：「北邙山，在縣北二里，西自洛陽縣界，東入鞏縣界。」同卷河南府：「仁壽四年，煬帝詔楊素營東京。大業二年，新都成，遂徙居，今洛陽宮是也。其宮北據邙山，南直伊闕之口，洛水貫都，有河漢之象，東去故城一十八里。初，煬帝嘗登邙山，觀伊闕，顧曰：『此非龍門邪？自古何因不建都於此？』僕射蘇威對曰：『自古非不知，以俟陛下。』帝大悦，遂議都焉。」

㈡三川：《史記·秦本紀》：「初置三川郡。」集解：「韋昭曰：有河、洛、伊，故曰三川。」雙闕：謂伊闕。《元和郡縣圖志》卷五河南府伊闕縣：「伊闕山，在縣北四十五里。兩山相對，望之若闕，伊水流其間，故名。」

㈢上陽宮：《舊唐書·地理志一》河南道宮城：「上陽宮，在宮城之西南隅。南臨洛水，西拒穀水，東即宮城，北連禁苑。……上陽之西，隔穀水有西上陽宮，虹梁跨穀，行幸往來。皆高宗龍朔後置。」

㈣中嶽：嵩山。《元和郡縣圖志》卷五河南府登封縣：「嵩高山，在縣北八里。亦名外方山。又云東曰太室，西曰少室，嵩高總名，即中嶽也。山高二十里，周回一百三十里。」翠屏：孫綽《游天台山賦》：「踐莓苔之滑石，搏壁立之翠屏。」《文選》李善注：「翠屏，石橋之上石壁之名也。」

〔五〕檢玉牒：謂封禪。《舊唐書·禮儀志三》：「高宗既封泰山之後，又欲遍封五岳。至永淳元年，於洛州嵩山之南，置崇陽縣。其年七月，敕其所造奉天宫。二年正月，駕幸奉天宫。至七月，下詔將以其年十一月封禪於嵩岳。……尋屬高宗不豫，遂罷封禪之禮。則天證聖元年，將有事於嵩山。……至天册萬歲二年臘月甲申，親行登封之禮。」《隋書·禮儀志二》：「漢武帝頗采方士之言，造爲玉牒，而編以金繩，封廣九尺，高一丈二尺。光武中興，聿遵其故。晉、宋、齊、梁及陳，皆未遑其議。」

〔六〕西賓之誇：班固《兩都賦》：「東都主人喟然而歎曰：『痛乎風俗之移人也。子實秦人，矜誇館室，保界河山，信識昭襄而知始皇矣，烏睹大漢之云爲乎？……』主人之辭未終，西都賓矍然失容，逡巡降階，惵然意下，捧手欲辭。」

〔七〕拾青紫：《漢書·夏侯勝傳》：「始，勝每講授，常謂諸生曰：『士病不明經術，經術苟明，其取青紫如俯拾地芥耳。』」

叔孫通定朝儀賦〔一〕 以制定朝儀上尊下肅爲韻。

稷嗣君上稽天命，下察人聽。以爲作樂者存乎功成，制禮者本乎理定。故《易》尚隨時，禮貴從宜。于以致理，何莫由斯？允矣君子，休哉令規。採三代之帝典，起兩漢之朝儀。于斯時也，秦吞六雄之後，漢承百王之弊。禮壞樂崩，上陵下替。將欲創洪業，尊皇帝，馴致王道，丕革季世。莫先乎正位以經邦，體元而立制者也。夫其將用於國，先習於野。辨度數於聲明文物①，審等威於君臣上下。儒生肅以濟濟，物有其容；國典焕其煌煌，禮無違者。然後闢雙闕，會百僚。動必嚴恪，進無諠嚻。長幼之序不忒，貴賤之儀孔昭。鏘鏘兮若萬國赴塗山而會，秩秩兮如百神仰太一而朝②。歲十月③，天地澄爽，宮殿清曠。風傳警蹕，日麗天仗。於是右陳列辟，左立丞相。東西分而則別，文武儼以相向。簪裾奕奕，頒鵷鷺之具寮④；劍戟森森，列熊羆之名將。帝容式展，皇威克壯。莫不上恭己以臨下，下竭誠而奉上。觀其威儀允淑，容止具篤。天子負鳳扆以皇皇，正龍顔而穆穆。百辟欣戴，九賓悦服。拔劍者懲懼而慄慄，飲酒者敬慎而肅肅。故知君有威故能守其邦，臣有儀所以保其禄。帝謂叔孫，舊章斯存。可以發揮我洪德，啓迪我後昆。方將守而經國，豈止焕而盈門。不然，何以表一人之貴，知萬乘之尊？（補 04）

【校】

見《文苑英華》卷五十三、《全唐文》卷六百五十六。平岡校第二册、顧校、朱《箋》收。

①聲明　《全唐文》作「聲名」，誤。

②百神　《文苑英華》明刊本、《全唐文》作「百官」。

③十月　《文苑英華》明刊本作「拾月」。

④頒　《文苑英華》明刊本、《全唐文》作「頌」。

【注】

〔一〕叔孫通：《史記·劉敬叔孫通列傳》：「漢王拜叔孫通爲博士，號稷嗣君。漢五年，已並天下，諸侯共尊漢王爲皇帝於定陶，叔孫通就其儀號。高帝悉去秦苛儀法，爲簡易，群臣飲酒爭功，醉或妄呼，拔劍擊柱，高帝患之。叔孫通知上益厭之也，説上曰：『夫儒者難與進取，可與守成。臣願徵魯諸生，與臣弟子共起朝儀。』高帝曰：『得無難乎？』叔孫通曰：『五帝異樂，三王不同禮。禮者，因時世人情爲之節文者也。故夏、殷、周之禮所因損益可知者，謂不相復也。臣願采古禮與秦儀雜就之。』……遂與所徵者三十人西，及上左右爲學者與其弟子百餘人爲綿蕞野外，習之月餘。叔孫通曰：『上可試觀。』上既觀，使行禮，曰：『吾能爲此。』乃令群臣習肄，會十月。漢七年，長樂宫成，諸侯群臣皆朝十月。儀：先平明，謁者治禮，引以次入殿門。廷中陳車騎步卒衛宫，設兵張旗志。傳言趨，殿下郎中俠陛，陛數百人。功臣列侯諸將軍軍吏以次陳西方，東鄉。文官丞相以下陳東方，西鄉。……竟朝置酒，無敢歡嘩失禮者。於是高帝曰：『吾乃今日知爲皇帝之貴也。』」

郭豐貶康州端溪尉制①〔一〕

勑：河南尹奏，長水令郭豐坐贓二十四萬八千，下吏按狀，罪甚明白。國有常典，舉而行之。可康州端溪尉員外，置同正員。仍馳驛發遣。（補05）

【校】

見金澤本卷三十一。平岡校第二册、朱《箋》、《全唐文補編》收。

①豐　林羅山本錄爲「景」。朱《箋》、《全唐文補編》同。

【注】

據金澤本編次，當作於長慶元年（八二一）至長慶二年（八二二）。

〔一〕郭豐：《全唐文補遺》第七輯《張戢言等濟源題名》：「貞元四年三月廿日同會：前濮州范縣主簿張戢言，前行在衛倉曹參軍魏採，宣義郎行尉張載言，宣義郎行尉郭豐，朝請郎行主簿田□。」又《郭豐等華嶽廟題名》：「華州司士參軍郭豐、華陰縣丞李泙、華陰縣主簿姚鵬舉、華陰縣尉韓晤、華陰縣尉苗華、華陰縣尉崔杙。元和元年七月十日會同於此。杙題。」未知是否同人。

第十二妹等四人各封長公主制①〔一〕

勑：古者帝子下嫁，必使王公主焉〔二〕。近代或有未笄年而賜湯沐者，亦加公主之號，以寵重之。第十二妹等，先帝之子也②。比朕之子，宜加等焉。故當幼年，各封善地③，咸命爲長公主。未及釐降，先開邑封。所以慰太后慈念之心，表先帝肅雍之訓。亦欲使吾孝理之道，敦睦之風，自骨肉間以及天下。可依前件。（補○六）

【校】

見金澤本卷三十一、《文苑英華》卷四百一十六、《全唐文》卷六百六十三、《唐大詔令集》卷四十一。平岡校第二册、朱《箋》收。

①題　《唐大詔令集》「第」作「封」，無「各封」二字。

②先帝　《文苑英華》、《全唐文》作「先皇帝」。

③各封　金澤本無「各」字，據《文苑英華》等補。

【注】

據金澤本編次，當作於長慶元年（八二一）至長慶二年（八二二）。

〔一〕第十二妹等四人：憲宗女、穆宗妹。《唐會要》卷六《公主》：「憲宗十九女……（第十二女）真源，降杜中立。」

〔二〕古者二句：《史記·呂太后本紀》集解：「如淳曰：《公羊傳》曰：『天子嫁女於諸侯，必使諸侯同姓者主之。』故謂之公主。」

王建除秘書郎制①〔一〕

敕：太府丞王建，太府丞與秘書郎，品秩同而祿廩壹②〔二〕。今所轉移者，欲其職得宜而才適用也③。詩人之作麗以則，建爲文近之矣。故其所著章句，往往在人口中〔三〕。求之輩流，亦不易得。帑藏之吏，非爾官也。而翺翔書府，吟詠秘閣。改命是職，不亦可乎？可秘書省秘書郎④。（補07）

【校】

見金澤本卷三十一、《文苑英華》卷四百、《全唐文》卷六百五十六。平岡校第二册、顧校、朱《箋》收。

①題 《文苑英華》「王建」上有「授」字，無「除」字。

②壹 《文苑英華》、《全唐文》作「一」。

③欲其 《文苑英華》、《全唐文》無「其」字。

④秘書省 《文苑英華》、《全唐文》無三字。

據金澤本編次，當作於長慶元年（八二一）。

【注】

〔一〕王建：白居易有《寄王秘書》（《白氏文集》卷十九 1246），作於長慶元年。張籍有《酬秘書王丞見寄》。韓愈有《玩月喜張十八員外以王六秘書至》。

〔二〕太府丞與秘書郎品秩同：《唐六典》卷二十太府寺：「丞四人，從六品上。」卷十秘書省：「秘書郎四人，從六品上。」傅璇琮主編《唐才子傳校箋》卷四《王建傳》（譚優學撰）考王建在太府丞與秘書郎之間，曾歷太常丞官，據此制不確。

〔三〕其所著章句：《雲溪友議》卷下：「王建校書爲渭南尉，作宮詞。元丞相亦有此句，河南、渭南合成二首矣。……渭南先祖内宮王樞密，盡宗人之分，然彼我不均，後懷輕謗之色。忽因過飲，語及桓、靈信任中官，多遭黨錮之罪，而起興廢之事。樞密深憾其譏，詰曰：『吾弟所有宮詞，天下皆誦於口。禁掖深邃，何以知之？』建不能對。元公親承聖旨，令隱其文，朝廷以爲孔光不言溫樹，何其愼靜乎！二君將遭奏劾，爲詩以讓之，乃脱其禍也。」樞密謂王守澄。其事在王建官秘書郎後。建早與張籍作爲樂府詩唱酬，詩名已遠播。

盧元輔可吏部郎中制①〔一〕

勑：六官之屬，升降隨時。獨吏部郎班秩，加諸曹之上②。歷代迄今，未嘗改也。則其典職之重，選用之精，可知矣。絳州刺史盧元輔③，深於文，敏於行。加以剸犀之利，洞膽之明。挈而用之④，無往不適。連領大郡，至于三四。剗訛剔弊，迎刃有聲。宜付劇司，俾之操制⑤。選曹郎缺⑥，用爾補員。歲調方殷，佇揚乃職。可尚書吏部郎中。

（補08）

【校】

見金澤本所校本卷三十三、《文苑英華》卷三百八十九、《全唐文》卷六百六十一。平岡校第二册、顧校、朱《箋》收。

①題　《文苑英華》、《全唐文》無「可」字，《文苑英華》「盧元輔」上有「授」字。

②上　《文苑英華》、《全唐文》作「右」。

③絳州　《文苑英華》、《全唐文》作「洛州」。

④挈　《文苑英華》明刊本誤「潔」。

⑤操制　《全唐文》誤「藻制」。

⑤選曹　《全唐文》作「曹選」。

【注】

據金澤本編次，當作於長慶元年（八二一）至長慶二年（八二二）。

〔一〕盧元輔：見卷十八《盧元輔杭州刺史制》(3228)。《舊唐書·盧元輔傳》：「歷杭、常、絳三州刺史，以課最高，徵爲吏部郎中，遷給事中，改刑部侍郎。」

答宰相杜佑等賀德音表〔一〕

朕君臨天下，子育羣生。雖日夜憂勤，而政猶多闕。雖歲時豐稔，而人或未安。蓋由斂散失於隨時，貢賦乖於任土。泉布壅而人困，穀帛賤而農傷。將思致彼小康，實在去茲衆弊。是用從宜之制，順氣布和。推皇王卹隱之心，助天地發生之德。卿等忠能輔國，善則稱君。周省表章，深嘉誠節。所賀知。（補09）

【校】

此文題存於紹興本卷五十七、那波本卷四十，脱去正文，誤與次篇《答宗正卿李詞等賀德音表》(3350)正文連屬。花房英樹《白氏文集の批判的研究》據《管見抄》、林羅春校本録。朱《箋》、《全唐文補編》收。

【注】

作於元和六年(八一一)。

〔一〕賀德音表：此與卷二十《答宗正卿李詞等賀德音表》(3350)當作於同時。參該篇注。

論周懷義狀

周懷義除汝州刺史〔一〕

右臣伏知，汝州自薛平已後，百姓不安〔二〕。又從魏義通已來，政事敗亂〔三〕。緣新置軍將料錢，放與人户官健。每月徵利，人力不堪〔四〕。又自春團户，至秋未了。百姓困苦，逃亡甚多〔五〕。訪聞其中，亦有走入淮西界者。蓋緣魏義通是一凡將，不解理人。拔自軍中，命爲刺史。毬酒之外，餘無所知，遂令汝州日受其弊。今者又命周懷義爲汝州刺史。懷義本是徐泗一小將，近入左軍，無大功能。忽與刺史，至於會解，與義通不殊。豈唯衆議爲非，實恐汝州重困。臣伏料聖意欲令防捍淮西，所以汝州且用軍將。然臣切恐汝州百姓厭苦軍將已久，今去一軍將，得一軍將，戎車未必修整，人户必重逃亡，多入淮西。此事尤非穩便。以臣所見，兼酌人情，恐須別擇一有文武刺史遣替義通。外令修備軍戎，内令撫安百姓。如此處置，尤合機宜。若汝州百姓日日逃散，雖有武備，將焉用之？臣緣細知，不敢不奏。謹具奏聞。謹奏。（補 10）

【校】

花房英樹《白氏文集の批判的研究》據林羅山本録，載該本卷四十二(即本書卷二十二)。原校：「此狀金澤文庫本載在《罷兵第三狀》之下，《論嚴綬狀》之上。」朱《箋》、《全唐文補編》收。

【注】

朱《箋》：約作於元和五年(八一〇)。

〔一〕周懷義：見卷十八《除周懷義豐州刺史天德軍使制》(3199)。

〔二〕薛平：見卷十八《除薛平鄭滑節度制》(3202)。《舊唐書·薛嵩傳附子平》：「在南衙凡三十年，宰相杜黄裳深器之，薦爲汝州刺史、兼御史中丞，理有能名。元和七年，淮西用兵，自左龍武大將軍授兼御史大夫、滑州刺史、鄭滑節度觀察等使。」

〔三〕魏義通：見卷十六《前河陽節度使魏義通授右龍武軍統軍前泗州刺史李進賢授右驍衛將軍並檢校常侍兼御史大夫制》(3143)。

〔四〕料錢：此蓋指放利生息以充軍將俸料，其法略同於百司食利錢。參卷二七《策林》四十一《議百司食利錢》(3460)。

〔五〕團户：當指檢括户口之類。《太平廣記》卷三〇八《蔡榮》(出《續玄怪録》)：「有李復者，從母夫楊曙爲中牟團户於三異鄉。」

太湖石記

古之達人，皆有所嗜。玄晏先生嗜書，嵇中散嗜琴，靖節先生嗜酒，今丞相奇章公嗜石〔一〕。石無文無聲，無臭無味，與三物不同，而公嗜之何也？衆皆怪之，走獨知之。昔故友李生名約有云：苟適吾志①，其用則多〔二〕。誠哉是言！適意而已。公之所嗜，可知之矣。公爲司徒，保釐河洛②，治家無珍産，奉身無長物。惟東城置一第，南郭營一墅。精葺宫宇，慎擇賓客。道不苟合③，居常寡徒。游息之時，與石爲伍。石有族聚，太湖爲甲，羅浮、天竺之徒次焉。今公之所嗜者甲也。先是，公之僚吏多鎮守江湖，知公之心，惟石是好。乃鉤深致遠，獻瓌納奇。四五年間，纍纍而至。公於此物，獨不廉讓。東第南墅，列而置之。富哉石乎，厥狀非一。有盤拗秀出，如靈丘鮮雲者；有端儼挺立，如真官神人者。有縝潤削成如珪瓚者，有廉稜鋭劌如劍戟者。又有如虬如鳳，若跧若動；將翔將踴，如鬼如獸；若行若驟，將攫將鬭者。風烈雨晦之夕，洞穴開噎，若欱雲歕雷，嶷嶷然有可望而畏之者。煙霽景麗之旦，巖㟧霮䨴，若拂嵐撲黛，靄靄然有可狎而玩之者。昏曉之交，名狀不可。撮要而言，則三山五岳，百洞千壑，覼縷簇縮，盡在其中。百仞一拳，千里一瞬，坐而得之。此其所以爲公適意之用也。常與公迫觀熟察④，相顧而言，豈造物者有意於其間乎？將胚渾凝結，偶然而成功乎⑤？然而自一成不變已來，不知幾千萬年。或委海隅，或淪湖底。高者僅數仞，重者殆千鈞。一旦不鞭而來，無脛而至，爭奇騁怪，爲公眼中之物。公又待之如賓友，視之如賢哲，重之如寶玉，愛之如兒孫。不知精意有所召也⑥，將尤物有所歸耶？孰爲而來耶？必有以也。石有大小，其數四等，以甲乙丙丁品之。每品有上中下，各刻於石陰：曰牛氏石甲之上，丙之中，乙之下。噫！是石也，千百載後散在天壤之内，轉徙隱見，誰復知之？欲使將來與我同好者，睹斯石，覽斯文，知公嗜石之自。會昌三年五月癸丑記⑦。（補11）

【校】

見《文苑英華》卷八百二十九、《唐文粹》卷七十一、《全唐文》卷六百七十六。《文苑英華》明抄本無作者名。顧校、朱《箋》收。

①吾志　《唐文粹》作「吾意」。

②爲　《唐文粹》作「以」，《文苑英華》校：「《文粹》作以。」

③道　《唐文粹》作「性」，《文苑英華》校：「《文粹》作性。」

④迫觀　《文苑英華》明刊本作「逼觀」。

⑤偶然而　《唐文粹》無「而」字。

⑤也　《唐文粹》作「耶」，《文苑英華》校：「《文粹》作耶。」

⑦癸丑　《唐文粹》作「丁丑」，《文苑英華》校：「《文粹》作丁。」

【注】

朱《箋》：作於會昌三年（八四三）五月。

〔一〕奇章公：牛僧孺。《舊唐書·牛僧孺傳》：「開成二年五月，加檢校司空，食邑二千户，判東都尚書省事、東都留守、東畿汝都防禦使。僧孺識量弘遠，心居事外，不以細故介懷。洛都築第於歸仁里。任淮南時，嘉木怪石，置之階廷，館宇清華，竹木幽邃，常與詩人白居易吟詠其間，無復進取之懷。」白居易有《奉和思黯相公以李蘇州所寄太湖石奇狀絶倫因題二十韻見示兼呈夢得》（《白氏文集》卷三四 2508）。

〔二〕李約：《新唐書·藝文志一》：「李約《東杓引譜》一卷。勉子，兵部員外郎。」《唐國史補》卷中：「梁武帝造寺，令蕭子雲飛白大書蕭字，至今一蕭字存焉。李約竭産自江南買歸東洛，匾於小亭以玩之，號爲蕭齋。」李約《壁書飛白蕭字贊》：「知者相賀，比獲蘭亭之書。世情觀之，未若野人之塊。不闕於世，在世爲無用之物。苟適於意，於余則有用已多。」

與運使郎中狀①

居易頓首啓：久違符采，絶跡記問。伏維視履棌集，休祉尚賒。申款，切冀保理。不宣。居易狀上運使郎中閣下。一日。謹空。（補 12）

【校】

見《淳熙秘閣法帖》。顧校、朱《箋》、《全唐文補遺》第一册、《全唐文補編》收。

①題從顧校等擬。

與劉禹錫書①

冬候斗寒，不審動止何似？居易蒙免。韋楊子遞中②，李宗直、陳清等至〔一〕。連奉三問，併慰馳心。洛下今年旱損至甚，蠲放太半，經費不充。見議停減料錢，公私之況可見。蓋天災流行也。承貴部大稔，流亡悉歸。既遇豐年，又加仁政。否極則泰，物數之常。且使君之心，得以與衆同樂。即宴遊酣詠，當隨日來。前月廿六日，崔家送終事畢〔二〕。執紼之時，長慟而已。況見所示祭文及祭微哀辭，豈勝悽咽！來使到遲③，不及發引。反虞之明日申奠，亦足以及哀。因覩二文，並錄祭敦並微誌文同往，覽之當一惻惻耳〔三〕。平生相識雖多，深者蓋寡。就中與夢得同厚者，深、敦、微而已〔四〕。今相次而去，奈老心何？以此思之，遂有奉寄長句。長句而下，或感事，或遺懷，或對境，共十篇，今又錄往。公事之暇，爲遍覽之，亦可悲，亦可哂也。微既往矣，知音兼勍敵者，非夢而誰？故來示有脱膊毒拳、腦門起倒之戲。如此之樂，誰復知之？從《報白君》「黦榴裙」之逸句④，少有登高稱，豈人之遠思⑤〔五〕？唯餘兩僕射之歎詞〔六〕，乃至「金環翠羽」之悽韻〔七〕，每吟皆數四，如清光在前。或復命酒延賓，與之同詠，不覺便醉便卧。即不知拙句到彼，有何人同諷耶？向前兩度修狀寄詩，皆酒酣操簡，或書不成字，或言涉無端。此病固蒙素知，終在希君恕醉人耳。所報男有藝，雌無容，少嘉賓，多乞客，其來尚矣。幸有家園渭城，豈假外物乎？昨問李宗直，知是久親事，常在左右。引於青氈帳前，飲之數盃，隅坐與語。先問貴體，次問高牆，略得而知。聊用爲慰，即瞻戀飢渴之深淺可知也，復何言哉？ 沃洲僧記⑥，又蒙與書，便是數百年盛事，可謂頭頭結緣耳〔八〕。宗直還，奉狀，不宣。居易再拜夢得閣下。十一月日。謹空。（補13）

【校】

見《淳熙秘閣續帖》。啓功先生《碑帖中的文學史資料》（《文物》一九六一年第八期）錄。平岡校第二册、顧校、朱《箋》、《全唐文補遺》第一册、《全唐文補編》收。

①題從顧校、朱《箋》等擬。原帖前題「唐白居易書」。

②遞中　二字旁注。

③到遲　二字旁注。

④黦榴裙　三字旁注。

⑤稱　平岡校：「稱字斷句，疑非。」「豈」　平岡校：「豈字讀爲如此，亦疑。」按，疑二字當互乙，作「少有登高，豈稱人之遠思」。

⑥記　啓功先生文錄作「往」。平岡校：「往字疑。蓋言僧名。」此從顧校所錄。

【注】

朱《箋》：作於大和六年（八三二），洛陽。高二適《論淳熙續帖白香山書之僞》（據《中國藝林叢論七》所收，臺北文馨出版社一九七六年）謂此書「文似雜揉成篇」，斷爲僞作，其論據約爲：（一）此書大體具白集《與劉蘇州書》（本書卷三一 3608），與其中「有攘臂痛拳之戲」、「兼惠答憶春草、報白君以下五六章」、「嗟乎微之先我而去，詩敵之勍者非夢得而誰」數語文字略同，事亦非異，何煩重疊複沓；（二）據劉集《蘇州謝上表（大和六年二月）》「伏以水災之後，物力索空」，《蘇州謝振賜表》「勑賜米一十二萬石」之語，則此書「貴部大稔」形同虛牝，無所着落，或以劉任和州時當之，則時日更相徑庭；（三）書中以「夢、深、敦、微」稱諸人，此亦少見；至於書中翻有合于劉、白詩事者，如「甈榴裙」、「金鐶翠羽」、「兩僕射之嘆詞」者，則乃僞帖雜揉之所據也。按，高氏所論之第二點疏漏尤爲明顯。此書作於大和六年十一月，劉集《蘇州謝上表》所云「水災之後，物力索空」，乃言此前大和五年災情。白書「貴部大稔」則謂本年有成，諒非虛語。即劉集《蘇州謝恩賜加章服表》（大和六年十二月十六日）云「幸免流離，漸臻完復。皆承聖化所及，遂使人心獲安」，亦可爲證。此外，此書與白集《與劉蘇州書》情事或有相關者，適可相互發明。即便書信於關切之事一再申明，亦屬常情，本無所謂重沓煩冗之必避者。以單字呼人名，在唐人亦非僅見。只是當面相呼需加「兄」、「郎」等詞，背後指稱或可省略。此書當面稱「夢得」，唯「非夢而誰」因連及「微既往矣」而省，下筆亦極分明。其他合于劉、白詩事者，非當事人則極難如書中之娓娓道來、隨意穿插。此書文意貫通，自然流暢，絶不似雜揉僞作者。

〔一〕韋楊子：啓功先生《碑帖中的文學史資料》謂即唐之「另一韋應物」、劉禹錫《蘇州舉揚子韋中丞自代狀》之韋中丞，唐人寫「揚」字手旁木旁常相混用。《劉賓客文集》卷十七《蘇州舉韋中丞自代狀》：「諸道鹽鐵轉運江淮留後、朝議郎、守太僕少卿、兼御史中丞、上柱國賜紫金魚袋韋應物。……前件官歷掌巨務，皆有美名。執心不回，臨事能斷。今領職雖重，本官尚輕。……大和六年十二月九日。」鹽鐵轉運使於揚州置留後，管江淮以南兩稅，稱江淮留後，亦稱揚子留後。此韋中丞因與詩人韋應物同名，而《唐書》無應物傳，故考其事蹟者或誤混爲一人。宋葉夢得、胡仔及清錢大昕等均有辨。參錢《十駕齋養新録》及瞿蜕園《劉禹錫集箋證》等。遞中：郵寄書信。《資治通鑑》咸通九年十月：「勛復於遞中申狀。」胡三省注：「遞中，謂入郵筒遞送使府。」此謂由韋楊子代寄書郵。

〔二〕崔家送終事毕：《舊唐書·崔羣傳》：「大和五年，拜檢校左僕射，兼吏部尚書。六年八月卒，年六十一。」《文宗紀》：「（大和六年）八月辛酉朔，吏部尚書崔羣卒。」白居易《祭崔相公文》則作於六年十月二十四日癸未，與本文所云「前月廿六日崔家送終事畢」合。

〔三〕祭敦並微誌文：白居易《祭崔相公文》，見本書卷三三（3628）。《河南元公墓誌銘》，見本書卷三三（3622）。據誌文，元稹卒於大和五年七月二十二日，以六年七月十二日祔葬。

〔四〕同厚者深敦微：啓功先生文謂即居易好友李絳（字深之）、崔羣（字敦詩）、元稹（字微之）。白居易、崔羣、李絳、劉禹錫四人大和二年在長安有《杏園聯句》、《花下醉中聯句》。然劉禹錫與李絳似無深交，唯元和中有《上中書李相公啓》(《劉賓客文集》卷十八)，時地位懸隔，多有哀乞之詞。

〔五〕報白君黦榴裙之逸句：錢易《南部新書》戊卷：「白樂天任杭州刺史，攜妓還洛，後却遣回錢唐。故劉禹錫有詩答曰：『其那錢唐蘇小小，憶君淚染石榴裙。』」啓功謂即此書中所謂逸句。詩即《劉賓客文集》外集卷二《樂天寄憶舊遊因作報白君以答》，末句宋浙刻本恰作「淚黦石榴裙」。

〔六〕兩僕射之嘆詞：兩僕射其一當謂崔羣，大和五年，拜檢校左僕射，兼吏部尚書。另一人當指元稹，卒贈尚書右僕射。所謂「嘆詞」即指劉禹錫所作「祭(崔)文及祭微哀辭」，二文劉集中今均不存。高二適謂兩僕射指白居易《余與山南王僕射淮南李僕射事歷五朝踰三紀海内年輩今唯三人榮路雖殊交情不替聊題長句寄舉之公垂二相公》(見《白氏文集》卷三七 2791)，並以人物、時間不合爲作僞之跡，不確。該詩汪《譜》、朱《箋》均繫於會昌六年，「山南王僕射」謂王起，拜左僕射在會昌四年；「淮南李僕射」謂李紳，守右僕射在會昌元年。

〔七〕金環翠羽之悽韻：《劉賓客文集》外集卷七《和西川李尚書傷韋令孔雀及薛濤之什》：「玉兒已逐金環葬，翠羽先隨秋草萎。唯見芙蓉含曉露，數行紅淚滴清池。」注：「後魏元樹，南陽王禧之子。南奔到建業，數年後北歸，愛姬朱玉兒脱金指環爲贈。樹至魏，却以指環寄玉兒，示有還意。」高二適謂「金環翠羽」即指劉此詩。劉詩「韋令」謂韋皋。按，《全唐詩》卷三一六有武元衡《西川使宅有韋令公時孔雀存焉暇日與諸公同玩座中兼故府賓妓興嗟久之因賦此詩用廣其意》

詩，元和間作，當時和者頗衆，白居易亦有《和武相公感韋令公舊池孔雀》（《白氏文集》卷十五0842）。劉禹錫大和六年和西川李尚書（李德裕）此作，乃追詠同一事，均感傷故大臣而兼及賓妓。此或白氏所以每吟此「悽韻」之由。

〔八〕沃洲僧記又蒙與書：本書卷三一《沃洲山禪院記》（3605）：「六年夏，寂然遣門徒僧常贄自剡抵洛，持書與圖，詣從叔樂天，乞爲禪院記云。」此書所云當即同一事。蓋居易于本年作《沃洲山禪院記》，並擬請劉禹錫書之，故書云「數百年盛事」。

書札①

違奉漸久，瞻念彌深。伏承比小乖和，仰計今已痊復。居易到杭州，已逾歲時。公私稍暇，守愚養拙，聊以遣時。在掖垣時，每承歡眷。今拘官守，拜謁未期。瞻望光塵，但增誠戀。孫幼復到此物故。餘具迴使諮報。伏惟昭悉。居易再拜。（補14）

【校】

見《初拓星風樓法帖》。又見明代王氏藏宋拓本四名人法書册葉，後接《春遊》詩，俱爲北宋錢勰（穆父）知越州時在會稽上石，南宋孝宗時復摹書刻石。顧校、朱《箋》、《全唐文補遺》第一册、《全唐文補編》收。

①題或擬爲「與人書」、「與某某書」。原帖題「唐太師文公白居易書」。

【注】

朱《箋》：約作於長慶三、四年間爲杭州刺史時。

佛頂尊勝陀羅尼經幢跋

唐大和九年（中闕）開國男白居易造此佛頂尊勝大悲心陀羅尼（中闕）及見幢形、聞幢名者，不問胎卵濕化，水陸幽明（中闕）悉願同發菩提，同成佛道。（補15）

【校】

據溫玉成《白居易故居出土的經幢》（《四川文物》二〇〇一年第三期）録。中國社會科學院考古研究所洛陽唐城隊《洛陽東都履道坊白居易故居發掘簡報》（《考古》一九九四年第八期）：「經幢出土于發掘區西南宋代文化層下的一個灶坑内。經幢已遭破壞。一件殘存下部，幢作六面體，殘高三十一釐米。底端有一圓榫。每面寬十五點五至十七釐米，六面均刻有楷書漢字，現存二百三十餘字，爲陀羅尼經文。其中有『開國男白居易造此佛頂尊勝大悲』等内容。另有一殘片，僅存兩面，殘存二十六字。」

楚王白勝遷神碑〔一〕

公諱勝，其先芈姓，楚公族也。楚平王太子建，遭讒奔鄭，鄭人誤殺之。建子勝，與伍員奔吴①。惠王立，詔公返楚，以爲巢大夫，封白邑，號白公，因氏焉。公思報父仇，請兵伐鄭，惠王許之。而兵未起，適晉伐鄭，鄭求救于楚。令尹子西受賂與鄭盟，公乃大怒。及周敬王四十一年七月，遣部將石乞襲殺子西於朝，劫惠王，踞郢都，立爲王。會葉子高救楚，公兵敗，殞于山，石乞葬之。其地無知之者。公享年五十五。子五，曰乙丙已降張〔二〕。四子奔秦，咸爲名將。幼子居楚，湮祀焉。洎大和五年正月，余守河南。前相國武昌軍節度使元稹書至，云部屬于荆山之谷，瞻拜公之墓壟及楚簡公之佩劍銘〔三〕。土人曰：公九世孫起，拔郢，拜祖於此云云。余狂喜不置曰：此誠天助也。《易》曰：積善之家，必有餘慶。我白氏先祖之兆，逾千載於今面世，此非天意耶？公孤眠江漢間，地處僻壤。爲祭祀計，族親議遷葬。遂遣敏中、景受奉公之靈至東都〔四〕。其年五月五日，

安神于龍門之南阜，禮也。裔孫白居易拜撰，微之書，銘石以志。（補16）

【校】

張乃翥《記洛陽出土的兩件唐代石刻》（《河南科技大學學報》二〇〇五年第三期）：「二〇〇一年五月，洛陽龍門山南麓因公路施工出土巨碑一通。鄉賢愛之，祈請東移，今碑得又巋然落座于伊闕之西畔。該碑青色石灰岩質地，由碑座、碑身兩石扣合而構成。碑座立面梯形，上寬二〇六釐米；碑身底寬一六五釐米，肩寬一五五釐米，高五〇二釐米，厚均四十八釐米。碑頂螭首，圭形篆額題曰『白氏始祖楚王白公勝陵之碑』。碑身中行，大字楷書『楚王白公勝之陵』七字，字徑三十七釐米左右。陵題左首，楷書志文六行，行滿五十七字，字徑五釐米。……陵題右緒，楷書兩行，其一云：『河南尹白居易立。』字徑十九釐米；其二云：『大唐大和五年歲次辛亥五月戊戌朔五日元稹拜書。』字徑九釐米。」白劍《重修龍門白公陵碑記》（http://bbs.zgbs.net/thread—93—1—1.html）記述與此有異：「一九九二年，余受宗親之托纂《白居易家譜》洛陽合譜卷，歷數年方付梓。期間閲歷代白氏譜牒，清道光十三年本尤爲善，此譜凡八卷，木刻，卷八《白公墓碑記》文爲樂天公撰，從而得知，唐大和五年，樂天公任河南尹，武昌軍節度使元稹致書言公墓所在，遂令從弟敏中、嗣子景受赴荆山，護公之靈至洛陽，擇此地安葬。據耆老云：四十年前，此地建窑場，現公之墓道，出土文物數件。又云：白公陵曾有巨碑，民國初年傾覆，後掩於地。余得知白公陵碑方位，遂與所在地村協商，租地五畝，雇工數名，在方圓百米内探尋。掘至一點五米深處，出土龜趺（碑座）一座，然未見碑體，抑或後人所立白公懿行之碑？又在它處掘兩米深，發現白公陵碑，其碑通高六點三米，寬一點六五米，厚零點五五米，石灰岩質，重約二十噸。碑正中楷書大字：『楚王白公勝之陵』，左爲落款：『河南尹白居易立，大唐大和五年歲次辛亥五月戊戌朔五日元稹拜書。』右爲碑文，計三百三十八字，文與記合。碑首八龍飾，顯帝王之尊。出土時，碑首斷裂，碑文略有磨泐。」

①伍員　張文作「吳員」。據白劍錄文改。

【注】

此文敍及居易、元稹、敏中諸人行實，均與史實無違。然文意亦有不可通者。又此碑不見歷代著錄，其真僞尚待進一步考證。

〔一〕白勝：此文敍白勝事，大體據《史記·楚世家》：「惠王二年，子西召故平王太子建之子勝於吳，以爲巢大夫，號曰白公。白公好兵而下士，欲報仇。六年，白公請兵令尹子西伐鄭。初，白公父建亡在鄭，鄭殺之，白公亡走吳，子西復召之，故以此怨鄭，欲伐之。子西許而未爲發兵。八年，晉伐鄭，鄭告急楚，楚使子西救鄭，受賂而去。白公勝怒，乃遂與勇力死士石乞等襲殺令尹子西、子綦於朝，因劫惠王，置之高府，欲弒之。惠王從者屈固負王亡走昭王夫人宫。白公自立爲王。月餘，會葉公來救楚，楚惠王之徒與共攻白公，殺之。惠王乃復位。」及《伍子胥列傳》：「伍子胥初所與俱亡故楚太子建之子勝，在於吳。吳王夫差之時，楚惠王欲召勝歸楚。……歸楚五年，請伐鄭，楚令尹子西許之。……其後四歲，白公勝與石乞襲殺楚令尹子西、司馬子綦於朝。……白公之徒敗，亡走山中，自殺。而虜石乞，而問白公屍處，不言將亨。石乞曰：『事成爲卿，不成而亨，固其職也。』終不肯告其屍處。遂亨石乞。」其與《左傳》哀公十六年記事有出入，《左傳》未言白公勝立爲王。又此文稱其享年五十五，亦無據。

〔二〕乙丙：此以乙丙爲白公勝子，誤同《故鞏縣令白府君事狀》（卷九2903）。然該文「其子奔秦，代爲名將，乙丙已降是也」，謂乙丙及其後代。此文似誤讀該文。若録文無誤，則作僞之迹顯然。白劍《白氏起源考辨》（http://bbs.zgbs.net/viewthread.php?tid=95）讀此句爲：「子五，曰：乙、丙、已、降、張，四子奔秦，咸爲名將。」此或爲撰作者之讀法。

〔三〕楚簡公：《史記·楚世家》：「五十七年，惠王卒，子簡王中立。」

〔四〕敏中：白居易有《送敏中歸豳寧幕》（《白氏文集》卷二五1801），大和五年秋作於洛陽，是白敏中此年確曾至洛陽。景受：白行簡子。見卷三四《醉吟先生墓誌銘》（3654）。

附見

授庾敬休監察御史等制

勅：渭南縣尉庾敬休等，咸文行清茂，士之秀者。宜從吏列，擢在朝行。各隨才用，分命以職。司諫執憲，佇有可稱。（補 17）

【校】

見《文苑英華》卷三百九十五、《全唐文》卷六百五十七。按，此文即紹興本卷五十四《除拾遺監察等制》（本書卷十七 3182）。《文苑英華》改題，《全唐文》等誤收。

授前司勳員外郎賜緋徐緡兵部員外郎前庫部員外郎李光嗣右司員外郎等制

敕：具官徐緡以丞相之子爲尚書郎。人得見於會朝，而不得見於私室。其言不敢近政，其動未嘗違謙。用是寡尤，式彰能訓。論者美宣祖大臣以至行移風稱易名者，必曰光嗣之王父也。爾克敬有後，敏以自圖。多所周防，恐墜遺法。而皆以去列，可使陟居武、庫部。都曹郎選惟重，並舉而授，無墮當官。可依前件。（補 18）

【校】

見《文苑英華》卷三百九十二、《全唐文》卷六百五十九。《文苑英華》署「前人」。岑仲勉《從〈文苑英華〉中書翰林制誥兩門所收白氏文論白集》據《郎官石柱題名考》等考爲誤收。

授賈餗等中書舍人制

勑：參掌宥密，斧藻訓誥。侍立於文陛之下，揮翰於禁署之中。非第一流，不在其位。朝散大夫、守太常少卿、知制誥、上柱國賈餗，器範溫雅，詞藻弘嚴。朝散大夫、守尚書職方郎中、知制誥、上柱國、清河縣開國男、食邑五百户崔咸，學探奥旨，文有正聲。而皆公論所歸，清規擅稱。比美玉而光彩外溢，服華組而焕耀揚輝。□荀大章之才□□□識王濬沖之質則損乎文。佇爾酌中，明吾試可。無使相如視草，專美於前時也。其懋承之。餗可守中書舍人，散官勳如故。咸可守中書舍人，散官勳如故。（補 19）

【校】

見《文苑英華》卷三百八十二。此篇及次篇《授李渤給事中鄭涵中書舍人等制》均署「前人」。《全唐文》卷六百九十三李虞仲卷收有此兩文。岑仲勉《從〈文苑英華〉中書翰林制誥兩門所收白氏文論白集》考爲誤收。

授李渤給事中鄭涵中書舍人等制

敕：舉才命官，得人斯重。詢事考績，稱職爲難。況駁正違失，典司文誥。參我密命，爲吾近臣。非望實兼優，則不在兹選。朝議郎、守諫議大夫、知匭使、上騎都尉、賜緋魚袋李渤，清標雅裁，器韻不羣。贍學積文，泉源益濬。有濟人經國之術，資通時利物之才。朝散大夫、守尚書司封郎中、知制誥、上柱國鄭涵，藻履堅明，雄文炳蔚。虚懷宏達，雅思沖深。立言嘗見其著誠，秉志頗聞其經遠。夫澄其源者必清其流，端其本者必正其末。其便蕃禁掖，潤色王猷。君不可以私其人，臣不可虚其受。簡材既因於朕志，當官爰俟於爾能。其有嘉聞，以光茂選。渤可守給事中，散官勳賜如故。涵可守中書舍人，散官勳如故。（補 20）

【校】

見《文苑英華》卷三百八十二。與《授賈餗等中書舍人制》同署「前人」。岑仲勉《從〈文苑英華〉中書翰林制誥兩門所收白氏文論白集》考爲誤收。

元和南省請上尊號表

臣聞皇階肇典①，必本其丕烈；明號允屬，將御其成功。所以開天地命歷之符，合人靈慶感之運。臣等輒敢上稽天鑒，下採人謠。以今月十九日，瀝懇陳辭，冀乎睿聽。九重尊秘，萬有禺禺。誠未動天，心如履薄②。臣等誠惶誠恐，頓首頓首。伏維睿聖文武皇帝陛下，一德繼統，上符十天；六龍時乘，下厭羣嶽。張寶圖以光帝載，懸玉鏡以澈襟靈。休明會期，則百神宜衛；清淨子物，而萬邦式孚。今夫陰本於刑③，陽稱其德。以刑而右武④，以德而尚文⑤。蓋將導人君無爲之初⑥，官天道有成之始。今陛下宣威紀功，示人以武也；業古垂統，示人以文也。纂炎唐十一之盛，陋宗周八百之期。序庶徵於域中，推賜履於閫外。宇宙至廣，每驚符瑞之繁；動植殊輕，奚答生成之造？昔之述夏禹，美宣王，雖外軼其聲，而中未盡善。孰若陛下慮及一物⑦，精入萬樞；發揮盛祉，啓迪鴻業。自彼元和，至於兹歲。掃羣妖，清巨祲。率黎崇之不恪⑧，剗節枊之方圖⑨。或身暴都市，或首懸藁街。天英神斷，不疾而速。雖堯服四罪，殷征三年，揆之於今，彼有慚德。固當仰應名實，丕陟鴻徽。闢乾位於象帝之文⑩，飾宸耀於稟氣之類。

豈可抱沖謙之微事⑪，曠祖宗之大猷？臣等不勝由衷大願，願上尊號曰元和聖文神武法天應道皇帝。伏願納天人之貺，采臣庶之誠。昭示至公，允塞羣議。無任悃迫慺慺之至。（補21）

【校】

見《文苑英華》卷五百五十四、《全唐文》卷六百六十六。《文苑英華》未署作者名，有「類表」二字。此表及以下二表上於元和十四年，時白居易尚在忠州。顧校、朱《箋》考非白居易作。

①階　《文苑英華》校：「《類表》作陛。」

②誠未動天心如履薄　《文苑英華》校：「《類表》作未動天心懼如履薄。」

③今夫　《文苑英華》校：「《類表》無今字。」

④而　《文苑英華》校：「《類表》作則。」

⑤而　《文苑英華》校：「《類表》作則。」

⑤初　《文苑英華》校：「《類表》作物。」

⑦及　《文苑英華》校：「《類表》作深。」

⑧崇　《文苑英華》校：「《類表》作元，非。」

⑨節 《文苑英華》校：「《類表》作美。」
⑩象帝 《文苑英華》校：「《類表》作玄象。」
⑪微 《文苑英華》校：「《類表》作小。」

第三表

臣聞古先哲王，垂衣御極，何嘗不取鑒祖則，作爲盛猷？伏觀列聖以來，必崇明號。既以表域中之大，亦以示天下之公。苟或沖讓未行，撝謙不發，則無以焜煌前烈，威略外區。臣等所以披誠上陳，冀垂明聰。墨詔批答，天心尚違。臣庶顒顒，不知所措。臣等誠惶誠恐，頓首頓首。伏聞開元天寶之盛也①，典章大備，劍戟已銷。表德顯功，累上尊稱。蓋天人之符契，不得已而從之。陛下稟上聖之姿，造中興之運。踐臨土宇②，虔奉宗祧。恢復兩河，廓清四海。象天爲大③，並日之中。丕業巍乎已成，鴻名鬱而未稱。臣等所以采前古之議，酌當今之詮。敢悦懌乎天顔④，冀光昭乎史册⑤。百辟卿士，皆以爲宜。萬方黎元，固不可忽。陛下損之於其成之代⑥，棄之於泰寧之時⑦。尚以河湟未收，關隴設備，而欲更施利澤，方啓舊章。執謙德而彌仰崇高⑧，議神功而無以彰灼。億兆延頸，靈祇顧懷。率土之人，皆知不可。況天地之意，祖宗之靈乎？臣等命偶昌期，職叨樞近⑨。雖微誠不足以上感，而懇願終冀於必從。伏乞深惟訓謨，特降宸慮。允華夷之至望，回日月之殊輝。誕受鴻名，光膺大慶。紹五帝三皇之絶典，光九廟萬國之丕休。人神交感，孰不爲允？無任懇款兢惶之至。（補22）

【校】

見《文苑英華》卷五百五十四、《全唐文》卷六百六十六。《文苑英華》署「同前」，校：「第二表闕。」

①聞　《文苑英華》校：「《類表》作惟。」

②土宇　《文苑英華》校：「《類表》作方夏。」

③爲　《文苑英華》校：「《類表》作之。」

④敢　《文苑英華》其上校：「《類表》有非字。」

⑤冀　《文苑英華》其上校：「《類表》有所字。」

⑥其成　《文苑英華》校：「《類表》作甚盛。」

⑦棄　《文苑英華》校：「《類表》作斥。」

⑧仰　《文苑英華》校：「《類表》作抑。」

⑨叨　《文苑英華》校："《類表》作居。"

第四表

臣仰稽舊章，虔上尊號。懇誠三瀝，沖旨未回。朝野顒然①，罔知攸措。臣等誠惶誠恐，頓首頓首。臣聞帝王御極，作人司牧。德盛者爰加顯號，功高者必建鴻名。是用叶天地之符，塞人祇之望。榮非爲己，義實徇公。爰在累聖，必從衆欲。矧陛下踐寶祚，握瑤圖。懸日月而照九圍，鼓雷霆而清八極。故得吳蜀電滅，齊蔡砥平。攄祖宗之宿憤，救黎元於焚溺。今者威加四海，澤浸八荒。文軌罔不同，華夷罔不服。政刑罔不舉，符瑞罔不臻。闢再造之宏規②，致中興之昌運。而典册猶鬱③，徽號未崇。何以副萬國之心？何以答三靈之貺？臣等謬居樞近，累黷宸嚴。望九重之俯從，爲千載之榮遇。雖則祈天之奏，伏蒲而未感；所冀回日之誠，傾藿而必遂。臣等不勝懇款屏營之至。

（補23）

【校】

見《文苑英華》卷五百五十四、《全唐文》卷六百六十六。《文苑英華》署「同前」。

①然　《文苑英華》校：「《類表》作若。」

②闕　《文苑英華》校：「《類表》作開。」

③典册　《文苑英華》校：「《類表》作大典。」

諫請不用奸臣表

臣某言：臣聞主聖臣忠，聖主既明，臣輒獻至忠之誠，上理國之典，下去邪之疑。伏望陛下，納臣之諫，則海隅蒼生，兵屯咸偃。無大臣之諫，則國必敗；有大臣之諫，則國必安。非元稹之愆①，其事有實，亦不虚矣。矯詐亂邪，實元稹之過。朝廷俱惡，卿士同冤。裴度論議之謀，陛下已令獎度之勳。一不允所請②，理已爲乖。今陛下含忍，不爲竄逐，處之臺司，同議國典。天下人心，無不惶戰。何執元稹之言，居度散司之職？且同議裴度令③，功業今代一人。卿侯士庶，無不同惜。今天下欽度者多，奉稹者少。陛下不念其功，何忍信其奸臣之論？况度有平蔡之功，元稹有囂軒之過。東都留守，誠即清閒。大勞之功，不合居於散地。伏望陛下聖恩照明，無執矯言。伏乞追□裴度，別議寵榮。臣素與元稹志交④，不欲發明。伏以大臣沈屈，不利於國。方斷往日之交，以存國章之政。臣等職當諫列⑤，不敢不奏。謹奉表以聞，無任兢迫戰切之極。瞻望迴恩，天下同慶云云。（補24）

【校】

見《文苑英華》卷六百二十五、《全唐文》卷六百六十六。《文苑英華》文末注：「元白交分，始終不替。方元傾裴時，白不在諫列。文既不應，集固無之。」《文苑英華辯證》云：「表言元稹尚居司，裴度爲東都留守事。又云職爲諫列。然元白交分始終不替，方元傾裴時，白亦不在諫列。而本集亦無之。斷爲僞作無疑。」《全唐文》錄《文苑英華》注，併注云：「光謂君直友逆，則順君以誅友，古有行之者。則此奏亦不爲過，但白非其人也。與元稹二表俱非是，當以《唐書》爲正。」

①非　《文苑英華》其下校：「疑。」

②一　《文苑英華》明刊本缺字。

③令　《文苑英華》其下校：「疑。」

④志　《文苑英華》校：「疑作至。」

⑤當 《文苑英華》明刊本作「在」。

得甲居蔡曰寶人告以爲僭不可入官訴云僂句不余欺是以寶之①

對：魯道浸微，守臣喪職。眷兹臧氏，代稱冢卿。方構禍於家門，始有誣於内子。問則以默，察而愈欺。理異斬關之爲，跡同據邑之請。三年一兆，既徒稽於大蔡；始僭終吉，彼何幸於纖人。故帝舜格言，惟先蔽志；宣尼垂範，數而爲黷。則知禍福無門，通塞無數。焉有性命之理，存乎卜祝之間？若廢興之道適然，是善惡之徵一貫。人與僭而不入，因君子之明刑。（補25）

【校】

見《文苑英華》卷五百四十八、《全唐文》卷六百七十二。《文苑英華》未署作者名。

①曰 《文苑英華》校：「一作日。」

得甲蓄北斗龜財物歸之遂至萬千或告違禁詞云名在八龜

對：財無苟得，義不厭取。若奉業以往，積而無傷①；或非道以行，動且爲害。於稽爾甲，爰契我龜。已見負圖，不獨七星之號；空嗟入夢，詎終千載之期？是諸侯之寶，念彼當畜；非宗伯之屬，其誰敢私？豈伊匪人，妄致諸櫝。迹罔厠於主守，家用保於神靈。徵以從長，占八九之數；窮於既厭，收千萬之盈。兹乃多藏，且不預於官事；靡當知禁，亦可畏於人言。必曰職我之由，守而勿失；名可覆視，余無爾刑。（補 26）

【校】

見《文苑英華》卷五百四十八、《全唐文》卷六百七十二。《文苑英華》未署作者名。

①無　《文苑英華》校：「一作向。」

白居易年譜簡編

唐代宗大曆七年壬子(七七二),白居易生,一歲。

《醉吟先生墓誌銘》:「大曆六年正月二十日生於鄭州新鄭縣東郭宅。」「六年」爲「七年」之訛,陳《譜》有辨。岑仲勉、陳寅恪均辨此文爲僞作。

父季庚年四十四歲。母陳氏年十八歲。長兄幼文年約二十歲。

劉禹錫生。崔羣生。李紳生。韓愈五歲。令狐楚五歲。李建八歲。張籍約七八歲。杜甫前二年卒。李白前十年卒。

七月,盧龍經略副使朱泚自立爲留後。十月,以朱泚爲盧龍節度使。

大曆八年癸丑(七七三),二歲。

五月三日,祖父鞏縣令鍠卒于長安,年六十八歲。以其年權厝于下邽縣下邑里(《故鞏縣令白府君事狀》)。則白家此時居長安。

柳宗元生。

大曆九年甲寅(七七四),三歲。

大曆十年乙卯(七七五),四歲。

大曆十一年丙辰(七七六),五歲。

五六歲便學爲詩(《與元九書》)。弟行簡生。

五月,汴宋軍亂,汴將李靈耀叛。

大曆十二年丁巳(七七七),六歲。

六月十九日,祖母薛氏卒于新鄭縣私第,年七十歲(《故鞏縣令白府君事狀》)。則白家此時已移居新鄭。父季庚此時當官宋州司户參軍。

大曆十三年戊午(七七八),七歲。

楊汝士生。

大曆十四年己未(七七九),八歲。

元稹生。

三月,汴宋將李希烈自稱留後。五月,代宗卒。德宗即位。

德宗建中元年庚申(七八〇),九歲。

父季庚授徐州彭城縣令(《襄州别駕府君事狀》)。

牛僧孺生。

正月，廢租庸調法，改行兩稅法。

建中二年辛酉（七八一），十歲。

正月，唐發軍討成德節度使李惟岳、魏博節度使田悦。二月，討襄陽節度使梁崇義。八月，崇義伏誅。平盧留後李納以軍助田悦。九月，討李納。李納將徐州刺史李洧以徐州降。父季庚與李洧堅守徐州，拒李納。以功授徐州別駕（《襄州別駕府君事狀》）。

建中三年壬戌（七八二），十一歲。

約于此年從父任移居徐州符離。

閏正月，王武俊殺李惟岳，代領其衆。四月，盧龍朱滔叛唐。六月，王武俊叛唐。十月，李希烈叛唐。十一月，朱滔、田悦、王武俊、李納皆自稱王。十二月，李希烈自稱天下都元帥。唐發諸道軍往討。

建中四年癸亥（七八三），十二歲。

居符離。汪《譜》、朱《箋》、顧校附《年譜簡編》等均據《江南送北客因憑寄徐州兄弟書》注：「時年十五。」《江樓望歸》注：「時避難越中。」謂居易十五歲前避難越中，在此一二年間。按，所謂「避難」，係指去年避兩河兵亂，白家自新鄭移居符離。去「越中」，則係從季庚往衢州任職。詩注蓋含混言之。白季庚任衢州別駕在貞元四年左右。白詩自注所記時間不確。

正月，李希烈陷汝州，東都震恐。六月，初行税間架、除陌錢。十月，涇原軍五千增援襄城，至長安兵變。德宗逃往奉天。朱泚據長安稱帝，圍奉天。十二月，李希烈陷汴州。

興元元年甲子（七八四），十三歲。

弟幼美（金剛奴）生（《唐太原白氏之殤墓誌銘》）。

正月，田悦、王武俊、李納皆去王號，復受唐職。二月，行營副元帥李懷光叛唐。德宗逃往梁州。

六月，李晟收復長安，朱泚敗走，被殺。七月，德宗還長安。是年秋，關中大饑。

貞元元年乙丑（七八五），十四歲。

父季庚加檢校大理少卿，依前徐州别駕，仍知州事（《襄州别駕府君事狀》）。

六月，朱滔死。七月，李懷光兵敗，死。

貞元二年丙寅（七八六），十五歲。

四月，李希烈爲部將所殺。各地戰亂暫息。

貞元三年丁卯（七八七），十六歲。

居易自述：「十五六始知有進士，苦節讀書。」（《與元九書》）

李德裕生。

貞元四年戊辰（七八八），十七歲。

父季庚約於此年改除大理少卿、衢州別駕(《襄州別駕府君事狀》)。從父任往衢州。途經蘇、杭二郡。《吳郡詩石記》:「貞元初,韋應物爲蘇州牧,房孺復爲杭州牧……時予年十四五,旅二郡,以幼賤不得與遊宴。……前後相去三十七年,江山是而齒髮非。」此文作於寶曆元年(八二五),上溯三十七年,當爲貞元四年(七八八)。據傅璇琮《韋應物繫年考證》,韋應物任蘇州刺史在貞元四年七月以後。《吳郡詩石記》所謂「年十四五」,不確。

貞元五年己巳(七八九),十八歲。

在衢州。汪《譜》據是年定中和節,居易《中和節頌》有「皇帝握符之十載」語,謂居易是年在長安,不確。朱《箋》有辨。

《唐摭言》載居易以「離離原上草」詩謁顧況于長安,況謔曰「長安物貴,居大不易」事。據傅璇琮《顧況考》,況於貞元五年貶饒州司户參軍,途經蘇州、杭州、睦州,居易則於此年前不可能至長安。朱《箋》謂居易如有謁顧況之事,或相遇于饒州及蘇州。按,衢州亦爲自蘇、杭赴饒州所經,居易謁況或在衢州。

貞元六年庚午(七九〇),十九歲。

在衢州。

李賀生。

貞元七年辛未（七九一），二十歲。

白家約於此年返符離。居易與張徹、賈餗等在符離共勉學（《醉後走筆酬劉五主簿長句之贈兼簡張大賈二十四先輩昆季》）。

貞元八年壬申（七九二），二十一歲。

居符離。弟幼美夭，權窆于符離縣南原（《唐太原白氏之殤墓誌銘》）。

父季庚約於是年除襄州别駕。

是年，陸贄主試，韓愈、李觀、李絳、崔羣、王涯、馮宿、庾承宣等登進士第，時稱得士，號「龍虎榜」。

貞元九年癸酉（七九三），二十二歲。

是年，元稹十五歲，明經及第。劉禹錫二十二歲，柳宗元二十一歲，登進士第。

貞元十年甲戌（七九四），二十三歲。

在襄陽。五月二十八日，父季庚卒于襄陽官舍，年六十六歲。權窆于襄陽縣東津鄉南原（《襄州别駕府君事狀》）。

貞元十一年乙亥（七九五），二十四歲。

守喪于符離。

貞元十二年丙子（七九六），二十五歲。

仍守喪于符離。

貞元十三年丁丑（七九七），二十六歲。

仍居符離。

是年六月以後，淮南、徐、蔡等地水災，潁淮之地，爲害特甚。

貞元十四年戊寅（七九八），二十七歲。

是年夏，白家移居洛陽。時長兄幼文任饒州浮梁主簿，居易往饒州依長兄。唯行簡隨侍其母。「苦乏衣食資，遠爲江海遊。」（《將之饒州江浦夜泊》）此數年家人分散，生活尤爲窘迫。

貞元十五年己卯（七九九），二十八歲。

春，奉長兄命返洛陽，分微祿歸養（《傷遠行賦》）。秋返宣州，應鄉試于宣州。爲宣歙觀察使崔衍所貢，往長安應進士試。《與元九書》：「家貧多故，二十七方從鄉賦。」記憶微誤。

二月，宣武軍節度使董晉卒。宣武軍亂，殺行軍司馬陸長源。三月，彰義節度使吴少誠據蔡州反。明年，赦吴少誠，復其官爵。夏，旱，京畿饑。

貞元十六年庚辰（八〇〇），二十九歲。

正月，在長安。二月十四日，中書侍郎高郢主試下以第四名登進士第。同登進士第者有崔玄亮、杜元穎、吳丹、鄭俞、王鑑、陳昌言、戴叔倫、李某、陸某等。及第後歸洛陽省親。朱《箋》據《祭符離六兄文》「去年春，居易南游，兄亦東適，黟歙之間，欣然一覯」，謂此年暮春居易又南游至浮梁。考其時間，似太促。四月，外祖母陳白氏疾殁于徐州豐縣官舍。九月，居易至徐州。十一月，權窆外祖母于符離縣之南偏（《唐故坊州鄜城縣尉陳府君夫人白氏墓誌銘》）。

五月，徐泗濠節度使張建封卒，徐州軍亂，不納行軍司馬韋夏卿。六月，委淮南節度使杜佑討伐。

九月，以建封子愔爲留後。

貞元十七年辛巳（八〇一），三十歲。

春，在符離。七月，在宣州。秋，歸洛陽。有《祭符離六兄文》、《祭烏江十五兄文》。

十月，杜佑編《通典》二百卷成。

貞元十八年壬午（八〇二），三十一歲。

在長安。冬，于吏部侍郎鄭珣瑜主試下，試書判拔萃科，至來年春及第。

與元稹訂交約始於此年前。

貞元十九年癸未（八〇三），三十二歲。

春，與元稹、李復禮、呂頴、哥舒恒、崔玄亮同登書判拔萃科，王起、呂炅登博學宏辭科。授秘書省校書郎。始假居長安常樂里故宰相關播園亭。秋冬之際，在許昌。

杜牧生。冬，韓愈因上疏請緩徵京畿税及罷宫市，貶連州陽山令。十二月，高郢、鄭珣瑜同中書門下平章事。劉禹錫授監察御史。

貞元二十年甲申（八〇四），三十三歲。

在長安，爲校書郎。春，在洛陽。始徙家秦中，卜居下邽縣義津鄉金氏村（《汎渭賦》）。

貞元二十一年乙酉（八〇五），即順宗永貞元年，三十四歲。

在長安，爲校書郎。寓居永崇里華陽觀。二月十九日，上書于宰相韋執誼（《爲人上宰相書》）。

正月，德宗卒，順宗（李誦）即位。二月，以韋執誼爲尚書左丞、同中書門下平章事。執誼引用王伾、王叔文等，罷進奉、宫市、五坊小兒等弊政。八月，順宗内禪位於太子純（憲宗）。王伾貶開州司馬，王叔文貶渝州司户。九月，劉禹錫貶連州刺史。十月，再貶朗州司馬。韓泰、陳諫、柳宗元、韓曄、凌準、程异等皆貶。韋執誼貶崖州司馬。

十月，西川留後劉闢叛唐，唐發兵往討。十一月，夏綏留後楊惠琳叛唐。

憲宗元和元年丙戌（八〇六），三十五歲。

在長安。罷校書郎。與元稹寓居華陽觀，撰《策林》七十五篇。四月，應才識兼茂明於體用科，以對策語直，入第四等（乙等）。同登第者有元稹、韋惇（處厚）、獨孤郁等。同月二十八日，授盩厔尉。七月，權攝昭應事。十二月，在盩厔與陳鴻、王質夫同遊仙遊寺，作《長恨歌》。

元稹制科入三等(甲等),授左拾遺。屢上書論時事,爲執政者所惡。九月,貶河南尉。母鄭氏卒,丁憂。

正月,順宗卒,改元。三月,平楊惠琳亂。九月,平劉闢亂。

元和二年丁亥(八〇七),三十六歲。

秋,自盩厔尉調京兆府進士考官。試畢,帖集賢院校理。十一月五日,由集賢院召入翰林,奉勑試制詔等五首,授翰林學士(《奉勑試制書詔批答詩等五首》)。

弟行簡進士登第。

正月,武元衡、李吉甫同平章事。十月,浙西節度使李錡反。十一月,平李錡亂。

元和三年戊子(八〇八),三十七歲。

在長安。居新昌里。四月,與裴垍、王涯等同爲制策覆考官。二十八日,除左拾遺,依前充翰林學士。是年,策試賢良方正能言極諫科,牛僧孺、皇甫湜、李宗閔等登第。宰相李吉甫以三人對策語直,泣訴於上,三人均不如常例授官,出爲幕職。考官楊於陵、韋貫之、王涯等坐貶。居易上《論制科人狀》,極言不當貶黜。其後,李吉甫子德裕與牛僧孺、李宗閔各結黨相爭數十年,即種因於此。居易後亦因此爲德裕所排擠。九月,淮南節度使王鍔入朝,多進奉,謀爲宰相。居易上《論王鍔欲除官事宜狀》,力諫不可。此年,與楊虞卿從妹楊氏結婚。陳《譜》據《祭楊夫人文》「元和二年歲次戊子」之文，繫於元和二年。戊子歲乃元和三年，刊本作「二年」誤。朱《箋》等有辨。

九月，裴垍爲中書侍郎、同平章事。

元和四年己丑（八〇九），三十八歲。

在長安。爲左拾遺、翰林學士。屢陳時政，請降繫囚，蠲租稅，放宫人，絶進奉，禁掠賣良人等，皆從之。又論裴均違制進奉銀器，于頔不應暗進愛妾，宦官吐突承璀不當爲制軍中統領。女金鑾子生。弟行簡爲秘書省校書郎。

二月，元稹除監察御史。三月，使蜀，劾奏故劍南東川節度使嚴礪違法加稅，並平八十八家冤事，爲執政者所忌。使還，命分司東都。七月，元稹妻韋叢卒。

二月，鄭絪罷，李藩同中書門下平章事。九月，以王承宗爲成德節度使，恒冀深趙州觀察使，割其所屬德、棣二州。承宗拒不奉命。十月，以左神策軍中尉吐突承璀爲諸行營兵馬使、招討處置軍使，率軍進討。諫官力言不應以宦官爲統帥，乃改爲宣慰使。

元和五年（八一〇），三十九歲。

在長安。五月五日，改官京兆府户曹參軍，仍充翰林學士。上疏請罷討王承宗兵，論元稹不當貶，皆不納。

河南尹房式有不法事，元稹在東都奏攝之，令其停務。執政者惡稹專横，罰俸，召還長安。途經華陰敷水驛，與中使劉士元爭驛房，辱之。宰相以稹失憲臣體，貶江陵府士曹參軍。七月，吐突承璀討王承宗，師久無功，復承宗官，還其二州。罷諸道征討軍，降承璀爲軍器使。九月，高郢右僕射致仕。權德輿同中書門下平章事。李絳爲中書舍人。

元和六年辛卯（八一一），四十歲。

在長安。京兆府户曹參軍、翰林學士。母陳氏卒于長安宣平里第，年五十七。丁憂，退居下邽。十月，遷葬祖鍠、祖母薛氏、父季庚于下邽。是年，女金鑾子夭。

正月，李吉甫同中書門下平章事。二月，李藩罷。六月，呂温卒。七月，高郢卒。十二月，李絳同中書門下平章事。裴垍卒。是年，韓愈自河南令遷職方員外郎。

元和七年壬辰（八一二），四十一歲。

居下邽。

十一月，杜佑卒。是年，李商隱生。

元和八年癸巳（八一三），四十二歲。

夏，服除。仍居下邽。遷葬外祖母陳夫人、季弟幼美于下邽義津原。行簡子龜兒生。

正月，權德輿罷。二月，于頔貶。春，韓愈自國子博士除尚書比部郎中史館修撰。

元和九年甲午（八一四），四十三歲。

仍居下邽。春，病眼。八月，遊藍田悟真寺。冬召授太子左贊善大夫入朝。弟行簡參東川節度使盧坦幕，夏抵梓州。

元稹自江陵移唐州從事。

二月，李絳罷爲禮部尚書。閏八月，彰義軍節度使吳少陽卒，子元濟自稱知軍事。十月，李吉甫卒。十二月，韋貫之同中書門下平章事。是年八月，孟郊卒，年六十四。

元和十年乙未（八一五），四十四歲。

在長安，居昭國里。六月，首上疏請捕刺殺宰相武元衡之賊。宰相以宫官先臺諫言事，惡之，忌之者復誣言居易母看花墜井死，而作《賞花》及《新井》詩，有傷名教。八月，乃奏貶州刺史。王涯復論不當治郡，追改江州司馬。初出藍田，到襄陽，乘舟經鄂州，冬初到江州。十二月，自編詩集十五卷。有《與元九書》。

正月，元稹自唐州召還。三月，復出爲通州司馬。同年春，劉禹錫、柳宗元等召還長安。復出柳宗元爲柳州刺史，劉禹錫初出爲播州刺史，改連州刺史。

正月，吳元濟反，李師道、王承宗陰助之。唐發諸道軍討元濟，不勝。五月，遣御史中丞裴度宣慰淮西行營。六月，李師道遣盜刺殺宰相武元衡，傷裴度首。以裴度同中書門下平章事。

元和十一年丙申（八一六），四十五歲。

在江州司馬任。二月，遊廬山。秋，長兄幼文自徐州攜諸院孤小、弟妹六七人至。是年，女阿羅生。

正月，削王承宗官爵，命河東、幽州等六道軍進討。張弘靖罷相。時唐軍與李師道、吴元濟、王承宗軍相持，師久無功。二月，李逢吉同中書門下平章事。十二月，王涯同中書門下平章事。是年，李賀卒，年二十七。韓愈自中書舍人除太子左庶子。

元和十二年丁酉（八一七），四十六歲。

在江州司馬任。廬山草堂成。閏五月，長兄幼文卒。

七月，以裴度爲門下侍郎同平章事、淮西宣慰招討使，韓愈爲行軍司馬，率諸軍往討。崔羣爲中書侍郎、同中書門下平章事。十月，李愬夜襲蔡州，擒元濟，淮西亂平。

元和十三年戊戌（八一八），四十七歲。

在江州司馬任。春，弟行簡自梓州至。十二月二十日，遷忠州刺史。

冬，元稹自通州司馬移虢州長史。

三月，李鄘罷。李夷簡同中書門下平章事。淮西亂既平，李師道、王承宗懼，各奉表納地自贖。赦承宗。七月，討師道。八月，王涯罷。九月，皇甫鎛、程异同中書門下平章事。

元和十四年己亥（八一九），四十八歲。

春，自江州啓程赴忠州。弟行簡隨行。時元稹離通州赴虢州長史任，三月十一日相遇於黄牛峽口，停舟夷陵。二十八日抵忠州。

元稹在虢州長史任。冬，召還，授膳部員外郎。

正月，刑部侍郎韓愈諫迎佛骨，貶爲潮州刺史。旋移袁州。二月，李師道爲部下所殺，淄青亂平。四月，裴度罷。七月，令狐楚同中書門下平章事。十二月，崔羣罷。是年十一月，柳宗元卒於柳州，年四十七。

元和十五年庚子（八二〇），四十九歲。

夏，自忠州召還。經三峽，由商山路返長安。除尚書司門員外郎。十二月，充重考訂科目官。二十八日，改授主客郎中、知制誥。

五月，以元稹爲祠部郎中、知制誥。劉禹錫丁母憂在洛陽。

正月二十七日，憲宗服金丹暴卒，傳爲宦官陳弘志所毒殺。右神策軍中尉梁守謙等立太子恒（穆宗），殺左神策軍中尉吐突承璀。皇甫鎛貶爲崖州司户。蕭俛、段文昌同中書門下平章事。七月，令狐楚罷爲宣歙觀察使。八月，崔植同中書門下平章事。九月，韓愈自袁州刺史召還，除國子祭酒。十月，王承宗卒。其弟宗元以鎮趙深冀四州歸唐。

穆宗長慶元年辛丑（八二一），五十歲。

在長安。尚書主客郎中、知制誥。春，購新昌里宅。四月，充重考試進士官，覆試禮部侍郎錢徽主試下及第進士鄭朗等十四人。時李宗閔壻、楊汝士弟皆及第，李德裕、元稹與李宗閔有隙，因同李紳上言，以爲不公。詔居易與王起重試，黜朗等十人。錢徽、李宗閔、楊汝士皆遠貶。自是李德裕與李宗閔各分朋黨相傾軋，垂四十年。夏，居易加朝散大夫，始著緋，又轉上柱國。妻楊氏授弘農縣君。七月，奉命宣諭魏博節度使田布，布贈絹五百匹，不受。十月十九日，轉中書舍人。十一月二十八日，充制策考官。是年，弟行簡授拾遺。

二月，元稹充翰林學士，轉中書舍人。十月，遷工部侍郎出院。冬，劉禹錫除夔州刺史。

正月，蕭俛罷。二月，段文昌罷。杜元潁同中書門下平章事。幽州節度使劉總以幽涿等八州獻於唐。七月，幽州都知兵馬使朱克融囚節度使張弘靖。成德牙將王廷湊殺節度使田弘正。以弘正子布爲魏博節度使，討廷湊。國子監祭酒韓愈爲兵部侍郎。十月，以司空裴度充鎮州四面行營都招討使，討廷湊。

長慶二年壬寅(八二二)，五十一歲。

在長安。中書舍人。時唐軍十餘萬圍王廷湊，久無功。正月，上疏論河北用兵事，皆不聽。復以朋黨傾軋，兩河再亂，國是日荒，民生益困，乃求外任。七月，自中書舍人除杭州刺史。時宣武軍亂，汴河未通，乃取道襄漢赴任。途經江州，與李渤會，訪廬山草堂。十月，至杭州。

二月，元稹以工部侍郎同中書門下平章事。三月，裴度以司空同平章事。裴度與元稹爭相，或誣言積遣刺客刺度，無佐驗。六月，罷度爲右僕射。罷稹爲同州刺史。以李逢吉同平章事。

正月，魏博軍亂，節度使田布自殺。二月，赦王廷湊。李德裕、李紳俱爲中書舍人、翰林學士。九月，李德裕出爲浙西觀察使。

長慶三年癸卯（八二三），五十二歲。

在杭州刺史任。杭州夏秋旱，虎出爲患。有《祈臯亭神文》、《禱仇王神文》、《祭龍文》。

八月，元稹自同州刺史遷浙東觀察使、越州刺史。十月，經杭州，與居易會。

三月，牛僧孺同中書門下平章事，李德裕以爲李逢吉所引，牛、李之怨益深。十月，京兆尹韓愈爲兵部侍郎，再除吏部侍郎。

長慶四年甲辰（八二四），五十三歲。

在杭州刺史任。修築錢唐湖堤，蓄水可溉田千餘頃。又濬城中六井，以供飲用。有《錢唐湖石記》。五月，除太子左庶子（陳《譜》據元稹《白氏長慶集序》作「右庶子」）分司東都。月末離杭，經汴河路，秋至洛陽。買洛陽履道里楊憑故宅居之。冬，《白氏長慶集》五十卷編成，元稹爲序。是年，弟行簡爲司門員外郎。

夏，劉禹錫移任和州刺史。

正月，穆宗服方士金石藥卒，太子湛（敬宗）即位。二月，户部侍郎李紳貶端州司馬。五月，李程、實易直同中書門下平章事。十二月，吏部侍郎韓愈卒。時李逢吉用事，所親厚者甚衆，號「八關十六子」。

敬宗寶曆元年乙巳（八二五），五十四歲。

在洛陽。三月四日，除蘇州刺史。二十九日，發東都。過汴州，渡淮水，五月五日，至蘇州。是年，弟行簡遷主客郎中。

正月，牛僧孺罷爲武昌軍節度使。四月，李絳爲左僕射。

寶曆二年丙午（八二六），五十五歲。

在蘇州刺史任。五月末，以眼病肺傷，請百日長假。九月初，假滿，免郡事。十月初，發蘇州。與劉禹錫相遇於揚子津，同游揚州、楚州。是年冬，弟行簡卒。

二月，山南西道節度使裴度還朝，同中書門下平章事。十一月，李逢吉罷。十二月，宦官劉克明等弑敬宗，立絳王悟。樞密使王守澄、中尉魏從簡以兵誅劉克明，迎江王（昂），立爲帝（文宗）。裴度以參與密謀功，加門下侍郎、集賢殿大學士。韋處厚同中書門下平章事。

文宗大和元年丁未（八二七），五十六歲。

春，返洛陽。三月十七日，徵爲秘書監，賜金紫。復居長安新昌里第。十月十日，文宗誕日，詔居易與安國寺沙門義林、太清宫道士楊弘元於麟德殿講論儒釋道三教教義。歲暮，奉使洛陽。

九月，元稹加檢校禮部尚書，仍在浙東觀察使任。六月，劉禹錫爲主客郎中分司東都。

大和二年戊申（八二八），五十七歲。

春，自洛陽使還。二月十九日，除刑部侍郎，封晉陽縣男。十二月，乞百日病假。繼五十卷集後，續編《後集》五卷成。又編與元稹唱和集《因繼集》二卷成。又爲弟行簡編次文集二十卷，題爲《白郎中集》。

春，劉禹錫除主客郎中、集賢殿學士，至長安。

十二月，韋處厚暴卒。路隋爲中書侍郎、同平章事。

大和三年己酉（八二九），五十八歲。

三月末假滿，罷刑部侍郎，以太子賓客分司東都。四月，返洛陽。居履道里第。冬，生子阿崔。

九月，元稹徵爲尚書左丞，返長安。與居易會於洛陽。劉禹錫轉禮部郎中、依前充集賢殿學士。

八月，李宗閔同中書門下平章事。九月，兵部侍郎李德裕出爲義成軍節度使。

大和四年庚戌（八三〇），五十九歲。

在洛陽。太子賓客分司。冬，病眼。十二月二十八日，除河南尹。

正月，元稹自尚書左丞除武昌軍節度使代牛僧孺。

正月，武昌軍節度使牛僧孺入朝，李宗閔引爲兵部尚書、同平章事，共排李德裕黨。二月，興元軍亂，殺節度使李絳。七月，宋申錫同中書門下平章事。

大和五年辛亥（八三一），六十歲。

在河南尹任。子阿崔夭。從祖弟敏中自殿中侍御史出爲邠寧副使。

七月二十二日，元稹卒于武昌任所。十月，劉禹錫除蘇州刺史。過洛陽，留十五日，與居易酬唱宴遊甚歡。

二月，宋申錫爲神策軍中尉王守澄誣構與漳王謀反，罷相。

大和六年壬子（八三二），六十一歲。

在洛陽。爲河南尹。七月，爲元稹撰墓誌，以其家所饋六七十萬錢悉布施修龍門香山寺。八月，修香山寺成。編《劉白唱和集》三卷成。

八月，崔羣卒，年六十一。十二月，牛僧孺罷爲淮南節度使。李德裕自西川節度使入爲兵部尚書，李宗閔、楊虞卿百計阻之。杜元穎卒於循州貶所。楊歸厚卒。

大和七年癸丑（八三三），六十二歲。

在河南尹任。二月，以病乞假。四月二十五日，以頭風病免河南尹，再授太子賓客分司東都。李紳自壽州刺史轉太子賓客分司，三月至洛陽。七月，遷浙東觀察使，發洛陽，有詩送行。是年正月，從祖弟敏中丁母憂。

二月，兵部尚書李德裕同中書門下平章事。鄭注爲右神策軍判官。六月，李宗閔罷爲山南西道節度使。楊虞卿自給事中出爲常州刺史。七月，崔玄亮卒。

大和八年甲寅（八三四），六十三歲。

在洛陽。爲太子賓客分司。三月，裴度爲東都留守兼侍中至洛陽，居易頻與往還。七月，編集在洛所作詩，有《序洛詩》。

七月，劉禹錫自蘇州刺史移任汝州刺史。

十月，山南西道節度使李宗閔同平章事。罷李德裕爲山南西道節度使，改兵部尚書。十一月，出兵部尚書李德裕檢校右僕射、充鎮海軍節度使、浙江西道觀察等使。十二月，楊虞卿自常州刺史召爲工部侍郎。

大和九年乙卯（八三五），六十四歲。

在洛陽。爲太子賓客分司。春，自洛陽西遊，至下邽渭村小住，約三月末返洛陽。九月，授同州刺史，辭疾不就。十月，改授太子少傅分司東都，進封馮翊縣開國侯。冬，女阿羅嫁談弘謩。編六十卷《白氏文集》成，送廬山東林寺收藏。

十月，劉禹錫自汝州刺史移任同州刺史。

二月，庾敬休卒。四月，浙江西道觀察使賈餗爲中書侍郎、同中書門下平章事。工部侍郎楊虞卿爲京兆尹。浙西觀察使李德裕爲太子賓客分司東都，再貶袁州長史。五月，浙東觀察使李紳爲太子賓客分司東都。六月，貶李宗閔爲明州刺史。七月，貶李宗閔黨楊虞卿爲虔州司馬，再貶虔州司户。九月，舒元輿、李訓同中書門下平章事。十一月二十一日，宰相李訓、舒元輿及鄭注等謀誅宦官，事敗，左神策軍中尉仇士良等殺李訓、舒元輿、王涯、賈餗、鄭注、王璠、郭行餘、李孝本、羅立言、韓約等，史稱「甘露之變」。鄭覃、李石同中書門下平章事。歲暮，楊虞卿卒於虔州。

開成元年丙辰（八三六），六十五歲。

在洛陽。爲太子少傅分司。春初，遊少室山。編六十五卷《白氏文集》成，藏東都聖善寺。從弟敏中授右拾遺。

四月，李紳爲河南尹。李固言同中書門下平章事。六月，李紳除汴州刺史、宣武軍節度使。七月，李德裕爲太子賓客分司。十一月，李德裕爲浙西觀察使。

開成二年丁巳（八三七），六十六歲。

在洛陽。爲太子少傅分司。三月三日，與東都留守裴度、河南尹李珏等修禊於洛濱。劉禹錫爲太子賓客分司，至洛陽。

四月，陳夷行同中書門下平章事。五月，裴度自東都留守移太原尹、北都留守。牛僧孺自淮南節度使除東都留守。是年，李商隱進士及第。

開成三年戊午（八三八），六十七歲。

在洛陽。爲太子少傅分司。作《醉吟先生傳》。從弟敏中爲殿中侍御史分司東都。

正月，楊嗣復、李珏同中書門下平章事。十月，衡州司馬李宗閔爲杭州刺史。九月，東都留守牛僧孺爲左僕射。

開成四年己未（八三九），六十八歲。

二月，編六十七卷《白氏文集》成，藏于蘇州南禪院。十月，得風痺之疾，乃放妓賣馬。劉禹錫爲太子賓客分司東都，是年加尚書銜。十二月，改秘書監分司東都。

三月，裴度卒，年七十五。八月，牛僧孺爲山南東道節度使。十二月，杭州刺史李宗閔爲太子賓客分司東都。

開成五年庚申（八四〇），六十九歲。

在洛陽。爲太子少傅分司。春，風疾稍痊。十一月，編《洛中集》十卷成，藏於香山寺。冬，以疾請百日長假。

正月，文宗卒。中尉仇士良、魚弘志以兵迎立太弟瀍（武宗），殺太子成美。八月，楊嗣復出爲湖南觀察使。李珏出爲桂管觀察使。冬，楊嗣復貶爲潮州刺史，李珏貶爲昭州刺史。九月，淮南節度使李德裕同中書門下平章事。

武宗會昌元年辛酉（八四一），七十歲。

春，百日長假滿，停少傅官。

劉禹錫加檢校禮部尚書，兼太子賓客。

三月，楊嗣復再貶潮州司馬，李珏爲端州司馬。

會昌二年壬戌（八四二），七十一歲。

在洛陽。以刑部尚書致仕，給半俸。編七十卷《白氏文集》成，送廬山東林寺收藏。

劉禹錫卒，年七十一。

二月，淮南節度使李紳爲中書侍郎、同中書門下平章事。春，牛僧孺除東都留守。武宗素聞居易名，及即位，欲徵用之，宰相李德裕言居易衰病不任朝謁，因言從弟敏中辭藝類居易。九月，以敏中爲翰林學士。

會昌三年癸亥（八四三），七十二歲。

在洛陽。刑部尚書致仕。五月，從弟敏中轉職方郎中，依前充翰林學士。

正月，回鶻烏介可汗侵逼靈武。二月，天德軍行營副使石雄大破之，烏介可汗遁走。雄迎太和公主歸。是年，賈島卒。

會昌四年甲子（八四四），七十三歲。

在洛陽。刑部尚書致仕。施家財，開龍門八節石灘，以利舟楫。四月，從弟敏中拜中書舍人。九月，遷户部侍郎。

閏七月，李紳罷爲淮南節度使。九月，貶牛僧孺汀州刺史，李宗閔漳州長史。十一月，再貶牛僧孺循州長史。李宗閔長流封州。

會昌五年乙丑（八四五），七十四歲。

在洛陽。刑部尚書致仕。三月，於洛陽履道里宅爲「七老會」。夏，又合僧如滿、李元爽寫爲「九老圖」，有詩。五月，編七十五卷《白氏文集》成。

七月，毁天下佛寺四萬餘所，僧尼二十六萬還俗。

會昌六年丙寅（八四六），七十五歲。

在洛陽。刑部尚書致仕。八月，卒於洛陽履道里第。贈尚書右僕射。十一月，葬香山如滿師塔側。五月，從弟敏中以兵部侍郎同中書門下平章事。

三月，武宗卒。立皇太叔忱（宣宗）。四月，李德裕罷爲荆南節度使。七月，李紳卒于淮南節度使任所。八月，牛僧孺爲衡州長史，封州流人李宗閔爲郴州司馬。武宗所貶五相皆北遷。宗閔未離封州而卒。

大中三年（八四九），李商隱爲撰墓碑。白敏中上疏請謚，曰文。

引用書目

白氏文集　文學古籍刊行社一九五五年影印宋紹興刻本
白氏文集　四部叢刊影印日本元和四年（一六一八）那波道圓翻刻朝鮮刻本
白氏文集　北京國家圖書館藏宋刻殘本
管見抄　日本内閣文庫藏永仁三年（一二九五）抄本
白樂天文集　北京國家圖書館藏明正德十四年（一五一九）郭勛刻本
白氏長慶集　明萬曆三十四年（一六〇六）馬元調刻本
白氏策林　北京國家圖書館藏明刻本
白香山詩集　清康熙四十三年（一七〇四）汪立名刻本
白氏文集　平岡武夫　今井清校定　京都大學人文科學研究所一九七一至一九七三年
白居易集　顧學頡校点　中華書局一九七九年
金澤文庫本白氏文集　勉誠社一九八三至一九八四年
白居易集箋校　朱金城箋校　上海古籍出版社一九八八年
新譯漢文大系・白氏文集四　岡村繁著　竹村則行執筆　明治書院一九九〇年

新譯漢文大系・白氏文集五　岡村繁著　安東俊六等執筆　明治書院二〇〇四年
新譯漢文大系・白氏文集六　岡村繁著　二宮俊博執筆　明治書院一九九三年
新譯漢文大系・白氏文集七上　岡村繁著　桐島薫子等執筆　明治書院二〇〇八年
新譯漢文大系・白氏文集八　岡村繁著　阿部泰記等執筆　明治書院二〇〇六年
白居易詩集校注　謝思煒撰　中華書局二〇〇六年
元白詩箋證稿　陳寅恪著　中華書局上海編輯所一九五九年
白氏文集の批判的研究　花房英樹著　朋友書店一九六〇年
白居易年譜　朱金城著　上海古籍出版社一九八二年
白樂天年譜　羅聯添著　臺北「國立編譯館」一九八八年
白居易家譜　中國旅遊出版社一九八三年
白氏文集を讀む　下定雅弘著　勉誠社一九九六年
白居易——生涯と歲時記　平岡武夫著　朋友書店一九九八年
白居易研究講座（一至七卷）　勉誠社一九九三至一九九八年
白居易研究年報（一至九號）　勉誠出版二〇〇〇至二〇〇八年
周易正義　十三經注疏本
尚書正義　十三經注疏本

毛詩正義　十三經注疏本
韓詩外傳集釋　許維遹集釋　中華書局一九八〇年
周禮注疏　十三經注疏本
儀禮注疏　十三經注疏本
禮記正義　十三經注疏本
大戴禮記　四部叢刊本
春秋左傳正義　十三經注疏本
春秋公羊傳注疏　十三經注疏本
春秋穀梁傳注疏　十三經注疏本
春秋繁露義證　蘇輿義證　中華書局一九九二年
春秋集傳纂例　陸淳著　古經解彙函本
春秋微旨　陸淳著　古經解彙函本
白虎通義　班固著　四部叢刊本
論語注疏　十三經注疏本
孝經注疏　十三經注疏本
爾雅注疏　十三經注疏本

孟子注疏　十三經注疏本
古微書　守山閣叢書本
説文解字注　段玉裁注　上海古籍出版社影印本

史記　中華書局排印本
漢書　中華書局排印本
後漢書　中華書局排印本
三國志　中華書局排印本
晉書　中華書局排印本
宋書　中華書局排印本
南齊書　中華書局排印本
梁書　中華書局排印本
陳書　中華書局排印本
魏書　中華書局排印本
北齊書　中華書局排印本
周書　中華書局排印本

隋書　中華書局排印本
南史　中華書局排印本
北史　中華書局排印本
舊唐書　中華書局排印本
新唐書　中華書局排印本
舊五代史　中華書局排印本
宋史　中華書局排印本
金史　中華書局排印本
史記志疑　梁志繩著　中華書局排印本
新舊唐書合鈔　沈炳震著　書目文獻出版社影印本
舊唐書逸文　岑建功著　北京圖書館出版社隋唐五代史訂補文獻彙編本
廿二史考異　錢大昕著　商務印書館排印本
舊唐書校勘記　羅士琳　劉文淇著　北京圖書館出版社隋唐五代史訂補文獻彙編本
廿二史劄記校證　趙翼著　王樹民校證　中華書局一九八四年
資治通鑑　中華書局排印本
國語　上海古籍出版社排印本

戰國策　上海古籍出版社排印本
孔子家語　四部叢刊本
列女傳　四部叢刊本
新序　四部叢刊本
説苑　四部叢刊本
華陽國志校注　劉琳校注　巴蜀書社一九八四年
三國史記　學習院大學東洋文化研究所學東叢書本
貞觀政要　上海古籍出版社排印本
南部新書　錢易著　粤雅堂叢書本
唐摭言　王定保著　中華書局上海編輯所排印本
翰苑群書　洪遵編　知不足齋叢書本
石林燕語　葉夢得著　中華書局排印本
夢粱錄　吴自牧著　浙江人民出版社排印本
李相國論事集　李絳著　四庫全書本
高士傳　叢書集成本
唐大詔令集　宋敏求編　中華書局排印本

元和郡縣圖志　中華書局排印本
太平寰宇記　四庫全書本
方輿勝覽　上海古籍出版社影印本
雲南志(蠻書)校釋　趙呂甫校釋　中國社會科學出版社一九八五年
清一統志　四庫全書本
河南通志　四庫全書本
江南通志　四庫全書本
長安志　中華書局宋元方志叢刊本
雍錄　中華書局排印本
唐兩京城坊考　徐松著　中華書局排印本
乾隆河南府志　清同治六年增修本
乾道臨安志　中華書局宋元方志叢刊本
吴地記　四庫全書本
吴郡志　中華書局宋元方志叢刊本
淳熙嚴州圖經　中華書局宋元方志叢刊本
嘉泰吴興志　中華書局宋元方志叢刊本

嘉泰會稽志　中華書局宋元方志叢刊本
水經注　四部叢刊本
廬山記　陳舜俞著　四庫全書本
廬山志　四庫全書存目叢書本
通典　中華書局排印本
文獻通考　中華書局影印本
唐會要　中華書局排印本
唐六典　中華書局排印本
唐律疏議　中華書局排印本
宋刑統　中華書局排印本
崇文總目　叢書集成本
郡齋讀書志校證　孫猛校證　上海古籍出版社一九九〇年
直齋書録解題　武英殿聚珍版本
元和姓纂　林寶撰　附四校記　岑仲勉校記　中華書局排印本
重修承旨學士壁記　丁居晦著　知不足齋叢書本
登科記考　徐松著　中華書局排印本

登科記考補正　孟二冬著　北京燕山出版社二〇〇三年
唐尚書郎官石柱題名考　勞格　趙鉞著　月河精舍叢書本
集古錄跋尾　集古錄目　歐陽修著　叢書集成本
金石錄　趙明誠著　清刻本
金石錄補　葉奕苞著　續修四庫全書本
寶刻叢編　十萬卷樓叢書本
山右石刻叢編　續修四庫全書本
八瓊室金石補正　陸增祥著　續修四庫全書本

老子　王弼注　諸子集成本
莊子集釋　郭慶藩輯　諸子集成本
墨子閒詁　孫詒讓著　諸子集成本
孫子　諸子集成本
荀子集解　王先謙著　諸子集成本
孔叢子　四部叢刊本
韓非子集解　王先慎集解　諸子集成本

商君書　諸子集成本
管子校正　諸子集成本
呂氏春秋　高誘注　諸子集成本
賈誼新書　四部叢刊本
陸賈新語　諸子集成本
淮南子　高誘注　諸子集成本
鹽鐵論　桓寬撰　諸子集成本
論衡　王充著　諸子集成本
潛夫論　王符著　諸子集成本
申鑒　荀悦著　諸子集成本
列子　張湛注　諸子集成本
文子　守山閣叢書本
亢倉子　四庫全書本
群書治要　魏徵輯　四部叢刊本
古今注　崔豹撰　涵芬樓影印本
封氏聞見記　封演撰　中華書局排印本

刊誤　李涪著　四庫全書本
春明退朝録　宋敏求撰　中華書局排印本
東坡志林　蘇軾著　中華書局排印本
能改齋漫録　吳曾撰　上海古籍出版社排印本
老學庵筆記　陸游撰　中華書局排印本
容齋隨筆　洪邁撰　上海古籍出版社排印本
雲麓漫鈔　趙彦衛撰　古典文學出版社排印本
嬾真子　馬永卿著　儒學警悟本
賓退録　趙與旹著　上海古籍出版社排印本
野客叢書　王楙撰　中華書局排印本
梁溪漫志　費衮著　上海古籍出版社排印本
齊東野語　周密撰　中華書局排印本
湛淵靜語　白珽著　知不足齋叢書本
七修類稿　郎瑛著　續修四庫全書本
日知録集釋　顧炎武著　黄汝成箋　上海古籍出版社排印本
香祖筆記　王士禛著　叢書集成本

池北偶談　王士禛撰　叢書集成本
九曜齋筆記　惠棟著　粤雅堂叢書本
蕙櫋雜記　嚴元照著　續修四庫全書本
訂譌類編　杭世駿著　續修四庫全書本
十駕齋養新録　錢大昕著　商務印書館排印本
群書拾補　盧文弨著　抱經堂叢書本
鍾山劄記　盧文弨著　續修四庫全書本
越縵堂讀書記　李慈銘著　中華書局排印本
石菊影廬筆識　譚嗣同著　清刻本
讀書雜識　勞格著　續修四庫全書本
太玄經　叢書集成本
歷代名畫記　張彦遠撰　人民美術出版社排印本
唐朝名畫録　四川美術出版社排印本
宣和畫譜　人民美術出版社排印本
學古編　吾丘衍撰　學津討原本
説郛　宛委山堂本

北堂書鈔　續修四庫全書本
藝文類聚　上海古籍出版社排印本
初學記　中華書局排印本
宋本白氏六帖事類集　張芹伯影印本
太平御覽　中華書局影印本
册府元龜　中華書局影印本
説略　顧起元編　四庫全書本
西京雜記校注　劉克任校注　上海古籍出版社一九九一年
搜神記　中華書局排印本
世説新語校箋　徐震堮校箋　中華書局一九八四年
隋唐嘉話　刘餗著　中華書局排印本
朝野僉載　張鷟著　中華書局排印本
大唐新語　劉肅著　中華書局排印本
唐國史補　李肇著　古典文學出版社排印本
玉泉子　上海古籍出版社排印本
卓異記　文學古籍刊行社影印本

劉賓客嘉話錄　韋絢撰　顧氏文房小説本
因話録　趙璘著　古典文學出版社排印本
酉陽雜俎　段成式著　中華書局排印本
大唐傳載　叢書集成本
劇談録　康駢著　古典文學出版社排印本
雲溪友議　范攄著　四部叢刊本
北夢瑣言　孫光憲著　上海古籍出版社排印本
唐語林校證　周勛初校證　中華書局一九八七年
太平廣記　中華書局排印本

弘明集　四部叢刊本
廣弘明集　四部叢刊本
法苑珠林　中華書局排印本
高僧傳　中華書局排印本
續高僧傳　大正藏本
宋高僧傳　中華書局排印本

祖堂集　上海古籍出版社影印本
景德傳燈錄　四部叢刊本
五燈會元　中華書局排印本
敦煌新本六祖壇經　楊曾文校寫　上海古籍出版社一九九三年
壇經校釋　郭朋校釋　中華書局一九八三年
荷澤神會禪師語錄　中華書局中國佛教思想資料選編本
古尊宿語錄　中華書局排印本
（其他佛教經論律據大正藏本、續藏經本，不一一臚列）

道教義樞　續修四庫全書本
雲笈七籤　四部叢刊本
列仙傳　叢書集成本
神仙感遇傳　四庫全書存目叢書本

楚辭章句　王逸注　中華書局排印本楚辭補注附
楚辭補注　洪興祖注　中華書局排印本

讀杜詩説　施鴻保著　中華書局排印本
元氏長慶集　四部叢刊本
劉賓客集　四部叢刊本
劉禹錫集箋證　瞿蜕園箋證　上海古籍出版社一九八九年
樊南文集詳注　馮浩注　上海古籍出版社排印本
山谷題跋　黄庭堅著　津逮秘書本
文選　中華書局排印本
玉臺新詠　中華書局排印本
才調集　四部叢刊本
文苑英華　北京國家圖書館藏明抄本、中華書局影印明隆慶刊本
文苑英華辨證　中華書局影印本
唐文粹　北京國家圖書館藏宋紹興九年臨安府刻本
樂府詩集　四部叢刊本、中華書局排印本
全唐詩　揚州詩局本
全唐文　中華書局影印本
唐代墓誌彙編　周紹良主编　上海古籍出版社一九九二年

唐代墓誌彙編續集　周紹良　趙超主編　上海古籍出版社二〇〇一年
全唐文補遺（一至九輯、千唐誌齋新藏專輯）　吳鋼主編　三秦出版社一九九四至二〇〇七年
全唐文補編　陳尚君輯校　中華書局二〇〇五年
全上古三代秦漢三國六朝文　中華書局影印本
先秦漢魏晉南北朝詩　逯欽立輯校　中華書局一九八三年
文心雕龍注　范文瀾注　人民文學出版社一九五八年
詩品注　陳延傑注　人民文學出版社一九六一年
苕溪漁隱叢話　胡仔撰　人民文學出版社排印本
唐詩紀事　計有功撰　上海古籍出版社排印本
荆溪林下偶談　吳子良著　四庫全書本
藏一話腴　陳郁著　叢書集成本
唐音癸籤　胡震亨撰　古典文學出版社排印本
唐詩談叢　胡震亨撰　叢書集成本
初白庵詩評　查慎行著　張氏涉樂園刻本
談龍錄　趙執信撰　人民文學出版社排印本
賦話　李調元　續修四庫全書本

英藏敦煌文獻　四川人民出版社影印
法藏敦煌西域文獻　上海古籍出版社影印
俄藏敦煌文獻　上海古籍出版社影印
敦煌本吐蕃歷史文書　王堯　陳踐譯注　民族出版社一九九二年
貞松老人遺稿甲集　羅振玉著　民國叢書本
丙寅稿　羅振玉著　上虞羅氏刊本
胡適文存三集　民國叢書本
唐史餘瀋　岑仲勉著　中華書局上海編輯所一九六〇年
唐人行第錄　讀全唐詩劄記　讀全唐文劄記　唐集質疑　岑仲勉著　中華書局上海編輯所一九六二年
隋唐史　岑仲勉著　中華書局一九八〇年
金石論叢　岑仲勉著　上海古籍出版社一九八一年
郎官石柱題名新考訂　翰林學士壁記注補　岑仲勉著　上海古籍出版社一九八四年
岑仲勉史學論文集　中華書局一九九〇年
正倉院考古記　傅芸子著　東京文求堂一九四一年

唐僕尚丞郎表　嚴耕望著　上海古籍出版社二〇〇七年
唐史研究叢稿　嚴耕望著　新亞研究所一九六九年
漢魏兩晉南北朝佛教史　湯用彤著　中華書局一九八三年
中國禪宗史　印順著　正聞出版社一九八九年
維吾爾研究　劉義棠著　臺北正中書局一九七五年
唐代詩人叢考　傅璇琮著　中華書局一九八〇年
唐代科舉與文學　傅璇琮著　陝西人民出版社一九八六年
唐才子傳校箋　傅璇琮主編　中華書局一九八七至一九九五年
元稹年譜　卞孝萱著　齊魯書社一九八〇年
元稹年譜新编　周相錄撰　上海古籍出版社二〇〇四年
吐蕃金石錄　王堯著　文物出版社一九八二年
唐代古文運動通論　孫昌武著　百花文藝出版社一九八四年
唐代文學論集　羅聯添著　臺灣學生書局一九八九年
佛教大藏經史　方廣錩著　中國社會科學出版社一九九一年
唐刺史考全编　郁賢皓著　安徽大学出版社二〇〇〇年
唐代文學叢考　陳尚君著　中國社會科學出版社一九九七年

篇目索引

本索引以漢語拼音爲序。斜綫前數字爲作品編號，斜綫後數字爲頁碼。

時修橋以徼小惠丁云恤下　3577/1789

得丁爲大夫與管庫士爲友或非之云非交利也　3587/1808

得丁爲郡守行縣見昆弟相訟者乃閉閤思過或告其矯辭云欲使以田相讓也　3507/1649

得丁爲郡歲凶奏請賑給百姓制未下散之本使科其專命丁云恐人困　3512/1663

得丁爲士葬其父用大夫禮或責其僭辭云從死者　3594/1818

得丁陷賊庭守道不仕賊帥逼之辭云堯舜在上下有巢許遂免所司欲旌其節大理執不許　3556/1749

得甲告老請立長爲嗣長辭云不能請讓其弟或詰之云弟好仁　3553/1743

得甲告其子行盜或誚其父子不相隱甲云大義滅親　3578/1791

得甲將死命其子以嬖妾爲殉其子嫁之或非其違父之命子云不敢陷父於惡　3595/1820

得甲居蔡曰寶人告以爲僭不可入官訴云僂句不余欺是以寶之　補 25/2086

得甲居家被妻毆笞之鄰人告其違法縣斷徒三年妻訴云非夫告不伏　3584/1802

得甲年七十餘有一子子請不從政所由云人户減耗徭役繁多不可執禮而廢事　3517/1675

得甲牛觝乙馬死請償馬價甲云在放牧處相觝請陪半價乙不伏　3566/1766

得甲妻於姑前叱狗甲怒而出之訴稱非七出甲云不敬　3530/1698

得甲去妻後妻犯罪請用子蔭贖罪甲怒不許　3495/1623

得甲替乙爲將甲欲到乙嚴兵守備不出迎發制書勘合符以法從事御史糾其無賓主之禮科罪不伏　3522/1384

得甲爲邠州刺史正月令人修

耒耜廉使責其失農候訴云土地寒　3547/1732
得甲爲將以簞醪投河命衆飲之或非其矯節甲云推誠而已何必在醉　3514/1668
得甲爲郡守部下漁色御史將責之辭云未授官已前納采 3589/1811
得甲爲所由稽緩制書法直斷合徒一年訴云違未經十日 3573/1781
得甲爲獄吏囚走限内他人獲之甲請免罪　3562/1759
得甲獻弓蹲甲而射不穿一札有司詰之辭云液角者不得牛戴牛角　3508/1651
得甲蓄北斗龜財物歸之遂至萬千或告違禁詞云名在八龜　補 26/2087
得甲夜行所由執之辭云有公事欲早趨朝所由以犯禁不聽　3538/1712
得甲與乙爵位同甲齒長請居乙上乙以皇宗不伏在甲下有司不能斷　3581/1797
得甲在獄病久請將妻入侍法曹不許訴稱三品已上散官 3534/1706
得甲之周親執工伎之業吏曹以甲不合仕甲云今見修改吏曹又云雖改仍限三年後聽仕未知合否　3569/1774
得甲至華嶽廟不禱而過或非其違衆甲云禱非禮也 3503/1641
得江南諸州送庸調四月至上都户部科其違限訴云冬月運路水淺故不及春至 3505/1646
得景訂婚訖未成而女家改嫁不還財景訴之女家云無故三年不成　3586/1806
得景負丁財物丁不告官强取財物過本數縣司以數外贓論之不伏　3592/1816
得景嫁殤鄰人告違禁景不伏 3532/1702
得景進柑子過期壞損所由科之稱於浙江陽子江口各阻風五日　3528/1696
得景居喪年老毁瘠或非其過禮景云哀情所鍾　3500/

1635
得景領縣府無蓄廩無儲管郡詰其慢職景云王者富人藏於下故也　3560/1757
得景妻有喪景於妻側奏樂妻責之不伏　3516/1672
得景請與丁卜丁云死生付天不付君也遂不卜或非之　3525/1689
得景請預駙馬所司糾云景庶子也且違格令欲科家長罪不伏　3537/1710
得景娶妻三年無子舅姑將出之訴云歸無所從　3567/1769
得景爲大夫有喪丁爲士而特弔或責之不伏　3557/1751
得景爲將敵人遺之藥景受而飲之或責失人臣之節不伏　3551/1739
得景爲將每軍休止不繕營部監軍使劾其無備辭云有警軍陣必成何必勞苦　3564/1763
得景爲錄事參軍刺史有違法事景封狀奏聞或責其失事長之道景云不敢不忠於國　3571/1777
得景爲獸人冬不獻狼責之訴云秦地無狼　3591/1814
得景爲私客擅入館驛欲科罪辭云雖入未供　3549/1736
得景爲縣官判事案成後自覺有失請舉牒追改刺史不許欲科罪景云令式有文　3521/1683
得景爲縣令教人煮木爲酪州司責其煩擾辭云以備凶年　3506/1648
得景爲宰秋雩刺史責其非時辭云旱甚若不雩恐爲災　3511/1660
得景夜越關爲吏所執辭云有追捕　3543/1722
得景有志行隱而不仕爲郡守所辟稱是巫家不當選吏功曹按其詭詐景不伏　3576/1786
得景有姊之喪合除而不除或非之稱吾寡兄弟不忍除也　3555/1747
得景於逆旅食噬腊遇毒而死

其黨訟之主人云買之有處 3518/1677
得景於私家陳鐘磬鄰告其僭云無故不徹懸 3540/1716
得景與乙同賈景多收其利人刺其貪辭云知我貧也 3542/1721
得郡舉乙清高廉使以爲通介無常罪舉不當郡稱往通今介是時人無常乙有常也 3539/1714
得吏部選人入試請繼燭以盡精思有司許之及考其書判善惡與不繼燭同有司欲不許未知可否 3558/1752
得洛水暴漲吹破中橋往來不通人訴其弊河南府云雨水猶漲未可修橋縱苟施功水來還破請待水定人又有辭 3550/1737
得耆老稱甲多智縣司舉以理人或云多智賊也未知合用否 3526/1692
得四軍帥令禁兵於禁街中種田御史劾以無勑文辭云因循歲久且有利於軍 3588/1809
得太學博士教胄子毁方瓦合司業以非訓導之本不許 3583/1800
得戊兄爲辛所殺戊遇辛不殺之或責其不悌辭云辛以義殺兄不敢返殺 3513/1666
得鄉老不輸本户租税所司詰之辭云年八十餘歲有頒賜請預折輸納所由以無例不許 3523/1686
得辛奉使遇昆弟之仇不鬭而過爲友人責辭云銜君命 3501/1638
得辛氏夫遇盜而死遂求殺盜者而爲之妻或責其失貞行之節不伏 3496/1628
得選舉司取有名之士或云不息馳騖恐難責實 3582/1799
得乙充選人識官選人代試法司斷乙與代試者同罪訴云實不知情 3580/1795
得乙出妻妻訴云無失婦道乙云父母不悦則出何必有過 3544/1745

得乙川游所由禁之云有故要渡　3563/1761

得乙盜買印用法直斷以僞造論訴云所由盜賣因買用之請減等　3574/1783

得乙貴達有故人至坐於堂下進以僕妾之食或誚之乙曰恐以小利而忘大名故辱而激之也　3559/1755

得乙居家理廉使舉請授官吏部以無出身不許使執云行成於内可移於官　3585/1804

得乙女將嫁於丁既納幣而乙悔丁訴之乙云未立婚書　3524/1688

得乙請襲爵所司以乙除喪十年而後申請引格不許乙云有故不伏　3593/1817

得乙請用父蔭所司以贈官降正官蔭一等乙云父死王事合與正官同　3570/1775

得乙上封請永不用赦大理云廢赦則何以使人自新乙云數赦則姦生恐弊轉甚　3499/1633

得乙爲邊將虜至若涉無人之地監軍責其無勇略辭云内無糗糧外無掎角　3527/1694

得乙爲大夫請致仕有司詰其未七十乙稱羸病不任事　3520/1681

得乙爲軍帥昧夜進軍諸將不發欲罪之辭云不見月章　3531/1700

得乙爲三品見本州刺史不拜或非之稱品同　3590/1812

得乙聞牛鳴曰是生三犧皆用之矣問之皆信或謂之妖不伏　3535/1707

得乙以庶男冒婚丁女事發離之丁理饋賀衣物請以所下聘財折之不伏　3544/1724

得乙隱居徵辟不起子孫請以所辟官用蔭所司不許　3504/1644

得乙有同門生喪親將往弔之其父怒而撻之使遺縑而已或詰其故云交道之難　3509/1654

得乙有罪丁救以免乙不謝或

h

j

k

l

m

t

2030 | 尊賢 3447/1454

全唐詩人名考證　陶敏　陝西人民教育出版社一九九七年
吐蕃統治敦煌研究　楊銘著　新文豐出版公司一九九七年
新唐書宰相世系表集校　趙超著　中華書局一九九八年
唐代財政史稿下卷　李錦繡著　北京大學出版社二〇〇一年
中古中國與外來文明　榮新江著　三聯書店二〇〇一年
唐代銓選與文學　王勳成著　中華書局二〇〇一年
唐代吐蕃史論集　林冠群著　中國藏學出版社二〇〇六年
唐代基層文官　賴瑞和著　中華書局二〇〇八年

中國禪思想史　柳田聖山著　吳汝鈞譯　臺灣商務印書館一九八二年
中國佛教文學研究　加地哲定著　高野山大學一九六五年
講座敦煌七：敦煌と中國佛教　大東出版社一九八四年
講座敦煌八：敦煌佛典と禪　大東出版社一九八〇年
唐代政治社會史研究　礪波護著　同明舍一九八六年
中國の自傳文學　川合康三著　創文社一九九六年
唐代の詩人と文獻研究　芳村弘道著　中國藝文研究會二〇〇七年